U0145521

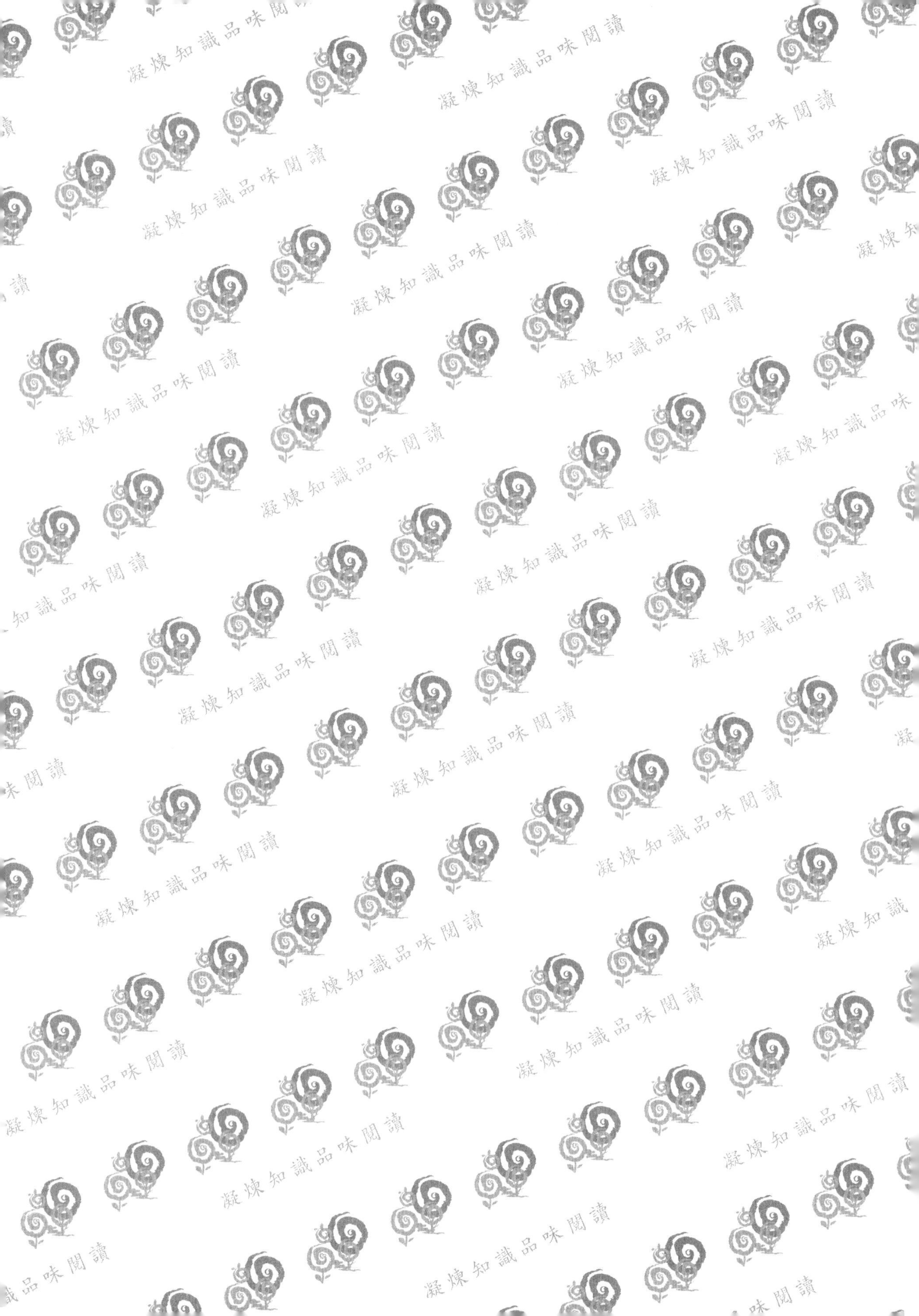

研究&方法

不再是夢想！

搞定論文

題目、研究架構與寫作技巧

胡子陵、胡志平 著

五南圖書出版公司 印行

作者簡介

胡子陵

學歷

中正理工學院應用化學博士

經歷

康寧大學休閒管理學系副教授兼系主任

清華大學教官

專長

休閒資源規劃、環境管理、環境教育、統計學、研究方法

負責撰寫章節

第壹章～第肆章及第陸章

胡志平

現職

銘傳大學都市規劃與防災學系教授

學歷

國立臺灣大學土木工程所建築與城鄉組博士

經歷

中華大學建築與都市計畫學系副教授

專長

都市經濟與都市財政、住宅經濟與公共利益、都市計畫理論與實務、多評準決策理論與實務、應用統計與環境分析

負責撰寫章節

第伍章

作者序

2019年暑假7月完成《厲害了！碩士論文撰寫與問卷調查統計分析：108小時實戰》一書。說實用嘛！會用的讀者才知道啦！不過2020年筆者在康寧大學休閒管理研究所任教時，有6位指導的研究生入學一年來，靠著這一本實用手冊，已經順利畢業了。

即使指導教授無法時時分身全力奧援，讀者若能自行研讀本書，依照本書循序漸進的課表單元操作，多花點工夫細細挖掘，相信必有所獲，建議跟三、兩位同儕一塊研究討論，相信那果實會更甜美！既然能按圖索驥、登堂入室，不論是否完全讀懂，只要抓住書中作者給讀者的口訣，像「達到顯著水準」就很快想到這一句白話「真的有差異啦。」事實上統計學所說的「研究假設」，「真」與「假」兩者是對立的——既是真，虛無假設就無法成立；既是假，對立假設也無從成立，這樣知道在說什麼嗎？

筆者指導的研究生一年來終於熬過來了，也都順利畢業了。看著他們撰寫論文的艱辛，雖然都能很快完成SPSS的統計分析，但是較難的部分是在撰寫論文時不知如何著手，以及常見的學位論文中第四章「結果與討論」需要花費更多的精力來詮釋統計分析的結果，但是人手一本筆者所著《厲害了！碩士論文撰寫與問卷調查統計分析：108小時實戰》這本教戰手冊，還是順利完成論文的撰寫，同學內心喜悅與辛苦的激盪，實在難以言喻。

常有研究生會問：「論文題目怎麼訂？統計分析表怎麼看？論文中的表格有標準格式嗎？有簡單寫作論文的技巧嗎？」所提出的這些不少疑問，雖然筆者前一本著作已經談過碩士論文撰寫的作業程序，包含理論與實際操作，雖完整但大都點到為止，若因故無法依照108小時順利完成整本書的完全消化吸收，也許真得有點難，尤其是在第二章「統計分析基本概念」這一部分，它可是筆者把十數年對統計學推論的重要理論的反覆思考理解所濃縮成的精華版，或者讀者較難耐心看完，但只要有統計基礎的研究生甚至教師，它必對統計推論的本職學能，著實有大幅提升之功效。但這本新書沒有再對這些機率等理論著墨，讀者暫時免驚啦！這本新書會以實務實際範例為主，介紹給讀者如何撰寫一本以量化研究為主，具有一定品質的博碩士論文，內容特色包括了「如何搞定論文題目」、「建立研究架構」，以及常見的學位論文中所必須撰寫的「前言」、「文獻探討」、「研究方法」、「結果與討論」及結論的所有實際範例，使讀者能精簡扼要的呈現個人學位論文的重要成果與貢獻。

另外這本書使用了不少已畢業碩士學位論文的研究架構圖及表格內容，以及筆者與研究生共同發表論文之重要範例的解析。因此本書全文有極大部分的撰寫方式，都盡可能採用國內外學術期刊常使用的 APA 格式規範，一方面使讀者習慣這種國際遵循的論文格式，對自己在撰寫學位論文時不致有陌生與惶恐的心理。五南圖書出版公司侯主編對於著作權極為重視，因為每一本畢業的學位論文都是原作者辛苦撰寫而來，有著作權的保護，而目前國內外對於著作權也有嚴格的規範要求，因此本書內容所有涉及使用之原作者圖、表及內文，皆已向原作者申請授權使用，並註明出處來源，特此聲明。

這是一本實用的博碩士論文撰寫工具書，不論是做質性研究或量化研究的讀者都可以多加利用；若以質性研究為主的讀者使用本書一部分量化方法，將會使撰寫的論文更有價值與說服力。好好體會這本書，不會很難！

只要一步步跟著本書所提示的進行，很快的，你一定會有斬獲！

今年起又碰到陸續發威的 COVID-19 疫情，感謝教會辜美珍牧師、田國華師丈與曾文玲傳道的禱告與祝福，給我更多撰寫的動力，本書也敦請銘傳大學胡志平教授撰寫如迴歸分析等涉及邏輯概念的推論統計的第伍章部分，為本書內容深度注入活水。兩個寶貝女兒貴蓉及貴華目前都在日本謀職，貴蓉清華大學資工所畢業後都在國外就業，貴華對日本情有獨鍾，也找了一位日本郎君，且已有 9 個月身孕，小兒峻華也找到喜愛的工作，感謝主耶穌所賜滿滿的恩典與祝福！

撰寫本書雖歷經了諸多挫折與瓶頸，但藉著禱告所領受的啟示與平安，還有內人秀雪的全力支持，同時書中也引用了多位筆者 2010 年後親自指導的畢業研究生學位論文的分析實例，在此也致上謝忱，本書所結的果子與榮耀全都歸給上帝！

胡子陵

2021/03/30

導讀

本書內容依序分成「文獻蒐集篇」及「寫作技巧篇」兩大部分，前兩章為「文獻蒐集篇」在建構研究架構及研究工具，論文題目可順勢產生；而「寫作技巧篇」則在第參章開始，幫助讀者完成一篇符合學位論文標準的撰寫模式，不論是統計分析的常用表格與撰寫格式，或在學位論文中適當的使用統計分析方法，本書不僅以實務範例解析，且有關問卷資料回收後，所有撰寫論文的過程從論文題目搞定、研究架構建立、問卷預試、正式問卷發放，以至敘述統計及推論統計的具體分析詮釋與論述，這對第一次撰寫學位論文的讀者來說，應該如獲至寶的喜樂。

研讀本書，可依據讀者目前的進度選讀。如果研究架構還沒出來，就從「文獻蒐集篇」依序研讀全書，事實上「文獻蒐集篇」在引領讀者如何去達成學位論文的「前言」、「文獻探討」及「研究方法」等三章，其目的在完成論文計畫書；另一方面，若研究架構已經有了，為了爭取時間也可以直接去研讀「第參章研究工具設計」開始的「寫作技巧篇」，自第參章開始，在常見的學位論文中需要撰寫的章節部分，本書所對應之章節也大都以畢業研究生所撰寫的學位論文實務範例，來解析或參考筆者已發表於研討會、期刊之論文重要內文解析，這在坊間以畢業論文的實際範例寫成書的並不多見。

本書每一章節單元結束前都會把該節重要的事項，以「文獻蒐集 SOP 提示」或「寫作技巧 SOP 提示」分別列出，例如在第陸章第四節之「結果與討論」，會以「寫作技巧 SOP 提示」提醒讀者應該注意的重要事項。筆者撰寫此書時，從實務角度創新大量的使用已畢業研究生的學位論文的案例，在章節中不時的帶出「論文撰寫範例」，為方便讀者前後文閱讀的一致性及現時學位論文常用的表格呈現方式，這些撰寫範例與原始論文比較時，讀者可能發現大都已部分改寫，或許在書中能帶給讀者撰寫論文的立即享受——這與其他坊間多如牛毛的論文寫作書籍應該會給讀者不一樣的學習感受吧！

因此本書有極大篇幅在引領讀者如何從實際的論文撰寫範例，列舉出論文必須做的敘述統計結果的分析與詮釋，以及推論統計檢定結果的論述，並以慣用的表格來詳細說明實際論文的範例用到自己的學位論文中。本書範例皆有明顯的標註「論文撰寫範例一」，除第參章「二之 (四) 問卷預試與撰寫實務範例」及「三之 (一) 抽樣設計與撰寫實務範例」部分範例外，從第肆章起，每一章節幾乎都有論文撰寫範例。讀者要能快速地用到這些現成的「論文撰寫範例一」，若時間充裕，可回頭花點時間研讀「文獻蒐集篇」，熟習了解「研究架構」及「論文題目」，在使用「論文撰寫範例一」時，將會更有效率。

本書一部分焦點，仍然會放在完成學位論文所需的敘述統計與推論統計的基本統計分析操作上，讓讀者不致對 SPSS 的操作有任何的恐懼或擔憂，本書將以最近學校及市面流行使用的 SPSS 26 版為全書統計分析操作工具，書中部分的 SPSS 資料檔案，也將會適度放在網路平臺上提供給讀者做簡單的操作練習。

就讀博碩士班日間部或假日專班的讀者，怎樣訂論文題目、計畫書如何完成，以及學位論文如何下筆？如果還不清楚這些問題要怎麼進行，肯定會一片茫然。透過這本書，可以根據以上的精闢內容內化到自己撰寫學位論文的能力，並善加利用本書範例，對於有志於較快時間取得博碩士學位的讀者，聚焦較有效率的起步與關鍵程序或步驟，不再做白工！本書提供讀者另一種輕鬆易讀的工具書，盡可能不使用學術上太過艱深的學術用語，引領大家順利完成博碩士學位的夢想。

目　錄

文獻蒐集篇

寫作技巧篇

第伍章　推論統計撰寫實務範例　187

第陸章　學位論文撰寫實務範例　247

文獻蒐集篇

第壹章

搞定論文題目

進入博碩士研究所除了修讀學分外，還要完成一篇學位論文。一般完成學位論文，需要找到指導教授才能討論論文要如何進行，做什麼題目，因此指導教授幾乎掌握了整個學位論文方向的決定權。若指導教授正在籌劃爭取科技部或其他公私立機關的計畫案，也許需要研究生來協助執行，因此學位論文的走向可能跟此類計畫案的內容名稱有關。

一般而言，一位指導教授每年可以指導的研究生大約是五名，若研究生有分配到計畫，或許尋找研究方向的努力很快就到位；若是沒有分配到計畫，也沒關係，相信指導教授都會斟酌考慮研究生的個人背景及努力去找到最適合的論文題目，以下各節將逐一分析解說各種決定論文題目的方針及策略導向。

一、個人專業與職業

筆者指導過的研究生，極大多數是職場工作的人士，有幼教老師、中小學老師、美學產業人員及其他產業人士。每一位都學有專長，也多有自己專業能力，例如國中老師在校除了教學，還有其他行政輔導工作，工作不能說輕鬆，大學各類不同科系畢業及其他工作經歷，都可以提供論文研究思考的方向。

以筆者過去在休閒管理研究所帶過不是本科系研究生的經驗來說，假如體育科系畢業的，可以考慮休閒體育活動的研究；時尚美容科系畢業的，可以考慮休閒美學創意的研究；環境生態科系畢業的，可以考慮休閒資源規劃。

另外從事職業的不同，對於論文題目的訂定也有很密切的關聯。一篇學術論文題目的決定，也要考慮研究對象是誰？容不容易取得？如果是在各級學校任職，可以考慮研究對象爲老師、學生，甚至學生家長；如果在企業工作，可以考慮研究對象爲該類工作的管理階層、員工或其家屬等，當然這只是一個研究題目大方向的思考，還需要結合以下「個人興趣」及「蒐集文獻資料」後，自然就會獲得更明確論文研究題目的方向。

文獻蒐集 SOP 提示——個人專業與職業

個人職業： 考慮工作場域是否可為研究對象，是否容易取得，是否有足夠樣本資源。
個人專業： 考慮個人畢業科系所學與經歷是否跟就讀研究所的領域，有直接或間接關係的主題。
找出研究問題： 依據以上個人所學的專業領域，若與就讀研究所相符，將可以大幅減少尋覓研究題目的時間；若與就讀研究所不符，亦可以回想從入學前所修習的跨領域課程中思考。若有接觸工讀或就業經歷，則除了去發掘值得研究的議題外，也可以一併考慮是否納入未來論文的研究對象。
補充心得註記 ➪

二、個人興趣

論文題目若跟個人的喜好與興趣相呼應，將是最美的結合。只可惜學術論文的題目一般都比較嚴謹，除非自己是原系畢業生繼續就讀研究所的研究生。事實上，很多就讀研究所的學生，當你詢問其論文主題興趣在哪裡時，常會說「我不知道耶！」。

記得我就讀應化研究所時，指導教授指定論文題目是有關管式反應器的化學反應機構之研究，因爲要建置一個小型工廠的管路去做實驗，這對一個剛入學的研究生來講，從來就沒想到要自己組裝實驗裝置，因此想拒絕並要求指導教授換題目，但指導教授說了一句我至今難忘的金句：「興趣是可以培養的！」。

我的碩士論文最後並沒有更換題目，也在兩年順利畢業，回想這種經驗，在人生的學習歷程留下了一段「不經一番寒徹骨，怎得梅花撲鼻香」的記憶。事實上我的博士論文就是使用這一套裝置的反應器管路再稍加修正改良進行活性碳床的研究，也順利取得博士學位。讀者若有指導教授指定你的論文題目，是你的幸福；若需要自己找論文題目，這本書的幫助應該會不小，別放棄！

文獻蒐集 SOP 提示——個人興趣

個人興趣： 考慮個人性向及平日比較喜歡接觸的事物，找出的興趣主題，盡可能跟就讀研究所研究領域相近或有關聯。
找出研究問題： 依據以上個人興趣、性向及喜歡事物去發掘有哪些研究問題，這些「研究問題」，讀者多少也要去研讀一些相關的報章、雜誌或期刊、論文等文獻資料來獲得更多的輔助資訊，惟仍須避免偏離就讀研究所的領域範圍。
補充心得註記 ➪

三、校友論文及網路資源

上述指導教授指定的題目、專業與職業經歷的論文方向或是個人興趣的主題，若能初步決定論文題目方向，當然可以省掉很多摸索的時間；若是仍然沒有頭緒，讀者就要去了解就讀之研究所畢業博碩士研究生最近幾年做了哪些論文題目，這樣或許能提供各種不同研究領域的研究方向的思考線索。

但讀者不論是否確認已經有了題目方向或是還沒有，都要同時去做一件事——上網去「蒐集文獻」，因爲任何一篇學術論文，絕對不是憑空產生，一定都要有理論依據，這個理論依據指的就是要去蒐集文獻。

讀者要訂定研究論文題目，有時只需找到幾篇畢業校友論文及網路資源找到的研討會、期刊或博碩士論文，就有很大的幫助，至少研究論文題目的大方向已經確定，會給自己更多研究論文的信心。在本書第貳章中，讀者會進一步了解如何從更多研讀的文獻資料中，訂出更精準的論文題目。

文獻蒐集 SOP 提示——校友論文及網路資源

畢業校友論文： 找出就讀系所最近幾年的博碩士論文題目，若研究所有設置期刊室，也可以翻讀這些學長姐博碩士學位論文的大綱章節編排與摘要等內容。
網路資源： 除搜尋網路研討會、期刊或博碩士論文外，也可以看看最近國內外新聞與就讀研究所領域任何相關的輿論、新知、政策、發展趨勢或策略管理等報導。
找出研究問題： 依據以上，仔細研讀找到跟論文題目有關的畢業校友論文中所列出研究問題及未來研究的方向，或者從以上網路資源等去發掘有哪些值得研究的議題。
補充心得註記 ⇨

四、論文題目搞定

由上述個人專業與職業、個人興趣、校友論文及網路資源所發掘的議題或研究問題，整體去擬定論文主要焦點方向及論文題目，讀者可以試著編制出以下一張「研究論文題目初訂評估交叉分析表」，可以從前述三節討論的主題細分為「個人興趣」、「專業與職業」、「校友論文」及「網路資源」四項指標加以評估決定，本表以於臺南市某國中擔任國文老師的賴薇竹為實例，她的論文題目為「新化林場遊客生態旅遊認知與低碳生活實踐之研究」，賴薇竹於 9 月入學後，在思考論文題目的過程軌跡如表中所列，評估確定後再與指導教授討論確認。本交叉表若同時為相同指標，則表示僅只考慮單一指標，例如橫向指標與直向指標同時為「個人興趣」，則表示單純就「個人興趣」思考論文題目，其他依此類推。

文獻蒐集 SOP 提示——論文題目搞定

研究論文題目初訂評估交叉分析表

	個人興趣	專業與職業	校友論文	網路資源
個人興趣	1. 喜歡生態旅遊活動，常去自然野外森林旅遊 2. 喜愛環境保育、關注愛護地球議題	・探討學生生態旅遊主題 ・探討學生環境保護之作為	・探討生態旅遊導覽主題 ・探討低碳生活之作為	・探討休閒與生態旅遊主題 ・探討林場遊客低碳生活情況
專業與職業	—	3. 中文系畢業，常參加爬山戶外活動 4. 擔任國中老師，對資源回收印象很好，國中老師或學生可為研究對象	・探討學生或遊客戶外生態旅遊永續主題 ・探討學生或遊客林場低碳生活實踐情況	・探討學生或老師休閒旅遊主題 ・探討學生或遊客林場低碳生活情況
校友論文	—	—	5. 低碳生活實踐 6. 生態旅遊導覽 7. 生態旅遊產業	・探討生態旅遊主題 ・探討低碳生活實踐
網路資源	—	—	—	8. 搜尋休閒旅遊主題 9. 搜尋低碳生活主題 10. 林場或國家公園生態旅遊主題
綜合評估	由於學校老師或學生並非都去過特定旅遊地方，作者因常到新化林場踏青旅遊，因此綜合以上交叉分析評估，初步搞定研究論文題目：「新化林場遊客生態旅遊認知與低碳生活實踐之研究」			

註：先依序填入有阿拉伯數字項目，再填入有「・」符號之項目，有「—」符號表示略去重複項目

下一章節將會針對文獻蒐集資料去建立研究架構，並且確認最後研究論文題目的工作，本章只是先依據個人的現有背景狀況去擬定論文題目的「大方向」，在完成較多文獻蒐集資料後，一方面除了幫助讀者找出有哪些研究問題需要解決，並確立研究論文題目；另一方面則是爲下一章建立研究架構做準備！

第貳章

建立研究架構

任何一個學術研究，都有一套嚴謹的學術理論（Theory），有關學術理論的文獻相當多，簡單白話一點說就是「過去研究者以系統邏輯方式將發現的問題，找出適當的解決方法並驗證可行的模式（model）」；如果我們現在正在做研究，需要用到以前的這套理論，我們會去思考以下的問題：「以前研究者成功完成過的某一事物的模式（model），用到現在所發現的問題上，還能不能用？或需要修改後就能解決目前的問題？」這時候為了進行研究，我們就會用到這個「理論模式」或「理論架構」到我們的「研究架構」中。

在《厲害了！碩士論文撰寫與問卷調查統計分析：108 小時實戰》一書中指出：「研究變數」就是構成研究架構中的組成單元，一般常以**量表**、**測驗表**等型態呈現。因此讀者在瀏覽其他期刊、雜誌所談的「理論模式」、「理論架構」或「研究架構」，都意謂著如何去進行研究規劃的藍圖，這在學術論文訂出論文題目後的研究過程中更顯其重要性，目的都在建立一套解決問題的理論模式，而其中「研究變數」才是整個研究的精華與關鍵。

一篇博碩士論文，普通都要用到兩個以上的「研究變數」到個人論文的研究架構中，「研究變數」之間再以單箭頭、雙箭頭或直線來描繪，顯示出彼此之間所使用研究方法是影響關係或因果關係的探討或是相關分析的研究。

讀者會質疑說：為什麼不能只用一個「研究變數」來完成學位論文？舉例來說，大家都很喜歡探討「生活滿意度」的研究題目，「生活滿意度」就是一個「研究變數」，一般常用「生活滿意度」量表來量測，因此會上網去找理論架構有用到「生活滿意度」的文獻資料，但是這種文獻資料實在太多了，找到的文獻內容也不僅僅只是談「生活滿意度」，可能還包含了其他「研究變數」的探討。

讀者可試著上網打上「生活滿意度」關鍵字，就會找到蠻多文獻的主題，例如談到工作壓力與生活滿意度、休閒參與和生活滿意度、心理需求滿足與生活滿意度等兩個「研究變數」所建立的研究架構的研究，也有一些文獻會使用三個「研究變數」建立研究架構，例如研究主題談到工作壓力、生活滿意度與自我價值感等三個「研究變數」所建立的研究架構的研究，有些博士論文甚至會用到超過三個「研究變數」來進行研究。

單單用一個「研究變數」來完成學位論文的不多，主要原因是因為可能會遇到很多研究題目幾乎一樣的窘況，而學位論文題目最好避免相同，因為題目相同代表已經有人研究過了，何須再去做研究？除非用他人不曾用過的理論架構或不同的研究方法去做研究。

另一方面，相同的學位論文題目，涉及到文章抄襲的風險會很大，一般而言，人類天性都會有惰性，找到題目跟自己研究論文題目相同的文獻，會像中統一發票一樣高興，把重心獨獨放在這一篇文獻上，這就難以避免會將別人辛苦蒐集整理的文獻拿來放在自己的學位論文第二章的「文獻探討」中，即使將來畢業了，若讓原先學位論文相同題目的作者發現抄襲而向畢業學校或教育部等單位檢舉抄襲，辛苦取得之博碩士學位，還是有可能被撤銷。

因此，使用兩個以上的「研究變數」到自己的研究架構中，一方面避免跟別人所研究的題目相衝之外，另一方面也能呈現自己獨有的研究構思與創意。要避免學位論文題目相衝，做出與別人不一樣的「研究架構」，讀者務必要深入了解什麼是「研究架構」，簡單的說就是繪出各個變數之間關係的一張規劃藍圖，學術上我們常稱呼這個藍圖爲「研究架構圖」，每一個框架代表一個單元。

葉美華（2020）於「臺南市公立幼兒園教師休閒參與、休閒需求與生活滿意度之研究」論文所初擬建立之研究架構關係如圖 2-1 所示，筆者將爲讀者簡單說明所展示的各部分圖中的意義：其中框架中單元「休閒參與」及「生活滿意度」爲兩個「研究變數」，都採用量表方式去量測，各「研究變數」下方標列之內容則爲「因素構面」；單元「人口背景變項」，包含人口統計變數及各種背景變數的調查，是統計分析時分群組之重要來源。

「研究架構圖」各單元中以箭頭連接所代表的意義，單箭頭的指標符號「→」表示變數間影響之方向；雙箭頭的指標符號「↔」表示兩變數之間有關聯，但坊間有些書刊會以直線的指標符號「—」表示有關聯，本書則採用雙箭頭爲主；H1-H3 爲研究假設，需要使用統計檢定方法去驗證。其實整個「研究架構圖」已經清楚透露研究的「理論」與「方法」，在「理論」上而言，探討整個論文「研究變數」框架間的關聯與影響方向；換言之，「研究架構圖」涵蓋了學位論文中所要探討檢定的「研究變數」之間的關聯性與「人口背景變項」在「研究變數」的表現差異情況。另在「方法」上而言，各箭頭方向或研究假設標誌，正清楚勾勒出使用的統計方法與檢定內容，如 H1 是探討各「人口背景變項」在休閒參與量表與其「因素構面」的差異情況，視分析探討「人口背景變項」之群組大小，來使用 t 檢定或 F 檢定分析；H2 是探討各「人口背景變項」在休閒需求量表與其「因素構面」的差異情況；H3 是探討各「人口背景變項」在生活滿意度量表與其「因素構面」的差異情況，同上之情形 H2 及 H3 皆可使用 t 檢定或 F 檢定；H4 則在探討休閒參與量表對生活滿意度量表之影響；H5 則在探討休閒參與量表對休閒需求量表之影響；H6 則在探討休閒需求量表對生活滿意度量表之影響，以上量表間都可以使用簡單線性迴歸或多元線性迴歸分析檢定。

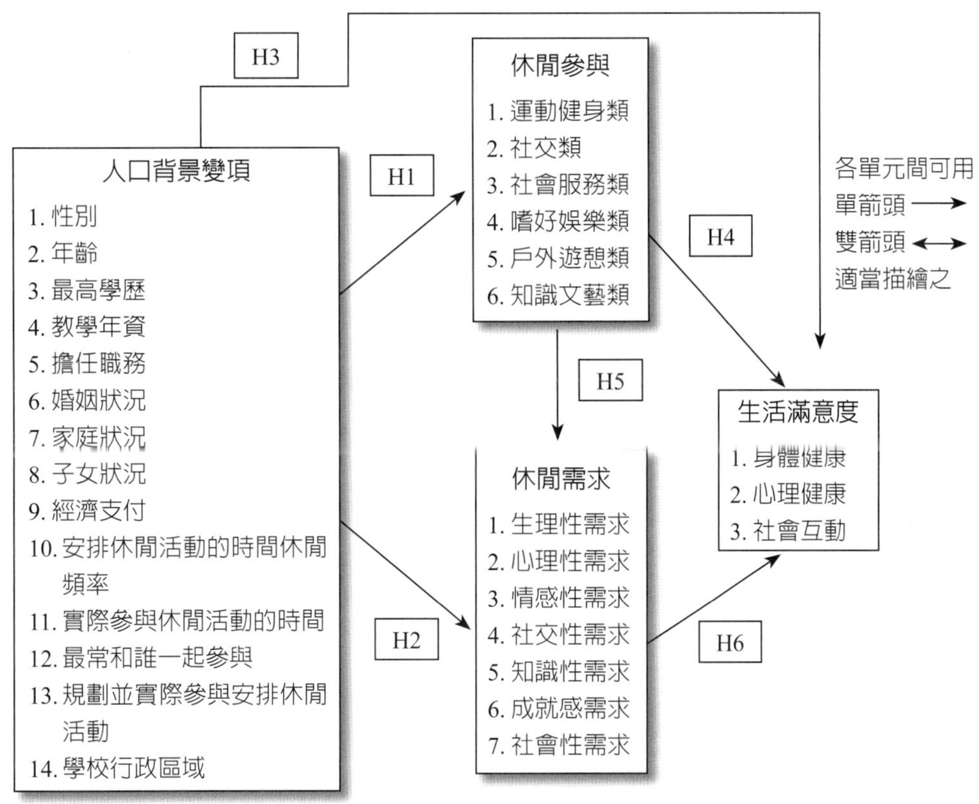

圖 2-1　研究架構圖擷取畫面

資料來源：修改自葉美華（2020）。臺南市公立幼兒園教師休閒參與、休閒需求與生活滿意度之研究（未出版之碩士論文）（頁 26），康寧大學，臺南市。

事實上每一本學位論文研究架構都不一樣，因此論文題目也會不一樣！筆者在《厲害了！碩士論文撰寫與問卷調查統計分析：108 小時實戰》書中，有詳細不同的研究架構的實例解析，讀者不妨參考之。

一、研讀關鍵性文獻資料

如何在很快的時間完成文獻資料之準備，這影響了整個論文的進度。在本節中，將告訴讀者取得關鍵性文獻資料正確快速的要領及方法，並在以下幾個關鍵步驟及方法，來找到關鍵性的文獻資料。所謂「關鍵性的文獻資料」並不需要很多，但也不能太少，論文研究架構中每一個「研究變數」至少要找出 3 篇以上中文文獻，相對於中文文獻，英文文獻則可以找出至少 1 篇，盡可能不要漏掉。

從第壹章找尋論文題目的各種方式中，一旦論文題目初訂確認了，讀者便可以進一步找出與個人學位論文密切相關的文獻資料來建構研究架構，研究架構要怎麼從文獻中找到？如果找不到又該如何繼續？以下將以實例說明，我們仍將以葉美華（2020）的論文「臺南市公立幼兒園教師休閒參與、休閒需求與生活滿意度之研究」，解析如何蒐集文獻資料及建立研究架構的程序，讓讀者可以很快速進入狀況，了解如何找到關鍵性文獻資料。

(一) 抓住題目中關鍵的「研究變數」

上述「臺南市公立幼兒園教師休閒參與、休閒需求與生活滿意度之研究」論文中，研究對象爲臺南市公立幼兒園教師，「研究變數」則有休閒參與、休閒需求與生活滿意度等三個。因此在以下搜尋文獻中的關鍵字，要特別注意「休閒參與」、「休閒需求」與「生活滿意度」三個「研究變數」。

(二) 使用學校電子資源搜尋文獻

一般而言，從就讀學校電子期刊可蒐集到的文獻題目，上述論文題目中的三個「研究變數」，並不少見。在各校中文電子期刊資料庫中搜尋，極有可能都會出現上述任何一個「研究變數」的文獻資料，同時在國家圖書館的博碩士論文中，也可以搜尋到任何一個上述「研究變數」的論文題目。

因此蒐集到任何一個「研究變數」在文獻題目當中，先把它下載下來儲存分類好，有時運氣好，可以找到一篇文獻資料就有兩個「研究變數」同時在題目當中，當然更要好好詳細閱讀保存；但是如果找到一篇文獻資料題目同時有三個「研究變數」跟自己的論文題目相同，就要審慎考慮自己的題目是否已經被人捷足先登了，或許還有重複研究的或抄襲等一大堆問題。當然若讀者依據前面章節單元在進行初訂題目時，這部分題目重複以致抄襲的問題，在此處發生的機率還是較低，應可避免。

下面擷取畫面，將使用各大專院校經常都會訂閱的 CEPS 中文電子期刊及 Academic Search Premier 英文期刊資料庫，一步步給讀者加以解析。萬一讀者學校所採購的不是本書所介紹的兩種電子期刊，也勿需擔心！因爲學校一定還有其他中文及英文電子期刊可替代，查詢的方式及方法，都大同小異。

1. CEPS中文電子期刊中，如圖2-2在檢索畫面的上方欄位中鍵入「休閒參與」。
2. 按選「更多選項」，出現文獻資料出處。
3. 因只用到臺灣的文獻，而僅勾選「台灣」，若需要其他國家地區也可勾選之。
4. 按下搜尋符號後，會找到284筆期刊文章、11筆會議論文，以及271筆博碩士論文等文獻資料，惟此處搜尋文獻是使用原始設定的「相關程度最高」來蒐集排序文獻資料。因康寧大學訂購了「期刊文章」及「會議論文」的全文下載使用權限，在校教師及研究生都可以免費使用，但若需下載博碩士論文則需另外付費。
5. 讀者若要搜尋最新出版的文獻資料，則可以按選「最新出版在前」，圖2-2所示即為依最新出版的順序，呈現以上期刊文章284篇、會議論文11篇等文獻資料。
6. 讀者可以依據與個人論文相近的程度，下載文獻資料，每一篇蒐集到的文獻

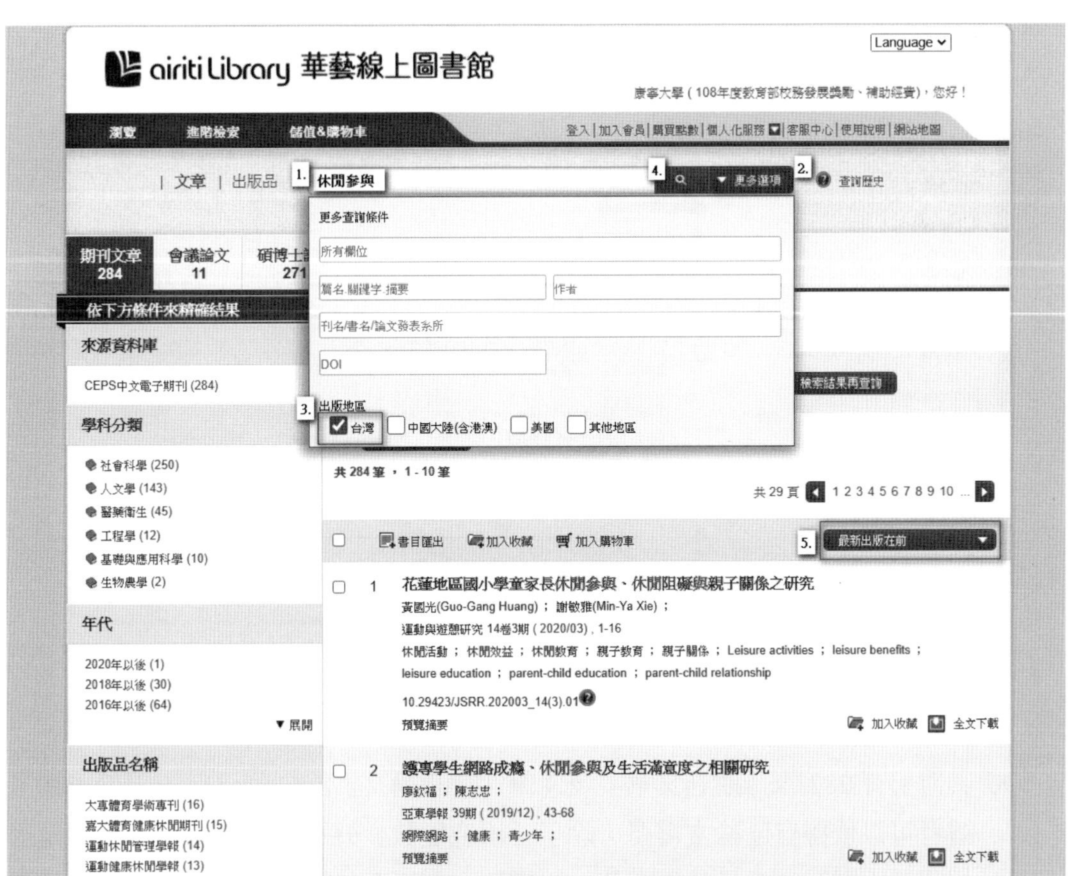

圖 2-2　CEPS中文電子期刊文章「休閒參與」查詢畫面

資料，其右下方若有「全文下載」的符號，則表示此篇文獻可線上下載。例如本例中期刊文章所找到第 1 篇「花蓮地區國小學童家長休閒參與、休閒阻礙與親子關係之研究」中，只有一個「研究變數」「休閒參與」跟論文有關；第 2 篇「護專學生網路成癮、休閒參與及生活滿意度之相關研究」則出現了兩個「研究變數」，即「休閒參與」與「生活滿意度」，則跟論文中兩個「研究變數」相同，因此是否列爲重要的關鍵文獻，在蒐集所有「研究變數」的文獻資料後再斟酌決定。

7. 會議論文如圖 2-3 依相關程度最高所找到第 1 篇「國內高齡身心障礙者之休閒參與及休閒阻礙分析」中只有一個「研究變數」，即「休閒參與」跟論文有關；第 2 篇「休閒參與度與休閒滿意度之相關研究——美和技術學院休閒運動保健系爲例」也出現了一個「研究變數」，即「休閒參與」跟論文中的一個「研究變數」相同，是否列爲重要的關鍵文獻，在蒐集完所有「研究變數」的文獻資料後，再整體斟酌決定。

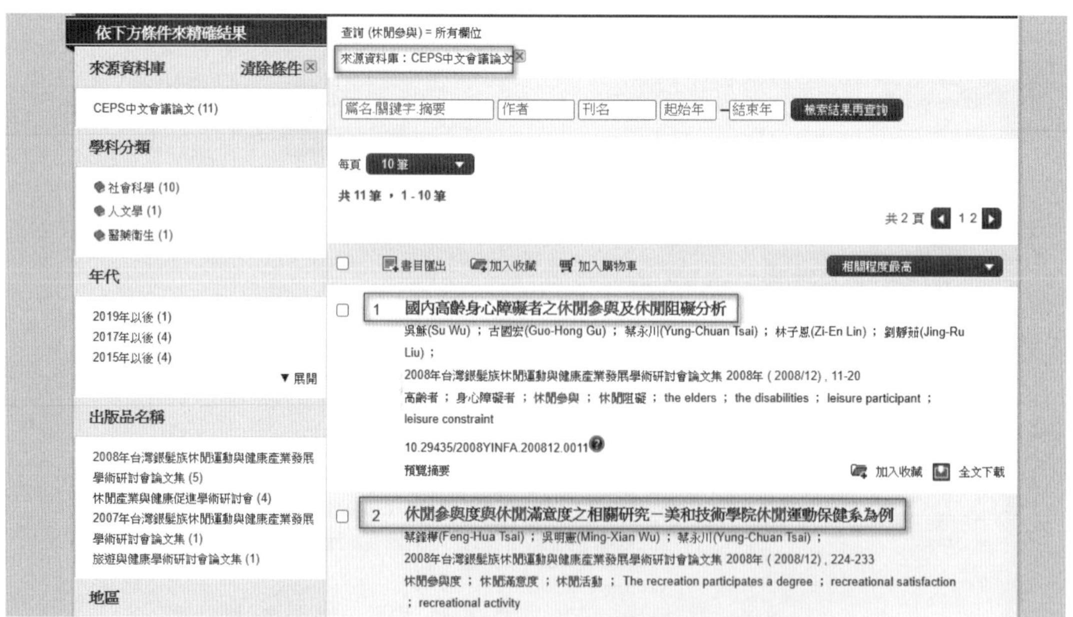

圖 2-3　CEPS 中文會議論文「休閒參與」查詢畫面

8. 其他另有 282 筆「期刊文章」及 9 筆「會議論文」的文獻資料，限於篇幅，讀者可以依據自己論文需要，除了「研究變數」外，也可考慮研究對象是否相同或不同等來考量是否下載，不需要全部下載以免浪費太多不必要的研讀時間。以下各節也將逐步帶領讀者，更有效率地找到眞正有需要的文獻資料。

9. 另外兩個「研究變數」，即「休閒需求」與「生活滿意度」，可依照上述的操作方式找出所需要的文獻，如圖 2-4 爲「休閒需求」共找出 68 筆「期刊文章」及 7 筆「會議論文」文獻資料。

圖 2-4　CEPS 中文電子期刊文章「休閒需求」查詢畫面

10.「生活滿意度」依照上述的操作方式，如圖 2-5 也找出 238 筆「期刊文章」及 10 筆「會議論文」文獻資料。

11. 由於從學校電子期刊資料庫去蒐集學位論文的中文文獻資料，資料庫系統隨時有新添加進來的文獻不斷在更新資料，因此讀者在使用學校電子資源，依照本書說明步驟去操作，所蒐集到的文獻資料數量也會因不同時間上網搜尋而有所出入，也就見怪不怪了。依筆者經驗，讀者蒐集文獻資料只要針對自己學位論文題目中的每一個「研究變數」找出至少 3 篇與論文有關的文獻資

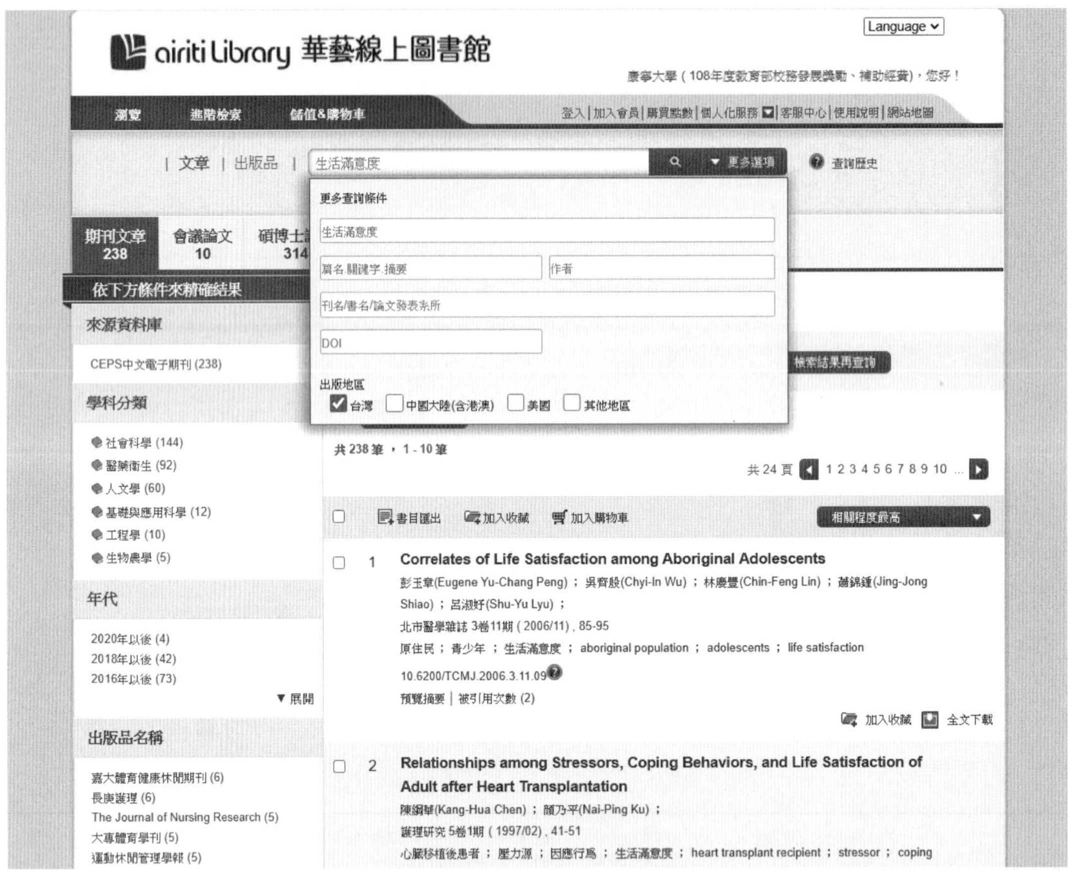

圖 2-5　CEPS 中文電子期刊文章「生活滿意度」查詢畫面

料作爲「關鍵性」文獻——所謂「關鍵性」，指的是文獻內有讀者所要查詢蒐集「研究變數」的分析討論，並且可以清楚的顯示其「因素構面」內容，這樣就可以順利建立個人學位論文的研究架構。

12. 另外 Academic Search Premier 英文期刊資料庫搜尋方面，可在選擇資料庫畫面中勾選資料庫種類，本例如圖 2-6 勾選了其中有提供完整全文資料的兩類期刊 OmniFile Full Text Select（H.W. Wilson）及 GreenFILE，再點擊「繼續」。
13. 隨即在出現檢索的畫面上方欄位中，鍵入「休閒參與」的英文字句 leisure participation，並按下「檢索」，如圖 2-7 所示。

圖 2-6 Academic Search Premier 英文期刊資料庫搜尋勾選畫面

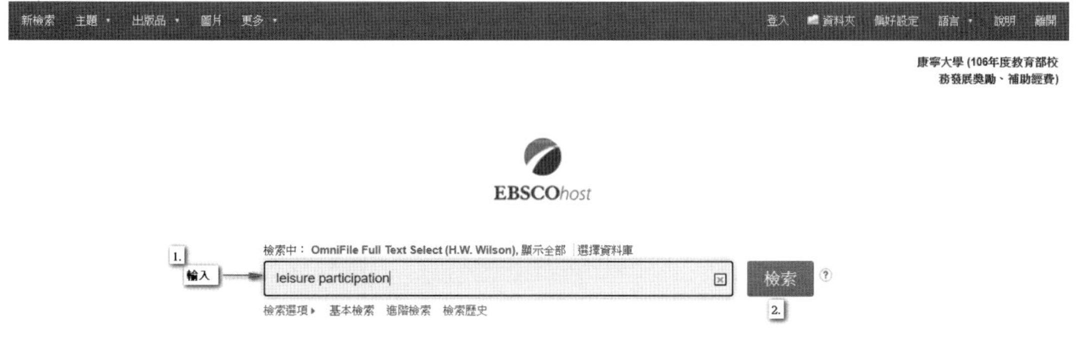

圖 2-7 Academic Search Premier 英文期刊搜尋「leisure participation」畫面

14. 如圖 2-8 共找出 53 篇文獻資料，讀者可以瀏覽畫面中間簡單的摘要介紹，也可以點按下方「HTML 全文」瀏覽完整的摘要內容，若符合個人論文文獻的需要，則可以按下「PDF 全文」下載全文。

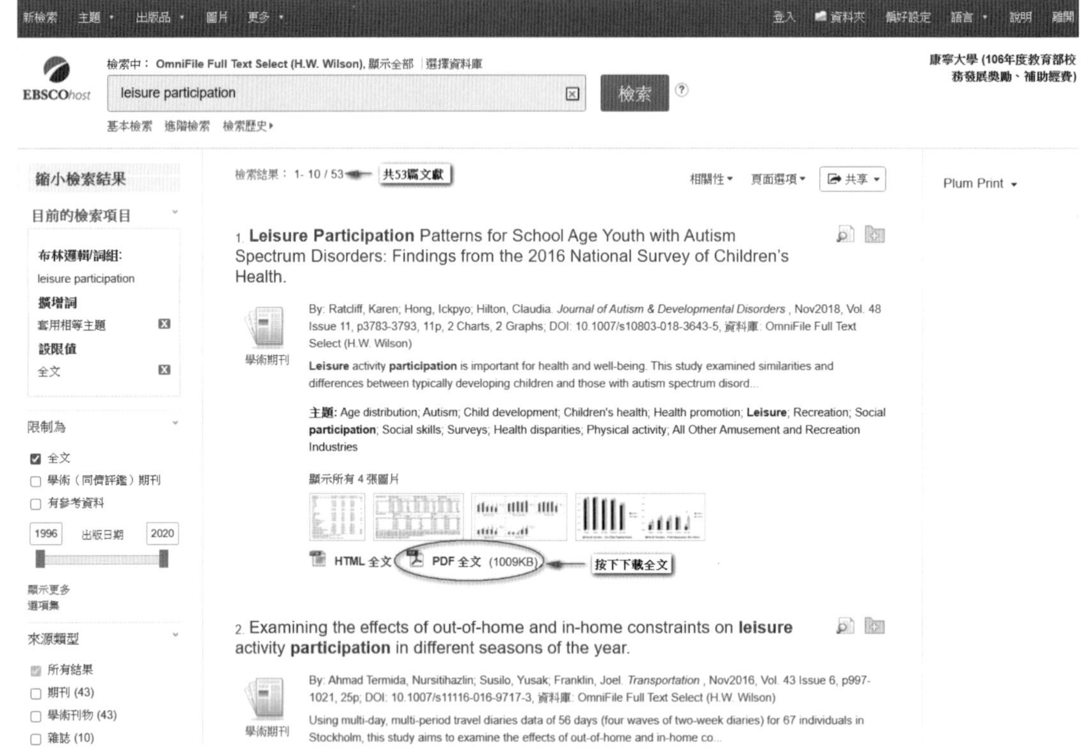

圖 2-8　Academic Search Premier 英文期刊搜尋「leisure participation」結果

15. 讀者若需要蒐集最近、最新的英文文獻資料，同樣可以在「相關性」處按選「最近日期」，則文獻資料如圖 2-9 會依最新出版的文獻發表日期依序呈現。

16. 綜合言之，讀者蒐集中、英文文獻資料只要針對自己學位論文題目中的每一個「研究變數」去搜尋，如前述中文期刊文獻至少要 3 篇「關鍵性」的文章，爲了能了解國際上相關最新的研究現況與趨勢並與國際接軌，盡可能按選「最近日期」找到最新的文獻資料。而英文期刊之蒐集，建議每一個「研究變數」至少蒐集 1-2 篇最新「關鍵性」的文獻資料即可。

圖 2-9 Academic Search Premier 英文期刊搜尋最新「leisure participation」文獻

(三) 找出文獻「研究變數」的結果與發現

博碩士學位論文中的第二章通常都是「文獻探討」的撰寫，這一章是蒐集所有跟論文有關的文獻資料，依據筆者在《厲害了！碩士論文撰寫與問卷調查統計分析：108 小時實戰》書中，對於常見的學位論文第二章的「文獻探討」內容，到底要引用什麼資料來鋪陳撰寫，共歸結出有「理論」、「方法」、「結果」與「發現」等四項重要的指引方針。本書將在此一步驟以實例解析，引導讀者如何在一篇文獻中引用「結果」與「發現」，而在下一步驟之「找出文獻的研究架構圖」，再介紹文獻中如何引用「理論」與「方法」。

1. 一篇學術論文最重要的貢獻就是研究的結果與發現，這也就是這篇學術論文是否有價值的觀察點。結果與發現在學術論文中，一般會在自己的學位論文第四章「結果與討論」中探討，依據分析及歸納的方法去探討研究的結果與發現，是否與寫在學位論文第二章「文獻探討」列出的文獻資料的結果與發現有所不同，甚至獲得更好的結果與發現！在學位論文第四章「結果與討論」的撰寫技巧，常常將自己研究的結果與發現跟第二章「文獻探討」去相互呼應，論述其間的差異與優劣，因此會較爲冗長，讀者若要在這裡找出論文題目中「研究變數」所需要的結果與發現資料，就要稍加詳細閱讀，抓出重點。其實，我們不用那麼辛苦，學術論文的重要結果與發現，一般會在論文內文的「摘要」及「結論」中找到。

2.「摘要」是整篇學術論文的門面，一眼即可看出這篇研究在做些什麼？有什麼樣重要的結果與發現。因此任何一篇學術論文，作者一定會搬出自己重要研究的結果與貢獻，具體扼要地揭露出來；「結論」則是將整篇學術研究的成果，一一列舉出來，但又與學位論文第四章的「結果與討論」，主要呈現的是各自分開獨立的研究結果論述稍微不同，學位論文的「結論」寫法主要是要整合第四章「結果與討論」所有結果，綜合評述後，再分項一一具體列舉，以凸顯研究成果與貢獻。

3. 以廖欽福與陳志忠在《亞東學報》所發表之〈護專學生網路成癮、休閒參與及生活滿意度之相關研究〉（2019），其摘要有一段內容：「分析結果發現：網路成癮與休閒參與呈現正相關；網路成癮與休閒參與分別和生活滿意度呈現負相關，研究結果護專學生的網路成癮現況以『強迫性上網行爲』最頻繁……」，這段摘要文字內容即是具體的結果與發現，讀者可依據自己論文需要引用其中的內容。例如讀者可以明顯看出有三處具體結果，再依個人需要引用之，這三處分別爲 1 網路成癮與休閒參與呈現正相關、2 網路成癮與休閒參與分別和生活滿意度呈現負相關、3 護專學生的網路成癮現況以「強迫性上網行爲」最頻繁。以上文獻摘要的結果與發現資料，依讀者需要，就可以放在自己學位論文的第二章「文獻探討」中，註明作者及年代即可。一般要引用文獻的結果與發現，簡單一句文字內容即可，例如可在學位論文第二章的「文獻探討」章節單元中引用如下：「廖欽福與陳志忠（2019）發現網路成癮與休閒參與分別和生活滿意度呈現負相關」，引用一、二句文獻內容，是一般期刊或論文較普遍使用的方法，若不得已要引用整段或超過一段，則必須謹慎，最好徵求原作者的同意授權後使用，以免發生著作權的爭議。

4. 部分發表的期刊論文，有時讀者在「摘要」中找不到所需要引用的文獻資料，也可以查看其「結論」部分是否有可具體引用的結果與發現資料。下一例爲黃國光與謝敏雅（2020）在「運動與遊憩研究」期刊所發表之〈花蓮地區國小學童家長休閒參與、休閒阻礙與親子關係之研究〉，其結論有以下摘錄之具體內容：「在休閒參與構面中，20-30 歲者顯著大於 31-40 歲及 41-50 歲族群；……在休閒阻礙構面中，20-30 歲者顯著大於 31-40 歲及 41-50 歲族群。……在休閒參與構面中，大學（專科）學歷者顯著大於國中（含以下）學歷者；……在休閒阻礙構面中，大學（專科）與研究所以上學歷者均大於國中（含以下）及高中職學歷者；……在親子關係構面中，大學（專科）學歷者顯著大於國中（含以下）及高中職學歷者」。讀者稍加留意，即可在其結論中擷取以上五處具體結果，再依個人需要引用之，這五處分別為 (1) 在休閒參與構面中，20-30 歲者顯著大於 31-40 歲及 41-50 歲族群、(2) 在休閒阻礙構面中，20-30 歲者顯著大於 31-40 歲及 41-50 歲族群、(3) 在休閒參與構面中，大學（專科）學歷者顯著大於國中（含以下）學歷者、(4) 在休閒阻礙構面中，大學（專科）與研究所以上學歷者均大於國中（含以下）及高中職學歷者、(5) 在親子關係構面中，大學（專科）學歷者顯著大於國中（含以下）及高中職學歷者。讀者可以依需要引用，並註明作者年代即可。舉例來說，讀者可在學位論文第二章的「文獻探討」章節單元中引用如下：「黃國光與謝敏雅（2020）發現在親子關係構面中，大學（專科）學歷者顯著大於國中（含以下）及高中職學歷者」。

5. 引用他人文獻資料時，要依據自己論文所需探討研究的問題有相同或類似的地方去斟酌使用。事實上學位論文第二章的「文獻探討」是引用他人的理論、方法、結果與發現；而在學位論文第四章「結果與討論」主要目的即在寫出自己研究使用的理論、方法，以及研究獲得的結果、發現，與學位論文第二章「文獻探討」所引用的理論、方法、結果與發現，進行對照比較或批判論述等給予回應，一般要將自己研究的結果回應比較引用已發表文獻之作者所做的研究時，要謹記需要三個重點資料來完整呈現，亦即「研究主題」、「研究對象」、「研究結果或發現」，跟自己學位論文結果比較完後，視需要加以比較或論述之。如果在學位論文的第四章「結果與討論」，只寫出自己研究的結果，而不跟學位論文的第二章「文獻探討」做出任何連結或呼應，則整本論文可能陷入閉門造車的處境，畢竟學位論文第四章研究的結果，不都是從學位論文第二章所找到的研究問題一一去尋求問題解決，而獲得了自己研究的成果嗎？因此讀者盡可能不要忽略了要「彼此相互呼應」，去回應自己在第二章「文獻探討」的引用內容，其實並不難！雖是舉手之勞，但是若實踐了就是一篇具有「水準以上表現的論文」，絕對會讓口試委員讚譽有加的好論文。

(四) 找出文獻的研究架構圖

一張清楚明確的研究架構圖，在常見的學位論文中有其極為重要的理論價值，這一張圖可以清楚呈現整個論文研究對象的「人口背景調查」、「研究變數」名稱、「因素構面」內容、「分析方法」及「研究變數」間的相關性或因果影響關係。要從期刊論文的文獻資料中找到「研究架構」，可以在「研究方法」或「研究設計」等章節單元中發現。研究架構圖之表示方式，建議讀者能完整呈現構面內容，包含「研究變數」或「潛在變數」及其「因素構面」或「觀察變數」內容，一方面可以清楚明確呈現理論建構之完整，同時也方便其他研究者之參考運用。而「因素構面」內容，也關係著後續問卷編制之基本要件，在本書後續第參章會有更清楚的介紹。

以下將分別說明研究架構圖上有清楚列出「因素構面」內容或沒有呈現「因素構面」內容的找出方法。

1. 研究架構圖有「因素構面」內容

在期刊中找研究架構圖，最直接的方式是查看上述研究方法單元中作者是否有繪出研究架構。例如張蓓琪、謝懷恕與顏麗容（2019）在《島嶼觀光研究》期刊所發表之〈女性空服員的休閒參與、休閒阻礙與休閒滿意度關聯性之研究——以C航空公司為例〉，其研究架構圖中可清楚顯示「休閒阻礙」的內涵因素有三個「因素構面」，內容分別為(1)個人內在阻礙；(2)人際間阻礙及(3)結構性阻礙。又例如圖2-10為陳羿蓁（2019）所撰論文「冰島自駕旅遊動機、滿意度及休閒阻礙之研究」之研究架構圖，「休閒阻礙」的內涵因素有三個「因素構面」分別為(1)個人內在；(2)人際間的阻礙及(3)結構阻礙，與張蓓琪等人（2019）發表的「休閒阻礙」構面的內涵都有相同的三個「因素構面」。如同以上這些論文能夠清楚完整的顯示研究架構，讀者在學校電子期刊資源上蒐集瀏覽時，都可考慮列為「關鍵性」的文獻參考資料而加以引用。

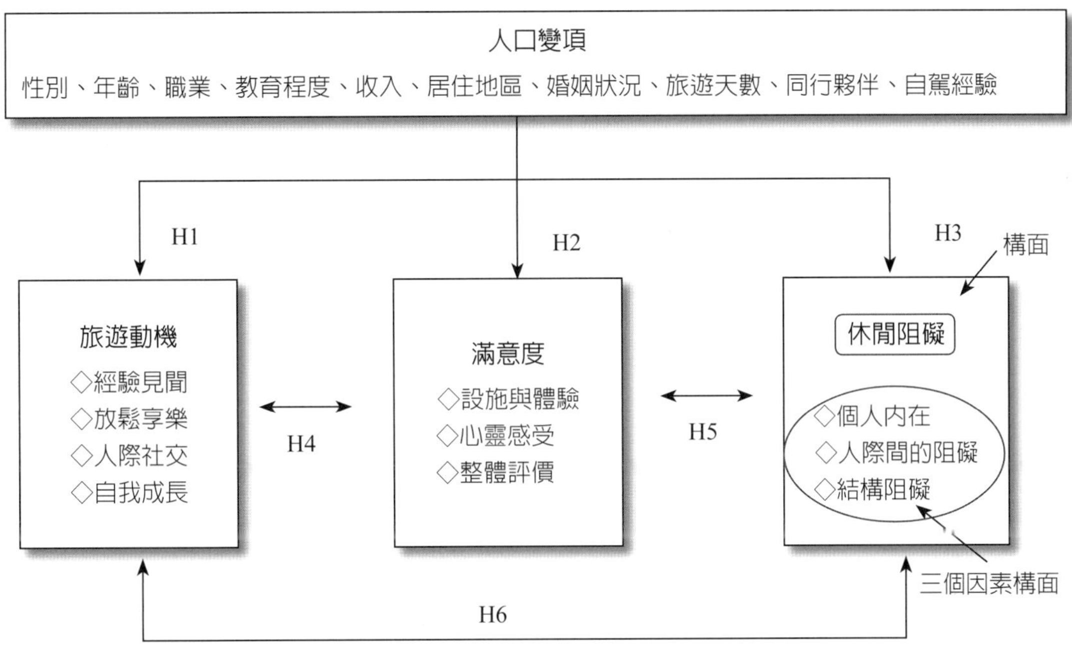

圖 2-10　含「因素構面」之研究架構圖擷取畫面

資料來源：修改自陳羿蓁（2019）。冰島自駕旅遊動機、滿意度及休閒阻礙之研究（未出版之碩士論文）（頁 27），康寧大學，臺南市。

2. 研究架構圖無「因素構面」內容

期刊常因爲篇幅限制或發表者個人習慣，研究架構圖的表示方式不一，讀者在期刊搜尋研究架構不見得可以很順利找到，有時還要從發表文獻之內文中去找。例如錢銘貴（2019）在《休閒事業研究》期刊所發表之〈銀髮族休閒阻礙、休閒動機及休閒參與關係之探討──以南部地區爲例〉，其研究架構圖在「休閒阻礙」這個「研究變數」上只在框圖中顯示四個文字「休閒阻礙」，並未呈現出其「因素構面」，因此讀者可以進一步從內文中去找尋，最終在錢銘貴（2019）內文第三部分「研究方法」找到有關研究工具與變項定義爲：「休閒阻礙外因潛在變項是由健康因素、經濟因素、交通因素、場所因素、個人因素及時間因素等六個觀察變項（Observed Variables）所反應」，因此我們清楚找到「休閒阻礙」的「因素構面」共有以上六個。又如陳沛悌、鍾建毅、裴蕾與陳甫鼎（2019）在《休閒事業研究》期刊所發表之〈中高齡者休閒活動阻礙及協商因素之探討〉，研究架構圖也類似錢銘貴在《休閒事業研究》期刊所發表者，僅呈現「休閒阻礙」一個「研究變數」，未列出「因素構面」，須進一步從內文中找尋，最終在陳沛悌等人（2019）內文第三部分「研究方法」之「問卷編制」中定義為：「休閒阻礙量表內容包括：內在阻礙、設施易達性阻礙、時間阻礙，以及同伴阻礙等四個構面」，亦即「休閒阻礙」的「因素構面」共有以上四個。

再看另外一個假設情況：若回過頭來看前述有研究架構圖且有「因素構面」的陳羿蓁（2019）之研究架構圖，只顯示「研究變數」而沒有「因素構面」內容，如圖 2-11 所示，讀者會放棄這一篇參考文獻嗎？

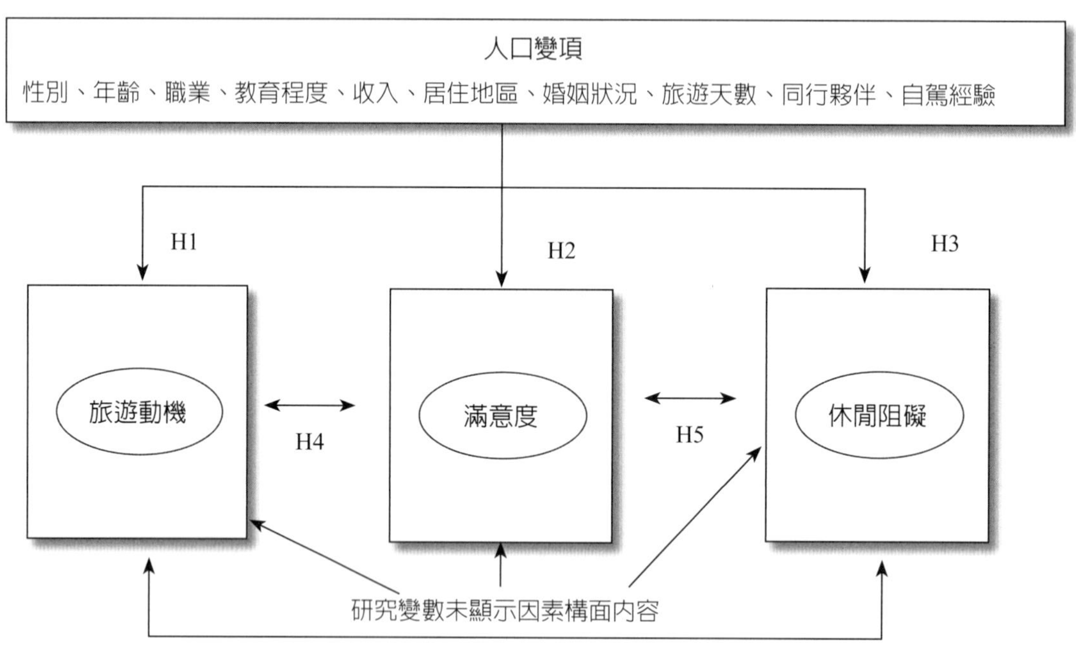

圖 2-11　不含「因素構面」之研究架構圖擷取畫面

資料來源：修改自陳羿蓁（2019）。冰島自駕旅遊動機、滿意度及休閒阻礙之研究（未出版之碩士論文）（頁 27），康寧大學，臺南市。

這個回答還是要慎重考慮，當然所有的學術論文不見得都會寫的或描繪的那麼清楚，讀者還是可以去「文獻探討」或「研究方法」單元中去找找看，很幸運的在陳羿蓁論文第二章「文獻探討」的「休閒阻礙相關研究」單元，找到關鍵的結語：「小結：本研究將休閒阻礙分為：個人內在阻礙、人際間的阻礙及結構性阻礙三個構面」。因此讀者在找自己研究架構內的所有「研究變數」的「因素構面」時，除了先看蒐集到的文獻研究架構圖外，不論完不完整的呈現「因素構面」，建議也要去查看「文獻探討」及「研究方法」的單元，這不會花費太多的時間，檢查一遍後再做是否列入自己論文的參考文獻的考慮。

3. 文獻中沒有研究架構圖

有些文獻之研究在特殊研究等情況下，如探討單獨一個「研究變數」時，研究架構圖也許會省略，這時讀者就要從內文中去找尋。例如林恩麒（2018）在《中正體育學刊》所發表之〈女性學生使用學校健身中心之阻礙研究──以臺大綜合體育館健身中心爲例〉，並未繪出研究架構圖，但可以在其發表文獻的第三部分「方法」的研究工具中，找到林恩麒（2018）對休閒阻礙的定義：「休閒阻礙依據 Crawford 和 Godbey（1987）提出之休閒阻礙架構分成個人內在阻礙、結構性阻礙、人際阻礙三大構面」，可見此一發表文獻所使用「休閒阻礙」構面內容也是常見的三個「因素構面」。所以即使文獻中在研究方法單元遍尋不著研究架構圖，若覺得該篇值得讀者參考，就可以試著再查看文獻內文一遍，不要放棄任何垂手可得的文獻參考資源。

文獻蒐集 SOP 提示——研讀關鍵性文獻資料

研讀關鍵性文獻資料： 從自訂論文題目中的「研究變數」著手，善用學校電子資源蒐集期刊文獻資料，蒐集整理有關自訂論文題目中「研究變數」的重要結果與發現。
整理蒐集文獻的研究架構圖： 優先蒐集到的各期刊文獻完整的「研究架構圖」，「研究架構圖」若未完整呈現各「研究變數」的「因素構面」，則可以從內文中再去尋找讀者所需「研究變數」之「因素構面」內容；若仍然不能找到，則另外再去找其他文獻；萬一又無法找到呢？可能是探索性的研究，可從自己所建構的「研究變數」名稱，間接的從相關的理論或研究內涵來蒐集文獻資料，這些資料可為直接設計題項的材料做準備，經過因素分析可萃取出「因素構面」內容。
補充心得註記 ➪

二、蒐集最近3年文獻

一篇博碩士論文，所羅列的參考文獻資料發表年代，可以看出撰寫論文者能否與最新理論及研究新知連結，並在論文中注入新的理論根基，使所撰寫的論文能與時代發展研究趨勢同步與時俱進，因此在論文內加入數篇最近 3 年發表之中、英文期刊文獻資料，可以豐富論文文獻資料的撰寫。除此之外，臺灣博碩士論文一般多在 3～5 年後公開全文，公開時參考文獻的資料可能至少也在 3 年以前了，而撰寫學位論文最忌抄襲他人論文，人的惰性習慣難改，有的研究生常常把數年前，甚至十幾年前的學位論文拿來參考，這樣抄襲的機會很難避免，研究生若能從學校電子期刊資源動一動手指蒐集最近 3 年期刊文獻資料並不難，只要是學校註冊的在學生，都有帳號密碼可進入使用，不要忽視了這項學校訂購給研究生的珍貴法寶！

從另一個角度來看，一篇博碩士論文的參考文獻都是 5 年前的，甚至是 10 年前的中、英文文獻資料，會讓論文審查者質疑，最近最新的相關研究怎麼會遺漏？前面第壹章在初步決定論文題目時，讀者應該也抓到了至少兩個以上的「研究變數」，「研究變數」也是從其他文獻資料找出來的，因此讀者在蒐集文獻資料，別忘了要找幾篇最近 3 年的文獻資料，比較能說服他人。蒐集最近 3 年文獻，也能提供讀者思考研究題目與國際在此相關領域研究的趨勢一致或有其重要研究價值。

至於有很多研究生都很喜歡找博碩士論文的書面影本或電子檔案的資源，只要跟自己初訂的論文題目近似的，都一律不拒絕。如果好不容易找到題目跟自己論文題目接近度愈接近的愈想獲得，甚至會用盡洪荒之力取得！但是因為國內每年博碩士論文的產量很大，品質參差不齊，若讀者舉洪荒之力找到了幾本博碩士論文的「寶藏」，建議可以先瀏覽閱讀後再跟指導教授討論，若確定論文品質無虞，再加以引用。

從學校電子期刊資源找文獻資料的好處多，其 CP 值相當高。電子期刊上所蒐集發表的文獻都有審查制度，而且都是約十幾二十幾頁的資料，不像博碩士論文少則七、八十頁；多則甚至一百多頁以上，筆者強烈建議撰寫博碩士學術論文引用的文獻資料，優劣排序最佳的是期刊發表的文章，其次是論文寫作的專書，再其次是研討會文章，眞得不得已要引用博碩士論文，還是跟指導教授討論請教。要引用國內外博碩士論文並非禁止，除非確認品質，否則不要列入論文的參考文獻。

筆者再次強調論文抄襲，要絕對審慎處理。在撰寫一篇畢業的博碩士學位論文，若所引用的參考文獻都是 5 年前的，極有可能是因人性的偷懶而將他人論文或期刊的文獻資料複製到自己的論文中而未再消化整理，尤其是博碩士學位論文，5 年後都可開放學位論文下載服務，便宜行事的複製張貼在自己論文中，這對辛辛苦苦撰寫出來論文的研究生，若因此被人檢舉學術論文抄襲，眞的得不償失啊！尤其最近臺灣媒體上常曝光的政治人物、藝人等被檢舉論文抄襲而撤銷學位的不勝枚舉，撰寫學位論文不得不謹愼對待。

蒐集文獻期刊資料並不難，一天下來找到近百篇學位論文所需要的期刊文獻數量並非不可能，重要的是怎麼把這些文獻資料消化放進自己的學位論文中，如何把這些文獻資料適當的引用到自己的學位論文中，使它不變成「抄襲」！這種合法又對撰寫論文有幫助的方法，就非常值得學起來。事實上「抄襲」與「引用」就在一牆之隔，如何把它當成撰寫學位論文的助力，在本書論文寫作技巧篇的第陸章第二節「文獻探討」，會再詳細說明列舉。

文獻蒐集 SOP 提示——蒐集最近 3 年文獻

蒐集中、英文期刊資料： 從就讀學校電子期刊資源蒐集最近 3 年發表的期刊文獻資料，建議讀者蒐集文獻資料考慮的優先順序依序為期刊、書籍，再其次研討會文章，最後博碩士論文等。
從論文題目中「研究變數」蒐集： 撰寫博碩士學術論文，針對論文題目中所呈現之「研究變數」，每一個「研究變數」盡可能蒐集至少 3 篇中文期刊、至少 1 篇英文期刊，博碩士論文除非論文品質沒問題，否則不建議列入參考文獻。
補充心得註記 ⇨

三、產生研究架構圖

從上述文獻蒐集的各項準備，如第一節研讀關鍵性文獻資料中所建議的抓住題目中關鍵的「研究變數」、使用學校電子資源搜尋文獻、找出文獻資料中「研究變數」的結果與發現、找出文獻的研究架構圖；而在第二節蒐集最近 3 年文獻，考慮的優先順序依序為期刊、書籍，再其次研討會文章，最後博碩士論文等，蒐集分類這些資料後再彙整為讀者自己撰寫的學位論文研究架構，並繪出研究架構圖，能到達此一步驟，學位論文就已經算是完成了一大半了。以下將以賴玟伶（2020）、林建男（2020）及李璟瑤（2020）所完成論文的研究架構圖說明之。

(一) 研究架構圖範例一

賴玟伶論文題目為「遊客旅遊動機、休閒效益對重遊意願之影響——以營溪社區為例」，從以上不長的論文題目中，其實透露了非常多的訊息，包含研究對象為營溪社區的遊客，論文中的「研究變數」有三個，即「旅遊動機」、「休閒效益 」及「重遊意願」，且「研究變數」之間有影響關係或因果間之探討。欲完成研究架構圖，我們從以上論文題目中的三個「研究變數」，使用就讀學校的電子期刊資源分別去找出「研究變數」的相關期刊文獻資料，尤其可集中在各個「研究變數」的「因素構面」、「結果與發現」的文獻資料搜尋。事實上，期刊文獻所發表的論文題目與博碩士學位論文非常相近，甚至比學位論文題目範圍更為聚焦具體。圖 2-12 為賴玟伶（2020）論文〈遊客旅遊動機、休閒效益對重遊意願之影響——以營溪社區為例〉的研究架構圖：圖中英文字母 H 開頭顯示為須進行統計分析檢定之「研究假設」標示符號，除人口背景資料調查外，三個「研究變數」，即「旅遊動機」、「休閒效益 」及「重遊意願」是使用問卷「量表」來量測，「研究變數」間可使用單箭頭或雙箭頭顯示兩者之間的關係，如前述單箭頭標誌「→」表示影響關係方向；雙箭頭標誌「↔」則表示兩者之間相互關係；有箭頭的變數間，皆須進行統計分析檢定。賴玟伶在研究架構圖上之美工設計確實與眾不同，但仍然不失簡單清楚明瞭，各「研究變數」下之虛框線為量表對應之「因素構面」，從「人口背景變項」到各「研究變數」之單箭頭方向，表示各個人口背景在量表分數表現的差異情形，可使用 t 檢定或 F 檢定統計檢定方法分析之；而從「旅遊動機」或「休閒效益」到「重遊意願」之單箭頭，表示自變數「旅遊動機」或自變數「休閒效益」對依變數「重遊意願」之影響關係，可使用簡單或多元線性迴歸分析統計檢定方法分析之。

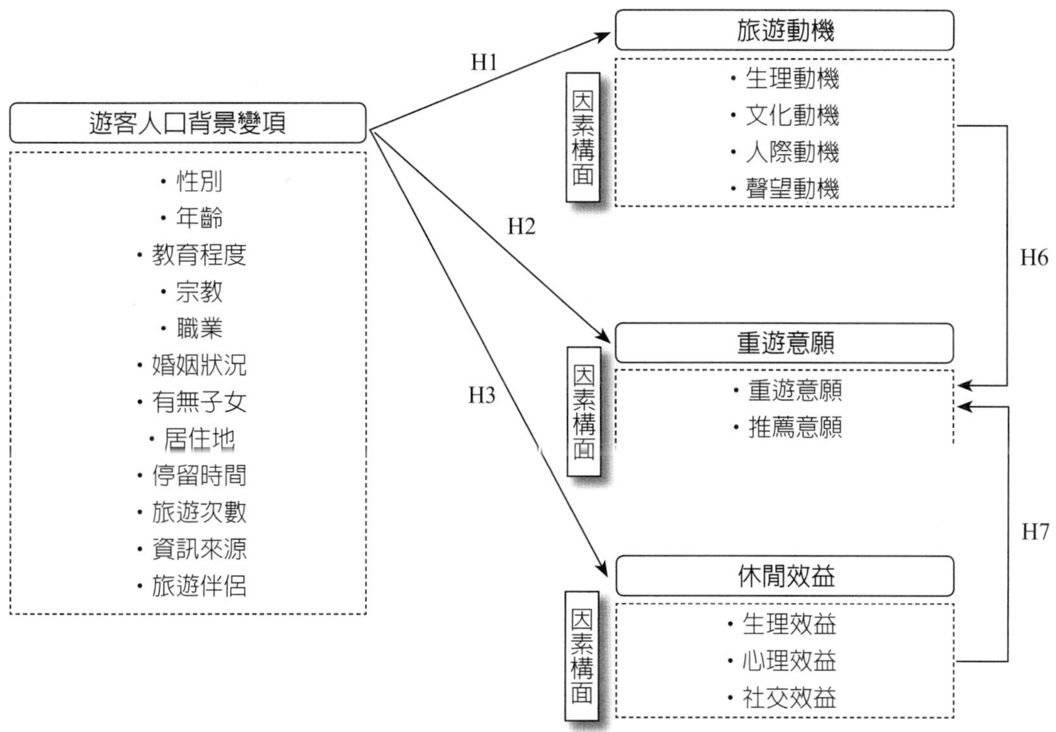

圖 2-12　範例一含「因素構面」之研究架構圖擷取畫面

資料來源：修改自賴玟伶（2020）。遊客旅遊動機、休閒效益對重遊意願之影響——以營溪社區為例（未出版之碩士論文）（頁 26），康寧大學，臺南市。

(二) 研究架構圖範例二

林建男論文題目爲「國中生參觀博物館之科技態度、休閒體驗與休閒效益研究」，研究對象從題目中可清楚知道爲國中生，論文中的「研究變數」有三個，即「科技態度」、「休閒體驗」及「休閒效益」，以問卷量表來量測，且量表之間有雙箭頭「↔」表示相互關係之探討。圖 2-13 爲林建男（2020）論文〈國中生參觀博物館之科技態度、休閒體驗與休閒效益研究〉之研究架構圖，類似範例一之解析，各「研究變數」量表下所列數行文字敘述爲「因素構面」內容。

箭頭旁之 H1 → H6 符號表示分析探討的「研究假設」，需要去驗證「研究假設」是否成立。如「研究變數」到「研究變數」之單箭頭標誌「→」則表示探討兩者之影響關係，可使用簡單或多元線性迴歸分析來驗證 H5，而「研究變數」到「研究變數」之雙箭頭則表示探討兩者之相關性，可使用相關分析檢定驗證 H4，而從「國中生背景變項」到各「研究變數」之單箭頭標誌「→」，表示探討國中生在各不同背景下於各量表上表現的差異情形，可使用統計檢定方法之 t 檢定或 F 檢定來驗證 H1、H2 及 H3。

事實上，論文中所提出的「研究假設」，也就是論文中需要檢定的研究問題，這些「研究假設」都是要用推論統計的方法去解決，當然研究問題有些是不需要使用推論統計的方法，可以歸類為敘述統計的問題，例如問卷調查中的人口背景變項調查，需要使用次數分配表以了解各個人口背景變項的分布比率情形，如性別、職業等的百分比分布情形，以及較複雜的複選題分析資料等；又例如所有研究對象在整體「科技態度」、「休閒體驗」及「休閒效益」量表上的得分情況，亦須使用敘述統計方法。

整本博碩士論文的完成，即在說明如何解決研究問題的一本學術著作，在量化研究方面，使用的方法不外「敘述統計」與「推論統計」兩種表述方式，本書後續第參章開始將會一一為讀者進一步詳細介紹問卷設計、統計分析與寫作技巧的實務練習。

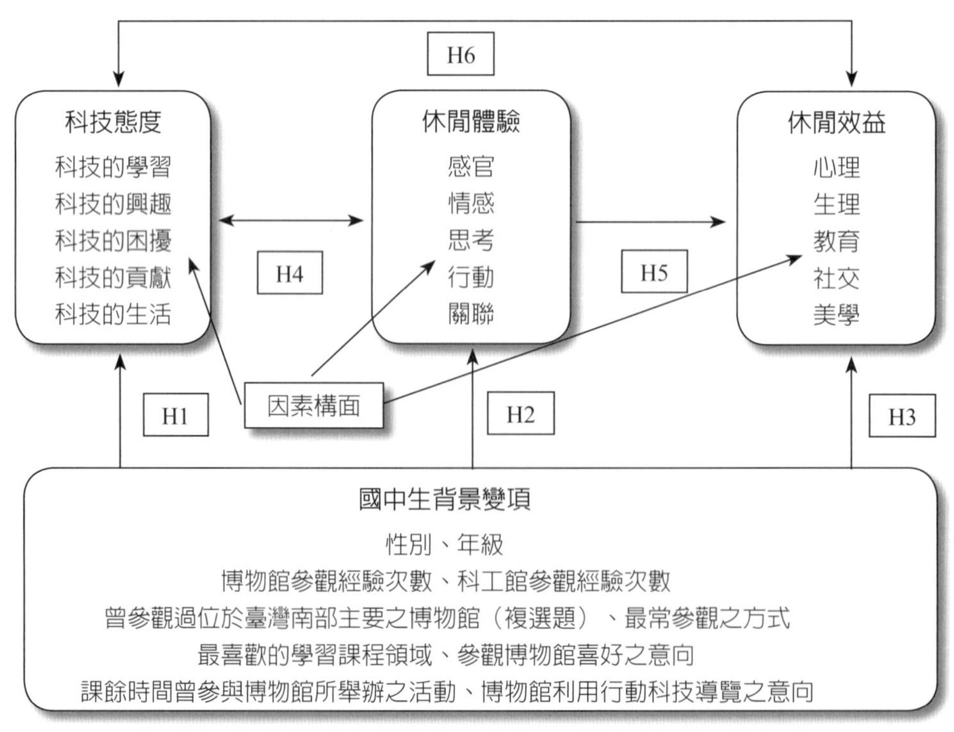

圖 2-13　範例二含「因素構面」之研究架構圖擷取畫面

資料來源：修改自林建男（2020）。國中生參觀博物館之科技態度、休閒體驗與休閒效益研究（未出版之碩士論文）（頁 52），康寧大學，臺南市。

(三) 研究架構圖範例三

李璟瑤論文題目爲〈臺南市教保服務人員在照顧發展遲緩幼兒的職場疲勞、健康休閒生活品質之研究〉，圖 2-14 爲李璟瑤（2020）論文之研究架構圖，論文題目中的「研究變數」有兩個是針對論文題目的主要研究對象的教保服務人員，即「職場疲勞」及「生活品質」，另一個「研究變數」是針對第二個研究對象遲緩兒的「健康相關生活品質」調查，兩個研究對象間彼此有密切關聯，設計皆以問卷量表來量測，且背景變項與量表間之單箭頭標誌「→」，表示探討背景的群組在量表分數表現的差異性檢定，可使用統計檢定方法之 t 檢定或 F 檢定。例如研究架構圖中探討教保服務人員各個背景變項以單箭頭標誌「→」，指向「職場疲勞」量表及「生活品質」量表分數表現的 H1 及 H2 的差異檢定情形；另一則探討遲緩兒各個背景變項「→」，指向「健康相關生活品質」量表分數表現的 H4 的差異檢定情形。兩個量表間的單箭頭標誌「→」，如「職場疲勞」量表到「生活品質」量表，以及「健康相關生活品質」到「職場疲勞」，則表示探討前者對於後者影響的 H3 及 H5 的檢定情形，可使用簡單或多元線性迴歸分析。

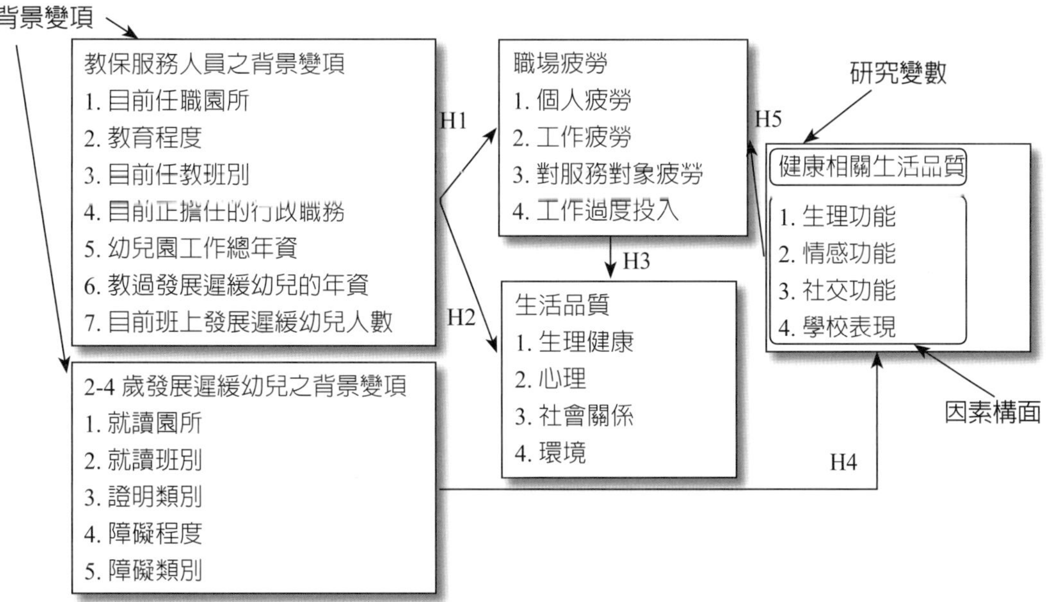

圖 2-14　範例三含「因素構面」之研究架構圖擷取畫面

資料來源：修改自李璟瑤（2020）。臺南市教保服務人員在照顧發展遲緩幼兒的職場疲勞、健康休閒生活品質之研究（未出版之碩士論文）（頁 44），康寧大學，臺南市。

文獻蒐集 SOP 提示——產生研究架構圖

<table>
<tr><td>研究架構圖中繪出所有「研究變數」及其「因素構面」：
一般研究生在設計「研究變數」時較常使用「量表」來量測，如態度量表及認知量表等。若有需要也可以使用「測驗表」來量測，如性向測驗、適性測驗及心理測驗，以及一般智商的是非題、選擇題測驗等。</td></tr>
<tr><td>研究架構中「研究變數」無論是使用「量表」或「測驗表」，盡可能完整呈現其「因素構面」，除了可以清楚呈現「研究變數」的理論內涵，也提供其他瀏覽參閱者更便捷的「因素構面」資訊。</td></tr>
<tr><td>研究架構圖中需有人口背景調查資料：
研究架構圖中除了「研究變數」，「人口背景變項」資料也不能省略，所有這些不同類型的「變數」，或者更直白的說「所有在研究架構圖中的文字，都需要在學位論文第二章『文獻探討』中找到參考引用文獻的依據」。</td></tr>
<tr><td>繪出研究架構圖中「變數」間之箭頭方向：「研究變數」間分別以單箭頭或雙箭頭顯示兩者之間的關係，單箭頭標誌「→」表示影響關係之方向；雙箭頭標誌「↔」則表示兩者之間相互關係。</td></tr>
<tr><td>研究架構圖中也可以同時呈現研究分析的方法，例如「人口背景變項」到各「研究變數」的單箭頭，代表可以進行群組間之差異性檢定分析；「研究變數」到「研究變數」之間的單箭頭標誌「→」，表示變數影響關係方向，代表可以進行線性（或非線性）迴歸分析，也可以進行結構方程模式的分析探討；「研究變數」到「研究變數」之間的雙箭頭標誌「↔」，表示變數間的相互關係，代表可以進行線性（或非線性）相關分析。</td></tr>
<tr><td>適度選擇標示中英文字敘述：
可以在變數間或箭頭處呈現「研究假設」標示符號，如依據學位論文中所定義的 H1、H2……研究假設，或是使用的統計分析方法，如 t 檢定、F 檢定等。論文研究架構若較為複雜，如使用三個「研究變數」以上時，若再加入這些中英文字敘述，可能會使研究架構圖紊亂複雜，反而不好。是否標示中英文字敘述，讀者可依據個人需要，若以上「研究變數」及其「因素構面」、「人口背景變項」及變數間之箭頭都已經畫上就緒，事實上是否標示中英文字敘述，就沒有那麼重要了。</td></tr>
<tr><td>補充心得註記 ➪</td></tr>
</table>

四、論文題目確認

從第壹章搞定論文題目，再經由本章第一到第三節的努力研讀與實際操作，相信讀者應該已經可以繪出整個研究架構的框架了，學術論文的進度至此也已經達成了 50% 以上進度！怎不教人欣喜！剩下的還有在學位論文中把文獻資料補齊、問卷 DATA 蒐集與分析，以及最後撰寫畢業學位論文。

繪出的研究架構圖，可以跟指導教授討論並確認，並且再依據最後研究架構圖所繪出的重要「研究變數」及研究對象等，適度修正原先在第壹章搞定論文題目所得到的論文題目，但一般情況下，修改的幅度應該不會變化太大，也許幾個字而已。然後即可進行研究工具的編制，本書雖然以問卷調查方法為重點，但使用質性研究的讀者，也可依據本書的方法簡化使用部分量化方法，來彌補質性研究的不足；其實使用量化研究的讀者也有無法探究的問題解答，部分無法獲得解答的疑問，也可以適度地使用深入訪談的質性方法來獲得彌補。

即使讀者現在題目確認了，是不是就不能更改了呢？這個答案還是要依據研究最後的結果，有可能會稍作修改！例如假設原先是探討「休閒活動影響生態認知之研究」的論文題目，經過在本書第伍章推論統計的分析檢定結果，發現休閒活動對生態認知並無任何影響，因此題目需稍作修改，可以修正為「休閒活動與生態認知之研究」，也就是將原來有影響關係的「影響」二字，修正兩者較為保守相互關係之「與」字，以上這些修正的討論都有待論文最後的研究結果為何，再來確認。若讀者在研究假設中已經明白揭示要探討「影響」的關係，則論文題目事實上也就不用修改，把兩者最後研究的結果呈現出來，例如研究假設是否成立？經適當的統計分析方法檢定後，再加以詮釋研究結果即可。至於其他文獻資料所做的研究結果是否跟讀者研究假設或研究結果一致或相反，可以在論文中加以分析比較或論述。論文題目經由以上的考慮及確認後，讀者便可以進入第參章研究工具的設計了。

文獻蒐集 SOP 提示——論文題目確認

「因素構面」內容須兩項以上： 確認研究架構中的所有「研究變數」及其「因素構面」，每個「研究變數」的「因素構面」必須至少兩個因素項目以上，但也不宜超過七個因素項目。
「人口背景變項」內容須五項以上： 確認研究架構中的「人口背景變項」，其項目原則上至少五個。
研究架構圖中箭頭完整清楚： 確認研究架構中各框架單元都有箭頭連接，包含單箭頭標誌「→」及雙箭頭標誌「↔」，須預先規劃研究「人口背景變項」內容以及「研究變數」與「研究變數」之間連接的關係，釐清並確認連接箭頭指標走向之意義內涵是否與論文題目仍然相符且一致。
補充心得註記 ➪

寫作技巧篇

第參章

研究工具設計

研究工具是一般學位論文中第三章「研究方法」很重要的一部分，舉例來說工程科學領域的研究，一般而言都採用實驗研究，實驗要有良好的控制條件，因此要有可精密控制的「實驗設備」及「操作步驟」，而這些「實驗設備」及「操作步驟」就成爲實驗研究的重要「研究工具」；至於社會科學領域的研究，一般常採用調查研究法，尤其是問卷調查，調查的對象是人，其中常以量表或測驗表來獲得解答，因此這些「量表」及「測驗表」就成爲問卷調查的重要「研究工具」。

本書從第貳章所建立的研究架構，讀者應該還記得研究架構圖是從蒐集文獻整理而得到的研究計畫藍圖，包含「人口背景變項」、「研究變數」單元及其「因素構面」，以及連接框架變數之間的單箭頭標誌「→」或雙箭頭標誌「↔」。「研究變數」依論文需要可爲「量表」或「測驗表」，同時也需詳列各「研究變數」的「因素構面」內容，因此完整的研究架構圖應該涵蓋兩大單元，一個是「人口背景變項」單元，另一個單元則爲各「研究變數」及其「因素構面」內容，以及貫穿各單元間之單箭頭標誌「→」或雙箭頭標誌「↔」來顯示可能的因果或彼此影響關係之方向，不論研究架構圖中各單元間的單箭頭或雙箭頭的關係，都需要驗證。一般而言，幾乎都使用統計推論的統計分析檢定方法來完成。

進行到此，讀者務必要深刻牢記在心：「從初訂論文題目到確立完整的研究架構圖，這些蒐集到的文獻參考資料，不論是專業書刊、博碩士學位論文、期刊或研討會論文，甚至是有公信力的網站資源等，都是問卷編制的重要參考資訊，不要隨意扔在一邊」。以下將依據研究者所繪出的研究架構圖及蒐集到的文獻資料，進行「研究工具」的問卷編制。

一、問卷編制

研究架構圖若已經完成了，再來就可以做問卷編制囉！多少年來筆者指導的研究生常常拿別人的學位論文最後面的附錄所附的正式問卷來參考使用，當然這是一個快速便捷的方法，並非不能利用，但是整個原封不動地將一份量表或測驗表拿到自己的學位論文來使用，就要謹慎小心了。原則上若評估這份他人所設計的「量表」或「測驗表」的信、效度很不錯，而且也被許多學術界所推薦使用，則可以去函或去電徵詢原作者的授權使用，經回覆同意後，就可以原封不動地在自己的正式問卷中安心使用。

這種「找到了就融爲自己研究的一部分」雖然方便，但還是要謹慎使用。若學位論文中的每一個「量表」或「測驗表」都從不同文獻參考資料中獲得問卷資料，例如從眾多的博碩士論文中找到與讀者所訂學位論文題目的研究架構中的一個相同「研究變數」的問卷資料分析的討論結果；若幸運的話，研究架構中所有的「研究變數」，都已經從不同文獻參考資料來源中，找到相關「研究變數」的問卷資料分析結果，以及問卷編制的細部討論，也因此從這些文獻裡所找到問卷編制的蛛絲馬跡，便能使讀者很快著手進行問卷編制的工作。

但參考國內外問卷編制的資源，會因國情、文化、區域流行、學校特色乃至研究主題或研究對象等的不同，而無法直接原封不動地加以使用。大多常見的情況是拿到這份問卷編制資源後，以篩選、修改、刪除或添加的方式去完成研究者的問卷編制。

不論問卷編制是從相關文獻參考資料中，直接原封不動地加以使用或者只參考使用其中的一部分，爲使讀者能從各種不同的文獻參考來源去快速地使用問卷編制資源，去找到個人學位論文的研究架構中各「研究變數」所應對的問卷編制內容，其中之一是從學位論文或專書中去蒐集參考，另一個則是從期刊或研討會論文中去尋找有關編制問卷等題目的文章，會節省較多時間。爲使讀者短時間在問卷編制的各種繁雜設計摸索過程中，能有效地完成此一問卷編制工作，以下本書將化繁爲簡，帶領讀者一步步完成問卷編制的重要步驟。

由於一本學位論文若使用調查研究的問卷調查方法爲主，是以「人」作爲研究對象，而每個獨立個體都有自己的主觀意識看法存在，因此研究者要如何擺脫自己原已經存在的主觀看法，如何設計出一份沒有任何偏頗的問卷內容，這也就凸顯了問卷編制是一件極爲重要的工作，必須很嚴肅謹愼的來面對。

(一) 從學位論文或專書中蒐集參考

國內每年產出的博碩士學位論文數量頗爲豐富，依據國家圖書館 2018 年臺灣學位論文研究趨勢與學術影響力分析報告，顯示在「臺灣博碩士論文知識加值系統」中所收錄之 106 學年度全國 140 所大學，共有 56,170 筆博碩士論文，其中 94% 爲碩士論文、6% 爲博士論文。學位論文中的品質參差不齊，因此若將其中符合讀者個人研究架構中任一「研究變數」的量表或測驗表，均可納入自己的問卷編制中，但仍須進一步小心謹愼查看該學位論文中可否確認該「研究變數」所內含之每個「因素構面」所設計的問卷題項是否「交代清楚」。一般而言，可以從該學位論文的「文獻探討」或「研究方法」的章節中去查看，且能清楚明確的指出每個「因素構面」所設計的題項，原則上每個「因素構面」需要 3-5 個題項以上之內容，這項查驗動作，關乎在正式問卷塡答後，接著進行 SPSS 統計分析時，每個「因素構面」的所有題項需要加總其分數，若不知或不確認「因素構面」是有哪些題項組成時，則無法進行加總的統計過程，以及各個「因素構面」的敘述統計及推論統計的分析計算。因此若能找到符合以上查看的明確問卷內容及題項數目條件的某一篇學位論文，就可以安心放進自己的問卷編制參考；若不能找到符合以上查看的內容及條件的學位論文，則應從另外的博碩士學位論文中去尋找蒐集。

讀者個人研究架構中，每個「研究變數」至少要蒐集符合以上所列條件的學位論文一、兩本以上提供問卷編制之參考，將以上所蒐集到的學位論文所附加的問卷資源，依據前述予以篩選、修改、刪除或添加的方式，去完成讀者問卷編制中「研究變數」的每一個「因素構面」問卷題項的設計，並相互對照參考使用。在讀者所建立之研究架構圖中，包括「人口背景變項」及「研究變數」，進行問卷編制都要考慮。因此除「研究變數」外，也必須包含「人口背景變項」的問卷題項設計。本單元將以葉美華（2020）之論文「臺南市公立幼兒園教師休閒參與、休閒需求與生活滿意度之研究」爲例，假設讀者個人所撰寫的學位論文研究架構中，剛好要蒐集的「研究變數」之一爲「休閒參與」的問卷設計，而葉美華這一篇學位論文也經過正常程序後取得，如何參考該論文來進行自己學位論文的問卷編制工作，茲說明如下：

1. 從論文研究架構獲得「因素構面」

葉美華的研究架構圖，讀者可查看前一章圖 2-1 所顯示，其中「人口背景變項」有 14 個選項，「研究變數」之「休閒參與」量表包含運動健身類等 6 個「因素構面」，這 6 個「因素構面」所設計的問卷題項，可以繼續查看其學位論文之附錄的正式問卷題項或第二章「文獻探討」有關休閒參與之相關討論內容，以下將一步步分別爲讀者詳細說明。

2. 從論文附錄的正式問卷中獲得「因素構面」

查看在葉美華的論文附錄中提供了完整的正式問卷題項，如擷取畫面之圖 3-1，它清楚標明了休閒參與的「因素構面」所設計的問卷題項，如運動健身類爲 1-5 題、社交類爲 6-8 題等，都能符合每個「因素構面」至少 3 個題項的條件標準。因此便可以將以上所找到的題項以篩選、修改、刪除或添加的方式，去完成讀者論文的問卷編制，爲了使問卷編制更爲精確及完整的調查出該研究議題所要的答案，讀者可以再多參考其他學位論文，以使問卷編制更爲周全。在其他學位論文中不見得會清楚顯示「因素構面」所設計的題項內容，上述葉美華論文附錄所呈現的問卷型態，很值得在進修博碩士的研究生參考，這不僅讓填答者清楚自己所填答的內容訊息，也讓其他參考研讀的學者或研究生能更快的理解設計內容，並且辨識作者的用心與研究的確實。

【第二部分】幼兒園教師休閒活動參與量表調查問卷

《填答說明》這一部份是想了解您目前休閒參與的現況，請依據您過去半年內實際參與休閒活動的經驗圈選出您實際參與休閒活動的頻率，謝謝！
＊總是參加【幾乎每天】→請圈選5。 ＊經常參加【每週1、2次】→請圈選4。
＊偶爾參加【每個月1、2次】→請圈選3。
＊很少參加【每半年1、2次】→請圈選2。＊不曾參加【從未參加】→請圈選1。

類型	項目	休閒參與活動	不曾參加	很少參加	偶爾參加	經常參加	總是參加
運動健身類	1	各種球類運動。	1	2	3	4	5
	2	健走、慢跑、騎自行車等。	1	2	3	4	5
	3	游泳或水上運動等。	1	2	3	4	5
	4	健身房/教室所提供的所有課程或器材，如：跑步機、瑜伽、有氧舞蹈等。	1	2	3	4	5
	5	自己準備的健身器材(啞鈴、呼拉圈等)或徒手健身(仰臥起坐、伏地挺身等)。	1	2	3	4	5
社交類	6	參加社團所舉辦之活動。	1	2	3	4	5
	7	拜訪親友、同學、朋友聚會或聚餐。	1	2	3	4	5
	8	工作領域的活動，如：研習、參訪等。	1	2	3	4	5
社會服務類	9	參與社區守望相助志工、圖書館、醫院志工等服務。	1	2	3	4	5
	10	到育幼院、老人養護中心、偏鄉地區學校帶團康活動等。	1	2	3	4	5
	11	參與政府或民間團體所舉辦的公益活動，例如：路跑、義賣等。	1	2	3	4	5

圖 3-1　休閒參與活動量表部分正式問卷題項擷取畫面

資料來源：修改自葉美華（2020）。臺南市公立幼兒園教師休閒參與、休閒需求與生活滿意度之研究（未出版之碩士論文）（頁 116），康寧大學，臺南市。

3. 從論文「文獻探討」或「研究方法」中獲得「因素構面」

若讀者無法從所蒐集之博碩士學位論文中找到有清楚標示「因素構面」的問卷時，則只好從其學位論文的第二章「文獻探討」、第三章「研究方法」，甚至第四章「結果與討論」中去尋找。若再以上例來查詢，在葉美華（2020）論文第二章「文獻探討」有關「休閒參與」的休閒參與類型的總結：「本研究採用主觀分析法，考量研究對象的特質及評估相關條件，參考學者黃秋靜（2019）後將臺南市公立幼兒園教師之休閒參與類型分為『運動健身類』、『社交類』、『社會服務類』、『嗜好娛樂類』、『戶外遊憩類』及『知識文藝類』等六大類型」。在此處可清楚顯示葉美華對於休閒參與的「因素構面」內容，做出統整性之總結。

我們同時也可查看在葉美華（2020）論文第三章研究設計和方法之 3-3 節「構面定義與問卷設計」之題項內容表 3-3，如圖 3-2 所示。

表 3-3 幼兒園教師休閒參與問卷題項

構面	測量題項
運動健身類	1.各種球類運動。2.健走、慢跑、騎自行車等。3.游泳或水上運動等。4.健身房/教室所提供的所有課程或器材，如：跑步機、瑜伽、有氧舞蹈等。5.自己準備健身器材(啞鈴、呼拉圈)或徒手健身(仰臥起坐、伏地挺身)。
社交類	6.參加社團所舉辦之活動。7.使用 LINE、FB、IG、或其他通訊社交軟體。8.拜訪親友、同學、朋友聚會或聚餐。9.工作領域的活動，如：研習、參訪等。
社會服務類	10.臺鐵志工、醫院志工、社區志工服務等。11.團康性質活動，如：到育幼院、老人養護中心、偏鄉地區學校帶團康遊戲等。12.政府或民間團體所舉辦的公益活動。13.宗教團體所舉辦的各類活動。
嗜好娛樂類	14.唱歌、看電影、音樂會、演唱會等。15.手遊、電腦、桌遊、麻將等。16.園藝、手工藝、各項書籍閱讀等。17.烘焙、烹飪、各類收藏等。18.百貨公司、網路購物、團購等。
戶外遊憩類	19.露營、烤肉、釣魚蝦等。20.大坑登山步道、玉山等。21.觀賞野生動植物、紅樹林保護區等。22.戶外風景區或探索大自然，如：冷/溫泉、科學園區、天文館等。
知識文藝類	23.參觀古蹟、原住民/客家文化園區等。24.參觀博物館或文物展覽館。25.繪畫、書法、手工藝品等展覽。26.參觀廟宇、教堂禮拜、媽祖繞境、舞龍舞獅等。

預試分析時刪除之題項

圖 3-2　休閒參與活動量表設計之部分問卷題項擷取畫面

資料來源：修改自葉美華（2020）。臺南市公立幼兒園教師休閒參與、休閒需求與生活滿意度之研究（未出版之碩士論文）（頁 29），康寧大學，臺南市。

另在葉美華（2020）論文 3-4 節「問卷預試與選題」之信度分析，休閒參與之所有「因素構面」題項之預試信度分析與是否刪題之取捨，也能一覽休閒參與量表之整個設計題項，如圖 3-3 所示。

表 3-6 幼兒園教師休閒參與量表之信度分析摘要表

	修正項目總相關	項目刪除時 Cronbach's Alpha 值	預試問卷項目刪除決策
1 各種球類運動。	.456	.888	保留
2 健走、慢跑、騎自行車等。	.401	.889	保留
3 游泳或水上運動等。	.588	.886	保留
4 健身房/教室所提供所有課程或器材，如：跑步機、瑜伽、有氧舞蹈。	.430	.889	保留
5 自己準備健身器材(啞鈴、呼拉圈等)或徒手健身(仰臥起坐、伏地挺身)。	.560	.885	保留
6 參加社團所舉辦之活動。	.530	.886	保留
7 使用 LINE、FB、IG、或其他通訊社交軟體。	.160	.896	刪除
8 拜訪親友、同學、朋友聚會或聚餐。	.528	.887	保留
9 工作領域的活動，如：研習、參訪等。	.429	.889	保留
10 臺鐵志工、醫院志工、社區志工服務等。	.349	.890	修改
11 團康性質活動，如：到育幼院、老人養護中心、偏鄉地區學校帶團康遊戲等。	.363	.890	修改
12 政府或民間團體所舉辦的公益活動。	.464	.888	保留
13 宗教團體所舉辦的各類活動。	.225	.893	刪除
14 唱歌、看電影、音樂會、演唱會等。	.559	.886	保留
15 手遊、電腦、桌遊、麻將等。	.287	.893	刪除
16 園藝、手工藝、各項書籍閱讀等。	.536	.886	保留
17 烘焙、烹飪、各類收藏等。	.508	.887	保留
18 百貨公司、網路購物、團購等。	.427	.889	保留
19 露營、烤肉、釣魚蝦等。	.392	.889	修改
20 大坑登山步道、玉山等。	.549	.886	保留
21 觀賞野生動植物、紅樹林保護區等。	.640	.885	保留
22 戶外風景區或探索大自然，如：冷/溫泉、科學園區、天文館等。	.610	.885	保留
23 參觀古蹟、原住民/客家文化園區等。	.603	.885	保留
24 參觀博物館或文物展覽館。	.577	.885	保留
25 繪畫、書法、手工藝品等展覽。	.591	.885	保留
26 參觀廟宇、教堂禮拜、媽祖繞境、舞龍舞獅。	.500	.887	保留
整體休閒參與量表 Cronbach α 為.892			

圖 3-3　休閒參與活動量表之信度分析摘要表擷取畫面

資料來源：修改自葉美華（2020）。臺南市公立幼兒園教師休閒參與、休閒需求與生活滿意度之研究（未出版之碩士論文）（頁 33），康寧大學，臺南市。

4. 從論文「結果與討論」中獲得「因素構面」

在葉美華（2020）論文第四章「結果與討論」之 4-2 節「量表現況分析」，也能夠查看到休閒參與各「因素構面」設計之題項內容，如圖 3-4 所示。

表 4-3 臺南市公立幼兒園教師休閒參與之各構面題項描述性統計

構面	構面題項	平均數	標準差	總排序[a]
運動健身類	1.各種球類運動。	2.04	1.083	18
	2.健走、慢跑、騎自行車等。	2.92	1.134	5
	3.游泳或水上運動等。	1.77	0.933	21
	4.健身房/教室所提供的所有課程或器材，如：跑步機、瑜伽、有氧舞蹈等。	2.43	1.396	12
	5.自己準備的健身器材(啞鈴、呼拉圈等)或徒手健身 (仰臥起坐、伏地挺身等)。	2.32	1.247	14
社交類	6.參加社團所舉辦之活動。	2.13	1.162	17
	7.拜訪親友、同學、朋友聚會或聚餐。	3.67	0.955	1
	8.工作領域的活動，如：研習、參訪等。	3.52	0.951	2
社會服務類	9.參與社區守望相助志工、圖書館、醫院志工等服務。	1.54	0.917	22
	10.到育幼院、老人養護中心、偏鄉地區學校帶團康活動等。	1.50	0.798	23
	11.參與政府或民間團體所舉辦的公益活動，例如：路跑、義賣等。	1.79	0.985	20
嗜好娛樂類	12.唱歌、看電影、音樂會、演唱會等。	3.03	1.190	4
	13.園藝、手工藝、各項書籍閱讀等。	2.82	1.169	6
	14.烘焙、烹飪、各類收藏等。	2.63	1.224	8
	15.百貨公司、網路購物、團購等。	3.46	1.120	3
戶外遊憩類	16.野外露營、烤肉、溪邊釣魚蝦等。	2.20	1.062	15
	17.大坑登山步道、玉山等。	2.00	1.173	19
	18.觀賞野生動植物、紅樹林保護區等。	2.16	0.971	16
	19.戶外風景區或探索大自然，如：冷/溫泉、科學園區、天文館等。	2.62	1.044	10
知識文藝類	20.參觀古蹟、原住民/客家文化園區等。	2.63	1.064	8
	21.參觀博物館或文物展覽館。	2.71	1.050	7
	22.繪畫、書法、手工藝品等展覽。	2.33	1.132	13
	23.參觀廟宇、教堂禮拜、媽祖繞境、舞龍舞獅等。	2.59	1.213	11

註：[a]總排序是指這休閒參與構面中 23 題各題之平均數由高至低排列順序為 1-23

圖 3-4　休閒參與之各構面題項描述性統計擷取畫面

資料來源：修改自葉美華（2020）。臺南市公立幼兒園教師休閒參與、休閒需求與生活滿意度之研究（未出版之碩士論文）（頁 43），康寧大學，臺南市。

綜合以上所討論，讀者若能找到一本符合自己論文題目需要的學位論文，不論是從論文研究架構中獲得、或從論文附錄的正式問卷中獲得、或從論文「文獻探討」、「研究方法」，乃至從「結果與討論」中獲得「因素構面」，應該都有整個問卷設計資源的概念，如何找出幾本嚴謹的論文來作爲撰寫的參考，這也是本書主要目的之一。

5. 從專書中獲得「因素構面」

有關問卷編制的參考資源，「專書」是一個可看到較爲完整與有系統地介紹問卷相關主題的選擇，讀者可以蒐集網路書商有關「問卷編制」及「論文寫作」等相關的書籍來獲得這些資訊，一般「問卷編制」類書籍對於問卷編制的技巧與格式有詳盡的介紹，但甚少會連結學位論文的研究架構來設計問卷，因此讀者也可以選擇從「論文寫作」類書籍細心去查看該書之「內容簡介」，其中目錄是重中之重的焦點，因爲其他誇大自吹自擂的用語，雖然會提起讀者購買的意願，但建議讀者還是多查看網路書籍的「目錄」，是否爲讀者所需要的題材內容，尤其是實用性方面更該多加考慮，因畢竟學位論文對大多數研究生來說都是未曾經歷過的重要寫作大事，希望讀者應該也會認同以上的觀點。

圖 3-5 畫面爲五南圖書官網在網路銷售書籍之簡介，該畫面爲筆者所著《厲害了！碩士論文撰寫與問卷調查統計分析：108 小時實戰》所示的書籍目錄部分擷取畫面，目錄顯示該書的章節安排及重要的主題實務介紹等。

專書就如學位論文一樣專注於一個主題，因此無法把所有科際領域的研究，全部以實務舉例方式都能面面俱到的呈現出來，而只能就該專書作者的專業領域去影響造就讀者尚未發揮的潛能及觸類旁通的能力，本書或許就是陪伴讀者經歷突破人生困境的一本專書。

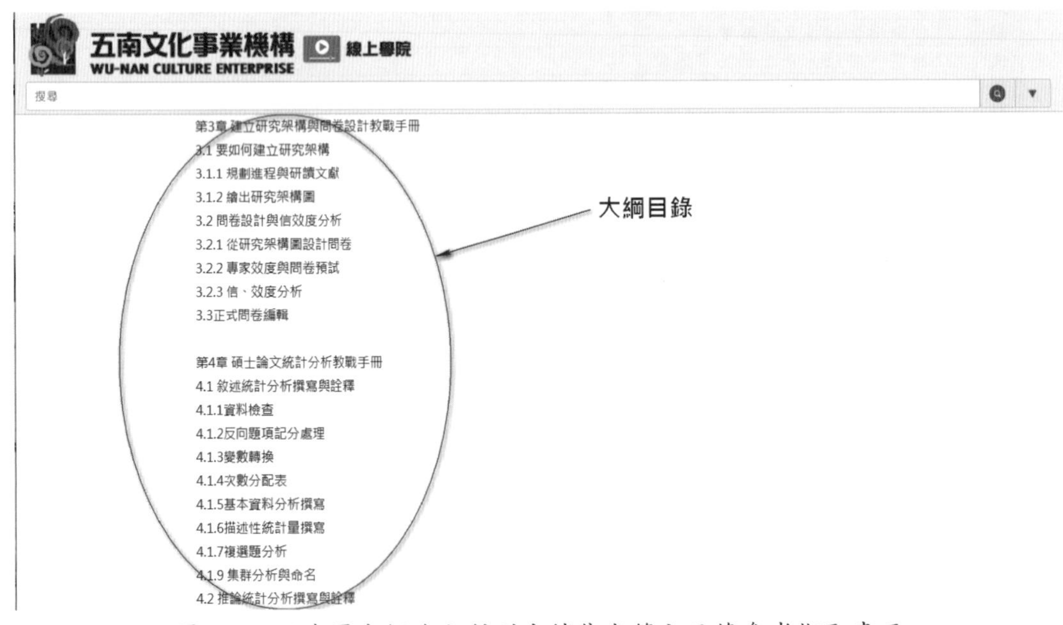

圖 3-5　五南圖書網路上所列出銷售書籍之目錄參考擷取畫面

讀者在進行文獻蒐集時，個人研究架構中一般都有兩個以上的「研究變數」，這些「研究變數」不是量表就是測驗表。若在問卷編制時，每一個「研究變數」最好從不同蒐集的數篇學位論文或專書文獻中參考運用。

若讀者的學位論文研究架構中只有三個「研究變數」，則最多只有兩個「研究變數」可以參考同一篇蒐集到的文獻加以參考運用。若同時將三個「研究變數」引用參考自同一篇學位論文，則最常見的情況是學位論文「衝題」了！而且很可能會陷入抄襲論文的嫌疑，這是人性偷懶的特性，因此要絕對避免。另一方面，讀者的學位論文研究架構中只有兩個「研究變數」，則除非讀者研究的論文題目甚少人研究，否則「衝題」的機會很高，從這裡讀者就可以理解選定論文題目與蒐集文獻資料，是兩項極其重要的研究工作，這兩項搞定，研究架構也就出來了，也就進入目前問卷編制的最後工程，加油囉！

寫作技巧 SOP 提示——問卷編制從學位論文或專書中蒐集參考

從論文蒐集的學位論文「研究方法」章節中，找到研究架構圖而獲得「因素構面」。
從論文蒐集的學位論文中，在論文附錄中找出正式問卷內容，或者也有機會獲得「因素構面」內容。
從論文蒐集的學位論文中「結果與討論」中獲得「因素構面」內容，或其「因素構面」題項分析之討論。
從論文蒐集的學位論文中，從「文獻探討」或「研究方法」中找到「因素構面」內容及有關任何人口背景的研究結果，或是其研究架構的人口背景變項資料，乃至文獻對於所研究人口背景變項方面有關研究結果的論述，以獲得人口背景變項內容。
從有關問卷編制及論文寫作相關的專書中，特別考量在問卷編制的技巧及查看論文寫作目錄大綱中，找到一本符合個人需求、幫助提升自己撰寫能力的書籍，以獲得「因素構面」的正確概念及與問卷編制連結的認知整合能力。
補充心得註記 ⇨

(二) 從研討會或期刊類中蒐集參考

上一節主要是從學位論文中蒐集問卷資料，因學位論文的內容涵蓋完整，研究生撰寫皆按論文格式依序完成，章節編排內容皆較嚴謹，因此一本學位論文的篇幅不小，讀者找到想要的問卷編制資料較爲容易；本節則要探討的是另一種篇幅較小的，在研討會或學術期刊發表的文章，是另一種將研究結果精簡扼要呈現的小論文，有點像是學位論文的濃縮版，這種文獻資料短而少，但反而提供更具體有料的資訊，有時甚至比學位論文更快速的找到讀者所需要的文獻資料。

1. 從研討會論文集中獲得「因素構面」內容

以下爲「2018 健康休閒創新學術研討會」胡子陵與李秋芳（2018）所發表之〈臺南市成衣從業人員對工作環境感受、身心健康與休閒活動參與之研究〉，在文內第三部分「研究方法」所顯示之圖 3-6 研究架構中，除了人口背景變項的性別等八項變數選項外，也顯示了「休閒活動參與量表」之「因素構面」有戶外動態類等五項，但因爲研討會篇幅之限制，文內並未顯示「因素構面」所設計之問卷題項，因此若需要完整查看此一問卷的詳細內容，則需向畢業學校或國家圖書館下載瀏覽李秋芳的學位論文。

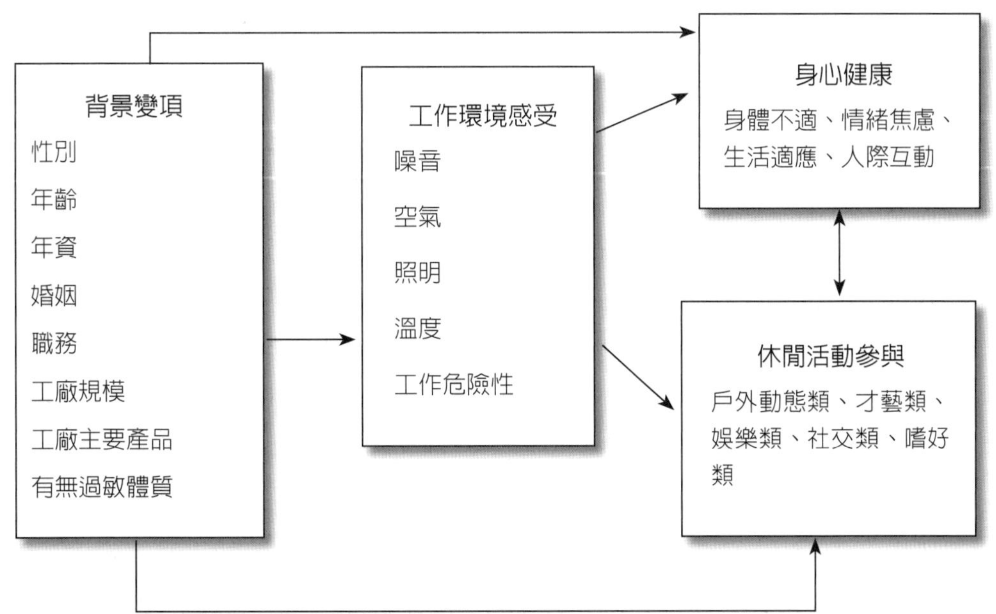

圖 3-6　研討會論文集胡子陵與李秋芳發表之研究架構圖

同樣在「2018健康休閒創新學術研討會」，另一篇作者胡瓊月與胡子陵（2018）所發表的〈探究雲嘉地區女性美容從業人員的休閒參與對工作壓力之影響〉，在文內第三部分「研究方法」的研究架構顯示之圖3-7，其架構中的社經背景變項共有工作地點等五項變數選項，「研究變數」中「休閒參與」的「因素構面」有社交活動等四項，文內也未顯示「因素構面」所設計之問卷題項。讀者應該可以發現，每一位發表的作者，「因素構面」的內容並不完全一致，不僅分類方式不一樣，甚至「因素構面」內容的項目數量也不一樣，這樣的差別，最常出現在所要研究的對象或是探討研究主題內容的不同，而有不同的理論觀點。

因此，讀者在蒐集「因素構面」的文獻參考資料時，不要完全只依據一篇文獻來確定「因素構面」內容，要多參考幾篇文獻，再依據個人研究的題目及對象去篩選、修改、刪除或添加的方式，來修補確認的「因素構面」內容以及其問卷編制題項內容。

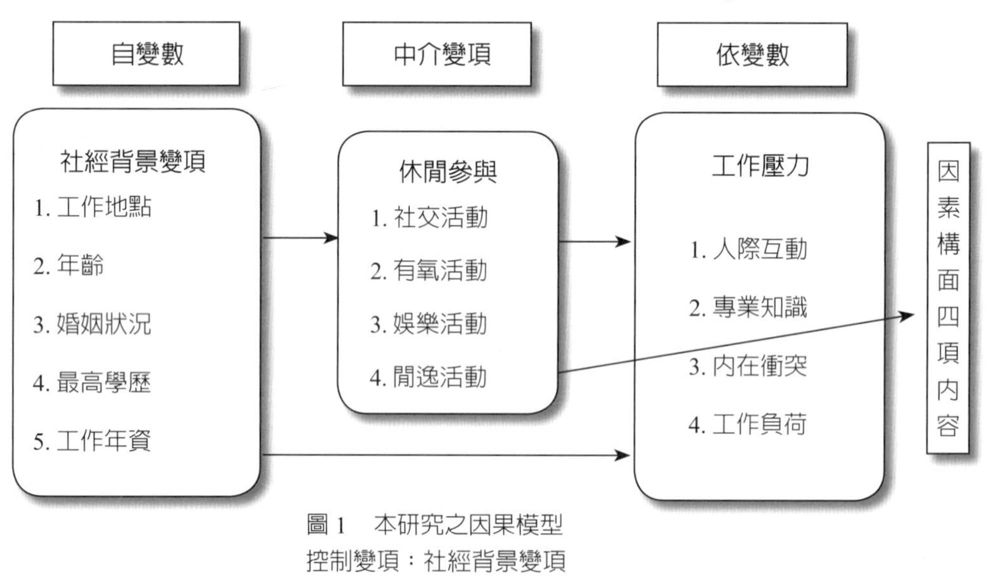

圖3-7　研討會論文集胡瓊月與胡子陵發表之研究架構圖

2. 從學術期刊中獲得「因素構面」內容

以下為廖欽福及陳志忠（2019）在《亞東學報》所發表的〈護專學生網路成癮、休閒參與及生活滿意度之相關研究〉，在文內第參部分「研究方法」之第四小節問卷編制與問項衡量一節之敘述如下：

「依據研究目的及青少年休閒現況，將休閒活動類型區分為『運動性休閒活動』、『知識性休閒活動』、『社交性休閒活動』、『娛樂性休閒活動』及『閒意性休閒活動』等五大類別」。

上述廖欽福及陳志忠（2019）將「研究變數」中，休閒參與之「因素構面」內容依據類型區分爲運動性休閒活動等五項。而有關各「因素構面」之問卷編制內容，可在其論文後續之表 3-3 休閒參與量表呈現出各種休閒活動類型的「休閒活動項目」，如休閒參與量表「因素構面」之一的「運動性休閒活動」，廖欽福及陳志忠（2019）列出了球類運動（籃、排、羽球等）、田徑運動（慢跑、賽跑、跳遠等）、游泳、戶外遊戲（探索活動、登山等）及其他（溜直排輪、溜冰等），這些「休閒活動項目」也就是對應到讀者採用之因素構面的問卷題項，可加以引用作爲自己問卷編制之參考。

學術期刊的論文在文字圖表格式要求上，一般都比研討會論文來得嚴謹而確實，但跟學位論文來比較，顯然都是小巫見大巫。若讀者認眞去網路蒐集，應該可以找到詳細的問卷編制題項，不過依據筆者之經驗，要依據從文獻參考搜尋「論文類型」去找出研究架構中，所有的「研究變數」及其「因素構面」乃至問卷題項內容，可能蒐集的機率大小一般爲：學位論文＞學術期刊＞研討會論文；而依據「研究架構組成型態」從文獻參考資料找出，可能蒐集的機率大小則：研究架構＞因素構面＞問卷題項。

若找遍了許多文獻參考資源，都無法尋找到個人學位論文所需的問卷題項內容，研究還是要繼續做下去。就以上述的問題而言，事實上問卷的「因素構面」都可以確認時，讀者就可以試著從參考的文獻中所談論到的任何休閒活動的研究題材中，去針對每一個「因素構面」設計 3-5 題以上題項爲原則，例如以上「因素構面」的「運動性休閒活動」，所列出的有五大項，若讀者所研究的對象是在花蓮地區，花蓮有獨有的泛舟活動，因此設計題項要有時空彈性的考慮，便可以把「泛舟活動」清楚地顯示在問卷題項中，設計問卷只要能完整涵蓋「因素構面」的所有內容即可，但建議能避免「其他」用語就盡可能避免，以減少問卷填答者主觀認知的差異。

另外在統計分析的要求標準上，「因素構面」問卷編制題項要在 3-5 題以上，若爲了問卷編制能完整，不讓填答者遺漏填答選項，多設計幾題問卷題項也沒關係，只是填答的人會較辛苦一點喔！

參考使用他人設計的問卷題項的確可以減短我們設計問卷所耗費的時間，但即使用了他人的問卷題項，讀者還是要再查看個人論文研究的對象及論文題目等跟所參考文獻的差別處，筆者再次強調「適當的去篩選、修改、刪除或添加問卷題項內容」。

寫作技巧 SOP 提示——問卷編制從研討會或期刊論文蒐集參考

從蒐集的研討會論文中的「研究方法」單元，找到「因素構面」內容。
從蒐集的學術期刊中的「研究方法」或研究結果單元找出「因素構面」內容，部分或有問卷編制的題項。
蒐集「因素構面」的文獻參考資料時，不要完全只依據一篇文獻來確定「因素構面」內容，要多參考幾篇文獻。
問卷編制時要因著研究的對象、時間、地區與文化不同，而彈性的修改設計題項，務必緊抓著「適當的去篩選、修改、刪除或添加問卷題項內容」的原則。
補充心得註記 ⇨

(三) 探索性研究與人口背景變項問卷編制

若要嘗試在學術論文等文獻所未曾探討的「研究變數」，一個全新的議題時，可以使用探索性研究（Exploration Research）的方法，從各種文獻來源產出「因素構面」內容。以下提供筆者這十幾年來指導研究生進行探索性研究的問卷編制經驗準則：

1. 依據論文探討需要加入現有文獻未曾探討的「研究變數」

若研究者在進行一項有關低碳生活與生態旅遊之研究時，而把以前文獻幾乎不曾討論的「研究變數」中，「低碳生活實踐」欲納入自己的研究架構中，本書在第壹章第四節「論文題目搞定」有舉出實例，在此將再以賴薇竹（2020）的論文題目〈新化林場遊客生態旅遊認知與低碳生活實踐之研究〉來說明其對於「研究變數」中，「低碳生活實踐」的產生過程。賴薇竹因常與學校老師同事與學生在假日到新化林場作生態之旅，進修學位過程中，蒐集相關文獻參考資料，依據指導教授之引導從「個人興趣」、「專業與職業」、「校友論文」及「網路資源」四項指標，而列出較具體之議題，如喜歡生態旅遊活動，常去自然野外森林旅遊、喜愛環境保育、關注愛護地球議題、常參加爬山戶外活動、擔任國中老師對資源回收印象很好，國中老師或學生可為研究對象、低碳生活實踐、生態旅遊導覽、生態旅遊產業、搜尋休閒旅遊主題、搜尋低碳生活主題或是林場或國家公園生態旅遊主題等層面議題都在考慮之列。

「生態旅遊認知」的文獻不少，但是「低碳生活實踐」這個「研究變數」，賴薇竹想使用量表來量測設計，不過現有的文獻資源，幾乎沒有「低碳生活實踐」的研究議題討論，僅僅在「低碳生活」相關的議題上，文獻有較多的探討。

2. 找出欲探討的新「研究變數」所有的議題設計為問卷題項

從上例賴薇竹在進行「低碳生活實踐」這個「研究變數」的現有文獻的缺乏，因此仍然朝著「低碳生活實踐」所內涵之操作性定義去找尋有關的文獻，而這個步驟，事實上就是在蒐集設計問卷的題項內容，是一種探索性的研究（Exploration Research）剛開始的探索，這與描述性研究（Description Research）、相關性研究（Relation Research）或是解釋性研究（Explanation Research）有其特別的不同，尤其是創新方面，因此在理論的建立上有其特殊的貢獻。在賴薇竹（2020）論文中，從蒐集文獻的討論之後，對「低碳生活實踐」所做的操作性定義：「低碳生活是個人選擇較少二氧化碳排放（低碳）與對環境傷害最小的生活模式，如省水、省電、省油與資源回收等，完成生活中的食衣住行旅」，因此環境保護、氣候暖化、資源回收、節能省碳，乃至生活中的食衣住行旅的相關文獻議題都可以蒐集，再將蒐集之文獻資料整理成問卷題項即可。一般一個新的「研究變數」的探索性研究所需設計的題項，至少 20 題以上。依據本書前述「因素構面」，需從「因素構面」的內涵意義去完整設計題項，而探索性研究，因爲文獻的缺乏，不知「因素構面」有哪些，因此讀者只能從更上一層的「研究變數」的內涵意義去設計，只要設計的題項可以完整地涵蓋該變數的內容即可。賴薇竹（2020）論文中預試問卷共 30 題，經信、效度分析刪題後剩下 28 題，圖 3-8 爲正式問卷共 28 題有關「低碳生活實踐」量表之問卷題項部分內容：問卷前端有簡單的操作性定義，使用李克特五點量表來量測，勾選選項使用「總是做

【第二部分】低碳生活實踐量表

題號	**低碳生活**—個人選擇造成較少二氧化碳排放的生活模式，生活中省水、省電、省油與資源回收，及對環境傷害最小的方式來完成食衣住行育樂等。 **說明**：下列題項為了解您在「低碳生活實踐」的狀況，請依照您生活中實際經驗在**總是**、**經常**、**有時**、**偶爾**、**不曾**做到的數字圈起來。	5 總是做到	4 經常做到	3 有時做到	2 偶爾做到	1 不曾做到
1	我會吃多少食物就準備多少，減少食物吃不完變廚餘。	**5**	**4**	**3**	**2**	**1**
2	我會自備隨身杯（瓶、壺），減少購買瓶裝水。	**5**	**4**	**3**	**2**	**1**
3	我會自備環保餐具、購物袋，我不使用一次性塑膠用品（例如塑膠吸管、免洗餐具、手搖塑膠杯及塑膠袋）。	**5**	**4**	**3**	**2**	**1**
4	我會多吃蔬食少吃肉。	**5**	**4**	**3**	**2**	**1**
5	我會減少購買過度包裝與加工的產品。	**5**	**4**	**3**	**2**	**1**
6	我會使用符合環保標章或天然的清潔劑（例如：肥皂、小蘇打、檸檬酸、酵素、醋等），好洗好沖省水。	**5**	**4**	**3**	**2**	**1**
7	我會節約用水，例如：在水龍頭加裝省水墊片，使用後關緊水龍頭。	**5**	**4**	**3**	**2**	**1**
8	我會選用在地當季的食材，減少運送耗用能源。	**5**	**4**	**3**	**2**	**1**
9	我會從事低碳旅遊，例如以國內旅遊為主，國外旅遊為輔。	**5**	**4**	**3**	**2**	**1**
10	出遠門，我會搭乘大眾運輸工具，例如：火車、巴士、高鐵等。	**5**	**4**	**3**	**2**	**1**
11	我會重複使用或再利用塑膠袋、瓶罐、紙類等生活用品，以減少環境的負擔。	**5**	**4**	**3**	**2**	**1**
12	我會購買可自行充填的物品（例如可替換式筆芯的原子筆、充電電池等），以減少資源的浪費。	**5**	**4**	**3**	**2**	**1**
13	我會在陽台、屋頂或屋外栽種植物，以降低室內溫度。	**5**	**4**	**3**	**2**	**1**
14	我會主動關心報章雜誌、網路等媒體上有關全球暖化、氣候變遷的新聞或訊息。	**5**	**4**	**3**	**2**	**1**
15	旅行時我會選擇環保旅館或注重環境生態的旅店。	**5**	**4**	**3**	**2**	**1**
16	我會將生活用水回收再利用，例如：洗澡水沖洗馬桶。	**5**	**4**	**3**	**2**	**1**
17	低樓層我會走樓梯，減少搭電梯。	**5**	**4**	**3**	**2**	**1**
18	我會設法降低室內溫度減少吹冷氣，例如：開窗空氣對流、住家加裝窗簾或塗隔熱漆。	**5**	**4**	**3**	**2**	**1**
19	我會選用回收再製的產品，例如：再生紙、再生家具、回收纖維製作的衣物等。	**5**	**4**	**3**	**2**	**1**
20	電器用品不使用時，我會關掉電源或拔掉插頭。	**5**	**4**	**3**	**2**	**1**

圖 3-8　低碳生活實踐量表部分正式問卷題項擷取畫面

資料來源：修改自賴薇竹（2020）。新化林場遊客生態旅遊認知與低碳生活實踐之研究（未出版之碩士論文）（頁 133），康寧大學，臺南市。

到」、「經常做到」、「有時做到」、「偶爾做到」及「不曾做到」，分別給予 5、4、3、2、1 的分數，得分愈高表示低碳生活實踐程度愈高。

3. 使用因素分析方法找出所有問卷題項內涵的「因素構面」

以因素分析主成分法將問卷預試設計的 30 題題項在 SPSS 統計軟體分析之，每個「因素構面」至少 3 個題項以上，經主成分分析，刪除不足一個「因素構面」組成所需 3 個題項的條件，因此刪除 17、22 兩題後，剩下 28 題題項可萃取出五個主成分，並分別給予命名爲「食用實踐」、「住行實踐」、「節能實踐」、「消費實踐」、「環保實踐」等五個「因素構面」，如圖 3-9 所示。

表 3-13 低碳生活實踐量表轉軸後成分矩陣

	元件					
	1	2	3	4	5	6
3吃多少準備多少…	.702	.190	.158	.249	.027	-.172
4自備隨身杯少買瓶裝水…	.653	.230	.073	-.017	.137	.221
5我會盡量不使用一次性塑膠製品…	.640	.155	.049	-.086	.273	.430
2多吃蔬食少吃肉…	.599	-.053	.203	.239	.224	.047
6少購買過度包裝加工商品…	.589	.114	.298	.172	.121	.432
7使用環保或天然清潔劑…	.448	.098	.378	.378	-.008	.339
11節約用水關緊水龍頭…	.448	.276	.410	.279	-.091	.126
1選用在地當地食材…	.430	.188	.227	.209	-.025	.342
27從事低碳旅遊…	.109	.705	.255	.030	.002	.094
26遠程搭大眾運輸工具…	.132	.620	.141	-.160	.273	.047
24重複使用塑膠袋瓶罐紙類…	.337	.592	-.022	.466	.040	.001
23購買可充填商品…	.148	.562	.183	.183	.180	.192
29陽台屋頂栽種植物…	-.015	.537	.317	.087	.169	.316
30關注暖化氣候變遷新聞…	.121	.474	.135	.434	.322	.270
28選擇環保旅館…	.078	.420	.290	.248	.376	.194
10生活用水回收再利用…	.295	.150	.674	.116	.204	.158
14走樓梯少搭電梯…	.025	.294	.670	.108	.080	.100
13我會設法降低室內溫度減少吹冷氣…	.371	.176	.574	.208	.198	.101
9選用回收再製產品…	.276	.041	.520	.132	.449	.171
12電器不用關掉或拔掉插頭…	.136	.207	.443	.232	.007	.199
16家中更換電燈我會改用LED燈…	.045	.058	.253	.714	.243	.079
15購買環保節能省水標章商品…	.210	.066	.322	.651	.200	.293
25確實做好垃圾分類資源回收…	.273	.500	-.082	.520	.099	.179
8不合穿衣物轉送或回收…	.286	.030	.261	.505	.252	.111
21油電動力混合車…	.055	.290	-.030	.225	.695	.204
20物資跳蚤二手市場交換買賣…	.095	.077	.191	.278	.680	.233
19短程走路騎車…	.285	.431	.258	.080	.551	-.154
18使用手帕毛巾抹布…	.278	.217	.140	.073	.481	.468
17注意水電費及碳排…	.126	.106	.148	.253	.217	.692
22熄火減少怠速…	.136	.215	.210	.111	.142	.623

此兩題未能構成三個題項之因素構面，故刪除

圖 3-9　低碳生活實踐量表主成分因素分析擷取畫面

資料來源：修改自賴薇竹（2020）。新化林場遊客生態旅遊認知與低碳生活實踐之研究（未出版之碩士論文）（頁 55），康寧大學，臺南市。

「低碳生活實踐」所萃取產生的五個「因素構面」，因為從現有文獻中並未有任何學者發表，因此研究者依據統計分析的實證理論的結果，理所當然可以分別給予命名，命名如圖 3-10 所示，且每個「因素構面」的題項數目都至少有 3 題以上，符合構成「因素構面」的條件。有關因素分析主成分法之 SPSS 操作，在本章下一節會有詳細的說明。

表 3-18 低碳生活實踐量表預試與正式量表題號對照表

構面	預試題號	題項	正式題號
食用實踐	3	我會吃多少食物就準備多少，減少食物吃不完變廚餘。	1
	4	我會自備隨身杯（瓶、壺），減少購買瓶裝水。	2
	5	我會自備環保餐具、購物袋，我不使用一次性塑膠用品（例如塑膠吸管、免洗餐具、手搖塑膠杯及塑膠袋）。	3
	2	我會多吃蔬食少吃肉。	4
	6	我會減少購買過度包裝與加工的產品。	5
	7	我會使用符合環保標章或天然的清潔劑（例如：肥皂、小蘇打、檸檬酸、酵素、醋等），好洗好沖省水。	6
	11	我會節約用水，例如：在水龍頭加裝省水墊片，使用後關緊水龍頭。	7
	1	我會選用在地當季的食材，減少運送耗用能源。	8
住行實踐	27	我會從事低碳旅遊，例如以國內旅遊為主，國外旅遊為輔。	9
	26	出遠門，我會搭乘大眾運輸工具，例如：火車、巴士、高鐵等。	10
	24	我會重複使用或再利用塑膠袋、瓶罐、紙類等生活用品，以減少環境的負擔。	11
	23	我會購買可自行充填的物品（例如可替換式筆芯的原子筆、充電電池等），以減少資源的浪費。	12
	29	我會在陽台、屋頂或屋外栽種植物，以降低室內溫度。	13
	30	我會主動關心報章雜誌、網路等媒體上有關全球暖化、氣候變遷的新聞或訊息。	14
	28	旅行時我會選擇環保旅館或注重環境生態的旅店。	15
節能實踐	10	我會將生活用水回收再利用，例如：洗澡水沖洗馬桶。	16
	14	低樓層我會走樓梯，減少搭電梯。	17
	13	我會設法降低室內溫度減少吹冷氣，例如：開窗空氣對流、住家加裝窗簾或塗隔熱漆。	18
	9	我會選用回收再製的產品，例如：再生紙、再生家具、回收纖維製作的衣物等。	19
	12	電器用品不使用時，我會關掉電源或拔掉插頭。	20
消費實踐	21	換車時我會考慮購買油電動力混合、電動車等環保車。	21
	20	我會把家裡不需要的物品拿到跳蚤市場、二手交換買賣或捐出義賣。	22
	19	我能以走路、騎自行車前往短程距離的目的地。	23
	18	我會使用手帕或毛巾、抹布，減少使用面紙、衛生紙。	24
環保實踐	16	家中更換燈泡或燈管，我會改用LED燈。	25
	15	購買日常用品，我會盡量挑選有環保、節能、省水標章、EER值高的商品。	26
	25	我會確實做好垃圾分類和資源回收的工作。	27
	8	我會將不合穿的衣物轉送他人或投入衣物回收箱。	28

圖 3-10　低碳生活實踐量表題項與對照因素構面命名擷取畫面

資料來源：修改自賴薇竹（2020）。新化林場遊客生態旅遊認知與低碳生活實踐之研究（未出版之碩士論文）（頁 58），康寧大學，臺南市。

4. 從各種文獻來源獲得人口背景變項內容

「人口背景變項」在所有問卷編制中爲必要之設計單元，「人口變項」又可稱爲「社會人口學變項」，而「背景變項」主要是指曾經有過的經驗或歷程而言。讀者的「人口背景變項」的內容，可以在研究架構中，確定「研究變數」的「因素構面」內容後，只要在所蒐集的文獻參考資料中，其研究架構的「人口背景變項」內容或是其研究結果內容，有探討到所有「研究變數」、「因素構面」在「人口背景變項」的統計顯著性差異情形的描述，都可以適當的在「人口背景變項」中參考選擇運用，納入自己的「人口背景變項」內。

每一個人口背景變項之設計，必須事前對選項之各調查對象群組有初步認知，每一個群組能夠滿足 30 個以上勾選之「大樣本」原則，才是最佳之人口背景調查設計，例如人口變項常用之「性別」調查，它的選項有兩個：一是男性、一是女性。若讀者的調查對象約有 100 人以上，只要預期男、女性都有 30 個以上個體勾選就符合以上「大樣本」原則。另在背景變項之情況如「到過新化林場次數」設計之選項有 5 個選項，即□ 1 次、□ 2-3 次、□ 4-6 次、□ 7-9 次、□ 10 次以上。若參考其他文獻發表過有關類似旅遊行程之 350 人調查研究結果，而該研究同時調查「到過新化林場次數」，其選項設計也與上述五個選項相同，結果顯示每一項都有 30 人以上勾選情形，則讀者若欲進行之調查在 350 個樣本以上時，就可以參考使用這樣的選項分布設計。若上述調查爲 10 年前之情形，調查結果有可能會因問卷的對象、時空及環境的變化，而可能出現極大的變異情況。假若讀者 10 年後實際調查以上 5 個選項設計，發現勾選的選項統計結果，出現有個位數選項勾選情形，則在統計分析時，可以考慮先進行併項之處理。例如上例，經正式問卷調查分析時，□ 7-9 次選項有 8 人勾選、□ 10 次以上選項有 25 人勾選，而其他選項都是 30 人以上勾選，則可以將□ 7-9 次及□ 10 次以上，兩個併項爲一項，即□ 7 次以上即可符合 30 個以上勾選大樣本的原則。學位論文中大多數的研究生都會在「人口背景變項」設計時，習慣著重使用「人口變項」，但不見得使用「背景變項」。

很多重要突破的研究結果或研究發現，常在「背景變項」的精心設計考慮下獲得，例如論文題目爲〈美睫消費動機、顧客滿意度與再購意願關係之研究——臺南東區美睫沙龍睫絲美爲例〉的邱紫庭（2019）在問卷調查中所設計之背景變項題項，獲得極爲具體的研究結果。邱紫庭（2019）在調查消費顧客「有沒有嫁接過睫毛」對「消費動機」有無差別之探討中，結果發現有嫁接過睫毛的顧客在「消費動機」的量表分數顯著高於沒有嫁接過睫毛的顧客，而這個在邱紫庭正式問卷的一題：「有沒有嫁接過睫毛」，只是調查研究對象有無跟研究主題有關的過去經驗，這個想法非常單純而直接，但是一般研究生幾乎都會忽略。事實上很多的研究題目，都可以嘗試思考與研究者研究主題有關的過去經驗或經歷，幾乎隨手可得。讀者記得正在撰寫學位論文時，別忘了多花一點時間在「背景變項」，把研究對象過去某些經驗或經歷加上去，必然不會後悔。

「背景變項」中的調查內容，只要讀者在進行問卷編制中多留心並對研究對象及研究主題有更多深入的了解與認識，就可幫助自己找到區分某一個「背景變項」在「研究變數」上可能有的顯著不同表現，將「人口背景變項」的設計焦點放在「背景變項」，常是論文研究新發現很關鍵的因素。

爲什麼要考慮到問卷調查各「人口背景變項」選項勾選，至少要有 30 個以上勾選的條件？這是因爲在統計學上，在進行統計分析時，依據統計學平均數抽樣分配的理論，其每個族群數據分布的資料必須符合 30 個以上大樣本的常態性分布分析假設，因此我們所做問卷調查的統計分析結果，若能符合統計分析之常態性分布假設，就不會遭受質疑所進行分析的正確性，這尤其關係到在進行推論統計之分析檢定。

在這裡須強調的是，學位論文中常用統計學推論統計中的檢定方法來驗證論述自己研究的結果，實務上有其非常重要的地位，例如 t 檢定是對「人口背景變項」兩個群組適用的差異性檢定方法；單因子變異數分析檢定是對「人口背景變項」族群超過兩個群組適用的差異性檢定方法；相關分析是對研究架構中兩個「研究變數」的數據之間是否存有線性關係的檢定方法；線性迴歸分析是對研究架構中兩個「研究變數」：一個是「自變數」、另一個爲「依變數」，自變數是否會影響依變數的檢定方法，甚至有一些迴歸分析等涉及邏輯概念的檢定，可以對於商界領導者提供更佳的決策方案。以上所介紹的這些檢定方法，都會使用統計學上的檢定方法，這些檢定方法在學位論文中，也常會在學位論文的第三章「研究方法」中提出「研究假設」來檢定。

有關一般學位論文的研究假設，大都採用統計學上的「對立假設」來作學位論文的「研究假設」，因此在作統計分析檢定時，若檢定結果爲「拒絕虛無假設、接受對立假設」，事實上在學位論文中的寫法也就是要針對學位論文的第三章研究假設，寫成「接受對立假設」的結論。例如在楊英莉（2014）論文題目爲〈影響國小教師運用農業體驗活動於校外教學行爲意向之研究〉學位論文中，以下是研究者研究假設其中一段的敘述：「國小教師人格特質會因其擔任職務之不同而有顯著差異」，經過了問卷調查實證結果分析後，統計分析檢定結果達到統計上的顯著水準，因此楊英莉

（2014）將依據統計分析檢定具體結果，以「研究結果發現，國小教師的人格特質，兼任行政教師分數顯著高於兼任導師教師」做成結論。在論文研究假設的驗證結果，此一結論顯示各種職務在人格特質的差異情形，並且在研究者以上所提出的研究假設進行驗證後，即可作出該研究假設成立的結論。

使用問卷調查研究的學位論文中有一半以上是在做統計檢定，如前述所提出的「研究假設」，經蒐集問卷資料後便可以用適當的統計方法檢定。讀者在各種文獻資料也常常會看到這些用語：「有顯著差異」、「達顯著水準」、「統計學上顯著」、「支持研究假設」、「p 值小於 0.05」等，在統計學上是有貓膩的資訊，簡而言之，這些統計分析方法都是從常態分布理論而來，因此不能不注意在開始進行研究對象之調查時，要考慮問卷編制中所有「人口背景變項」每一個選項都至少要 30 個以上勾選，在作分析檢定時才不致出問題。

讀者須注意的是，學術論文有其嚴謹性，設計問卷調查題項的總數，除非是特殊的問卷調查的需要，如心理測驗的智力測驗或性向測驗，否則盡可能不要超過 80 題，整份設計問卷之張數也不要超過 5 頁。但若是讀者要研究的對象稀少，再如何辛苦去找，怎麼找抽樣對象也湊不足 100 個，這時只能做小型樣本研究之分析，也就是「人口背景變項」選項各族群不能完全符合 30 個以上勾選的情形，則建議用無母數統計分析來進行研究，有關此一部分，並非本書之重點，若有興趣的讀者可以參考筆者另一本著作《厲害了！碩士論文撰寫與問卷調查統計分析：108 小時實戰》，有詳細的一步步 SPSS 操作解說。

寫作技巧 SOP 提示——問卷編制之探索性研究與人口背景變項問卷編制

從蒐集到的各種文獻來源獲得人口背景變項內容，例如文獻中有關任何人口背景的研究結果，或是其研究架構的人口背景變項資料，乃至文獻對於所研究人口背景變項方面有關研究結果的論述。
若使用探索性研究，蒐集各種文獻來源產出「因素構面」內容，可用策略包括：依據論文探討需要加入現有文獻未曾探討的「研究變數」內涵意義去設計、找出欲探討的新「研究變數」所有的議題設計為問卷題項、使用因素分析方法找出所有問卷題項內涵的「因素構面」，所需設計的題項至少 20 題以上。
不要忽略調查研究對象有無跟自己研究主題有關的過去經驗的「背景變項」問卷設計，很多重要突破的研究結果或研究發現，常在「背景變項」的精心設計考慮下獲得重大具體結果。
一份學位論文，問卷設計盡可能不要超過 80 題，整份設計問卷之張數也不要超過 5 頁，以免填答者無法專心作答。
補充心得註記 ⇨

二、問卷預試與信、效度分析

本章節將從問卷預試之規劃與問卷信、效度分析及題項修刪兩方面來說明問卷編制後，如何早期去規劃所欲發放問卷之對象，以及發放後之回收及接著問卷信、效度統計分析修正刪題後是否可進行正式問卷抽樣對象的發放，在問卷調查研究上是一個關鍵的分水嶺，通過了即保證正式問卷可以發放；若不幸信、效度分析在一般調查水準之下，則只能再重新進行前一節的問卷編制。

(一) 問卷預試之規劃

讀者在閱讀第一節問卷編制後，作爲問卷預試的研究工具已設計完成後，爲檢查所設計的問卷內容是否可以有效拿來進行調查人數規模較大的正式問卷調查，因此需先規劃採用較少的研究對象樣本來做信、效度的測試，此一步驟稱爲問卷前測或問卷預試，是學位論文採問卷調查量化研究時不可少的必要步驟。另一方面，有些研究者爲了辛苦設計出的問卷在拿出去做問卷預試時，希望可以減少問卷編制在格式或技巧上可能出現的重大問題，因此會邀請 3 位以上有關該研究者學位論文領域方面的專家或學者來鑑定檢視問卷題項是否需要刪題或修正，此一鑑定過程一般稱爲「專家效度」，或稱爲「內容效度」（content validity），其內涵主要是以專家學者的專業知識來主觀判斷所選擇的尺度是否能正確的衡量研究所欲衡量的東西。若無重大設計問題時，經由以上專家學者所建議修正意見後，即可進行問卷預試的準備。

問卷預試雖是少量樣本作測試，但一般規劃問卷調查人數都要至少 60 份以上有效問卷。預試實際問卷數量可以依據問卷「研究變數」內容及使用研究方法而定，一般原則可參考吳明隆與涂金堂（2012）的建議，以研究架構之各量表，亦即「研究變數」中，含有最多題項數目之量表乘上 3-5 倍。若量表的「因素構面」都爲可確認因素個數的組成，則可用以上 3 倍人數份數，來作爲預試樣本；若使用探索性研究欲找出萃取的「因素構面」，則要進行因素分析，此時樣本數最少爲該量表問卷題項數的 5 倍，且若計算值不及 100，也至少要大於等於 100 份有效問卷爲宜。

預試發放對象以原來預定正式問卷的研究對象較容易取得的對象進行即可，換言之，可使用立意抽象爲之。若因如傳染病流行或疫情或其他因素無法寄發或到現場實地發放問卷，也可以採用「Google 表單」設計問卷，使研究對象在網路上填答問卷，此一網路問卷編制方法，讀者可參考相關「Google 表單」專書或是網路 Google 查詢關鍵字，都可獲得相關操作的資訊。本書之所以建議預試發放對象以「立意抽樣」，或稱「判斷抽樣」（judgmental sampling）方式爲之，依據研究者自己的判斷，選擇最能符合研究的目標爲對象所選取的樣本，則問卷前測分析的對象與正式問卷的對象，信、效度分析的結果不致因此有所落差。例如想了解學生對校園福利社的滿意度，則可以直接選定在校園福利社購買東西的學生爲對象發放預試問卷。至於還有一種便利抽樣，有時候亦稱臨時抽樣（accidental sampling），係指研究者以最接近的個人作研究對象，如上課學生或實習教師等，即是本著方便抽樣而來，優點是省錢、方便，但準確性可能因而盡失，讀者若使用此種抽樣時，還是謹愼爲之。

一旦讀者回收取得以上問卷的要求數量後，即可進行問卷預試的信、效度分析了。

寫作技巧 SOP 提示——問卷預試之規劃

可視個人研究需要進行「專家效度」分析，邀請 3 位以上有關研究者學位論文領域方面的專家或學者來鑑定檢視問卷題項是否需要刪題或修正。
預試的問卷份數以研究架構之各量表（即研究變數）中，含有最多題項數目之量表乘上 3-5 倍，一般至少需 60 份以上有效問卷。
使用探索性研究，則預試的問卷份數最少為該量表問卷題項數的 5 倍，且若計算值不及 100，也至少需 100 份以上有效問卷。
補充心得註記 ⇨

(二) 建立電腦問卷資料

預試的問卷經蒐集完成後，讀者需要把資料鍵入在 SPSS 的資料裡，至於要使用什麼版本，在基本功能上 SPSS 12 版以後都可以用來進行問卷的統計分析，但建議用的版本愈新愈好。本書將以 SPSS 26 版爲主，以進行後續之信、效度分析，並據以修刪問卷資料而做最後完成正式問卷之藍本。讀者可以事先使用 SPSS 統計軟體在電腦上先建立預試的問卷資料，而 SPSS 的檔案格式爲副檔名 sav 的電子檔，一旦問卷回收時就可以將問卷資料鍵入。

本書自本章節起，將完整詳細解說 SPSS 軟體的操作，本書所有分析操作或範例解析，皆使用 SPSS 26 版進行。爲能統一本書所有在 SPSS 的操作用語，茲解說定義如表 3-1 所說明。

表 3-1　SPSS 的操作用語一覽表

操作用語	使用說明
【點擊】	使用滑鼠的左鍵輕按一下
【按下】	使用滑鼠的左鍵輕按一下
【鍵入】	指使用電腦鍵盤打入文字
【雙擊】	使用滑鼠的左鍵連續快速輕按兩下
【按鈕】	指滑鼠左鍵按下時會產生新的連結的文字符號或圖案
【點選】	指在有勾選選項的清單（checklist）時，使用滑鼠的左鍵輕按一下選擇 ⊙
【按選】	指在 SPSS 功能表按鈕，使用滑鼠的左鍵輕按一下，並選擇需要的操作功能
【方框】	指在操作過程出現的□符號
【勾選】	指在【方框】中，使用滑鼠左鍵輕按中心來勾選打勾 ☑
【框格】	指可在框格中鍵入文字或拖曳變數進來的欄位
【細格】	指電腦上 SPSS 開啟問卷電子檔所顯現「資料視圖」或「變數視圖」兩視窗資料表格內，可以填入數字或文字的空格

當讀者開啟 SPSS 軟體，首先會產生新的資料檔，包含「變數視圖」及「資料視圖」兩部分，如何在這兩部分活頁視窗建立變數與鍵入資料，以下將使用 SPSS 操作擷取畫面的方式，來說明如何鍵入「人口背景變項」、「量表」及「複選題」在新建的 SPSS 資料檔。

1. 滑鼠點擊「變數視圖」

電腦上打開SPSS軟體，可看到空白未命名的檔案資料，畫面下方有「變數視圖」及「資料視圖」兩部分活頁視窗資料，點擊「變數視圖」按鈕，如圖 3-11。

圖 3-11　點擊「變數視圖」

2. 定義及建立變數名稱

先在「變數視圖」中建立問卷編號 N0，其目的在能清楚辨認填答問卷者的原始資料與電腦資料是否一致無誤，以方便當發現電腦鍵入資料有誤時可以快速找到原始的填答資料修正。在變數視圖中，雙擊「名稱」下第一列的文字框格內鍵入 No，如圖 3-12。

3. 設定變數的參數值

在變數視圖中，因問卷編號 N0 皆為自然數，去掉小數點的數字，點擊「小數」框格並選取 0 值；因問卷編號 N0 為名義資料型態，在變數視圖中，點擊「測量」框格，從尺度、序數、名義中選取名義。事實上所有的人口背景變項也都屬於名義變數，如圖 3-13。

圖 3-12　雙擊「名稱」下方第一列的文字框格內鍵入 No

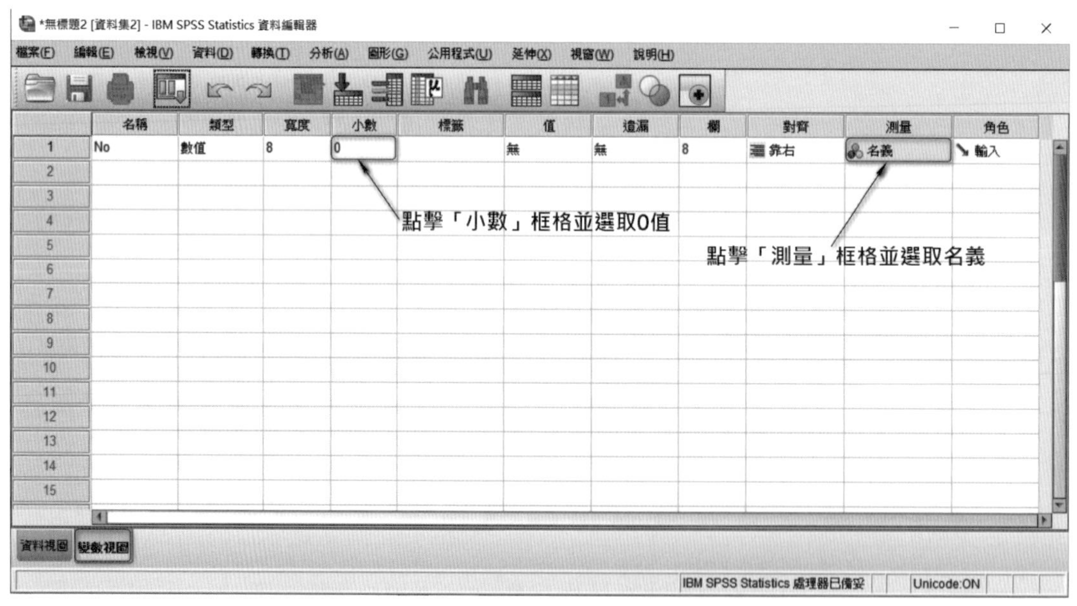

圖 3-13　設定「小數」及「測量」的參數值

4. 研究架構中依序完成所有「人口變項」變數的建立

問卷資料中常用的人口背景鍵入性別、年齡、職業或結婚狀況等，這些變數名稱有其實際的內涵意義，爲使統計軟體能簡單辨識區分，也方便我們使用者鍵入資料的便捷，因此分別給予數字代號來表示不同的內涵意義，這些數字代號，可在變數視圖中「值」的框格中鍵入定義之。例如 gender 性別有男性可定義爲 1 值、女性可定義爲 2 值，使用滑鼠左鍵點擊「值」框格靠右邊處後，會跳出「值標籤」之視窗：先鍵入男性 1，點擊「新增」，再鍵入女性 2，點擊「新增」，如圖 3-14。

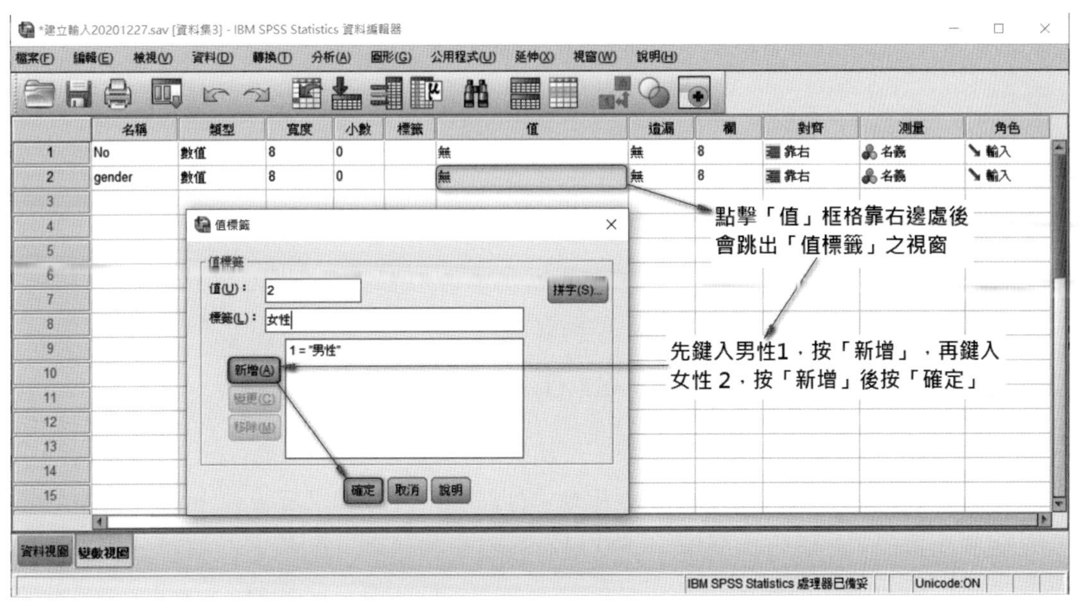

圖 3-14　建立 gender 性別的「人口變項」變數

「值標籤」所有定義的變數值鍵入完後點擊「確定」，gender 性別的參數值設定即告完成，如圖 3-15。

5. 研究架構中完成所有「背景變項」變數的建立

背景變項常常是論文研究中可能的利器，因爲在學位論文題目中所欲探討的主題，被調查者過去曾有與論文主題相關的涉入經驗與歷程，往往在研究結果發現有決定性的貢獻，此一部分讀者務請不要忽略掉。例如洪雯貞（2019）論文題目〈雲林縣足球社團學童參與動機、社會支持和自我效能之研究〉，其問卷編制人口背景資料中有一題「爸爸媽媽有沒有也參與足球活動」的背景調查選項，選項可勾選只有兩個，一是「有」，另一是「沒有」。洪雯貞（2019）該題原始問卷題項如下：

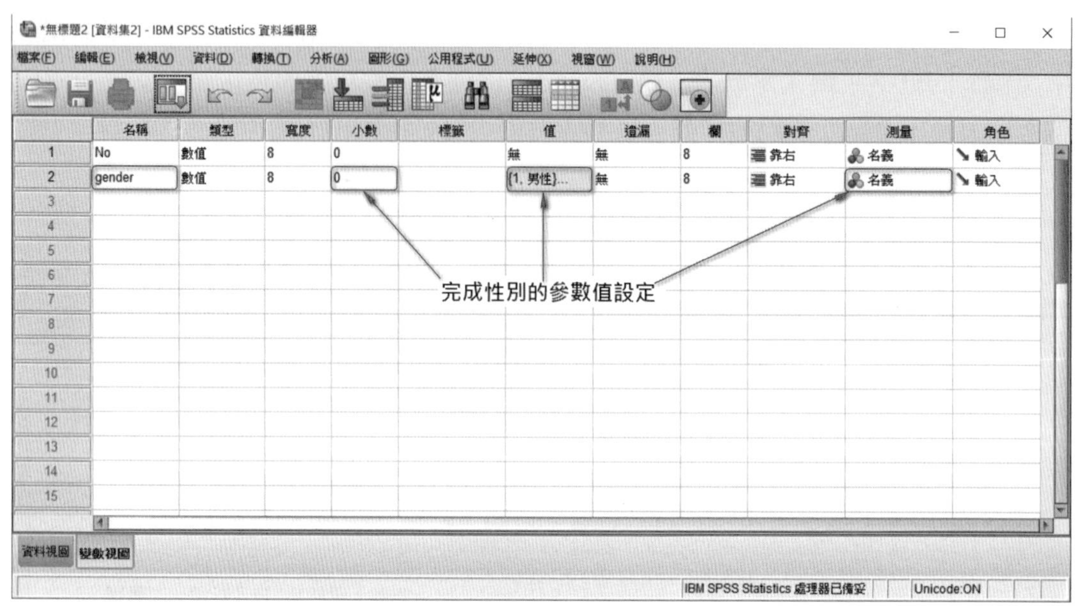

圖 3-15　完成性別的參數值設定

「5. 爸爸媽媽有沒有也參與足球活動：(1) □有；(2) □沒有」

研究結果使用 t 檢定後發現，「父母有參與足球活動」的學童在整體社會支持和自我效能上的表現，要顯著高於「父母沒有參與足球活動」的學童。

以上在完成 gender 性別參數值設定後，陸續完成人口變項 edu 教育程度、year 服務年資、Position 職務及背景變項 experience 淨灘活動經驗等變數名稱之定義，各人口背景變項變數的選項，也須完整鍵入所有的數值。例如 Position 職務有四個選項如以下擷取畫面所示，使用滑鼠左鍵點擊「值」框格靠右邊處，跳出值標籤視窗，鍵入 4 個選項值，其操作方法與上述性別的操作方法相同，並一一「新增」鍵入，最後點擊「確定」完成之，如圖 3-16。

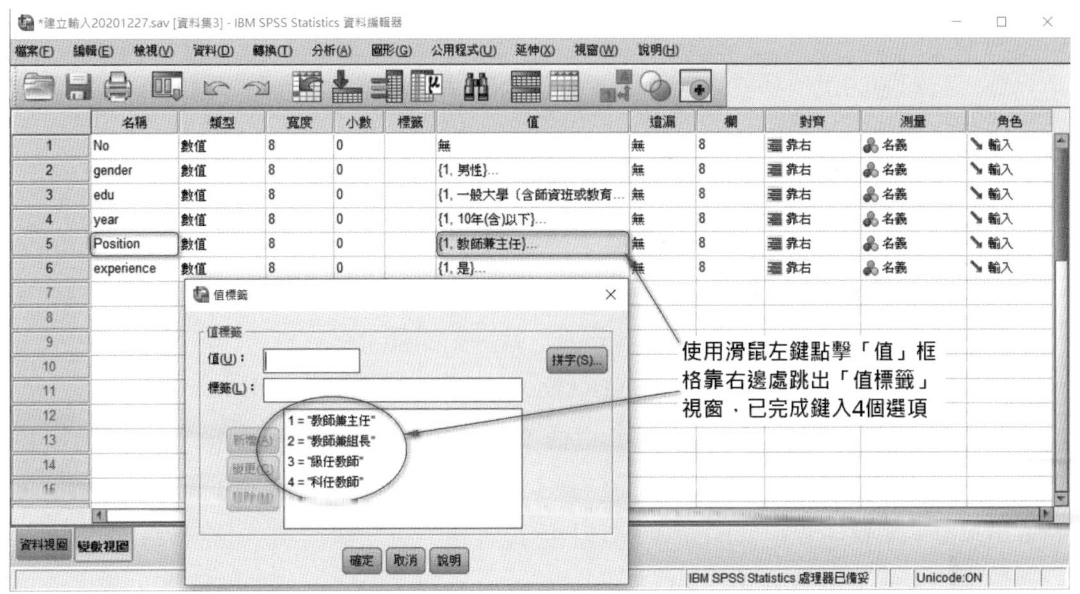

圖 3-16　完成 Position 職務及 experience 經歷的參數值設定

以下擷取畫面完成了所有的「人口變項」及「背景變項」變數名稱及值標籤的建立，如圖 3-17。

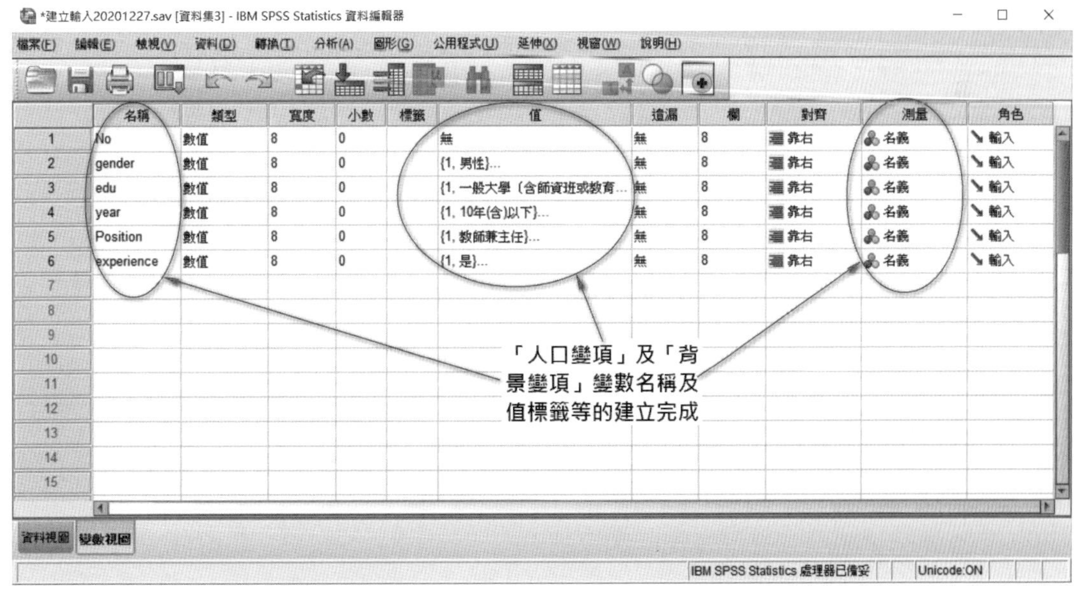

圖 3-17　完成「人口變項」及「背景變項」變數名稱及值標籤的建立

6. 問卷複選題之名稱變數建立

每一個勾選的選項都要設計一題，有勾選的問卷可鍵入 1、無勾選的可鍵入 0。

假設有一題複選題為「請問您平時是從何處得到有關災害的知識或訊息？」共有 7 個選項，填答者可複選

□電視　□廣播　□電腦網路　□家人或親戚朋友　□報紙雜誌

□相關書籍　□研習活動

在電腦上「變數視圖」視窗中之名稱，分別給予如下之代號

TV、Broadcast、Network、friends、Newspapers、books、activities

譬如複選題其中之一項□電視，須在 SPSS 上建立一個變數名稱「TV」，點擊「值」框格靠右邊處後，會跳出「值標籤」之視窗，有勾選的問卷可鍵入 1、無勾選的可鍵入 0，點擊「確定」即完成。因上述複選題共有 7 個選項，分別設計 7 題，有勾選鍵入 1、無勾選鍵入 0；還有其他□廣播等 6 項，也依上述操作程序，依序完成如下擷取畫面，如圖 3-18。

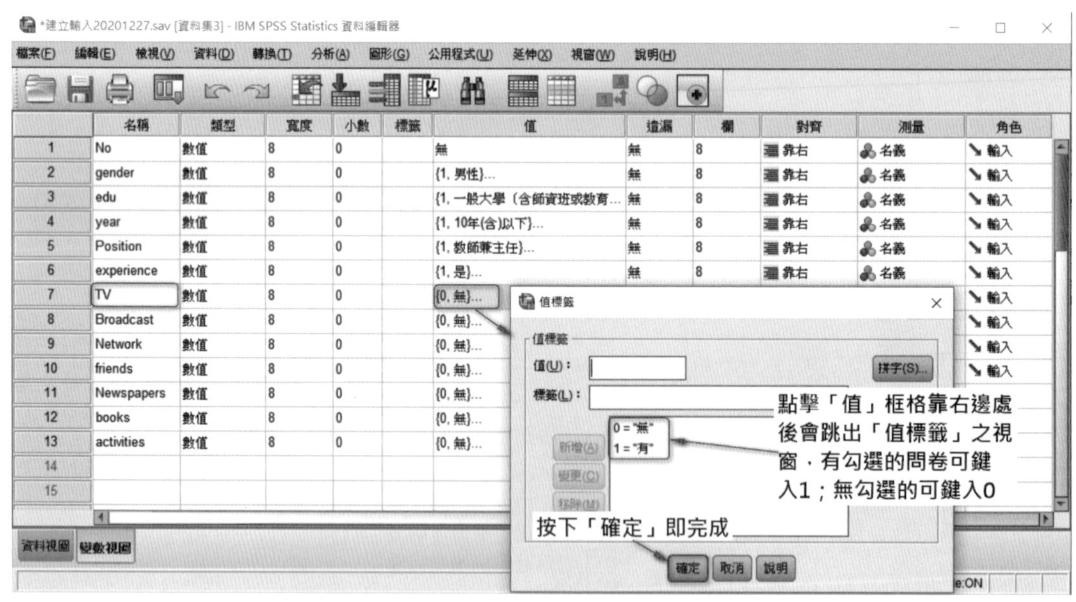

圖 3-18　完成建立問卷複選題之名稱變數

7. 「研究變數」量表之建立

下例以黃秀娟（2016）論文〈嘉義縣國小教師情緒管理、防災素養對防災教育

教學效能關係之研究〉，研究架構中之一的「情緒管理量表」共設計有 15 題，包括各「因素構面」所設計題項，亦即四個因素構面，分別爲「情緒覺察能力」4 題、「情緒表達能力」3 題、「情緒調適能力」4 題，以及「情緒運用能力」4 題，使用李克特五點量表編制，依據正反傾向，黃秀娟（2016）使用了包含「完全符合」、「大致符合」、「部分符合」、「很少符合」及「全不符合」等尺度，分別在 SPSS 中給予 5、4、3、2 及 1 分。所有設計題項，分別在「變數視圖」中建立變數名稱，從 Emotional1、Emotional2、Emotional3、Emotional4 及 Emotional5……，共設計 15 題，因爲是五點量表須加總之尺度測量，在「變數視圖」中，使用滑鼠左鍵點擊「測量」框格，從尺度、序數、名義中選取尺度，並點擊「值」框格靠右邊處，定義所有每一題項的「值」，如圖 3-19。讀者爲節省時間，如每一題項「值」框格都有相同的值標籤，則可使用類似如文書軟體 WORD 複製的方法，以滑鼠右鍵進行複製。

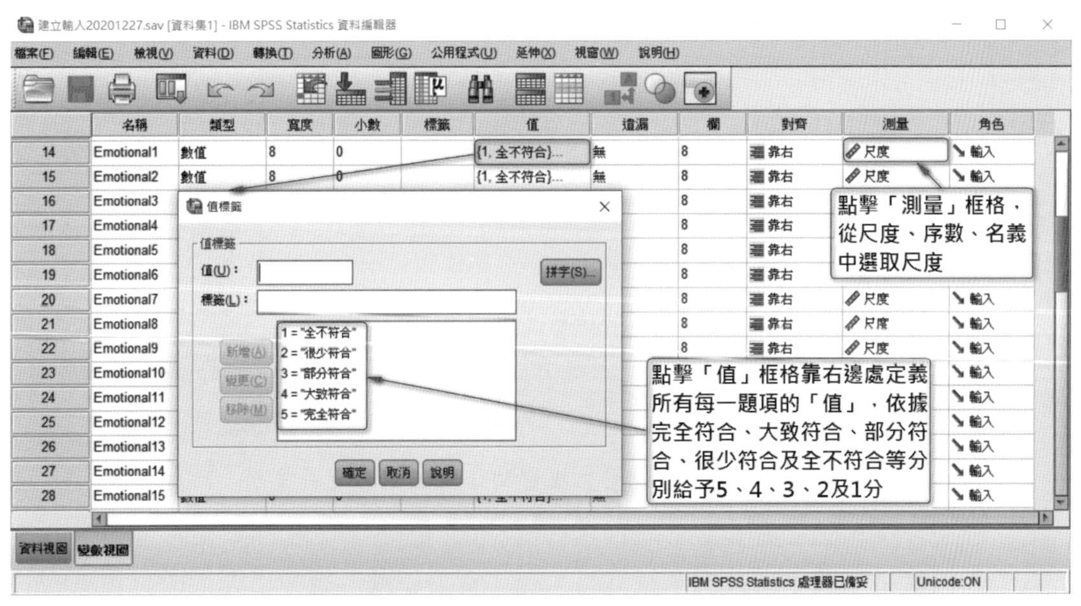

圖 3-19　問卷量表題項及值標籤之建立

「變數視圖」中所有的名稱變數定義完成後，便可以將所蒐集填答的問卷資料，在另一個「資料視圖」視窗內鍵入數字資料。

8. 滑鼠左鍵點擊「資料視圖」開始鍵入資料

前面「變數視圖」所建立定義的所有變數名稱，在「資料視圖」畫面上，各直

「行」上邊英文名稱從左到右依序顯示「變數視圖」中所有建立的名稱變數，而在橫「列」左邊數字從上到下則顯示一份份問卷資料等待鍵入所有名稱變數的數值代號，擷取畫面所有「細格」內都呈現空格，等待鍵入。

事實上每一橫列（row）代表一份問卷資料，因此在填答的問卷上無論是書面的或電子檔都要給予編號，並在電腦「資料視圖」的 No 處對應所填答者的編號後，依序鍵入此份問卷從頭到尾填答者所填 gender、edu、year、Position 等數值代號資料，必須要謹慎小心地核對所欲鍵入之數字，要符合「變數視圖」中所定義的數值鍵入，圖 3-20 爲點擊「資料視圖」視窗的擷取畫面。

圖 3-20　「資料視圖」視窗開始鍵入問卷資料畫面

將所蒐集回收並予編號的問卷資料，在「資料視圖」畫面已完成所有預試的問卷調查資料鍵入的擷取畫面如圖 3-21 所示。下一節中，我們將繼續進行問卷資料的信、效度分析。

*建立輸入20201227.sav [資料集1] - IBM SPSS Statistics 資料編輯器

檔案(F) 編輯(E) 檢視(V) 資料(D) 轉換(T) 分析(A) 圖形(G) 公用程式(U) 延伸(X) 視窗(W) 說明(H)

每一橫列所鍵入之數字代表一份填答者完整之填答資料

3 : Emotional11 | 2 | 顯示：28 個變數（共有 28 個）

	No	gender	edu	year	Position	experience	TV	Broadcast	Network	friends	Newspapers
1	1	2	3	3	1	1	1	0	1	0	0
2	2	2	2	2	3	1	1	0	1	0	1
3	3	1	3	2	1	1	1	1	0	0	1
4	4	2	3	1	3	1	1	1	1	1	1
5	5	2	1	3	3	1	1	1	1	0	0
6	6	1	3	3	2	1	1	0	1	0	0
7	7	1	2	2	3	1	1	0	0	0	1
8	8	2	2	2	4	1	0	0	1	0	1
9	9	2	3	2	2	1	1	0	0	0	0
10	10	2	2	2	3	1	1	1	1	0	1
11	11	2	2	2	4	1	1	1	1	0	0
12	12	2	1	2	3	1	1	0	0	0	0
13	13	1	3	2	4	1	0	0	0	0	0
14	14	1	2	3	3	1	1	0	1	0	1
15	15	1	2	3	3	1	1	1	1	0	1

資料視圖 變數視圖

IBM SPSS Statistics 處理器已備妥 | Unicode:ON

圖 3-21　「資料視圖」視窗顯示完成所有問卷資料之鍵入

9. 使用「遺漏值分析」檢查鍵入資料是否有遺漏值

填答問卷者在填答時有時疏忽會漏填一個或多個「變數視圖」所建立的資料，另一方面若填答問卷者都完整填答完了所有的問卷資料，但鍵入資料者不小心漏掉了某些題項的鍵入，以上兩種情形都需要馬上解決，而這個統計上所謂的「遺漏值」可以簡單使用 SPSS 的「遺漏值分析」，在 SPSS 功能表上按下「分析」→按選「遺漏值分析」，如圖 3-22 擷取畫面。

遺漏值分析視窗中，將所有尺度資料拖曳到「連續變數」的框格內，除了複選題外，所有名義資料則拖曳到「種類變數」內。其他參數不必設定，可直接點擊「確定」。

圖 3-22　開啟「遺漏值分析」畫面

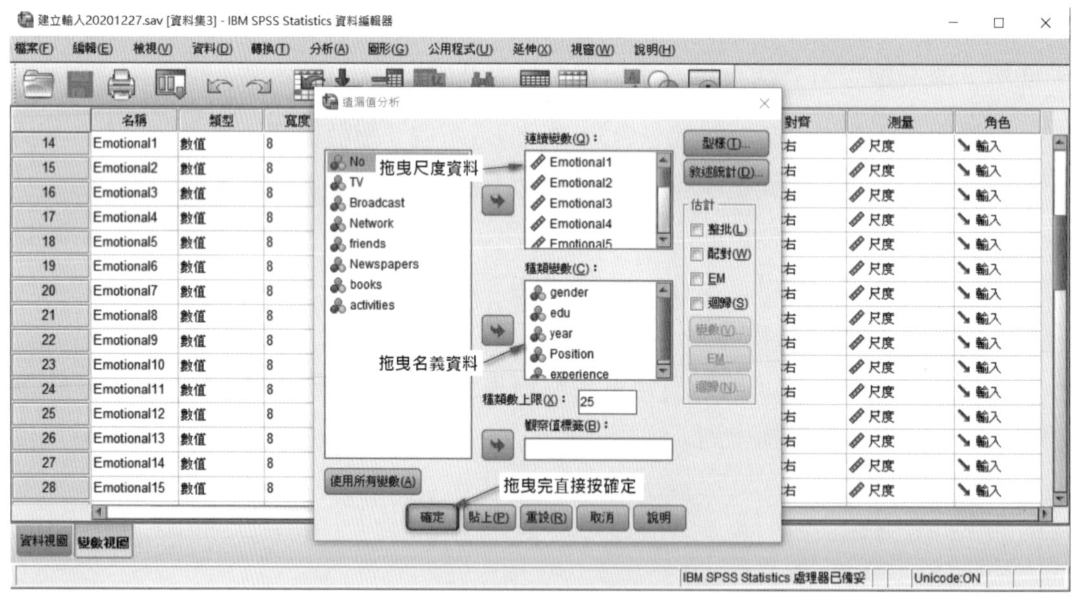

圖 3-23　開啟「遺漏值分析」視窗拖曳資料畫面

如圖 3-24 報表中，可以查看所有拖曳的「名義資料」及「尺度資料」的檢核結果，報表只有一張表格，在遺漏的計數那一欄位，顯示遺漏值皆為「0」，表示鍵入之資料並無遺漏值之情況，此表簡單而明瞭。

檢核結果若是塡答問卷者在塡答時疏忽漏塡的資料，因爲問卷塡答者一般都是匿名塡寫，無從請原塡答者來補塡，因此若只是一、兩題遺漏塡答，研究者可依據該漏答的題項，以已塡答者大多數塡答勾選的選項的「眾數」塡入處理，對於整體問卷統計分析來說是影響極小的處理方式；若問卷塡答者漏答題項過多時，則最好以無效問卷處理。下一節中，我們將繼續進行極其關鍵重要的步驟——問卷資料的信、效度分析。

單變量統計量

	N	平均值	標準偏差	遺漏		極端數的數目[a]	
				計數	百分比	低	高
Emotional1	390	4.28	.530	0	.0	1	0
Emotional2	390	4.29	.536	0	.0	0	0
Emotional3	390	4.14	.522	0	.0	.	.
Emotional4	390	4.15	.548	0	.0	.	.
Emotional5	390	4.04	.662	0	.0	.	.
Emotional6	390	4.00	.619	0	.0	.	.
Emotional7	390	3.88	.720	0	.0	0	0
Emotional8	390	3.78	.743	0	.0	1	0
Emotional9	390	3.96	.640	0	.0	.	.
Emotional10	390	4.07	.617	0	.0	.	.
Emotional11	390	3.76	.834	0	.0	4	0
Emotional12	390	4.06	.597	0	.0	.	.
Emotional13	390	4.09	.602	0	.0	.	.
Emotional14	390	4.04	.620	0	.0	.	.
Emotional15	390	4.02	.614	0	.0	.	.
gender	390			0	.0		
edu	390			0	.0		
year	390			0	.0		
Position	390			0	.0		
experience	390			0	.0		

遺漏值數

圖 3-24 「遺漏值分析」後報表畫面

寫作技巧 SOP 提示——建立電腦問卷資料

新打開檔案「變數視圖」，依序建立「問卷編號」、「人口變項」、「背景變項」、「研究變數」或「複選題」變數等，並設定變數的參數值。
問卷複選題之名稱變數建立，複選題有幾個選項，分別就要設計幾題，問卷填答者有勾選鍵入 1、無勾選鍵入 0。
「研究變數」量表建立與鍵入資料，因要加總計分，定義每一題分數等級，在「值」框格給予值標籤，一般若使用李克特五點量表，則建議給予 1-5 分的測量尺度。
打開「資料視圖」開始鍵入所回收問卷資料，每一橫列代表一份問卷資料的填入，鍵入所有資料，並使用 SPSS 的「遺漏值分析」，再檢查一遍是否有遺漏值或鍵入錯誤值之情況。
補充心得註記 ➪

(三) 問卷信、效度分析與題項修刪

問卷編制是一件極為重要的工作，必須很嚴謹的來進行面對，就如我們先前曾提到的「專家效度」，事實上對研究者的問卷編制工作，提供了很大的幫助。當然讀者也可上網去訂購有關問卷編制的書籍或蒐集閱讀具有公信力的網路，所提供有關問卷編制經驗及問卷技巧的討論園地等，都是幫助自己提升問卷編制方面能力的可行途徑。若要使這份個人學位論文的問卷調查讓他人完全信服，就必須拿出使人信服的證據。

統計學的一百多年發展歷史，已經建立極為完整周全的理論基礎，且有大量的實證研究證實它的可靠性與實用性。其中統計學中信、效度分析的基本理論，坊間不乏有大量的討論與研究。本章節將帶領著讀者踏出學位論文的關鍵門檻，筆者給這個過程一個像是鼓舞士氣的名稱「初探信心與成就之旅——問卷信、效度分析」！

什麼是信、效度分析，所謂「信度」是衡量有沒有誤差的程度，也是量測結果的一致性程度，信度是以衡量的變異理論為基礎，本書將使用一般學術論文普遍使用之內在信度 Cronbach's alpha 值來進行量測。例如隨機對 100 人進行問卷調查，而經統計分析其信度是 0.8，然後再對其他同樣的時空抽樣方式抽出 100 人來調查，再經統計分析，其信度也在 0.8 左右，則此份問卷是可信的；而「效度」是指衡量的工具是否能真正衡量到研究者想要衡量的問題，除先前提到的專家內容效度外，本書也使用學者及研究生普遍採用的建構效度（construct validity）。效度實際上是此份問卷可否用在正式問卷的第一個決定因素，若符合效度之標準，始可再進行信度分析；若同時信度分析也能符合信度之標準條件，研究者在使用正式問卷時才不致造成有關「研究方法」設計上的問題。在進行信、效度分析時，若研究者問卷編制有安插設計數題反向題，一定要在 SPSS 上進行轉換。例如以五點量表尺度為例，原先 5 分要變成 1 分、4 分變成 2 分、2 分變成 4 分，以及 1 分變成 5 分，其中 1-5 分尺度中位數為 3 分，則不需調整，當完成所有的反向題轉換後，再進行信、效度分析。

1. 反向題記分的處理

什麼是反向題，在研究者的問卷編制中常習慣用正向的問法，例如「你喜歡運動嗎？」但有些填答者是否用心填答，或是只是交差了事隨便填答，可從其填答狀況來判斷。譬如填答者每一題若完全填在同一個計分位置，就需要考慮這是否為一份無效的問卷。因此一位細心的問卷編制者，會在問卷裡放幾題反向題，以便可以查看這份問卷的填答者是否隨意填答，這樣研究者便可以很快剔除這一份隨意亂答的問卷，

若我們將剛才的例子改爲反向題，改爲「你不喜歡運動嗎？」來偵測塡答者的塡答態度，則就是一個辨別隨意塡答者的有效方式。

本書所說的反向題，我們先來釐清這個概念。什麼是「正向」？什麼是「負向」？又什麼是「反向」？而這要視「研究變數」所使用的量表內涵意義而定，如果量表的所有題項都是爲了測量樣本對於某些行爲的負面忍受程度的觀點，那就不適合去區分所謂的「負向」題，例如探討「工作壓力」或「憂鬱指數」等量表，乃至中性觀點去探討心理狀態的「性向測驗」或「智力測驗」等，這時就無法嚴格的去區別正向與負向之差異，只能說他的工作壓力負荷很高或很低、他的憂鬱指數傾向較高或較低，或是他的性向是外向或內向、他的智商在認知能力、思維能力、語言能力、觀察能力、計算能力、律動能力等表現，去描述量表的分數，這也就是本書特別強調「反向」的意義，而避免使用侷限性較大的「負向」描述。

總之在設計問卷題項時，不管對於量表內涵意義傾向於負向、正向或中性的設計題項，研究者都可依據所使用量表的內涵意義，只要量表內所有題項的意義指標方向是一致的，再加以設計一些「反向」的題項，辨別塡答者之態度，就可安心的以李克特量表的定義去加總分數做統計的分析及檢定的應用。因此研究者在問卷當中常常用「正向」的思維來設計題項，當設計一些「反向」題項時，記得在進行信、效度分析前，要先做分數轉換的動作，也就是把「反向」的題項分數倒轉過來，這樣統計軟體在做統計加總等計算時才不致得出錯誤的統計結果，在 SPSS 處理反向題時要將反向題分數轉換成正向題的分數，例如本來五點量表計分要給 5 分，倒轉後要修改調整爲 1 分，如此電腦統計軟體在所有題項加總構成概念或構念的這些設計題項，加總分數時才不致被「稀釋」或「加重」，而得到錯誤的結果。

以下將舉前述葉美華（2020）論文有關「生活滿意度量表」設計的 11 題，其中第 8 題及第 11 題兩題爲反向題設計。讀者可以整理瀏覽一下所設計的 11 題，幾乎所有題項都是以順著「滿意的方向」去詢問塡答者，而只有第 8 題及第 11 題兩題是朝向「不滿意的方向」去詢問塡答者，這兩題就是研究者刻意在問卷編制中的反向題題項安排，如圖 3-25 所示，以下將依序以 SPSS 擷取畫面說明此一操作過程。

【第四部分】幼兒園教師生活滿意度調查問卷

《填答說明》這一部分是想了解您對目前工作及生活滿意的情況，請您依照量表題目內容的敘述，依據心中的感覺，圈選認為最符合心中滿意的程度，謝謝！

題目		生活滿意度	非常不同意	不同意	普通	同意	非常同意
生理健康	1	我覺得我的身體還很健康。	1	2	3	4	5
	2	別人常說我氣色看起來很不錯。	1	2	3	4	5
	3	我的身體型態比以前更結實。	1	2	3	4	5
心理健康	4	我認為自己是樂觀開朗的。	1	2	3	4	5
	5	我很滿意我現在的生活方式。	1	2	3	4	5
	6	對於世事的變化我能坦然面對。	1	2	3	4	5
	7	我對自己的外表感到滿意。	1	2	3	4	5
	8	有時候擔心我自己會成為別人的負擔。	1	2	3	4	5
社會互動	9	我能很快的與他人打成一片。	1	2	3	4	5
	10	我和朋友相處時都很愉快。	1	2	3	4	5
	11	我經常感到孤單寂寞。	1	2	3	4	5

反向題設計

圖 3-25　生活滿意度量表問卷之反向題題項設計擷取畫面

資料來源：修改自葉美華（2020）。臺南市公立幼兒園教師休閒參與、休閒需求與生活滿意度之研究（未出版之碩士論文）（頁 120），康寧大學，臺南市。

(1) 按下「轉換」再按選「重新編碼成相同的變數」

在 SPSS 功能表上按下「轉換」後，再按選「重新編碼成相同的變數」，即可進行整批的分數轉換，如圖 3-26 所示。

在原來的題項修改分數，不再產生新變數

圖 3-26　SPSS 功能表上按選「重新編碼成相同的變數」畫面

(2) 將反向題拖曳「數值變數」

上例 D8、D11 兩題爲反向題設計，拖曳 D8、D11 到「數值變數」框格內，如圖 3-27 所示。

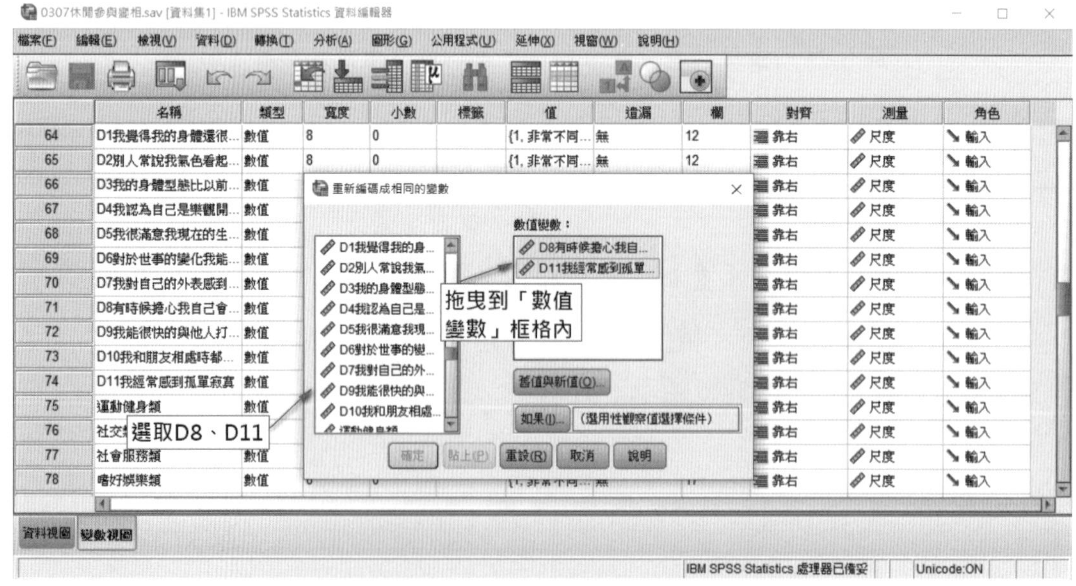

圖 3-27　拖曳 D8、D11 到「數值變數」框格內畫面

(3) 點擊「舊值與新值」

在以上「重新編碼成相同的變數」視窗點擊「舊值與新值」，重新跳出一視窗，可進行新舊值之轉換。若使用者問卷使用五點量表，則 5 分調整爲 1 分、4 分調整爲 2 分、3 分不變、2 分調整爲 4 分、1 分調整爲 5 分。每變更調整一對新舊數値，要點擊「新增」，中間值不調整，因此須做四次，如圖 3-28 所示。

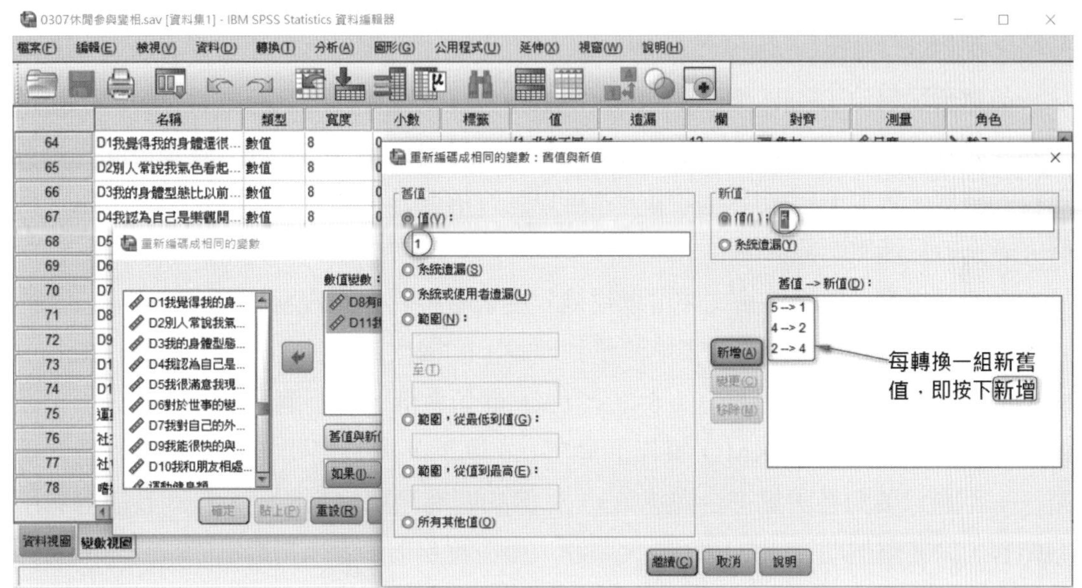

圖 3-28　進行新舊值共四次轉換畫面

(4) 在「舊值與新值」視窗點擊「繼續」

會回到原先第 2 步驟的「重新編碼成相同的變數」的畫面，此時點擊「確定」，即可同步完成變更上例 D8、D11 兩題，在所有鍵入問卷填答資料的分數轉換。研究者可以立即檢視這兩題內所有鍵入的數字分數已經完全更換了，筆者強烈建議在任何問卷編制中加入反向題，必須在論文的問卷編制中要註記說明，以備論文完成後隨時可查詢。

即使後續在做正式問卷的電子檔處理，爲了保險起見，原則上建議都把各種修改後的版本各存一份，電子檔名可使用中文名稱以便可清楚辨識各種修改版本的標記。例如上述分數轉換操作完成後，原始鍵入資料要有一份、反向轉換後也要存留另一份，以便做信、效度分析後，若有任何疑問時可回頭檢視這些檔案，因此研究者在做信、效度分析時不得不注意檔案的保留，以免辛苦進行論文分析時出現預試的問卷有反向題疑問時，須再查證填答者的資料與對應的電腦 SPSS 資料之麻煩，只好重新再鍵入原始的問卷資料。

即使後續在正式問卷中，此一部分的反向題分數轉換的工作，仍須特別注意要在進行各種敘述統計及推論統計分析之前，反向題一定要完成分數的轉換，以免統計分析時所計算的結果不正確。

2. 效度分析

前述預試發出去的問卷回收後鍵入電腦中且也完成反向題的分數轉換，即可先進行問卷的效度分析，到底問卷能否眞正有效的衡量研究調查的主題，是整份問卷是否可行的關鍵。效度分析結果若可用，才可以進行信度分析；若效度分析出現爭議，則研究者一般只能重新設計問卷。

先前已揭露一般學位論文中習以建構效度來驗證問卷的效度，建構效度（或稱構念效度）的定義是指問卷或量表能測量到理論上的構念或特質之程度。KMO（Kaiser-Meyer-Olkin）值，一般最好在 0.6 以上，KMO 值愈低，愈不適合進行因素分析，因此問卷預試的效度分析 KMO 值若不幸在 0.6 以下，則整個問卷編制則只好重新再來——不過只要問卷數量符合前述第 (一) 節的問卷預試規劃原則，且問卷填答者用心作答，除非整個問卷編制出了極大問題；但在實務上筆者所指導過的研究生問卷的 KMO 值都在 0.6 以上。

本書所介紹的效度只對問卷中的「量表」，即「構面」來進行，其他「人口背景變項」只要調查的人數分布足夠符合大樣本 30 的原則，則無關信、效度；效度分析只針對某特定量表的所有題項來進行，不能使用變數轉換後的變數來作，可以整份量表的「所有題項」來做分析，也可以針對量表中的各「因素構面」，即「分量表」的「所有題項」來做分析，找出「分量表」的效度。

有讀者問道：「若問卷中有三份量表，可以把三份量表的所有題項丟入來分析整份問卷的效度嗎？」此一問題牽扯到三個概念因素參雜在一起頗爲棘手，因爲每個量表所要調查的概念內容彼此間都截然不同，也許三個量表之間互有關係，也可能關係不強，甚至完全無關。當我們把這份問卷三個量表的所有題項丟到 SPSS 去跑效度分析，而電腦上的 SPSS 也很忠心爲研究者進行因素分析，它會針對所有題項，依據填答者的填答內容，去找出所有填答者共同的概念及構念或個人所填答的傾向與他人填答者之傾向做區分，而在分析各題項運算統整過程中，電腦上 SPSS 可自動集結一堆堆的題項產生的「概念」結構之成分組成，此一過程雖經過多次疊代（iteration）分析，然運算結果極快，研究者不需等待多久，即可得到答案。但簡單而言，電腦 SPSS 軟體並無法辨識研究者已經問卷設計的三個量表題項所歸屬之量表，致效度分析時都可能互相夾雜形成誤認成分組成的計算結果，當然所測得之結果也就不可靠。因此建議研究者在論文中，針對每個獨立的量表的效度去描述結果即可。以下爲效度分析在 SPSS 一步步操作的擷取畫面，請讀者參考並自行到五南圖書的網路平臺下載操作演練。

(1) 按下「分析」→按選「維度縮減」→按選「因數」

以第 (二) 節所建立電腦問卷之「情緒管理量表」資料檔案加以分析，如 SPSS 檔案圖 3-29 擷取畫面所示。

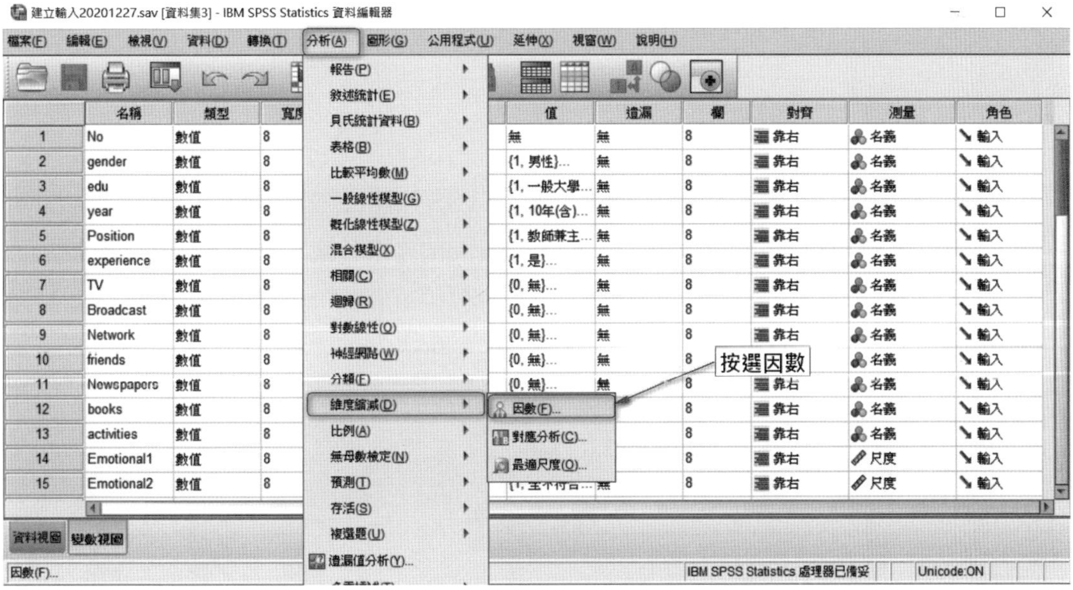

圖 3-29　效度分析操作按選「因數」畫面

(2) 把量表所有題項拖曳到「變數」框格

按下前一步驟「因數」會出現如下之「因數分析」視窗，本例之「情緒管理量表」共有 15 題，可以使用 Shift 鍵選取左邊所有 15 題項，按下向右箭頭⇨或直接拖曳到「變數」框格內分析，如圖 3-30 所示。

圖 3-30　量表所有題項拖曳到「變數」框格畫面

(3) 點擊「敘述統計」設定參數

點擊「敘述統計」後出現另一視窗，除了 SPSS 軟體已內定勾選之「初始解」外，另外須勾選「單變量敘述統計」及「KMO 與 Bartlett 的球形檢定」，再點擊「繼續」，如圖 3-31 所示。KMO 即是一般的建構效度的數值或指標，若球形檢定結果達到顯

圖 3-31　點擊「敘述統計」設定參數畫面

著，則可以繼續進行因素構面之萃取等分析。

(4) 點擊「萃取」設定參數

設定完「敘述統計」，點擊「萃取」跳出一視窗，SPSS 軟體已經內定為主成分分析方法及各勾選內容，因此可不用再設定，點擊「繼續」完成此一步驟，如圖 3-32 所示。

圖 3-32　點擊「萃取」設定參數畫面

(5) 點擊「旋轉」設定參數

點擊後跳出一視窗，除軟體內定勾選內容外，「方法」清單內的選項都可點選，相關專業的應用，讀者有需要可參考相關書籍，一般選取「最大變異」法可滿足社會科學問卷調查大多數的情況，點選後點擊「繼續」完成此一步驟，如圖 3-33 所示。

圖 3-33　點擊「旋轉」設定參數畫面

(6) 點擊「評分」設定參數

設定完「旋轉」，點擊「評分」跳出一視窗，SPSS 軟體內定皆未勾選內容，可不用設定，點擊「繼續」完成此一步驟，如圖 3-34 所示。

圖 3-34　點擊「評分」設定參數畫面

(7) 點擊「選項」設定參數

設定完「評分」，點擊最後的「選項」設定跳出一視窗，在做探索性研究萃取因素時，一定要勾選「依大小排序」選項，在做預試時勾不勾選都沒關係，接著點擊「繼續」，進行最後一步驟，如以下圖 3-35 所示。

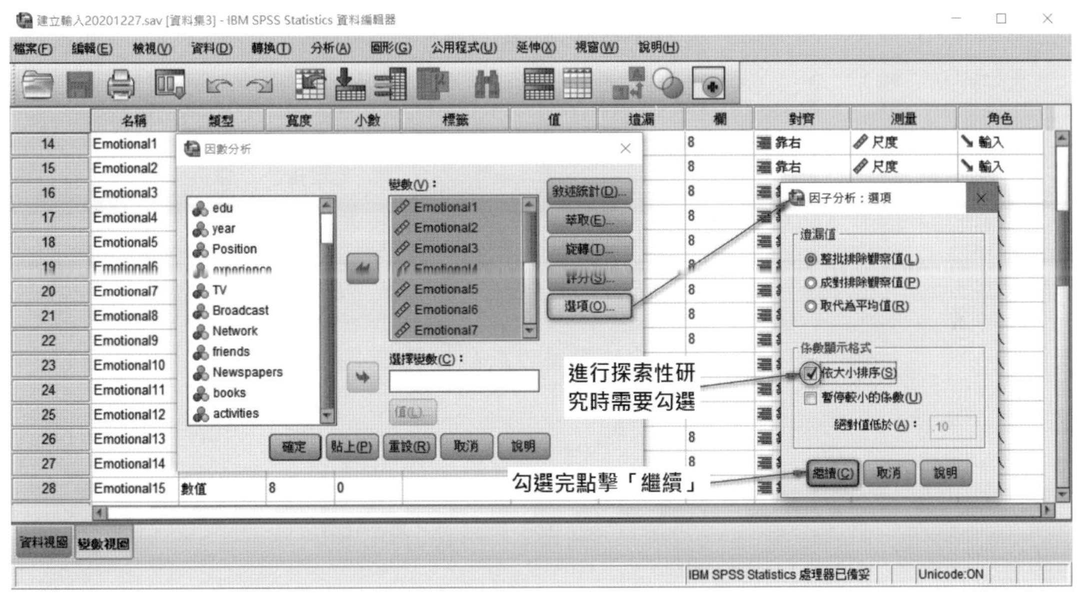

圖 3-35　點擊「選項」設定參數畫面

(8) 點擊「確定」產生報表結果

上述點擊「繼續」步驟後，回到「因數分析」視窗主畫面，點擊「因數分析」視窗左下角之「確定」後，如圖 3-36 所示，SPSS 可立刻執行效度分析並產生另一新視窗之報表。

新視窗所出現的分析報表畫面，如圖 3-37 所示爲部分報表之擷取畫面。畫面中有兩部分，左邊視窗爲分析的大綱內容，點擊相關大綱文字上方圖片後，可在右邊視窗看到連結的詳細因數分析內容，其中研究者最關心的數值爲「KMO」值，從報表中可看到「KMO」值爲 0.932；換言之其效度超過 0.6，表示問卷效度相當高，可以作爲正式問卷使用之有力佐證。

圖 3-36　參數設定完成點擊因數分析視窗「確定」畫面

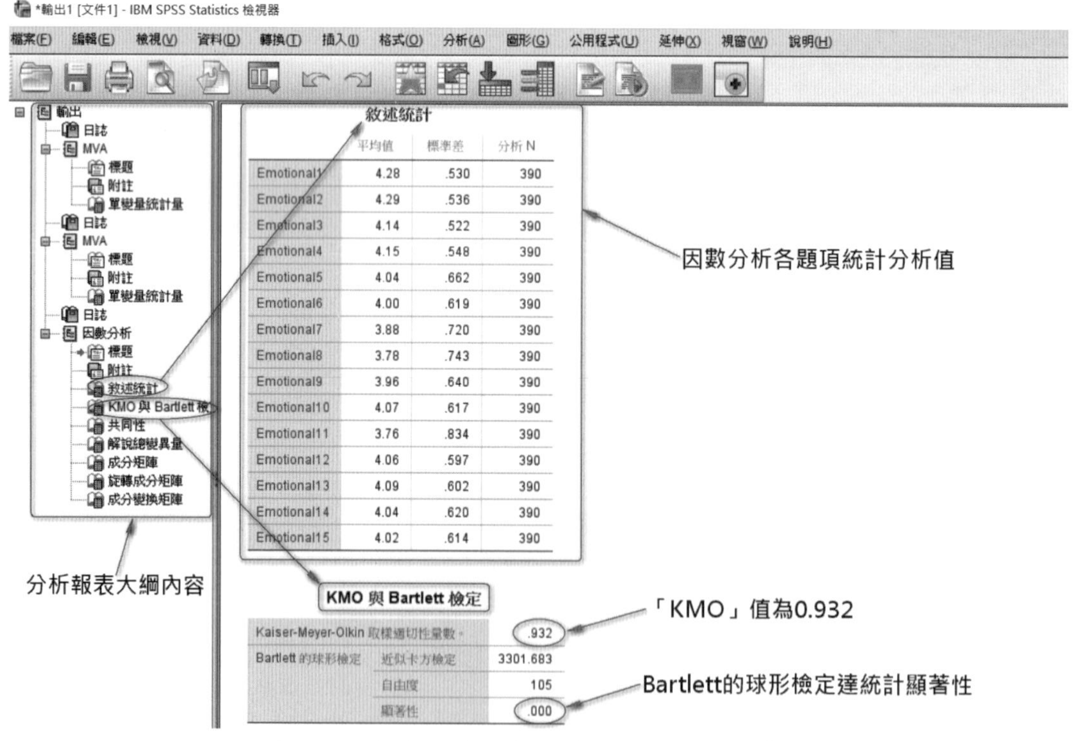

敘述統計

	平均值	標準差	分析 N
Emotional1	4.28	.530	390
Emotional2	4.29	.536	390
Emotional3	4.14	.522	390
Emotional4	4.15	.548	390
Emotional5	4.04	.662	390
Emotional6	4.00	.619	390
Emotional7	3.88	.720	390
Emotional8	3.78	.743	390
Emotional9	3.96	.640	390
Emotional10	4.07	.617	390
Emotional11	3.76	.834	390
Emotional12	4.06	.597	390
Emotional13	4.09	.602	390
Emotional14	4.04	.620	390
Emotional15	4.02	.614	390

KMO 與 Bartlett 檢定

Kaiser-Meyer-Olkin 取樣適切性量數。		.932
Bartlett 的球形檢定	近似卡方檢定	3301.683
	自由度	105
	顯著性	.000

圖 3-37　執行效度分析所產生之報表視窗畫面

另外「Bartlett 的球形檢定」其顯著性爲 [.000]，亦即表示檢定結果之 p 值遠小於 0.01，達到顯著水準，顯示抽樣適切及資料適合進行後續因素分析的研究探討，尤其是進行探索性研究時，之後再利用因素分析最大變異法萃取出主要的共同因素，亦即本書所講的「因素構面」。

(9) 報表匯出

上述顯示的效度分析報表數據，因爲須使用到學位論文中，報表內容不能直接使用複製功能，必須在 SPSS 上先轉換爲 WORD 檔案，如此研究者在撰寫論文時，便可以進行編輯及複製等操作。匯出操作，可在上述報表的功能表上方按下「檔案」→按選「匯出」，如圖 3-38 所示。

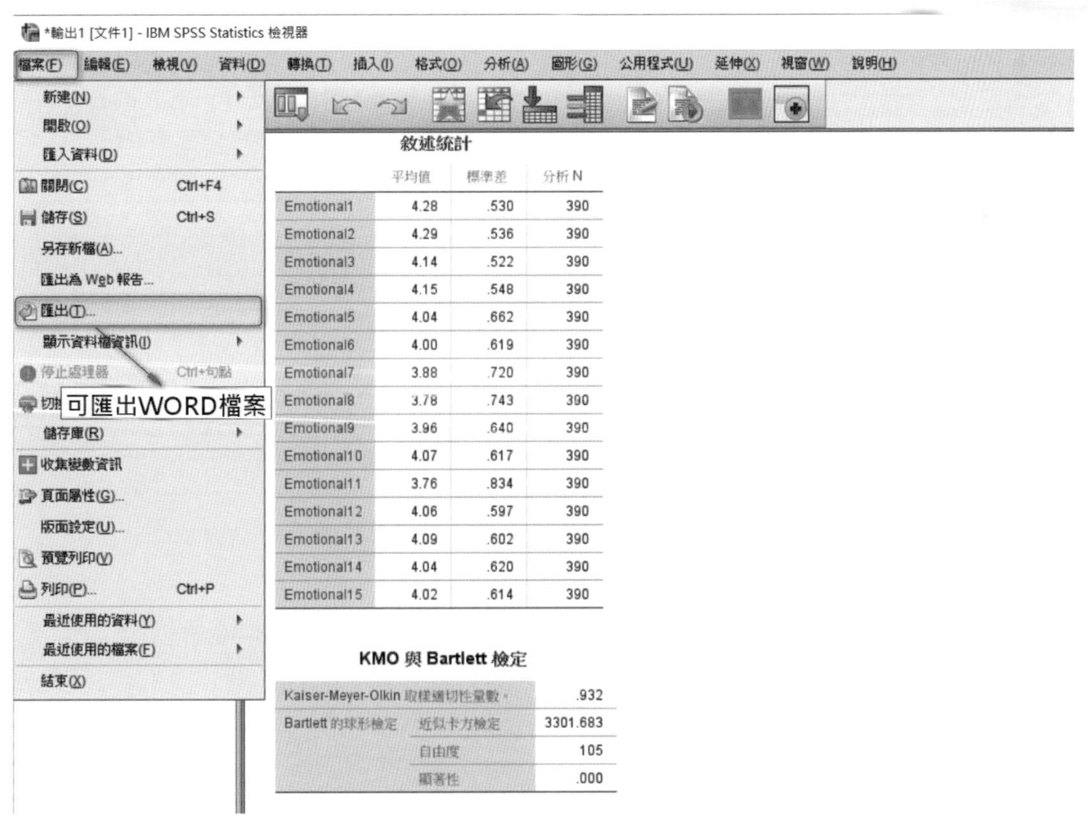

敘述統計

	平均值	標準差	分析 N
Emotional1	4.28	.530	390
Emotional2	4.29	.536	390
Emotional3	4.14	.522	390
Emotional4	4.15	.548	390
Emotional5	4.04	.662	390
Emotional6	4.00	.619	390
Emotional7	3.88	.720	390
Emotional8	3.78	.743	390
Emotional9	3.96	.640	390
Emotional10	4.07	.617	390
Emotional11	3.76	.834	390
Emotional12	4.06	.597	390
Emotional13	4.09	.602	390
Emotional14	4.04	.620	390
Emotional15	4.02	.614	390

KMO 與 Bartlett 檢定

Kaiser-Meyer-Olkin 取樣適切性量數。		.932
Bartlett 的球形檢定	近似卡方檢定	3301.683
	自由度	105
	顯著性	.000

圖 3-38　匯出效度分析所產生之報表檔案

建立 WORD 檔名點擊「確定」後，分析報表結果存入電腦中，檔名及存放資料夾處可自行選擇，匯出之 WORD 檔案，即可進行編輯及複製工作，如圖 3-39 所示。

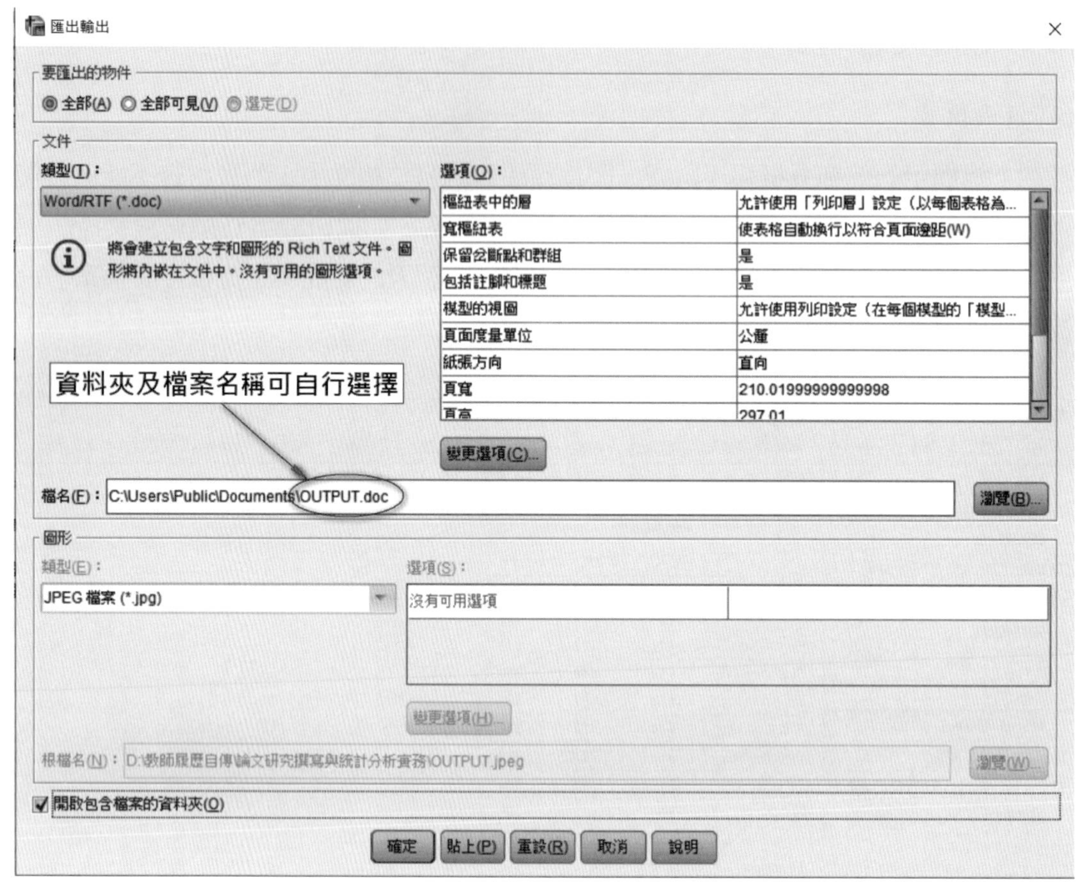

圖 3-39　匯出檔案名稱及資料夾位置之設定

除了匯出 WORD 檔案外，也可「匯出爲 Web 報告」，如圖 3-40 所示。

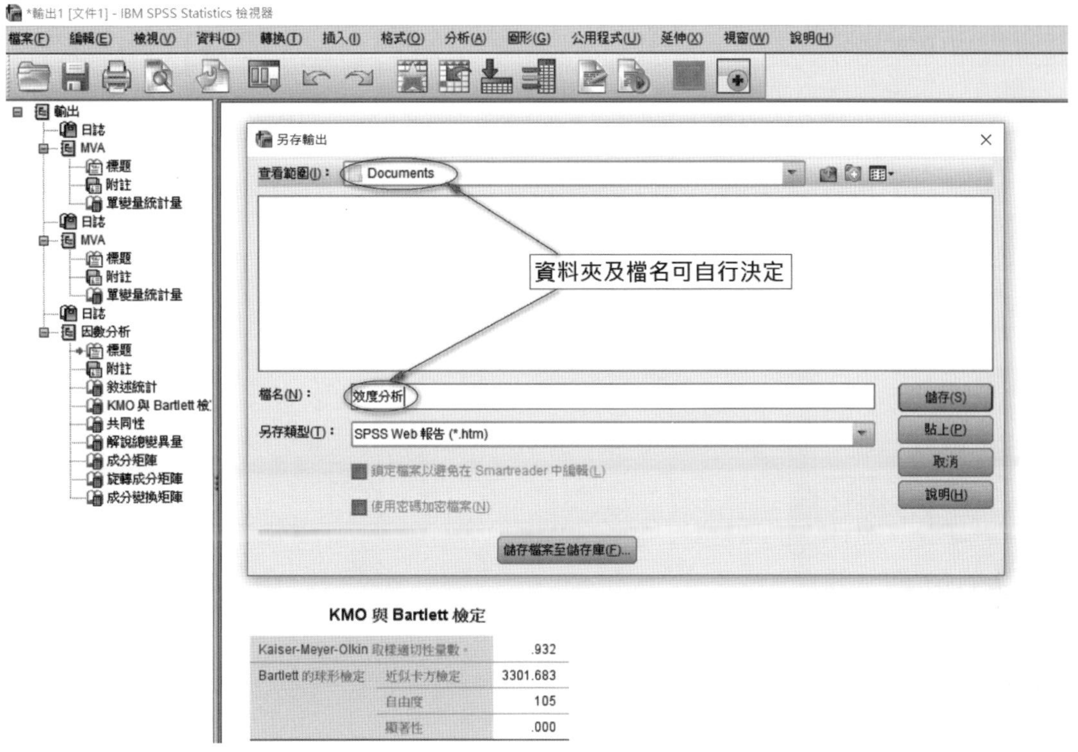

圖 3-40　匯出爲 Web 報告檔案名稱及資料夾位置之設定

「匯出爲 Web 報告」的檔案爲 htm 副檔名格式，如圖 3-41 所示。

3. 信度分析

以上第2小節所進行效度分析若KMO值在0.6以上時，即可進行本節信度分析。信度是指問卷測量分數具有一致性、穩定性、可靠性，以提供信賴程度的評量值。當研究者對同一現象重複測量時，兩次結果會一致的高低程度，例如用一把量尺去量測某人的身高，連續測量兩次，結果有差別，這個差別的大小如果在「容許範圍」，你會說它可信；但這個差別超過「容許範圍」，你會說它不可信、那個量尺有問題等的抱怨理由，統計學上有這個「容許範圍」的估計，也就是所謂的「信賴區間」，有興趣深入了解的讀者可 Google 查詢網路相關的資訊。

信度可分爲「內在信度」及「外在信度」，「內在信度」主要爲問卷項目之內部一致性、穩定性的程度，社會科學即常用「內在信度」測試；而外在信度是指複製前人研究所得結果的類似程度。本書建議採用「內在信度」的 Cronbach's alpha 係數評估方法，它是學位論文中極爲常見的信度指標，甚至可以說是信度的代表，其主要

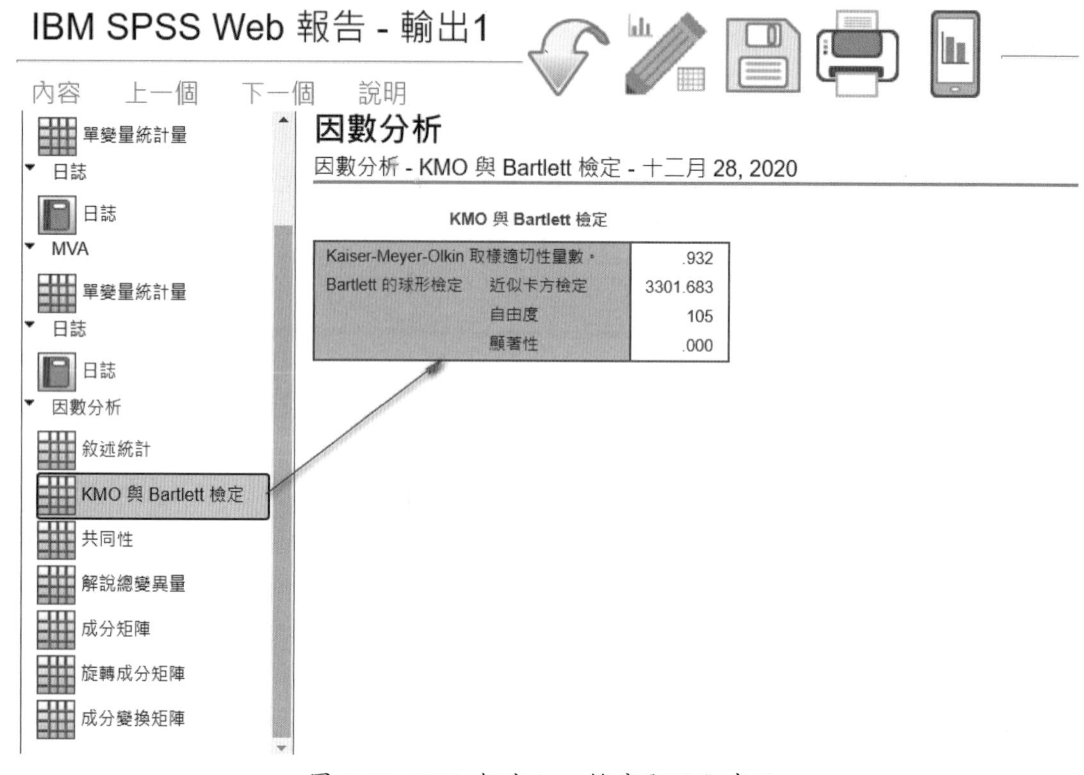

圖 3-41　Web 報告 htm 檔案顯示之畫面

目的是在衡量題目間的一致性，又稱爲內部一致性係數，可直接用來比較題目間的同質性，信度愈高的問卷表示受測者答案的可信度愈高，一般在學位論文中 Cronbach's alpha 係數在 0.6 時，爲可接受的最低限度。以筆者近 20 年的實務經驗而言，大多數學位論文 Cronbach's alpha 係數常見都在 0.8 以上。

信度分析與效度分析相同，都可以對量表或分量表組成的所有題項來進行分析，絕對禁止使用變數轉換後的變數來作信度分析，可以將整份量表的所有題項拿來做分析，也可以針對量表中的各因素的分量表的所有題項拿來做分析；在此讀者也許又問：「一份問卷中設計有三個量表，其信度可以把三個量表全部的題項放入電腦中去計算整份問卷的信度嗎？」此一問題與在本節前小節 (8) 效度分析也有相同的解答，即電腦 SPSS 軟體並無法辨識三個量表題項所歸屬之量表有哪些，致信度分析的結果變得不可靠。因此研究者在論文中最好針對各獨立量表的信度去描述結果即可。以下將使用上一節效度分析使用的同樣例子，一步步以擷取畫面解說信度分析的操作。

(1) 按下「分析」→按選「比例」→按選「信度分析」

以第 (二) 節所建立電腦問卷之「情緒管理量表」資料檔案，使用到本節第 2 小節所介紹效度分析操作後，將繼續以此「情緒管理量表」資料做信度分析之操作，如以下擷取畫面圖 3-42 所示。

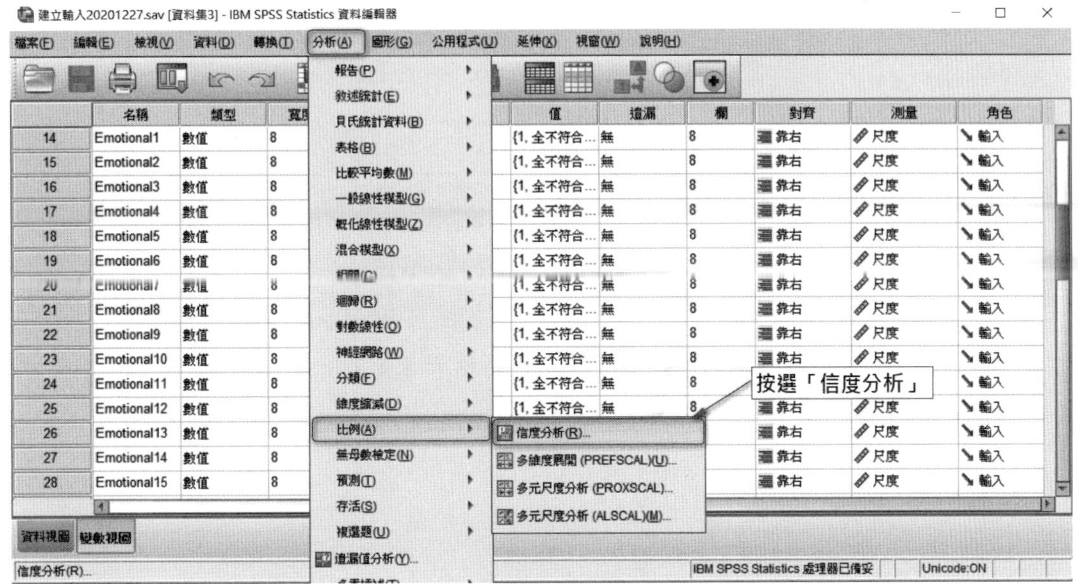

圖 3-42　信度分析操作 SPSS 功能表按選畫面

(2) 把量表所有題項拖曳到「項目」框格

按下「信度分析」，跳出一視窗，把上述 15 題之「情緒管理量表」使用 Shift 鍵選取，按下向右箭頭⇨或直接拖曳到「項目」框格內。另在視窗左下角「模型」之選擇已內定「α」，即為本書所採用之 Cronbach's alpha 係數方法，因此不需修改，如圖 3-43 所示。

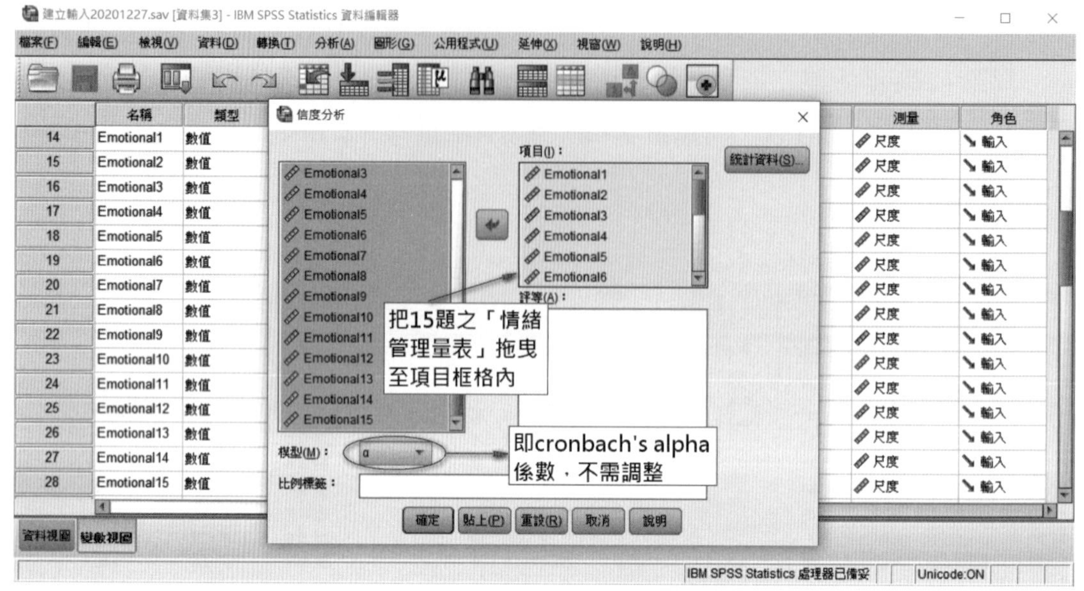

圖 3-43　信度分析拖曳 15 題「情緒管理量表」操作畫面

(3) 點擊右上角「統計資料」

另跳出一小視窗，勾選「項目」、「比例」、「刪除項目後的比例」，以及「平均值」，點擊「繼續」，如圖 3-44 所示。

(4) 點擊「確定」產生報表結果

回到以上第 (2) 步驟「信度分析」的視窗畫面，此時所有參數設定已經完成，直接點擊「確定」，即可產生報表。新視窗所出現的分析報表畫面，有兩部分，左邊視窗爲分析的大綱內容，點擊左邊大綱文字上方圖片後，即在右邊視窗看到連結的詳細分析內容，例如左邊研究者最關心的數值爲「可靠性統計量」，連結到右邊報表的「Cronbach's alpha 値」顯示爲 0.926，一般信度 Cronbach's alpha 値在 0.6 以上時是可接受的；換言之，本例問卷預試之信度等級爲相當可信，表示問卷信度足以作爲正式問卷使用之有力佐證，其擷取畫面如圖 3-45 所示。

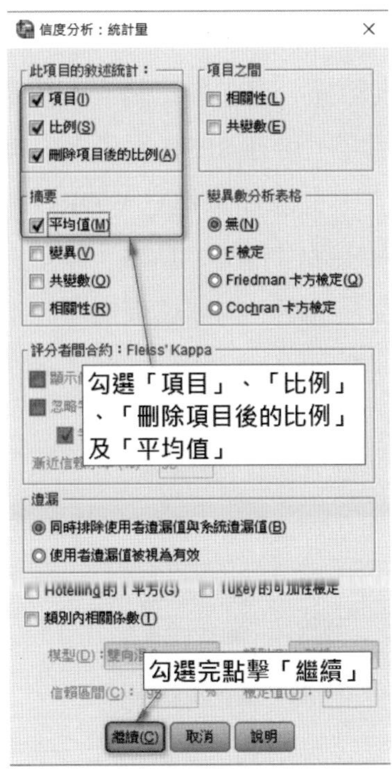

圖 3-44　信度分析「統計資料」參數設定畫面

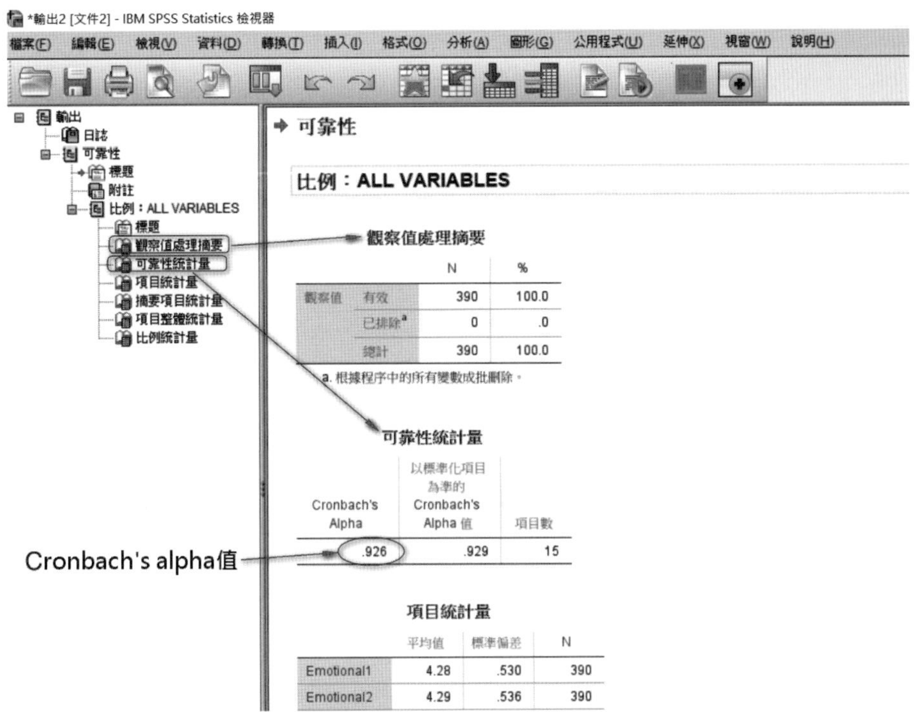

		N	%
觀察值	有效	390	100.0
	已排除[a]	0	.0
	總計	390	100.0

a. 根據程序中的所有變數成批刪除。

可靠性統計量

Cronbach's Alpha	以標準化項目為準的 Cronbach's Alpha 值	項目數
.926	.929	15

項目統計量

	平均值	標準偏差	N
Emotional1	4.28	.530	390
Emotional2	4.29	.536	390

圖 3-45　信度分析「可靠性統計量」等報表結果畫面

(5) 報表匯出

上述顯示的信度分析報表數據，須在學位論文中使用以作爲正式問卷可用之佐證資料。爲方便使用於論文之撰寫，可在 SPSS 報表上方按下「檔案」→按選「匯出」或按選→「匯出爲 Web 報告」。此處僅以建立 WORD 檔名之按選「匯出」來說明，出現「匯出輸出」視窗，鍵入儲存檔名後，點擊「確定」後存入電腦中，後續才能使用此一分析結果進行編輯及複製工作，如擷取畫面圖 3-46 所示。

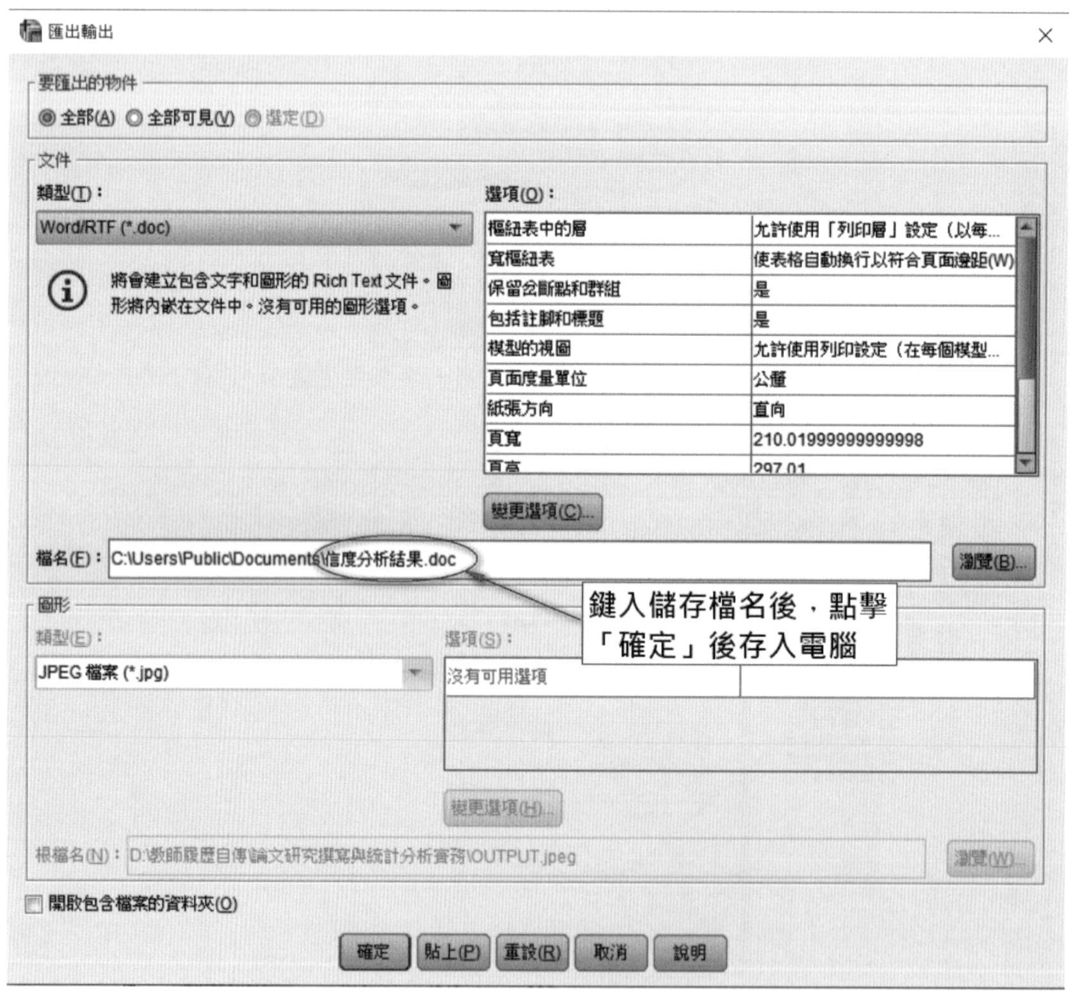

圖 3-46　信度分析匯出輸出報表檔名設定畫面

4. 問卷預試題項修刪

信、效度分析若能依照前述的步驟，都能達到要求的標準，亦即效度的 KMO 值及信度的 Cronbach's alpha 都能達到 0.6 以上，則才可進行正式問卷的發放，但這不是指把達到信、效度標準的「預試問卷」可以原封不動地用在「正式問卷」上。事實上，經由問卷預試之信、效度分析，可以篩選不佳的題項，進行修改或直接刪除而變成「正式問卷」。本章節會介紹有關修刪題項的 SPSS 操作細節，共有「效度分析的刪題」、「信度分析的刪題」及「信、效度分析綜整刪題」三部分來具體解說。以下首先介紹「效度分析的刪題」，同樣的仍以擷取畫面的方式依序說明。

(1) 效度分析的刪題

此一部分刪題原則是用在「有使用探索性研究的研究者」，必須查看圖 3-35 及本節第 2 小節效度分析的「(7) 點擊「選項」設定參數」所述要勾選「依大小排序」，如此轉軸後的成分矩陣會依據大小順序的排列，可以使研究者更爲方便的觀察題項所屬組成層次內容。而一般「未使用探索性研究的研究者」可以略去不看此節的刪題操作，只須查看 KMO 值是否達到 0.6 以上之標準！

因爲探索性研究目的在萃取找出「因素構面」內容，是屬於建立開創性理論的研究方法。讀者可在轉軸後的成分矩陣觀察，同一「因素構面」中，若各題項之因素負荷量（factor loading）愈大（一般以大於 0.5 爲準），則愈具備「收斂效度」。若問卷題項在非所屬「因素構面」中，其因素負荷量愈小（一般以低於 0.5 爲準），則愈具備「區別效度」。

例如 2013 健康休閒學術研討會胡子陵與王凱媚（2013）所發表之〈國小學童低碳生活實踐和資源回收行爲之研究〉的「資源回收行爲量表」，在預試問卷的效度分析報表中 KMO 值爲 0.873，進一步使用如第 2 節 SPSS 效度分析發現「轉軸後的成分矩陣」因素負荷量會依據大小順序的排列，如圖 3-47 所示。圖中共萃取了 4 個成分，從左邊開始，自上往下最大值到最小值 0.4 以上爲一個成分，第 1 個成分從 0.783 到 0.506，依續再移向右到第 2 個成分從 0.765 到 0.521，第 3 個成分只有 2 個題項，第 4 個成分僅有 1 個題項，其中 C15 題雖爲第 2 成分，因素負荷量 0.592 具備「收斂效度」，但在第 1 個成分因素負荷量爲 0.553，超過 0.5 不具備「區別效度」；另外第 3 個成分有 2 個 C11、C19 題項，雖然因素負荷量在 0.4 以上，也有不少發表之文獻中也存在 2 個題項的「因素構面」，經我們再次審愼來觀察圖 3-47 中 C19 因素負荷量 0.545，而其在非所屬「因素構面」第 1、2 個成分中因素負荷量分別爲 0.402、

0.429，極爲接近 0.5，因而「區別效度」較差，因此可以考慮刪除。而第 4 個成分中只有 C12 一個題項，遠遠不足 3 個題項，無法單獨形成完整之「因素構面」，因此從問卷預試的效度分析，上述問卷之「C11」、「C12」、「C15」及「C19」題項可考慮刪除。

有關刪除題項後，不論是效度分析，或是下一節的信度分析，只要各量表中有任何刪除題項，則此一量表的信度 Cronbach's alpha 值及效度 KMO 值，必須再做一次修正題項後的信、效度分析，並在學位論文問卷編制中加以交代說明。

旋轉成分矩陣[a]

	①	②	③	④
C6	.783	.150	.329	.247
C1	.756	.243	.125	.106
C7	.752	.231	.283	.178
C3	.724	.445	-.116	.010
C8	.689	.347	.179	.227
C5	.678	.337	.078	-.147
C2	.676	.250	-.012	-.214
C4	.548	.335	-.040	-.485
C9	.506	.434	.238	.338
C14	.255	.765	-.027	-.035
C18	.213	.683	.183	-.084
C13	.212	.624	.089	.400
C20	.438	.622	.068	-.027
C16	.183	.609	.444	-.087
C15	.553	.592	-.019	.153
C10	.268	.550	-.059	.041
C17	.370	.521	.493	.116
C11	.006	-.084	.794	-.086
C19	.402	.429	.545	.059
C12	.104	.042	-.093	.812

圖 3-47　效度分析之旋轉成分矩陣畫面

(2) 信度分析的題項刪除

胡子陵與王凱媚（2013）在預試問卷的信度分析中發現 Cronbach's alpha 值爲 0.918，信度已經極佳。查看圖 3-44 及第 3 節信度分析的「(3) 點擊右上角『統計資料』」中已經勾選「項目」、「比例」、「刪除項目後的比例」及「平均值」，因此在「項目整體統計量」的表中，可呈現「更正後項目總計相關性」的統計值，一般可查看其值是否小於 0.4 以下，來決定題項的刪除。

表中可看到預試題項之「C11」、「C12」的「更正後項目總計相關性」各爲 0.097、0.116，皆遠小於 0.4 以下，可考慮刪除，而刪除後的 Cronbach's alpha 值甚至提升至 0.929。

項目整體統計量

	比例平均值（如果項目已刪除）	比例變異（如果項目已刪除）	更正後項目總計相關性	平方複相關	Cronbach's Alpha（刪除後）
C1	71.80	203.070	.702	.651	.912
C2	72.22	205.993	.563	.525	.915
C3	71.66	200.861	.737	.754	.911
C4	72.26	208.949	.477	.514	.916
C5	71.66	201.911	.667	.610	.912
C6	71.41	202.165	.720	.732	.911
C7	71.30	201.917	.732	.730	.911
C8	71.28	202.146	.732	[illegible]	.911
C9	71.05	207.473	.694	.679	.913
C10	71.68	205.964	.475	.405	.917
C11	71.28	222.780	.097	.298	.923
C12	72.53	218.014	.116	.347	.929
C13	71.21	206.977	.563	.522	.915
C14	71.59	201.591	.610	[illegible]	.913
C15	71.32	201.825	.754	.694	.911
C16	71.33	207.650	.558	.578	.915
C17	71.34	204.544	.694	.650	.912
C18	71.59	204.482	.575	.583	.914
C19	71.50	202.015	.666	.633	.912
C20	71.87	200.449	.695	.634	.911

小於0.4可考慮刪除

可升高至0.929

圖 3-48　信度分析之項目整體統計量畫面

有關刪除題項後，在前一小節已有敘述，經過信、效度分析，只要各量表中有任何刪除題項動作，則此一量表的信度 Cronbach's alpha 值及效度 KMO 值，必須再做一次修正題項後的信、效度分析，並在學位論文問卷編制中加以說明。如本例原先問卷預試的效度 KMO 值爲 0.873，信度 Cronbach's alpha 值爲 0.918，經過以上信、效度分析刪除「C11」、「C12」、「C15」、「C19」四個題項後，再進行一次信、效度分析，發現其問卷效度 KMO 值升高爲 0.894，信度 Cronbach's alpha 值亦升高爲 0.925。

(3) 信、效度分析綜整刪題

在以上效度及信度分析的題項刪除分析中，綜合言之，共刪除四題包含「C11」、「C12」、「C15」、「C19」，而最終只保留第 1 個成分及第 2 個成分之因素組成，亦即此兩個「因素構面」則必須在正式問卷分析後再予命名。

在此再一次強調，若讀者的研究架構，每一個量表都可以從「文獻探討」資料中確認其「因素構面」內容，則只要從上述「(2) 信度分析的題項刪除」來決定是否刪題；反之，只要其中一個量表無法確認其「因素構面」內容而使用探索性因素分析的讀者，則都要同時以上述「信、效度分析綜整刪題」來決定該量表是否要刪題。

寫作技巧 SOP 提示——問卷信、效度分析與題項修刪

問卷中有反向題時，要將反向題分數轉換成正向題的分數。
首先要做效度分析，效度只針對問卷中的「量表」，即「構面」來進行；若效度 KMO 值在 0.6 以上，始可進行信度分析。
做信度分析時，一般學位論文中信度 Cronbach's alpha 係數在 0.6 時，為可接受的最低限度。
信、效度分析執行完會產生報表，可以在 SPSS 功能表「檔案」下匯出 WORD 檔，也可「匯出為 Web 報告」，相關的信、效度分析報表數據，可使用到學位論文中。
若任一量表採用探索性研究萃取因素時，在因子分析的「選項」視窗中，一定要勾選「依大小排序」選項，如此才方便找出萃取的「因素構面」內容。
問卷預試題項修刪，可在信度分析時，從報表「更正後項目總計相關性」的統計值，一般若其值小於 0.4 以下，可考慮題項的刪除。 若使用探索性因素分析的讀者，萃取時因素構面最好有 3 個題項，若只有 2 個題項時，可由「收斂效度」及「區別效度」綜合評估判斷是否刪除。
補充心得註記 ⇨

(四) 問卷預試與撰寫實務範例

學位論文中，統計分析只要跟著專書的操作步驟或網路影片教學所教導步驟，研究者可以很快得到所要的分析報表，並撰寫論文，但是問題是要怎麼寫？剛開始撰寫學位論文，總會摸索了半天，也不知如何下筆。這是所有學習一件新事物的人常會發生的事，因此如何儘快克服這種障礙，最快速的方法就是，如果有一套可用的「標準操作程序」SOP，本書即是爲此而寫。由於本章所進行之信、效度分析較爲特別，它是學位論文中第三章「研究方法」需要交代的重要研究工具佐證，因此本書「問卷預試」論文撰寫範例將在學位論文中首先登場，至於其他論文撰寫部分則在本書「寫作技巧篇」第陸章「論文撰寫」中詳細介紹。本章節問卷預試將分別以「問卷的編制」、「問卷預試的審查及施測」及「問卷預試信、效度分析」來說明，各部分撰寫都可參考「論文撰寫範例」標圖之部分。

1. 問卷的編制

包含人口背景資料調查、各量表「因素構面」的量測，以及與文獻探討、研究架構、研究方法等彼此有關或有影響關係而設計之問卷內容。問卷設計前應將所要研究的主題釐清，並將所要探討的問題臚列出來，從文獻探討所找出的研究問題，以致需要使用研究方法來解決，都需要有研究工具來進一步進行獲得解答，而問卷的編制毫無疑問的，是這些研究問題解答的關鍵。

論文撰寫範例 1——受試者背景資料編制

本研究調查的研究項目，包含受試者性別、年級、博物館參觀經驗次數、參觀科工館經驗次數、曾經參觀過位於南部主要的博物館、最常前往之參觀方式、最喜歡的學習課程領域、參觀博物館喜好之意向、課餘時間有無參與博物館所舉辦之活動，以及期望博物館利用行動科技導覽之意向，共有 10 項。受試者所有調查背景資料，整理如表 3-2 所示。其中性別及年級爲人口變項調查，其他 8 項則爲背景變項調查。

表 3-2　受試者背景資料

項目	分類
性別	男、女
年級	國一、國二、國三
博物館參觀經驗次數	0 次、1-2 次、3-4 次、5 以上
科工館參觀經驗次數	0 次、1-2 次、3-4 次、5 以上
曾經參觀過位於臺灣南部主要的博物館（複選題）	屏東國立海洋生物博物館、高雄國立科學工藝博物館、臺南奇美博物館、臺南國立臺灣歷史博物館、嘉義國立故宮博物館南院區、其他博物館
最常參觀的方式	家人親戚、學校師生、朋友
最喜歡的學習課程領域	國文、英文、數學、自然（生物、理化、地球科學）、社會、科技（生活科技、資訊科技）、藝術與人文、健康與體育、綜合活動
博物館參觀喜好之意向	喜歡、不喜歡
課餘時間有無參與博物館所舉辦之活動	有、無
期望博物館利用行動科技導覽之意向	是、否

資料來源：修改自林建男（2020）。國中生參觀博物館之科技態度、休閒體驗與休閒效益研究（未出版之碩士論文）（頁 60），康寧大學，臺南市。

論文撰寫範例 2——受試者背景資料編制

依據第二章文獻探討所發現之研究結果、本研究所提出之研究假設，以及所建構量表之間的關聯，因此本研究在人口背景需要調查的變項，除了進行本研究人口背景在差異性檢定之需要，同時也進行分析受測者在各個量表上之表現情形。問卷填答者之主要人口背景資料經回收整理後，使用名義尺度衡量並在 SPSS 統計軟體上建立資料檔案，人口背景資料包括性別、年齡、學歷、婚姻、子女狀況、居住狀況、現任職務、任教年資、安排休閒活動時間、實際規劃參與休閒、參與休閒活動頻率、從事休閒活動對象、休閒活動支付狀況等共設計 13 題，測量設計題項乃基於研究者從現況，以及文獻資料之參考而訂定，本研究教師人口背景資料調查如表 3-3 所示。其中性別至任教年資等 8 題爲人口變項之調查，其他安排休閒活動時間等 5 題爲背景變項之調查。

表 3-3　教師人口背景資料

項目	測量設計題項
性別	男、女
年齡	30 歲以下、31-40 歲、41-50 歲、51 歲以上
學歷	大學（含專科）、碩士、博士
婚姻狀況	已婚、離婚、未婚、喪偶
子女狀況	無子女、最小的子女在 6 歲以下、最小的子女在 7-10 歲間、最小的子女在 11-17 歲間、最小的子女在 18 歲以上並與您同住、子女都已獨立居住
居住狀況	單獨居住、僅夫妻（含同居人）二人同住、與子女同住、三代同堂、其他
現任職務	帶班教學未兼任行政工作、帶班兼任行政工作、專任行政
任教年資	5 年以內、6-10 年、11-15 年、16-20 年、21-25 年、26 年以上
安排休閒活動時間	從未安排、平日、平日跨週末（如五六日或六日一）、連續假日（含年假）、寒暑假（不含年假）
實際規劃參與休閒	從沒規劃做過、幾乎每天做、每週一至兩次、每月一至兩次、每季一至兩次、半年一至兩次、每年一至兩次
參與休閒活動頻率	半個月 1 次、1 個月 1 次、2 個月 1 次、3 個月 1 次、半年 1 次、1 年 1 次
從事休閒活動對象	自己、家人或親人、朋友或同事、鄰居
休閒活動支付狀況	略有不足、大致夠用

資料來源：修改自葉美華（2020）。臺南市公立幼兒園教師休閒參與、休閒需求與生活滿意度之研究（未出版之碩士論文）（頁 28），康寧大學，臺南市。

論文撰寫範例 3——生態旅遊認知量表「因素構面」編制

依據文獻探討及本研究的研究架構，除了從不同文獻來源彙整完成生態旅遊認知之因素內容，經由問卷編訂者同意，研究者決定採用楊玉全（2012）在〈屏東縣國小高年級學生對生態旅遊的認知、態度與新環境典範觀之研究〉論文中之「生態旅遊認知量表」的問卷內容進行問卷調查。本量表共計有 20 個題項，量表採李克特五點尺度量表，從「非常同意」、「同意」、「沒有意見」、「不同意」及「非常不同意」，分別給予 5、4、3、2、1 的計分，分數愈高則表示生態旅遊認知的程度愈高，如表 3-4 所示。

表 3-4　生態旅遊認知量表及分量表之題項設計

構面	題號	問項
基於自然人文	1	生態旅遊是以自然環境為主的旅遊活動。
	2	生態旅遊可以欣賞各地動物、植物與自然景觀。
	3	生態旅遊可以到山地部落去認識原住民文化。
具備環境意識	4	到保護區進行生態旅遊時必須考量遊客數量。
	5	生態旅遊時要垃圾減量，減低環境汙染。
	6	遊客的行為必須遵守風景區的規定，以免干擾動物、植物。
	7	生態旅遊時所使用的交通工具要有數量及通行時間的管理。
	8	生態旅遊時應尊重當地居民的生活方式。
環境教育解說	9	生態旅遊除了休閒，也重視環境保護的學習。
	10	生態旅遊具有環境教育的功能。
	11	國家公園有許多動物、植物與自然景觀，可以學習到新知識。
	12	透過生態旅遊的解說服務，可以培養遊客對自然環境的關心。
	13	生態旅遊的解說服務，能讓遊客對參訪的地方更加認識。
利益回饋	14	生態旅遊請當地居民做解說服務，可以增加居民的工作機會。
	15	生態旅遊所賺的錢可以做為當地生態保育的經費。
	16	生態旅遊的收入可以回饋地方建設，提升當地居民的生活。
永續經營發展	17	生態旅遊規劃活動時要有旅遊地當地居民參與討論。
	18	政府應該要規定相關的法令來推動生態旅遊。
	19	生態旅遊應有完善的規劃與管理，才不會破壞環境。
	20	生態旅遊是人類活動與自然和諧運作，使資源持續被利用。

資料來源：修改自賴薇竹（2020）。新化林場遊客生態旅遊認知與低碳生活實踐之研究（未出版之碩士論文）（頁 38），康寧大學，臺南市。

論文撰寫範例 4——休閒效益量表「因素構面」編制

本研究經由文獻探討，由錢銘貴（2019）、吳國源（2018）及顏建賢等人（2010）之研究結果，將休閒效益分爲心理、生理、教育、社交及美學等五個因素構面，並依據本研究之研究對象及研究主題，增添或修改設計問卷題項，共設計 25 題，每個因素構面皆符合 3 題以上之標準。休閒效益問卷設計題項，如表 3-5 所示。量測使用李克特五點量表（Likert 5-point scale）進行衡量，由非常同意、同意、普通、不同意、非常不同意，分別賦予 5 至 1 分。各因素構面加總分數愈高，表示個人各因素構面的休閒效益層面愈高。

表 3-5　休閒效益量表因素構面問卷設計題項

因素構面	題項設計
心理	1. 參觀博物館，能使我有所成長 2. 參觀博物館，能感到自我滿足（自我肯定） 3. 參觀博物館，能使我保持身心舒暢 4. 參觀博物館，能使我增添生活樂趣 5. 參觀博物館，能使我紓解目前生活壓力
生理	1. 參觀博物館，能使我宣洩體力 2. 參觀博物館，能使我調劑精神情緒 3. 參觀博物館，能使我消除疲勞 4. 參觀博物館，能使我身體感到活力充沛 5. 參觀博物館，能使我維持健康的體能
教育	1. 參觀博物館，能豐富我的生活體驗 2. 參觀博物館，能使我了解周遭事物 3. 參觀博物館，能擴展我的知識領域 4. 參觀博物館，能使我體驗不同的休閒活動 5. 參觀博物館，能使我啟發創造性的思考能力
社交	1. 參觀博物館，能增進我與同行伙伴之間的感情 2. 參觀博物館，能擴展我的生活圈 3. 參觀博物館，能促進我和他人（同行伙伴）之間良好的關係 4. 參觀博物館，能使我得到他人（同行伙伴）的信賴 5. 參觀博物館，能使我信任他人（同行伙伴）
美學	1. 參觀博物館，可以欣賞博物館的景觀或建築之美 2. 參觀博物館，可以看到空間設計的美感 3. 參觀博物館，可以看到具美感的展場布置 4. 參觀博物館，可以感受到視覺的美感 5. 參觀博物館，可以感受到藝術的存在

資料來源：修改自林建男（2020）。國中生參觀博物館之科技態度、休閒體驗與休閒效益研究（未出版之碩士論文）（頁 59），康寧大學，臺南市。

論文撰寫範例 5——休閒因應策略量表「因素構面」編制

本研究在相關專任輔導教師休閒因應策略理論文獻，參考陳紹綿、高筱婷、陳建和（2009）、陳文蘭（2013）等多位學者的研究論點，經整理比較後，本研究的休閒因應策略包含「舒緩身心」、「友伴式」及「提升正面情緒」等共有三個因素構面。另本研究也參考應用文獻有關休閒調適策略量表在休閒因應策略量表的相近共同構念，共設計出 13 個題項，每一個因素構面至少 3 題，各衡量題項詳細內容如表 3-6 所示。本量表採用了 Likert 五點尺度計分，由「非常不同意」、「不同意」、「普通」、「同意」、「非常同意」，依序給予 1 至 5 分尺度，得分愈高表示專任輔導教師休閒因應策略各因素構面感受程度愈高；得分愈低表示專任輔導教師休閒因應策略各因素構面感受程度愈低。

表 3-6　專任輔導教師休閒因應策略量表之因素構面題項設計

舒緩身心	02. 從事休閒能讓我身體更放鬆。
	05. 從事休閒可以讓身體得到適當的休息。
	06. 休閒能讓我重振精神來解決問題。
	07. 休閒可以促進新陳代謝，保持身體健康。
	09. 透過休閒活動是我調適壓力的方法之一。
友伴式	03. 我和朋友一起從事休閒活動來增進身心健康。
	08. 休閒友伴可以提供調適壓力的良好意見。
	11. 休閒友伴能提供關心與尊重。
	13. 休閒可以提供友誼的支持，提升調適壓力的能力。
提升正面情緒	01. 休閒讓我保持好心情。
	04. 休閒能讓我擁有正面的情緒。
	10. 休閒讓我感覺好多了。
	12. 休閒能幫助我調適負面的情緒。

資料來源：修改自吳佳燕（2020）。專任輔導教師工作壓力、休閒因應策略和身心健康之研究——以臺南市國中小為例（未出版之碩士論文）（頁 47），康寧大學，臺南市。

2. 問卷預試的審查及施測

爲確保所設計問卷信度之精確度及效度之準確度足夠高，在進行正式問卷調查之前，應該先對問卷進行預試，預試所發出問卷數雖比正式問卷要小，但問卷預試就如一粒種子是要把它播種，才有可能產出甜美的果實。事實上若在問卷預試前作專家效度對提升問卷的品質也會有一定的幫助，本章節有關問卷預試之發放對象及方式等有實際的寫作範例供讀者參考。

論文撰寫範例 1——專家效度進行方式

本研究問卷預試初稿設計之題項，幾經指導教授的指正，並邀請了四位學者專家與相關領域的實務工作者針對問卷內容的適切性、題意敘述的正確性等項目加以審查，提供修正或刪除的建議，如表 3-7 所列名單。本研究並將其提供之意見加以彙整，做成專家內容效度。爲了解本研究正在進行問卷設計的「國小學童低碳生活實踐、資源回收行爲與綠色消費態度相關之研究」，在學術研究的適用性及信、效度情形，本研究將先進行預試。

表 3-7　專家內容效度之專家學者名單

編號	專家姓名	學經歷
A	林○立	朝陽科技大學銀髮產業管理學系助理教授
B	吳○典	國立雲林科技大學休閒運動研究所講師
C	陳○宏	國立雲林科技大學休閒運動研究所碩士 雲林縣石榴國小自然與生活科技領域專任教師
D	蔡○宗	國立嘉義大學科學教育研究所碩士 雲林縣石榴國小自然與生活科技領域專任教師

資料來源：修改自王凱媚（2013）。國小學童低碳生活實踐、資源回收行為與綠色消費態度相關之研究——以雲林縣斗六市為例（未出版之碩士論文）（頁 42），康寧大學，臺南市。

論文撰寫範例 2——專家效度進行方式

預試問卷初稿完成後，即進行專家意見調查，邀請指導教授及國內四位學者專家針對本問卷內容之語意、用詞、代表性及適切性加以審視，並提供寶貴意見，作爲修正問卷重要參考依據，並建立專家內容效度，完成預試問卷內容。學者專家名單如表 3-8 所示。

表 3-8　審查問卷效度之專家名單（按姓氏筆劃順序）

專家學者	現職
李○霖	南榮科技大學室內設計學系教授
胡○陵	康寧大學休閒資源暨綠色產業學系副教授
張○斌	高雄醫學大學口腔醫學系教授
陳○其	國立臺北教育大學自然科學教育學系教授
陳○儀	臺中市甘霖基金會長青中心主任

資料來源：修改自黃顯智（2013）。銀髮族低碳生活實踐與自覺健康狀況關係之研究——以臺中市某長青大學為例（未出版之碩士論文）（頁 57），康寧大學，臺南市。

論文撰寫範例 3——問卷預試之發放對象及方式

「問卷預試確定後，隨即實施預試。研究者挑選臺中市某長青大學 50 歲以上之銀髮族為預試對象，進行問卷預試工作，共發問卷 166 份進行問卷調查。」（黃顯智，銀髮族低碳生活實踐與自覺健康狀況關係之研究——以臺中市某長青大學為例，頁 48）

論文撰寫範例 4——問卷預試之發放對象及方式

「本研究自 2019 年 12 月 1 日至 12 月 6 日，以臺南市國中一至三年級學生為對象，採用紙本問卷調查方法與立意抽樣方式獲取資料。問卷預試委託臺南市永康區○○國中教師，於班級任課時間統一作答，施測時間約為 30 分，共獲得 120 位國中生參與問卷預試。有效問卷 103 份，無效問卷 17 份，有效問卷回收率為 85.8%。以下針對預試所回收的問卷進行分析。」（林建男，國中生參觀博物館之科技態度、休閒體驗與休閒效益研究，頁 61）

論文撰寫範例 5——問卷預試之發放對象及方式

「預試研究對象以新化林場遊客爲主，採非隨機立意抽樣（purpose sampling），現場以紙本問卷作爲填答方式。問卷預試調查日期爲：2019 年 10 月 26 日、11 月 1 日、11 月 8 日，共回收 106 份問卷，有效問卷 106 份，回收率百分之百。」（賴薇竹，新化林場遊客生態旅遊認知與低碳生活實踐之研究，頁 37）

3. 問卷預試信、效度分析

如前述問卷之各量表或分量表之信、效度加以說明，刪題之依據、解說及相關的表格數據，都可置入學術論文的第三章「研究方法」的撰寫內容。

論文撰寫範例 1——信度分析

問卷預試之職場疲勞量表，經信度分析後顯示其信度 Cronbach's alpha 值 0.939 極爲可信，又依據表 3-9 職場疲勞量表項目分析之「修正的項目總相關」欄位下顯示，第 21 題總相關係數 0.182 遠小於 0.4 以下，可考慮刪除第 21 題。

信度分析經刪除第 21 題，其刪題後的信度 Cronbach's alpha 值由 0.939 升至 0.943，重新再一次進行信、效度分析，顯示信、效度皆增加，KMO 值也由 0.912 升至 0.915，因此本研究將以刪題後的職場疲勞量表作爲正式問卷使用。

表 3-9　職場疲勞量表項目分析

職場疲勞量表問卷預試編制題項	修正的項目總相關	項目刪除時的 Cronbach's alpha 值	題目是否刪除
1. 您常覺得疲勞嗎？	.669	.935	保留
2. 您常覺得身體上體力透支嗎？	.731	.934	保留
3. 您常覺得情緒上心力交瘁嗎？	.755	.934	保留
4. 您常會覺得，「我快要撐不下去了」嗎？	.742	.934	保留
5. 您常覺得虛弱，好像快要生病了嗎？	.724	.934	保留
6. 您的工作會令您情緒上心力交瘁嗎？	.778	.933	保留
7. 您的工作讓您覺得挫折嗎？	.730	.934	保留
8. 工作一整天之後您覺得精疲力竭嗎？	.723	.934	保留

職場疲勞量表問卷預試編制題項	修正的項目總相關	項目刪除時的 Cronbach's alpha 值	題目是否刪除
9. 上班前只要想到又要工作一整天，您就覺得沒力了嗎？	.665	.935	保留
10. 上班時您會覺得每一分鐘都很難熬嗎？	.751	.934	保留
11. 您會覺得與發展遲緩幼兒互動有困難嗎？	.612	.936	保留
12. 發展遲緩幼兒會讓您感到很累嗎？	.646	.935	保留
13. 您會希望減少和發展遲緩幼兒接觸的時間嗎？	.607	.936	保留
14. 您對發展遲緩幼兒感到厭煩嗎？	.645	.935	保留
15. 您會覺得您為發展遲緩幼兒付出比較多，而得到回饋比較少嗎？	.654	.935	保留
16. 您會想要趕快把發展遲緩幼兒打發掉嗎？	.646	.935	保留
17. 早上一起床，您就會開始想著工作的事嗎？	.465	.938	保留
18. 下班回家後，您還會想著工作的事嗎？	.456	.939	保留
19. 上床睡覺時，您還會想著工作的事嗎？	.529	.937	保留
20. 您會為了工作，犧牲其他的活動嗎？	.546	.937	保留
21. 您希望投入更多的時間精力在工作上嗎？	.182	.943	刪除

資料來源：修改自李璟瑤（2020）。臺南市教保服務人員在照顧發展遲緩幼兒的職場疲勞、健康休閒生活品質之研究（未出版之碩士論文）（頁 60），康寧大學，臺南市。

論文撰寫範例 2——信度分析

本研究問卷預試之實施，以立意抽樣針對臺南市 117 名幼兒園教師爲研究對象，進行問卷發放並回收後鍵入 SPSS 分析信、效度。表 3-10 列出休閒需求量表的信度分析 Cronbach's alpha 值爲 0.951。同時休閒需求量表另行經由因素分析，去檢定量測工具的效度 KMO 值爲 0.904。在信度分析表中欄位爲「修正的項目總相關」預試題項中，第 8 題其係數小於 0.4，經過評估後將予以刪除，休閒需求量表經過重新進行信、效度分析，其 Cronbach's alpha 值升高爲 0.952，而 KMO 值也升高爲 0.905。

表 3-10　幼兒園教師休閒需求量表之信度分析摘要表

休閒需求量表問卷預試編制題項	修正的項目總相關	項目刪除 Cronbach's alpha 值	預試問卷項目刪除決策
1. 能夠消除我身體任何疲勞不適感	.622	.950	保留
2. 可以幫助我體態更完美	.622	.950	保留
3. 有專業人員協助照護我的安全	.561	.951	保留
4. 有專業人員建議適合我使用的各種休閒設施、器材	.564	.951	保留
5. 有專業人員可以諮詢適合我的休閒活動或課程	.566	.951	保留
6. 可以有效釋放我工作或生活中的壓力	.596	.950	保留
7. 可以帶給我快樂開朗的情緒，並消除我心中寂寞孤獨的感覺	.590	.950	保留
8. 我需要家人、朋友或同學陪我一起參與此休閒活動	.382	.952	刪除
9. 可以讓我增強身體機能、增強身體的抵抗力	.631	.950	保留
10. 有幫忙照顧托育小孩的人能讓我專心參與休閒活動	.530	.952	保留
11. 可以強化夫妻間及親子間的親密關係	.589	.950	保留
12. 可以聯繫家人及親友間的情感	.466	.951	保留
13. 可以減少夫妻及親子之間的爭執	.589	.950	保留
14. 可以幫助我認識新的朋友及拓展我的人際關係	.676	.949	保留
15. 可以增進同事之間的向心力	.742	.949	保留
16. 可以協助我得到同事或同儕的支持與鼓勵	.758	.948	保留
17. 能增加我自己專業知識、技能或者其他領域知識、技能之休閒課程	.788	.948	保留
18. 可以增加生活或其他領域方面的技能與知識	.799	.948	保留
19. 可以增加我與他人互動的知識與技能	.771	.949	保留
20. 可以讓我展現個人專長運用在工作上或其他領域	.759	.949	保留
21. 可以讓我獲得他人的掌聲與讚美	.708	.949	保留
22. 可以讓我協助親人或他人需要協助的地方	.718	.949	保留
23. 可以讓我培養我的第二專長	.706	.949	保留
24. 能有大眾運輸工具的普及性與便利性	.693	.949	保留
25. 能有更多相關單位辦理休閒活動，讓我有機會和家人或他人一起參與休閒活動	.725	.949	保留
26. 能有兒童或幼兒可以使用的場地，讓我能帶小孩一起參與休閒活動	.567	.951	保留
27. 住家周邊增設更多公共的休閒場地，如：休閒運動中心、親子館等	.611	.950	保留
整體休閒需求量表 Cronbach's α 為 0.951			

資料來源：修改自葉美華（2020）。臺南市公立幼兒園教師休閒參與、休閒需求與生活滿意度之研究（未出版之碩士論文）（頁 34），康寧大學，臺南市。

論文撰寫範例 3——信度分析

本研究針對 117 名幼兒園教師爲研究對象進行問卷預試，表 3-11 列出「生活滿意度量表」的信度分析 Cronbach's alpha 值爲 0.755。另「生活滿意度量表」同時經由因素分析去檢定量測工具的效度 KMO 值爲 0.738，且 Bartlett 球形檢定達顯著。在表中「修正的項目總相關」預試題項中，查看係數小於 0.4 者，經過評估刪除第 4、5、13、14 題項及修改第 3、10、12 題項後，「生活滿意度量表」再重新進行信、效度分析，「生活滿意度量表」之 Cronbach's alpha 值升高爲 0.814，而 KMO 值升高爲 0.798。

表 3-11　幼兒園教師生活滿意度量表之信度分析摘要表

生活滿意度量表	修正的項目總相關	項目刪除 Cronbach's alpha 值	預試問卷項目刪除決策
1. 我覺得我的身體還很健康	0.568	0.723	保留
2. 別人常說我氣色看起來很不錯	0.475	0.731	保留
3. 我的身體型態比以前更結實	0.388	0.738	修改
4. 我常感到疲倦、煩躁感	0.235	0.755	刪除
5. 我必須定期到醫院做身體健康檢查	0.023	0.779	刪除
6. 我認為自己是樂觀開朗的	0.608	0.719	保留
7. 我很滿意我現在的生活方式	0.547	0.723	保留
8. 對於世事的變化我能坦然面對	0.424	0.736	保留
9. 我對自己的外表感到滿意	0.411	0.737	保留
10. 有時候擔心我自己會成為別人的負擔	0.319	0.746	修改
11. 我能很快的與他人打成一片	0.443	0.734	保留
12. 我和朋友相處時都很愉快	0.317	0.745	修改
13. 我和陌生人在一起時，覺得很不自在	0.131	0.764	刪除
14. 我沒有可以談心的朋友	0.219	0.753	刪除
15. 我經常感到孤單寂寞	0.450	0.732	保留
生活滿意度量表 Cronbach's alpha 為 0.755			

資料來源：修改自葉美華（2020）。臺南市公立幼兒園教師休閒參與、休閒需求與生活滿意度之研究（未出版之碩士論文）（頁 35），康寧大學，臺南市。

論文撰寫範例 4 ——效度分析

問卷的效度表示衡量工具所能測得變數的準確度與眞實度，意即被測量表的準確性。本研究針對所使用的問卷量表進行效度分析如表 3-12 所示，臺南市專任輔導教師的「工作壓力量表」KMO 值爲 0.729，「休閒因應策略量表」KMO 值爲 0.881，「身心健康量表」KMO 值爲 0.729，顯示以上所有量表均具有可靠的效度，且各量表 Bartlett 球形檢定皆達統計上之顯著水準，顯示所使用的量表均具有可靠的效度且可以進行因素分析。

表 3-12　各量表效度分析結果摘要表

變數名稱	KMO 值	Bartlett 球形檢定近似卡方分配值
工作壓力	.729	1958.8**
休閒因應策略	.881	1562.1**
身心健康	.729	1209.3**

註：$*p < .05$、$**p < .01$。

資料來源：修改自吳佳燕（2020）。專任輔導教師工作壓力、休閒因應策略和身心健康之研究——以臺南市國中小為例（未出版之碩士論文）（頁 53），康寧大學，臺南市。

論文撰寫範例 5 ——效度分析

本研究問卷預試效度結果如下：「科技態度量表」KMO 值爲 0.838、「休閒體驗量表」KMO 值爲 0.895、「休閒效益量表」KMO 值爲 0.915。依據 KMO 統計量值決策標準須達 0.6 以上爲標準，顯示本研究問卷的效度爲佳。各量表的 KMO 值及對應之信度值 Cronbach's alpha 值一併呈現如表 3-13，顯示本研究問卷預試經題項修正後，信、效度結果良好，可作爲正式問卷之使用。

表 3-13　各量表效度 KMO 值與信度值

量表	KMO 值	Cronbach's alpha
科技態度量表	0.838	0.901
休閒體驗量表	0.895	0.939
休閒效益量表	0.915	0.959

註：一併呈現對應之信度值 Cronbach's alpha。
資料來源：修改自林建男（2020）。國中生參觀博物館之科技態度、休閒體驗與休閒效益研究（未出版之碩士論文）（頁 62），康寧大學，臺南市。

論文撰寫範例 6——效度分析

效度（Validity）表示測量的準確性，效度愈高，表示測量結果愈有效，也可顯示測量目標愈接近實際調查的內涵。本研究生態旅遊認知量表經由因素分析，表 3-14 顯示其 KMO 值爲 0.880 大於 0.60，且 Bartlett's 球形檢定 p 值小於 0.01，達統計上之顯著水準，表示生態旅遊認知量表有極高的效度。

表 3-14　生態旅遊認知量表構面 KMO 與 Bartlett's 檢定

衡量項目		生態旅遊認知總量表	基於人文自然	具備環境意識	環境教育解說	利益回饋	永續經營發展
Kaiser-Meyer-Olkin 取樣適切性量數		.880	.622	.828	.786	.701	.729
Bartlett's 球形檢定	近似卡方分配	1307.6	62.1	194.5	311.3	106.4	126.9
	自由度（df）	190	3	10	10	3	6
	顯著性	[.000]	[.000]	[.000]	[.000]	[.000]	[.000]

註：[.000] 表示 p 值 < 0.01。
資料來源：修改自賴薇竹（2020）。新化林場遊客生態旅遊認知與低碳生活實踐之研究（未出版之碩士論文）（頁 48），康寧大學，臺南市。

論文撰寫範例 7 ——問卷預試刪題分析

本研究問卷預試設計之「農業體驗活動認知量表」經信度之項目分析評估後，表 3-15 顯示「修正的項目總相關」各題項之數值，題項第 4 題、第 21 題未達 0.4，且「題項刪除時的 Cronbach's alpha 值」大於原先總 Cronbach's alpha 值 0.895，因此予以刪除。綜合上述，農業體驗活動認知量表原始設計 23 題，刪除以上 2 題後，共保留 21 題，作爲正式問卷使用。

表 3-15　農業體驗活動認知量表之項目分析一覽表

題號	修正的項目總相關	題項刪除時的 Cronbach's α 值	題目篩選
1	.412	.894	保留
2	.500	.891	保留
3	.523	.890	保留
*4	.257	.902	刪除
5	.437	.892	保留
6	.615	.888	保留
7	.572	.889	保留
8	.593	.888	保留
9	.517	.891	保留
*10	.417	.894	保留
11	.585	.888	保留
12	.632	.887	保留
13	.618	.888	保留
14	.670	.888	保留
15	.601	.889	保留
16	.485	.891	保留
17	.507	.891	保留
18	.493	.891	保留
19	.580	.889	保留
20	.449	.892	保留

題號	修正的項目總相關	題項刪除時的 Cronbach's α 值	題目篩選
*21	.230	.900	刪除
22	.589	.889	保留
23	.581	.889	保留

註：題號前加註 * 為反向題。
資料來源：修改自楊英莉（2014）。影響國小教師運用農業體驗活動於校外教學行為意向之研究（未出版之碩士論文）（頁 42），康寧大學，臺南市。

論文撰寫範例 8——問卷預試刪題分析

表 3-16 爲問卷預試之「休閒體驗量表」項目分析摘要表，本量表共 19 題，有五個「因素構面」，其中第 3、5 題的「修正的項目總相關」係數小於 0.4，經重新檢視後，第 3 題內括註文字「設計感、美觀」予以刪掉，同時第 5 題內括註文字「五官感受：視覺、聽覺、觸覺、嗅覺、味覺等」也予以刪掉後，第 3、5 題則予以保留；第 8 題的「修正的項目總相關」値爲 0.317，經評估後予以直接刪除。第 8 題刪除後，「休閒體驗量表」的 Cronbach's alpha 値由 0.930 提升爲 0.939，且刪題後重新檢視 KMO 値也由 0.894 提升爲 0.895。

表 3-16　問卷預試之「休閒體驗量表」項目分析摘要表

構面	題號與題項	修正的項目總相關	題項刪除後的 α 值	題目篩選
感官體驗	1. 博物館的空間規劃令人感覺寬敞舒適	.603	.934	保留
	2. 能感受到博物館所營造的氛圍（氣氛）	.522	.935	保留
	3. 博物館的建築外型具有特色（設計感、美觀）	.378	.937	修正
	4. 博物館的展示或導覽能與我有互動（接觸、操作）	.548	.934	保留
	5. 博物館能運用多元的方式讓我感官受到刺激（五官感受：視覺、聽覺、觸覺、嗅覺、味覺等）	.394	.937	修正

構面	題號與題項	修正的項目總相關	題項刪除後的 α 值	題目篩選
情感體驗	6. 參觀博物館，讓我感到愉快	.769	.930	保留
	7. 參觀博物館，讓我感覺放鬆	.767	.930	保留
	8. 博物館的工作人員的服務態度良好	.317	.939	刪除
	9. 參觀博物館，讓我感到新奇有趣	.770	.930	保留
	10. 參觀博物館，能滿足我的休閒需求	.744	.930	保留
思考體驗	11. 參觀博物館，能激發我的創意思考	.767	.930	保留
	12. 參觀博物館，能激發我的想像力	.781	.930	保留
	13. 參觀博物館，能激發我跟同行伙伴一同討論問題	.660	.932	保留
行動體驗	14. 我會想要搜尋、查詢與博物館相關的資訊	.737	.931	保留
	15. 我會想要閱讀與博物館所展示主題相關的雜誌、書籍、刊物	.765	.930	保留
	16. 我會想要與同行伙伴分享參觀博物館的心得	.738	.931	保留
關聯體驗	17. 到博物館，可以增加我與他人的互動	.690	.932	保留
	18. 我看到博物館，會讓我聯想到博物館所屬的城市	.577	.934	保留
	19. 參觀博物館後，能增加我對文化的認同（文化是人類所創造的一切生活方式的總稱）	.515	.935	保留

資料來源：修改自林建男（2020）。國中生參觀博物館之科技態度、休閒體驗與休閒效益研究（未出版之碩士論文）（頁 64），康寧大學，臺南市。

寫作技巧 SOP 提示——問卷預試之論文寫作

問卷的編制：包含人口背景資料、各量表「因素構面」內容說明，盡可能在學位論文中以表格方式呈現分析資料。
人口背景資料可以做出一張完整基本調查資料即可，勿分散成每一個人口背景變項都有一張表格，以免資料無法使瀏覽者快速瀏覽概況。
在量表設計題項，最好呈現量表的所有「因素構面」及其所對應設計之題項，以方便未來學弟妹或校外瀏覽者查詢之便捷。
問卷預試前可以進行專家效度的審查後，再依研究者事先規劃好的問卷預試發放對象及所採用抽樣方式，建議可優先使用「立意抽樣」。若有實際困難，其次才考慮「便利抽樣」。
預試問卷的信、效度分析結果的撰寫，須列出量表及因素構面之信度 Cronbach's alpha 值，以及效度 KMO 值。
信度分析時，尤其注意報表「更正後項目總計相關性」或「修正的項目總相關」，其係數若小於 0.4，須評估是否刪除或修正題項，並在論文中以「信度分析摘要表」說明清楚。
補充心得註記 ⇨

三、正式問卷抽樣設計與變數轉換

問卷預試信、效度分析完成，且也依照第二節之(三)小節所述的操作程序刪除或修正了其中信、效度不佳的問卷題項後，在 SPSS 重新跑信、效度分析，發現修改後的問卷信、效度值都有增加。這些工作完成後，接下來便是正式問卷的發放，這當中首先所要考慮的是要發放給誰？如何去發放？這當然就牽涉到了研究者所要調查的對象。問卷預試的對象只要是研究對象的一部分，即可依照簡單非隨機的立意抽樣或便利抽樣進行，其抽樣設計也沒有正式問卷來的較為複雜。但是正式問卷所要調查的是研究探討主題的研究對象，亦即母體的調查情況，依調查對象人數多寡來決定抽樣方式。若所有調查的人等同整個「母體」，換言之也就是進行母體內全部個體之調查，稱之為「普查」；若只是抽出「母體」中有一部分的人來調查，稱之為「抽樣」。正式問卷若採用「抽樣」，就要極為謹慎，因為分析出來的結果，若要推論到母體，抽樣就必須有規劃、有代表性，必須考慮到所有被調查族群不會被「抽樣」所遺漏掉，以避免研究結果推論到母體的結論有誤。

讀者在考慮到「抽樣設計」時，母體的調查就要從各種發行刊物、網路或書報雜誌等資源獲得研究母體正確的資訊，例如研究者要調查「全臺南市國中教師對於休閒運動喜好與身心健康相關主題的調查」，首先會考慮到在臺南市教育局網站查詢相關資訊，讀者應可上網找到臺南市教育局 2020 年 9 月所編印的《108 學年度臺南市教育統計》，在該統計資料的 116 頁之「表 3-1 臺南市國民中學概況總表」，顯示 108 學年度計教師數有 3,411 人，同時也列出了臺南市國民中學各行政區男女教師人數及分布情形，擷取畫面如圖 3-49 所示，因篇幅有限只顯示部分資料。

研究者若要進行「普查」，亦即調查母體共 3,411 名國中教師，臺南市雖然只有 59 所國民中學，但實際執行起來卻有極大困難，一方面博碩士研究生的人力資源少，且各國中分布在臺南市各區內，各區人數又不一致，因此在實務上，都會採取「抽樣」的方式來調查。博碩士研究生的學位論文，正式問卷到底要做多少人的問卷調查呢？一般而言碩士生 300-500 人左右即可，博士生調查人數則可更多。網路上有以問卷中最大的量表構面題項數目為主的 5-20 倍為正式問卷抽樣數目，但畢竟這是一個籠統的大概抽樣數目。依據黃文璋（2006）在《數學傳播》發表的〈統計裡的信賴〉，最少樣本數之計算公式：$n \geq \frac{z_{1-\alpha/2}^2}{4d^2}$，如其中 d 為抽樣誤差假設為 ±3.4%，$z_{1-\alpha/2}^2$ 值為統計上常用的 95% 信賴水準的 Z 值平方，查一般的統計學書籍，Z 值為

表 3-1 臺南市國民中學概況總表

單位：所、人、班

學年度(區別) Academic Year (District)	學校數 Number of Schools	教師數(人) Number of Teachers			職員(不含教師)數(人) Number of Staffs		
		計 Total	男 Male	女 Female	計 Total	男 Male	女 Female
101學年度 2012-2013	60	3,833	1,186	2,647	464	79	385
102學年度 2013-2014	60	3,880	1,174	2,706	484	80	404
103學年度 2014-2015	60	3,873	1,186	2,687	498	89	409
104學年度 2015-2016	60	3,742	1,132	2,610	484	86	398
105學年度 2016-2017	60	3,511	1,045	2,466	473	86	387
106學年度 2017-2018	59	3,385	1,001	2,384	462	87	375
107學年度 2018-2019	59	3,379	1,002	2,377	458	79	379
108學年度 2019-2020	59	3,411	1,027	2,384	453	87	366
新營區 Sinying	3	219	66	153	27	4	23
鹽水區 Yanshuei	1	25	8	17	6	-	6
白河區 Baihe	1	47	14	33	7	1	6
柳營區 Liouying	1	10	6	4	4	-	4

圖 3-49　臺南市教育局網站公布之臺南市國民中學概況總表擷取畫面

資料來源：臺南市教育局（2020）。108 學年度臺南市教育統計。表 3-1 臺南市國民中學概況總表，116。

1.96，將以上參數值代入上式，式中可看出抽樣誤差愈大，則樣本數愈小，惟學術研究抽樣誤差不宜超過 5%。

$$n \ge \frac{z_{0.975}^2}{4 \times 0.034^2} = \frac{1.96^2}{0.004624} = 830.7958 \cong 831$$，以本例而言抽樣誤差取 ±3.4%，因此帶入公式計算，需要至少 831 個有效樣本。

事實上，由樣本推論到母群體，勢必有誤差，研究者可以容忍多大的誤差，就是所謂的抽樣誤差，因此也就有樣本數抽樣誤差的上下限。以本例 831 抽樣數而言，其信賴區間（confidence interval）在 831*0.034 = 28 的容許上下正負值的區間游動，因此下限爲 803，上限爲 859。換言之，研究者抽樣只要在 803 到 859 抽樣數，抽樣誤差就會落在 ± 3.4% 抽樣誤差內。相關的理論計算較爲複雜，有興趣的讀者，可上網鍵入關鍵字「信賴區間」、「信賴水準」或「抽樣誤差」等搜尋參考的資源。

正式問卷進行抽樣調查，研究者需要對研究對象有較爲完整的認識與概念，再規劃鎖定所要調查的「抽樣設計」對象，如以上調查臺南市國中教師的例子，首先需要了解研究主題所要調查對象的數量及分布的資訊，如此才能進一步決定要「普查」或「抽樣」。以臺南市國中教師之例來說，研究者會根據教師在各區分布之比例情形，只要會影響研究者所要調查對象的各種主要影響研究主題的因素，如「人文特色」、「城鄉差距」、甚至是「升學率」等不同的研究聚焦議題，都可作爲抽樣設計的考慮。

抽樣方法並非一陳不變，事實上抽樣的意義就是以研究者「抽樣」出來的對象進行問卷調查，其結果跟對所有母體「普查」之結果要有「一致性」，這個「一致性」的定義，在統計學上簡單來說就是抽樣有「代表性」，如此「抽樣」調查出來的結果才會跟眞的進行「母體」調查的結果一致，因此正式問卷抽樣設計當然就變得相當重要了！

本書以下將先介紹抽樣設計的概念，再舉出範例加以說明，使讀者對於抽樣概念有更正確深入的體認。抽樣設計完，就可發放正式問卷，回收後又是另一次辛苦鍵入問卷資料的時刻，電腦上正式問卷資料的處理與儲存相當重要，本章最後有關正式問卷的反向題就如同前面已介紹過的問卷預試的處理一樣，除此之外，還有一個非常重要且新的處理步驟是「變數轉換」，它可是正式問卷的核心計算靈魂，沒有了它除了人口背景變項還可分析外，其他幾乎所有敘述及推論統計的量化分析都無法進行！讀者務必要仔細研讀本書以下第 (二) 部分之「問卷發放與資料變數轉換」，正式問卷在電腦中建立了所有的「變數轉換」後，存成副檔名爲 sav 檔，便可以依照本書第肆章使用這份「正式問卷」來做各種統計分析的工作。

(一) 抽樣設計與撰寫實務範例

經過問卷預試刪除或修正預試不佳的題項後，重新排版校訂後，即可發出正式問卷，但正式問卷之發放必須事先規劃設計，若要研究之母體很龐大，則需要抽樣設計，然後按計畫進行發放。爲使讀者清楚了解學位論文進行問卷調查可用的四種隨機抽樣方法，即簡單隨機抽樣、系統隨機抽樣、分層隨機抽樣及集群隨機抽樣等四種，每種抽樣方法都有其使用目的及範圍，較常用且實證上有效的抽樣方法，本書會有相對應的撰寫實務範例加以背景介紹，以及解析如何使用此一範例到自己的學位論文上。

1. 簡單隨機抽樣（simple random sampling）

母體中所有可能的樣本，其被抽出的機率均相等的抽樣方法，一般常用抽籤法及亂數表法兩種方式，而按此方法抽出的樣本，則稱爲「簡單隨機樣本」，簡稱「隨機樣本」。此法可使用在以下所介紹的「分層隨機抽樣」或「集群隨機抽樣」中，去隨機抽出所要的「層」內的抽樣人數或抽出所有「集群」中所要的「集群」名稱，讀者稍後可查看。

2. 系統隨機抽樣（systematic random sampling）

將母體個數爲 N 的資料依序由 1 至 N 加以編號，並給一個抽樣間隔 k，然後以簡單隨機抽樣的方式，從第一組區間中抽出一個樣本，以此數爲起點，每隔 k 個單位間隔抽取一個樣本，直到抽取所需之樣本爲止。此法在學術論文中，幾乎很少使用。

3. 分層隨機抽樣（stratified random sampling）

將母體按其差異性分爲若干個次群體，稱之爲層（strata），任兩個層與層的交集爲空集合，且所有層的聯集爲整個母體。分層時要盡量使層內各個體具有高度的同質性（homogeneity），而層與層之間，則盡量要有明顯的差異性。然後在各層中依其母體的比率以簡單隨機抽樣法抽出各層之隨機樣本，最後合併所抽到的各層隨機樣本，即構成分層隨機樣本（stratified random sample），下列範例可作爲參考。

以下爲楊英莉（2014）〈影響國小教師運用農業體驗活動於校外教學行爲意向之研究〉論文的抽樣設計撰寫範例，該分層設計以學校班級數規模來做分層依據，共有四個分層的學校規模，再依據四種不同規模學校的教師人數比例來抽樣。至於抽樣人數，如前已介紹過由抽樣誤差去計算，一般研究對象的範圍若爲全國性研究，建議抽取 1,000 人以上；若爲地區性研究，建議抽取 300-500 人以上較爲適宜。

論文撰寫範例 1——抽樣設計（分層隨機抽樣）

本研究主要以臺南市 101 學年度公立國小正式教師作爲研究調查對象，抽樣方法爲分層隨機抽樣法，以問卷調查法進行研究調查，配合直接郵寄到各國小教師或委由各校聯絡人發放 5-35 份之問卷及協助收回。

進行國小教師問卷調查，將直接或間接透過研究者至各校發放問卷並收回，須事先調查各校之教學、行政等活動，抽樣調查之天數控制在三天左右，因此事先應掌握及規劃抽樣等事宜，對於後續問卷發放與回收的分析工作，才不致於延誤整個研究過程的進度。

本研究分層是以學校班級數規模爲原則，學校規模分爲 6 班（含）以下、7-30 班、31-60 班，以及 61 班（含）以上等四種規模之學校爲抽取調查對象，按各個不同學校規模所占教師人數比例抽出教師樣本數。圖 3-50 所示爲本研究各學校抽樣分配的概況。

表 3-1 臺南市國小與教師抽樣分配表

學校規模	學校數	教師數	抽樣比例	每校抽樣數	抽樣學校數	抽樣教師數
6 班（含）以下	81	820	12.7%	3-5	16	70
7~30 班	84	2073	32.2%	10-20	11	177
31~60 班	35	2298	35.7%	21-30	7	197
61 班（含）以上	13	1239	19.3%	31-40	3	106
總計	213	6430	100%		37	550

分層　比例抽樣

圖 3-50　分層隨機抽樣設計範例 1 之抽樣分配擷取畫面

資料來源：修改自楊英莉（2014）。影響國小教師運用農業體驗活動於校外教學行為意向之研究（未出版之碩士論文）（頁 33），康寧大學，臺南市。

以下爲黃秀娟（2016）〈嘉義縣國小教師情緒管理、防災素養對防災教育教學效能關係之研究〉論文的抽樣設計撰寫範例，該分層設計，按學校行政區教師人數及班級規模分兩階段分層比例抽樣，抽取足量之有效樣本。

論文撰寫範例 2——抽樣設計（分層隨機抽樣）

本研究問卷調查方法之研究對象以嘉義縣公立國小教師爲主，包括級任教師、科任教師與兼任主任或組長。依據嘉義縣教育處統計資料，104 學年度嘉義縣之國民小學有 124 所，嘉義縣教師總計 1,874 人，按學校規模大小及其教師人數所占母群體之比例分配，依分層比例進行抽樣。

依照《國民教育法》對於學校規模的分類，將12班以下的學校定義為小型學校，班級數介於13-24班的學校定義為中型學校，班級數在25班以上定義為大型學校。但因嘉義縣屬於農業縣市，學校規模大部分為小型學校，因此在12班以下本研究另分出6班以下之規模，因此共有四類規模學校。

大型學校每間學校分發40份問卷，中型學校每間學校分發20份問卷，小型學校每間學校分發10份問卷，共抽樣30所學校，發放教師問卷數430份，抽樣設計分配如表3-17所示。

表3-17　雲林縣國小與教師數量分布與抽樣樣本分配表

學校規模	學校數	教師數	比例 %	抽樣學校數	每校抽樣數	教師發放份數
6班（含）以下	68	544	29.0	14	10	140
7到12班	32	478	25.5	9	10	90
13到24班	14	358	19.1	4	20	80
25班（含）以上	10	494	26.4	3	40	120
總計	124	1,874	100	30	80	430

資料來源：修改自黃秀娟（2016）。嘉義縣國小教師情緒管理、防災素養對防災教育教學效能關係之研究（未出版之碩士論文）（頁52），康寧大學，臺南市。

以下為王凱媚（2013）〈國小學童低碳生活實踐、資源回收行為與綠色消費態度相關之研究──以雲林縣斗六市為例〉論文之抽樣設計撰寫範例，因為研究範圍為小區域，該分層設計，按該區4所國小為層，再從五、六年級班級分層抽樣，抽取足量之有效樣本。

論文撰寫範例3──抽樣設計（分層隨機抽樣）

本研究母群體為雲林縣斗六市國小高年級所有學童，故以雲林縣斗六市各國小高年級學童為取樣範圍，實施分層比例隨機抽樣。以學校規模作為分層的依據選取研究對象及樣本，依每層國小高年級學生數所占斗六市總高年級學生數比例抽取學校數，每校再分別抽取班級進行施測。

依據雲林縣政府教育局的資料，本研究母群體為100學年度就讀雲林縣斗六市國小的高年級學童，共計有 3,194 人。班級數在 12 班（含）以下的小型學校，抽取 2 校，每校抽樣 1 個班級；班級數在 13-24 班的中型學校，抽取 1 校 1 個班級；班級數在 25 班以上的大型學校，抽取 7 校，每校抽樣 1-2 個班級。正式問卷調查預計發放 10 所學校共 14 個班級，發放問卷數 407 份，整個抽樣設計如表 3-18 所示。

本研究之正式調查問卷回收份數達 399 份，有效問卷共計 392 份，有效回收率爲 96.3%。

表 3-18　雲林縣斗六市國小高年級學生抽樣樣本分配表

學校規模	學校數（所）	高年級學生數	所占全市高年級比例（%）	抽樣學校數	每校抽樣班數	五、六年級抽樣份數		抽樣總數
小型學校	4	326	10.2	2	1	A 校 B 校	六 24 五 18	42
中型學校	2	226	7.1	1	1	C 校	五 30	30
大型學校	7	2,642	82.7	7	1-2	D 校 E 校 F 校 G 校 H 校 I 校 J 校	六 34 六 31、五 29 六 28 六 31、五 31 六 30、五 29 五 31 六 31、五 30	335
合計	13	3,194	100%	10	3-4	10 校	14 班	407

資料來源：修改自王凱媚（2013）。國小學童低碳生活實踐、資源回收行為與綠色消費態度相關之研究——以雲林縣斗六市為例（未出版之碩士論文）（頁 36），康寧大學，臺南市。

4. 集群隨機抽樣（cluster random sampling）

將母體依其地域關係或方便性的相似性分成若干的次群體，稱爲「集群」，使得「集群」與「集群」之間同質性較高，而各個「集群」內的元素則彼此間的差異性較大。因而每一個「集群」均可視爲整個母體的縮小，因此這樣不論抽到哪一「集群」都能對母體具有一定的代表性。抽樣前，首先從事前分好的所有「集群」中，隨機抽取數個「集群」爲隨機「集群」樣本，第二步驟再對這些被抽到的隨機「集群」，作全面性的普查。集群隨機抽樣在一般學術性的研究，在較大型全國性或州省的行政區域調查時，較為常用。

論文撰寫範例 4──抽樣設計（集群隨機抽樣）

假設某公司想調查高雄市市民每月消費在甲產品的支出，計畫在所有 11 個行政區中隨機抽出 4 個行政區，然後再從被抽出的行政區中隨機抽出一條路（街）（如遇街道跨區時，則僅調查屬於該區的住戶），然後普查該條路（街）的所有住戶，所得的樣本資料，稱為「集群隨機樣本」。

論文撰寫範例 5──抽樣設計（集群隨機抽樣）

臺灣原住民抽樣調查是典型的集群抽樣的例子，散布於臺灣的原住民各部落之間，基本上都具有相似的原住民部落特性，經政府認定的原住民族有阿美族、泰雅族、排灣族、布農族、卑南族、魯凱族、鄒族、賽夏族、雅美族（達悟族）、邵族、噶瑪蘭族、太魯閣族、撒奇萊雅族、賽德克族、拉阿魯哇族、卡那卡那富族等 16 族，因此以 16 族這些原住民部落為抽樣單位，抽取約三分之一，約 6 個部落（村），調查員再到被抽中的部落（村），做全面性的人口普查，所得的樣本資料，稱為「集群隨機樣本」。

讀者也許會問說：「正式問卷一定要用以上這些『分層』或『集群』的隨機抽樣方法嗎？難道『立意』或『便利』的非隨機抽樣方法不行嗎？」這個答案應該說是「視情況而定」。

如果採隨機抽樣，則研究結果就可以推論到所有研究的「母體」上；如果採用非隨機抽樣，則研究結果就較難推論到所有研究的「母體」上。舉例來說，研究題目是「臺南市國小老師的工作壓力調查」，研究結果發現「男性教師工作壓力顯著高於女性教師」的結論。

抽樣方法不同，則推論預測的範疇也會因之改變，舉以上老師工作壓力之例來說：

若採隨機抽樣方法，則論文中可以這樣寫：「本研究發現臺南市國小老師中，男性教師工作壓力顯著高於女性教師」。

若採非隨機抽樣方法，則論文中可以這樣寫：「經本研究調查發現填答問卷之臺南市國小老師，男性教師工作壓力顯著高於女性教師」。

由此可知，前者可以推論到所有的臺南市國小老師，是因爲分層隨機抽樣有母體的代表性；而後者不能推論到所有的臺南市國小老師，只能針對填答問卷的國小老師做出論述，是因爲非隨機抽樣不具有母體的代表性，不能做出推論。

事實上以上所解說的四種隨機抽樣方法，在學位論文中進行問卷調查時，常常會因爲研究對象及研究主題特性而有兩種以上抽樣方法綜合混用在抽樣設計當中，如以上所舉各種教師及學生之抽樣的例子，隨機抽樣中就混合使用了「簡單隨機抽樣」，以及「分層隨機抽樣」兩種。

進行正式問卷以「非隨機抽樣」所得到的樣本來推論母體特性，比較不具有公正性，因此讀者抽樣設計時，針對筆者「視情況而定」的回答，或許可從以上的解說來評估自己完成學位論文的需要性再做決定。每一篇研究者的學術論文，都有其貢獻性，若得到的結果與其他多數的研究者結果一致，那研究者的貢獻便是在「肯定」以前學術研究者所使用理論的貢獻；反之，若研究者的學術論文研究主題非常稀少，或是學術研究做出來的結果，在文獻上並未探討與發現，則研究者學術研究的價值就非同小可。

最後筆者以這句話作爲這章節的結尾：若因推論到母體上，在論文學術價值上會有極大的貢獻，可斟酌考量正式問卷抽樣設計到底要使用客觀的「隨機抽樣」方法，還是主觀的「非隨機抽樣」方法。

寫作技巧 SOP 提示——抽樣設計撰寫實務範例

簡單隨機抽樣可使用在「分層隨機抽樣」中，去隨機抽出所要的「層」內的抽樣人數；或使用在「集群隨機抽樣」，抽出所有「集群」中所要的「集群」名稱。
分層隨機抽樣將母體按其差異性分為若干個次群體，稱之為層，分層時要盡量使層內各個體具有高度的同質性（homogeneity），而層與層之間，則盡量要有明顯的差異性，各層中依其母體的比率以簡單隨機抽樣法抽出各層之隨機樣本。例如調查國中小教師或學生等這些地方性範圍主題特性的議題時，分層隨機抽樣是極佳的選擇。
集群隨機抽樣將母體依其地域關係或方便性的相似性，分成若干的次群體。而每一個「集群」均可視為整個母體的縮小，因此這樣不論抽到哪一「集群」都能對母體具有一定的代表性。例如調查原住民、警察、軍人等這些具有全國性範圍主題特性的議題，都是可行的集群隨機抽樣使用條件。
「非隨機抽樣」的「立意抽樣」或「便利抽樣」，較適合在進行「問卷預試」時的抽樣；若使用到正式問卷時，所抽到的樣本，不足以代表母體的特性，只能針對抽樣的對象得出結論，不能推論到母體。
建議讀者正式問卷在做正式問卷的抽樣設計時，可從「若因此推論到母體上，在論文學術價值上有極大的貢獻」，去斟酌考量使用客觀的「隨機抽樣」方法，還是主觀的「非隨機抽樣」方法。
補充心得註記 ⇨

(二) 問卷發放與資料變數轉換

經修正或刪除預試不佳之問卷題項後，即可發出正式問卷，但正式問卷之發放必須事先校稿、排版、印製所需張數。若採用網路線上填答，則須考慮回收率可能較低，以及侷限於只會上網的族群，可能偏離研究者所要調查對象的實際分布，甚至影響問卷填答發放的代表性，另外填答者的確實身分也無法查證及網路保密性等問題。以下筆者將僅限於以實體問卷所須注意發放事項來作說明。

1. 發出正式問卷

依據設計好的抽樣方法，可以郵寄或親自送問卷調查樣本至機關學校等，並以現場或郵寄回收爲原則。有關有效問卷回收率的簡單計算如下：

有效回收率=（有效問卷的個數／問卷總數量個數）×100%

回答不完全或漏答、單選題卻被回答成複選題、回答者的資格不符（職務、年齡或性別）等的問卷都算是無效問卷，可予以剔除。

就問卷調查來說，問卷回收率過低會造成統計偏差，影響調查結果的可信度（reliability）和眞實性（validity），以及整體成果的代表性。有些問卷回收率低的問題，在數位調色盤部落格精準海豚市調通（2021）文章指出可能的關鍵點如下：「是否鎖定正確的樣本？問卷題目是否簡明扼要？問卷題目是否與填答者相關？問卷設計是否注重使用者體驗？填答者是否能得到回饋？」這些問題大都指向問卷設計者的整個問卷設計過程是否有詳加的考慮與推演，部分才是填答者的責任。

有效問卷回收率在 30% 左右的資料，僅作參考；回收率在 50%，可採納建議；只有回收率達到 70%，才能作爲得出研究結論的依據。

在學位論文中「有效回收率」，可在論文的抽樣設計表後加以文字說明即可，如以下一段論文常用模擬的例子：

「預試問卷經過修訂，完成正式問卷的編制，接著就進行正式的施測。本研究共計發放 420 份問卷，回收 407 份問卷，回收率 96.9%。再由研究者對每份問卷加以篩選，訂定廢卷的標準爲漏答太多或明顯亂答，剔除無效問卷 15 份，得到有效問卷 392 份，有效回收率爲 93.3%。」

2. 反向題調整與變數轉換

把所有回收有效的正式問卷鍵入電腦後，除了是否有鍵入遺漏或錯誤外，必須進行以下兩項務必檢核的工作，且順序不能顛倒，第一個首先要做的是反向題的分數調整，其次才是資料的變數轉換，如以下說明。

(1) 反向題分數調整

有關此一部分的分數調整，可參考前文第二節之 (三)「問卷信、效度分析與題項修刪」的「1. 反向題記分的處理」中，已有詳細的解析案例，在此不再重複，但提醒讀者不管是問卷預試或是正式問卷的問卷資料，在進行書上 SPSS 的各項分析操作前，一定要先把反向題分數調整爲正向題的分數，再去進行各種統計分析。

(2) 資料變數轉換

讀者從第貳章介紹所建立的研究架構後，在研究架構圖中，只要是「研究變數」（本書大多指量表或測驗表）構面及包含「研究變數」下所包含的「因素構面」內容，都要計算加總其構面組成的所有題項分數。至於各問卷所設計的題項，以「因素構面」內所有題項加總算是最基本的「變數轉換」構成單位，單單「一個題項」是不適合做任何敘述統計或推論統計的分析。

學位論文中，除了做「信度分析」及「效度分析」，必須將所有構成的題項全部丟入 SPSS 去分析計算信、效度外，研究架構中的構面「量表」及其「因素構面」，即「分量表」，是統計分析的重要運算單元，都必須另外給予一個加總後的變數名稱，才能進行後續的統計分析。而呈現在學位論文中的大量分析資料，也都是以「量表」及「分量表」來表述研究的結果，並不適合以問卷中任何「單一題項」來統計分析表述，一般即使做了「量表」及「分量表」其中的一題分析，也並無多大意義。

以下爲 2011 環境教育學術暨實務交流研討會胡子陵與楊淑雁（2011）所發表之〈國小教師低碳生活實踐度在生態旅遊行爲意向結構模式之探討〉，在第三節研究方法之研究架構圖，如圖 3-51 所示。

「旅遊衝擊認知」量表所呈現的四個「因素構面」（即分量表），其問卷設計如表 3-19 所顯示，各分量表如「自然環境」設計 10 題、「經濟因素」設計 6 題、「文化建設」設計 5 題，以及「社會因素」設計 5 題，因此整體「旅遊衝擊認知」量表，共設計以上 26 題。

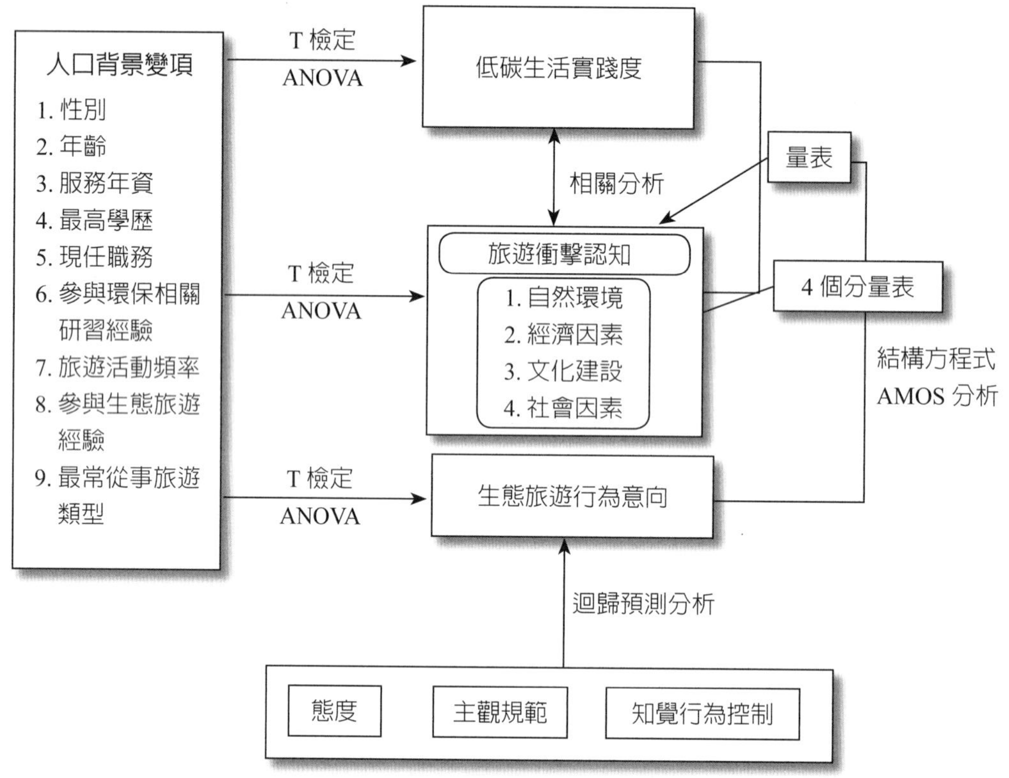

圖 3-51　解說環境教育學術暨實務交流研討會發表之研究架構圖畫面

表 3-19　旅遊衝擊認知量表「因素構面」

因素構面（分量表）	題目	
自然環境	1. 造成環境髒亂、垃圾量增加 2. 干擾野生動物的棲息 3. 踐踏草皮、攀折花木 4. 過度踩踏使土壤密實化 5. 使小徑樹根裸露	6. 使自然環境遭受破壞 7. 攤販增多問題 8. 喧譁吵雜，造成噪音干擾 9. 使空氣品質惡化 14. 不當開發與興建造成景觀失調
經濟因素	15. 每到假日出現交通擁擠現象 21. 增加當地觀光利益，使居民收入提升 22. 增加民眾就業機會	23. 吸引外來投資，促進旅遊地經濟繁榮 24. 使當地地價上漲 25. 使當地居民生活品質得以改善
文化建設	10. 使當地交通設施獲得改善 11. 使當地環境建設更優美 12. 改變居民傳統生活方式	13. 使當地建設變得較受政府重視 16. 使傳統技藝、文化或古蹟得以保存及傳承
社會因素	17. 與當地居民產生糾紛或衝突 18. 提升居民自尊心 19. 偷竊或強盜等犯罪率增加	20. 遊客以歧視眼光使居民自尊心受損 26. 使當地貧富差距拉大

將表 3-19 各「因素構面」內的題項加總後，分別在 SPSS 上給予新的變數名稱 IMPACT_natural、IMPACT_economic、IMPACT_culture 及 IMPACT_society，而「旅遊衝擊認知」量表爲以上四個變數的加總，變數名稱爲 IMPACT_total，打開 SPSS 已鍵入完成之副檔名爲 sav 之檔案，操作步驟如以下。

(3) 按下「轉換」→按選「計算變數」

在 SPSS 功能表上，按下「轉換」→按選「計算變數」，以便進行稍後題項加總的變數轉換，如圖 3-52 所示。

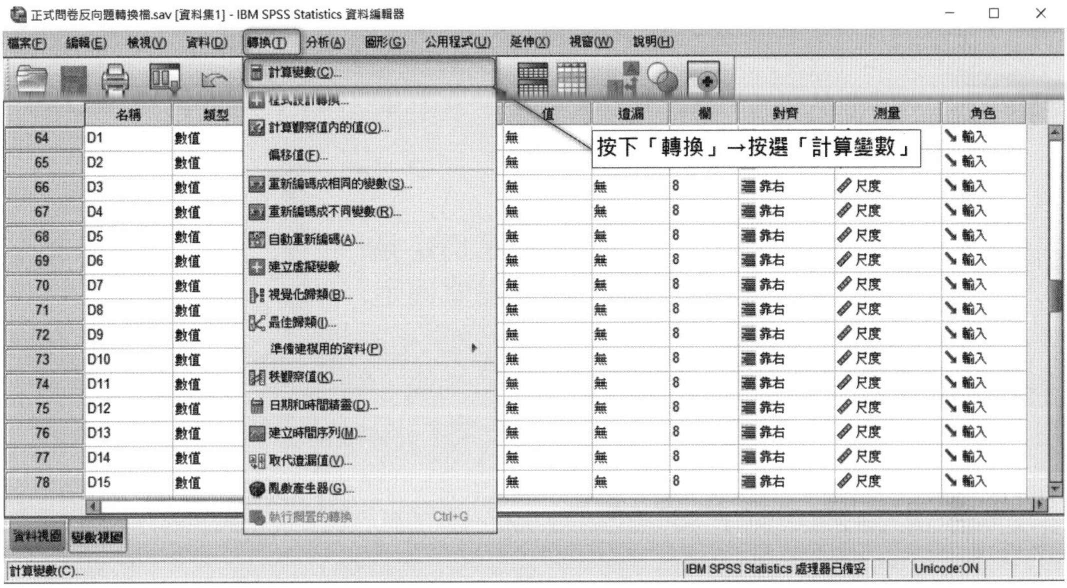

圖 3-52　SPSS 功能表選單之「計算變數」擷取畫面

(4) 分量表的變數轉換

首先要從最基本的「因素構面」單元建立開始，也就是先要完成建立「分量表」的加總，後續再完成「量表」的加總。

上述按選「計算變數」後，出現的視窗中，在「目標變數」建立第一個「自然環境」分量表變數，將所設計的 10 個題項加總之，變數名稱 鍵入 IMPACT_natural，10 個題項則一一拖曳到「數值表示式」框格內加總之，如圖 3-53 之擷取畫面。IMPACT_natural 新名稱定義完成，點擊「確定」，可產生第一個分量表名稱爲 IMPACT_natural 的變數。

圖 3-53　鍵入 IMPACT_natural，將題項一一拖曳到「數值表示式」加總畫面

在「目標變數」內如同以上之操作步驟，鍵入第二個「經濟因素」分量表內的 6 個題項加總，定義其變數名稱為 IMPACT_economic，再依序完成第三個「文化建設」分量表內的 5 個題項加總，定義其變數名稱為 IMPACT_culture，以及第四個「社會因素」分量表內的 5 個題項加總，定義其變數名稱為 IMPACT_society。完成以上四個變數轉換後，在 SPSS 的變數視圖視窗，可以在最末四列看到四個新變數名稱產生，如圖 3-54 之擷取畫面。

*正式問卷反向題轉換檔.sav [資料集1] - IBM SPSS Statistics 資料編輯器

檔案(F) 編輯(E) 檢視(V) 資料(D) 轉換(T) 分析(A) 圖形(G) 公用程式(U) 延伸(X) 視窗(W) 說明(H)

	名稱	類型	寬度	小數	標籤	值	遺漏	欄	對齊	測量	角色
103	社會因素	數值	8	0		無	無	10	靠右	尺度	輸入
104	態度	數值	8	0		無	無	10	靠右	尺度	輸入
105	主觀規範	數值	8	0		無	無	10	靠右	尺度	輸入
106	知覺行為控制	數值	6	0		無	無	10	靠右	尺度	輸入
107	生態旅遊行為意向	數值	8	0		無	無	10	靠右	尺度	輸入
108	cong1	數值	8	0		無	無	10	靠右	尺度	輸入
109	cong2	數值	8	0		無	無	10	靠右	尺度	輸入
110	IMPACT_natural	數值	8	0		無	無	11	靠右	尺度	輸入
111	IMPACT_economic	數值	8	0		無	無	14	靠右	尺度	輸入
112	IMPACT_culture	數值	8	0		無	無	10	靠右	尺度	輸入
113	IMPACT_society	數值	8	0		無	無	12	靠右	尺度	輸入
114											
115											
116											
117											

變數轉換後最末四列產生4個新變數

資料視圖 變數視圖

IBM SPSS Statistics 處理器已備妥 Unicode:ON

圖 3-54 鍵入完成 IMPACT_natural 等四個分量表的變數轉換畫面

(5) 量表的變數轉換

以上四個分量表都完成變數轉換後，因爲此四個分量表是量表的四個構成因素，因此把以上四個分量表變數直接相加，如同以上之操作方式，拖曳到「數値表示式」，把框格內四個分量表相加

IMPACT_natural + IMPACT_economic + IMPACT_culture + IMPACT_society

「目標變數」定義爲 IMPACT_total，按下「確認」，即最後完成「旅遊衝擊認知」量表的變數轉換，如圖 3-55 之擷取畫面。

再度點選「變數視圖」，可清楚看到，共產生了一個量表及四個分量表的五個新變數，亦即四個「分量表」分別爲 IMPACT_natural、IMPACT_economic、IMPACT_culture 及 IMPACT_society；「量表」則是 IMPACT_total，如圖 3-56 之擷取畫面。

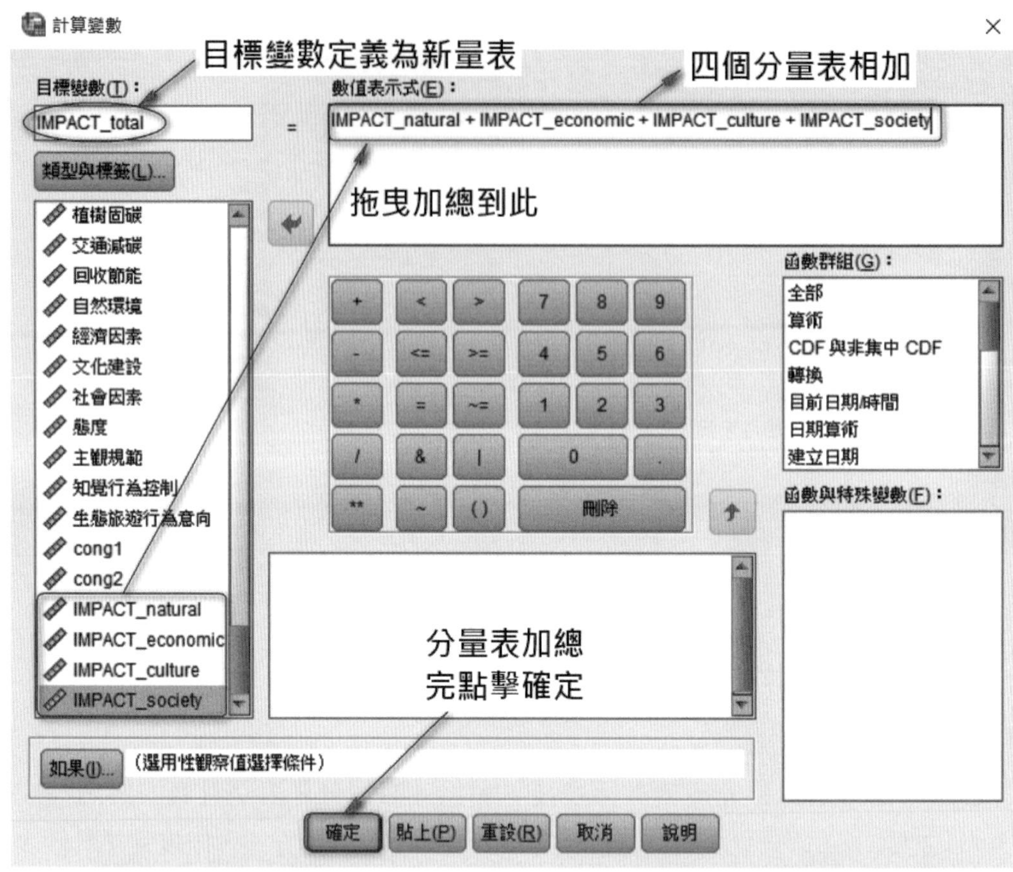

圖 3-55　四個分量表相加完成定義量表 IMPACT_total 的變數轉換畫面

*正式問卷反向題轉換檔.sav [資料集1] - IBM SPSS Statistics 資料編輯器

檔案(F)　編輯(E)　檢視(V)　資料(D)　轉換(T)　分析(A)　圖形(G)　公用程式(U)　延伸(X)　視窗(W)　說明(H)

	名稱	類型	寬度	小數	標籤	值	遺漏	欄	對齊	測量	角色
103	社會因素	數值	8	0		無	無	10	靠右	尺度	輸入
104	態度	數值	8	0		無	無	10	靠右	尺度	輸入
105	主觀規範	數值	8	0		無	無	10	靠右	尺度	輸入
106	知覺行為控制	數值	6	0		無	無	10	靠右	尺度	輸入
107	生態旅遊行為意向	數值	8	0		無	無	10	靠右	尺度	輸入
108	cong1	數值	8	0		無	無	10	靠右	尺度	輸入
109	cong2	數值					無	10	靠右	尺度	輸入
110	IMPACT_natural	數值					無	11	靠右	尺度	輸入
111	IMPACT_economic	數值					無	14	靠右	尺度	輸入
112	IMPACT_culture	數值					無	10	靠右	尺度	輸入
113	IMPACT_society	數值	8	0		無	無	12	靠右	尺度	輸入
114	IMPACT_total	數值	8	2		無	無	14	靠右	尺度	輸入
115											
116											
117											

產生四個分量表以及一個旅遊衝擊認知量表，可使用於後續所有統計分析之操作變數！

新的變數產生

資料視圖　變數視圖

IBM SPSS Statistics 處理器已備妥　Unicode:ON

圖 3-56　產生四個分量表及一個旅遊衝擊認知量表新變數畫面

除了在「變數視圖」視窗產生五個新變數外，在「資料視圖」視窗部分，也自動進行加總分數的計算，可以看出 SPSS 電腦的功能相當強大，如圖 3-57 之擷取畫面所示。

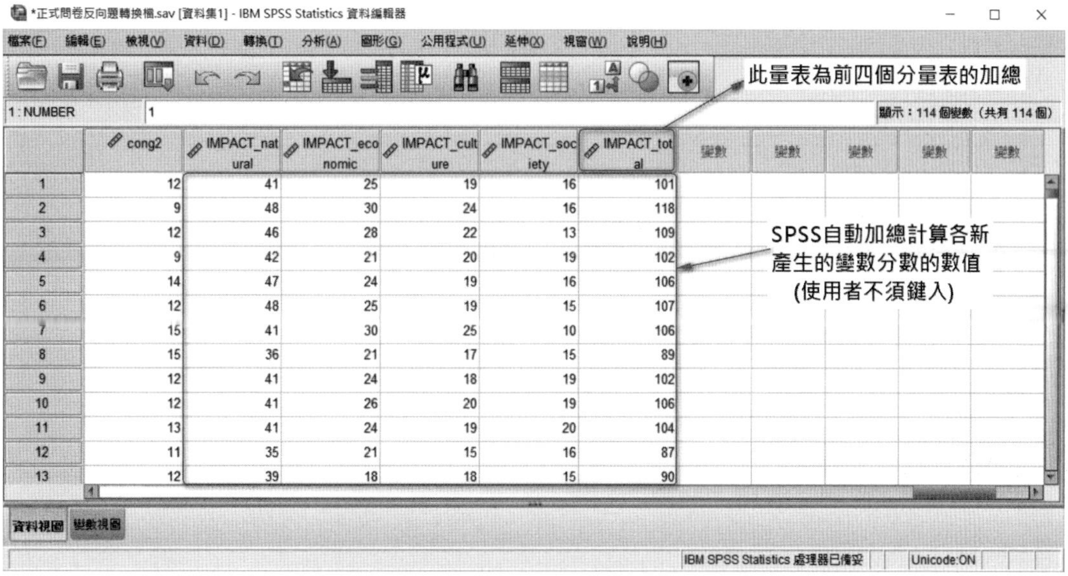

*正式問卷反向題轉換檔.sav [資料集1] - IBM SPSS Statistics 資料編輯器

此量表為前四個分量表的加總

SPSS自動加總計算各新產生的變數分數的數值(使用者不須鍵入)

	cong2	IMPACT_natural	IMPACT_economic	IMPACT_culture	IMPACT_society	IMPACT_total
1	12	41	25	19	16	101
2	9	48	30	24	16	118
3	12	46	28	22	13	109
4	9	42	21	20	19	102
5	14	47	24	19	16	106
6	12	48	25	19	15	107
7	15	41	30	25	10	106
8	15	36	21	17	15	89
9	12	41	24	18	19	102
10	12	41	26	20	19	106
11	13	41	24	19	20	104
12	11	35	21	15	16	87
13	12	39	18	18	15	90

圖 3-57　資料視圖視窗顯示旅遊衝擊認知各新變數自動加總畫面

若讀者研究架構有兩個或三個量表以上，每一個「量表」及其「分量表」，都必須完成變數轉換，產生這些新變數，這些「新變數」就是後續章節有關各種「敘述統計」或「推論統計」會使用到的操作變數。

此一部分完成，事實上，學術論文第四章「結果與討論」的撰寫也幾乎可以同時開始了，加油囉！

寫作技巧 SOP 提示——問卷發放與資料變數轉換

問卷發放事先做好規劃，使問卷有效回收率達到 70%，才能作為得出研究結論的依據。
回收有效的正式問卷鍵入電腦後，第一個首先要做的是反向題的分數調整，其次是資料的變數轉換，且順序不能顚倒。
研究架構若有兩個或三個量表以上，每一個「量表」及其「分量表」，都務必完成變數轉換，先從「分量表」開始，最後再進行「量表」轉換。產生的「新變數」便可以用來進行各種「敘述統計」或「推論統計」的分析操作。
「量表」或「分量表」中的每一個「題項」，不可以直接單獨以「單一題項」來作任何「敘述統計」或「推論統計」的分析操作，只能用加總後的「變數轉換」產生的新變數，來進行各種「敘述統計」或「推論統計」的分析操作。
補充心得註記 ⇨

第肆章

敘述統計撰寫實務範例

經過第參章變數轉換處理後得到的「新變數」，是論文研究結果的重要資料來源，只要稍懂得統計分析操作，就如老鷹展翅飛翔般的凌雲翺翔，以下各節將一步步引領讀者跟著論文實際範例走，可以駕輕就熟地使用 SPSS 的統計分析，不致漫無目標不知從何著手。

這一章開始，一般會聚焦學位論文第四章「結果與討論」的大部分統計分析工作，本章先從「敘述統計」開始，這幾乎是所有進行問卷調查的學位論文都要交代的一般性人口背景資料，像是調查人口背景資料的分布，或是整份填答量表、分量表的分數表現，乃至複選題的分析等敘述統計資料，此一章節不涉及到「推論統計」檢定的計算與討論，推論統計的分析部分將放在第伍章介紹。

一、人口背景資料分析

在學位論文第四章「結果與討論」，首先要將研究工具的成果一一呈現討論，使用問卷調查量化研究的論文，主要是把統計分析的結果呈現出來。一般論文撰寫的鋪陳，就如同「一齣好戲」，剛開始較爲平鋪直敘，愈往後劇情愈來愈複雜，愈有看頭，而高潮就在最後的「發現」。爲何要說這個「發現」呢？寫論文只要有「結果」，不就很好了嘛！當然撰寫學位論文，研究過程只要依照以上本書所說的建立研究架構、問卷設計、發放問卷、回收鍵入資料、變數轉換等，就已經完成學位論文「結果」一半以上的工作，不管研究分析結果如何，都有學術上實質的貢獻！因此，不用擔心這個問題。至於論文研究結果有沒有重要「發現」，這就要看研究者如何找到關鍵的研究問題並獲得解決，才可能使整個論文的實際價值與貢獻更爲具體，但這要靠點運氣，研究主題愈少人研究，或者沒有人研究過的主題，機會會更高。

談到本章主要是以敘述統計爲主，只要把問卷裡所有的變數，做一個簡單的敘述說明即可。在一般撰寫上，讀者應該都可以抓到要寫的是哪些敘述統計資料，因此這一章也非常的典型介紹常會在學位論文中出現的敘述統計分析資料。首先會介紹給讀者在問卷調查中，人口背景各種資訊調查的「人口背景資料分析」，而後在下一節進一步介紹各量表的統計分數，這些分析出來的資訊，都可以說是研究「結果」；前述所談的「發現」，若是研究者研究的「結果」與其他文獻發表的「結果」不同或根本沒有其他文獻發表過，這時我們的研究「結果」可能就稱之爲研究「發現」，這一刻是何等高興雀躍的事呀！其實很多研究「發現」都藏在「檢定結果」裡，也就是將在下一章推論統計的方法中上場，讀者將會有更多接觸「發現」的機會，同時若出現在

「檢定結果」裡，屆時再為讀者說分明。

(一)「次數分配表」——人口背景資料分析的工具

學位論文在開始使用 SPSS 統計軟體，第一個最常在上面使用的操作是「分析」功能「敘述統計」的「次數分配表」，它是論文基本背景資料分析當中最常使用的主角。問卷調查中少不了要做一些「身家調查」，這一部分也就是調查研究對象的人口背景資料，包括人口學如性別、年齡、職業等資訊，以及經驗、歷程、背景如參加各種組織活動與經驗等資訊。此一部分在論文的功用來說，不在於呈現分數的加總計算，它的功能最重要的意義是分成各群族來對於量表表現的差異性做比較，這將在下一章節談到。本章只是簡單呈現這基本背景資訊，如調查對象的男、女性人數及比例、職業的分布及比例、年齡層的分布及比例等。本章仍將以第參章信、效度分析的例子，來說明以下操作，讀者可自行到五南圖書官網上下載 SPSS 檔案操作演練。

(二)如何在SPSS上操作「次數分配表」

打開 SPSS，在功能表選單按下「分析」→按選「敘述統計」→按選「次數分配表」，如圖 4-1 所示。

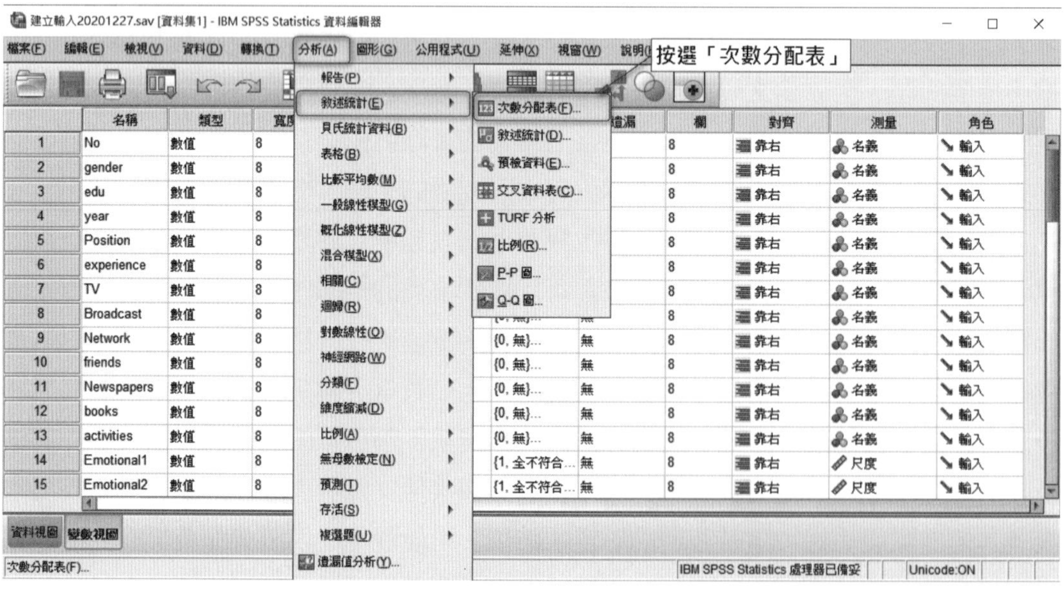

圖 4-1　SPSS 功能表選單之「次數分配表」擷取畫面

(三)「次數分配表」視窗變數之設定

在 SPSS 功能表中，將問卷調查人口背景調查資料需要做百分比等分析之名義變數拖曳到變數框格內，如圖 4-2 所示。

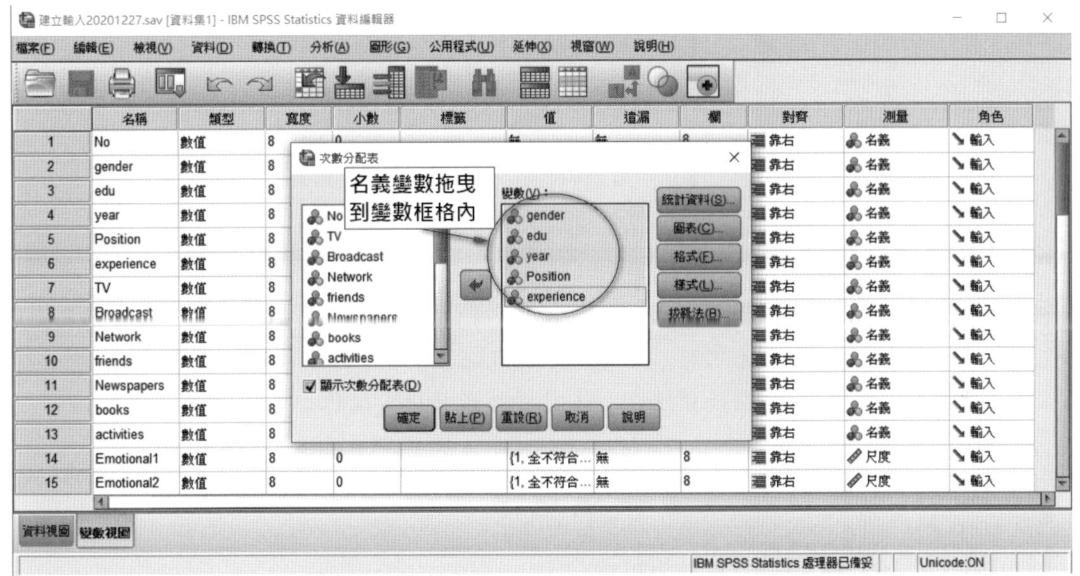

圖 4-2 「次數分配表」之名義變數拖曳到變數框格內之操作擷取畫面

(四)「統計資料」視窗設定參數

點擊「統計資料」設定參數，跳出視窗，勾選「標準差」及「平均值」，接著點擊「繼續」，回到次數分配表畫面，其他圖表、格式及自助法可不用設定，直接點擊「確定」，如圖 4-3 所示。

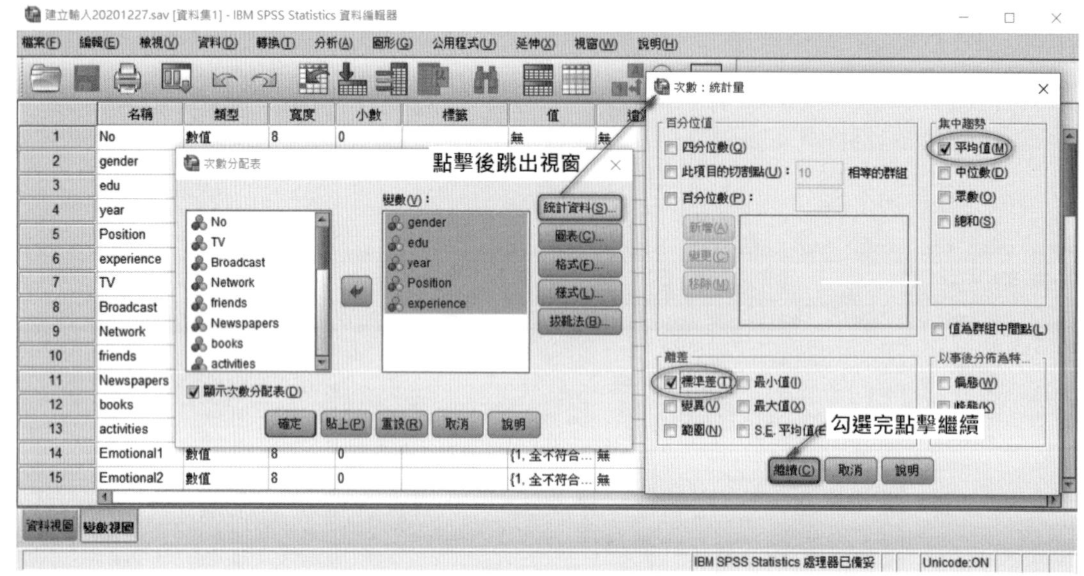

圖 4-3 「次數分配表」統計資料參數設定操作擷取畫面

(五) 產生「次數分配表」報表

點擊「確定」後，即產生如下報表檔案，包括以上所有拖曳到「變數」框格內的人口背景變項「次數」及「百分比」之分析資料，可重新編輯整理添加到學術論文第四章「結果與討論」有關敘述統計的人口背景資料分析結果，如圖 4-4 所示。

(六) 論文撰寫範例說明

以下將舉例說明在學術論文中的寫法，人口背景變項的資料可以完全以表格呈現，惟研究者對其中「主觀感覺」較為特別的背景特性，可以給予適當文字的描述與說明。例如問卷調查對象之性別分析顯示女性占了 85% 的比例、或年齡層調查分析顯示 80% 都集中於 40 歲以上等這些「異於平常」的資料，需要研究者在論文內文中加以特別的敘述或說明，不可只呈現表格內容，而不在論文內文做說明或描述，這是要嚴格禁止的——「只要在論文中呈現的表格、圖片，都要在內文中以文字敘述」，讀者務必注意遵守撰寫論文的這句警語，免得口試時可能會被委員批評的。至於對於表、圖的敘述說明，寫多寫少，就看研究者「主觀感覺」的判定，沒有一定的規範。

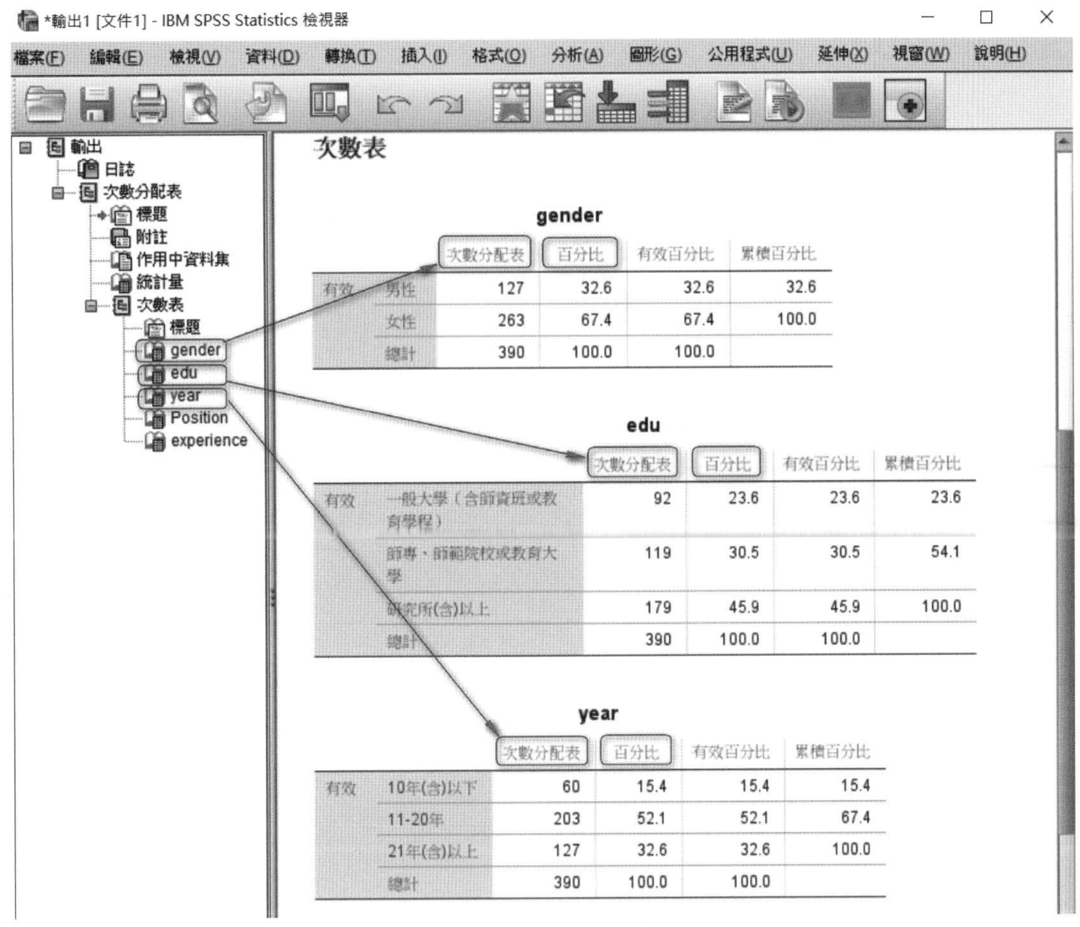

gender

		次數分配表	百分比	有效百分比	累積百分比
有效	男性	127	32.6	32.6	32.6
	女性	263	67.4	67.4	100.0
	總計	390	100.0	100.0	

edu

		次數分配表	百分比	有效百分比	累積百分比
有效	一般大學（含師資班或教育學程）	92	23.6	23.6	23.6
	師專、師範院校或教育大學	119	30.5	30.5	54.1
	研究所(含)以上	179	45.9	45.9	100.0
	總計	390	100.0	100.0	

year

		次數分配表	百分比	有效百分比	累積百分比
有效	10年(含)以下	60	15.4	15.4	15.4
	11-20年	203	52.1	52.1	67.4
	21年(含)以上	127	32.6	32.6	100.0
	總計	390	100.0	100.0	

圖 4-4　「次數分配表」分析報表之擷取畫面

論文撰寫範例 1——人口背景資料分析

表 4-1 爲本研究之人口背景資料分析全表。在「人口」調查結果顯示，在性別方面，女性教師有 292 位，占全部樣本 67.4%，顯示研究對象以女性教師居多；在年齡層方面，30 歲到 50 歲約占全部樣本近八成，其中以 31-40 歲的青壯年所占最多；在服務年資方面，服務 6 年以上的教師約占八成五，而 5 年以下者最少，約占 13.6%；在現任職務方面，級任教師即占了全部樣本 48.5%，再其次爲級任教師兼組長的 18.7%。

表 4-1 另外所呈現的「背景」調查顯示，在參與研習方面，有七成左右教師參加過環保相關研習活動；而在旅遊經驗方面，則有六成三參加過生態旅遊活動，上述這

些活動對於環境教育相關活動的認知頗有助益。至於調查教師最常從事旅遊類型，則顯示林場或農場及登山或海邊的旅遊活動即占了一半以上。

表 4-1　教師人口背景資料分析

人口背景變項	勾選項目	人數	百分比（%）
性別	(1) 男性	141	32.6
	(2) 女性	292	67.4
年齡層	(1) 30 歲以下	59	13.6
	(2) 31-40 歲	209	48.3
	(3) 41-50 歲	135	31.2
	(4) 50 歲以上	30	6.9
服務年資	(1) 5 年以下	53	13.6
	(2) 6-10 年	209	48.3
	(3) 11-20 年	135	31.2
	(4) 21 年以上	30	6.9
最高學歷	(1) 一般大學畢業	84	19.4
	(2) 師範院校體系（含師專、師大和師院）	209	48.3
	(3) 研究所（含以上）	140	32.3
現任職務	(1) 校長或主任	41	9.5
	(2) 科任教師	64	14.8
	(3) 科任教師兼組長	37	8.5
	(4) 級任教師	210	48.5
	(5) 級任教師兼組長	81	18.7
研習經驗	(1) 有	306	70.7
	(2) 否	127	29.3
旅遊頻率	(1) 沒有	15	3.5
	(2) 3 次以下	181	41.8
	(3) 4-6 次	151	34.9
	(4) 7-9 次	38	8.8
	(5) 10 次以上	48	11.1
生態旅遊經驗	(1) 有	276	63.7
	(2) 否	157	36.3
最常從事旅遊類型	(1) 文化古蹟	69	15.9
	(2) 林場或農場	121	27.9
	(3) 森林生態區	52	12.0
	(4) 老街踩風	55	12.7
	(5) 登山或海邊	102	23.6
	(6) 主題樂園	34	7.9

資料來源：修改自胡子陵與楊淑雁（2011）。國小教師低碳生活實踐度在生態旅遊行為意向結構模式之探討，2011 環境教育學術暨實務交流研討會，1-15。花蓮縣壽豐鄉：東華大學、環境教育學會。

論文撰寫範例 2——人口背景資料分析

本研究以新化林場遊客爲調查研究對象，人口背景變項資料包括性別、年齡、婚姻、教育、職業、所得、居住地、旅遊方式、到林場次數、林場教育課程、愛護環境活動、參加生態旅遊活動，將蒐集之問卷所得資料進行描述性統計分析與探討，詳見表 4-2。

人口背景資料結果顯示，受試者遊客年齡層爲 40-49 歲及 19 歲以下即占了全部六成以上，在教育程度部分本研究受試者「國中以下」爲 9 人占 3%；「高中職」爲 106 人占 34.9%；其他教育程度也都在 30 人以上，由於「國中以下」人數僅 9 位，爲滿足大樣本條件，需要併入「高中職」中，更名爲「高中職（含）以下」，共 115 人占 37.9%。

背景調查之「到林場次數」，因研究者到實地發放問卷，第一次來林場勾選「1 次」，調查結果即有 132 人占 43.4%；其他勾選「2-3 次」、「4-6 次」、「7-9 次」，以及「10 次以上」則占了 56.6%，顯示半數以上的遊客曾經來過林場。在有無「參加過生態旅遊相關活動」有參加者 213 人占 70.1%，顯示民眾對生態旅遊活動有普遍的認知；另在有無「參加過林場教育課程」的遊客中，有近八成未接受林場教育課程的陶冶，也有超過半數的遊客未曾參與「愛護環境活動」，這些有關環境教育活動的推行，都是未來政府與民間環保團體可以努力的方向與目標。

表 4-2　新化林場遊客人口背景資料分析

人口背景	人口背景資料	人數（N）	百分比（%）
性別	(1) 男性	139	45.7
	(2) 女性	165	54.3
年齡	(1) 19 歲以下	94	30.9
	(2) 20-29 歲	15	4.9
	(3) 30-39 歲	40	13.2
	(4) 40-49 歲	96	31.6
	(5) 50-59 歲	36	11.8
	(6) 60 歲以上	23	7.6
婚姻	(1) 未婚	143	47.0
	(2) 已婚	161	53.0

人口背景	人口背景資料	人數（N）	百分比（%）
教育	(1) 高中職（含）以下	115	37.9
	(2) 專科	43	14.1
	(3) 大學	76	25.0
	(4) 研究所（含）以上	70	23.0
職業	(1) 農林漁牧醫	16	5.2
	(2) 軍公教	81	26.6
	(3) 工（科技）業	47	15.5
	(4) 商（服務）業	33	10.9
	(5) 自由業	32	10.5
	(6) 學生	95	31.3
所得	(1) 25,000 以下	126	41.5
	(2) 25,001-35,000	35	11.5
	(3) 35,001-45,000	28	9.2
	(4) 45,001-55,000	28	9.2
	(5) 55,001-65,000	38	12.5
	(6) 65,001 以上	49	16.1
居住地	(1) 臺南市	228	75.0
	(2) 中彰投以北	58	19.1
	(3) 雲嘉高屏離島	18	5.9
旅遊方式	(1) 個人	64	21.0
	(2) 親友	165	54.3
	(3) 團體	75	24.7
到林場次數	(1) 1 次	132	43.4
	(2) 2-3 次	60	19.8
	(3) 4-6 次	32	10.5
	(4) 7-9 次	10	3.3
	(5) 10 次以上	70	23.0
林場教育課程	(1) 無	237	78.0
	(2) 有	67	22.0
愛護環境活動	(1) 無	161	53.0
	(2) 有	143	47.0
生態旅遊活動	(1) 無	91	29.9
	(2) 有	213	70.1

資料來源：修改自賴薇竹（2020）。新化林場遊客生態旅遊認知與低碳生活實踐之研究（未出版之碩士論文）（頁 64），康寧大學，臺南市。

寫作技巧 SOP 提示——人口背景資料分析

「次數分配表」功能在針對包括「人口變項」如性別、年齡、職業等資訊，以及包括「背景變項」如參加各種歷程活動與經驗等資訊分布比率的描述。研究者在問卷設計時，需要同時考慮「人口變項」及「背景變項」，其中後者更不可忽略。
「次數分配表」可以使用表格呈現，惟在論文內文中必須以「文字」加以闡述說明，可依據研究者「主觀感覺」針對較為特別的背景特性加以描述，寫多寫少都無妨。
補充心得註記 ➪

二、敘述統計分析

上一節所介紹問卷調查的人口背景資料分析，各個人口背景變項使用次數分配表的方法，即可顯示其調查的各族群的分布與比例；在本節中所討論的問卷調查內容則集中在「量表」、「分量表」或「測驗表」的量測，這些資料是屬於「尺度」的變數。唯一與上一節不同的是，「名義」變數不可以加總計算，而「尺度」變數是可以加總計算的，這也是本單元分析的重點，但仍然不涉及任何統計檢定，因此計算出來的分數，如何根據統計分析的事實陳述，來適當的以表格呈現，本書將在以下分爲單純量表分數、族群分布量表分數共兩部分來分別說明。

(一) 單純量表分數

由於問卷設計之量表，大多是以李克特量表設計，因此可以使用 SPSS 統計軟體進行加總計算並分析，經過前章所有題項都完成了變數轉換，可以得到新的「量表」與「分量表」變數，讀者應該還記得「構面」指的就是「量表」，而「因素構面」指的是「分量表」，「分量表」分數是由「題項」一個個加總而來，將這些構成「量表」的「分量表」加總後，則可以得到「量表」分數。

問卷調查中量表所包含的各題項，滿足 3-5 題以上，即可代表一個「因素構面」，亦即一個「概念」，因此在敘述統計表中，理論上而言單單針對一個題項去分析是沒有必要做分析探討的，量表本就是一個「構念」，是由各「因素構面」的「概念」組合而成。單單從一個題項本身去描述，並不能把該「因素構面」的內涵「概念」講清楚，更不可能解釋量表的「構念」，因此只能用加總後，新的變數轉換去做各種統計分析才有意義。

例如「休閒活動參與」量表，代表一個「構念」，就休閒活動參與的定義爲參與某種休閒活動的頻率，而休閒活動的內容則大致分成「運動性休閒活動」、「知識性休閒活動」、「社交性休閒活動」、「娛樂性休閒活動」、「閒意性休閒活動」等五類「概念」範圍，這五個概念的每一個概念，研究者需要去設計 3-5 題以上題項內容，假如在「運動性休閒活動」，問卷設計就有籃球、排球、羽球、慢跑、健走、賽跑、跳遠、探索活動、登山、游泳、水上運動、溜直排輪、溜冰、啞鈴、呼拉圈、跑步機、瑜伽、有氧舞蹈、仰臥起坐、伏地挺身等多種項目，看似一個「概念」就要設計 20 題或更多，似乎太多了，因此這就要視研究者對於所要調查研究的對象是否有較清楚的輪廓與認識，也許可以歸納出五個所要研究對象常做的運動休閒活動來調查即可。

舉例來說，可以將較接近的多個活動設計在一個題項，只要被調查者有參與其中一個活動就可以正確填答回應，如籃球、排球、羽球等中間加個「或」就可以設計一題項：「球類運動，如籃球、排球、棒球或羽球等」，又如啞鈴、呼拉圈、跑步機、瑜伽、有氧舞蹈等也可以設計爲一題項：「健身房教室所提供的運動，如啞鈴、呼拉圈、跑步機、瑜伽或有氧舞蹈等」，依此類推，這樣不僅可了解調查對象在「運動性休閒活動」的活動參與情況，也不會漏掉任何被調查者的訊息。但不能以其中一個「題項」分析結果，就來決定一個「概念」的表現。例如研究者如果只從其中一個調查「游泳」運動頻率的題項分數表現，就分析下結論說「體育運動類」的表現如何，這是非常有偏見的！因此筆者從第參章研究工具設計開始，一直所強調「因素構面」──也就是每一個「概念」，至少需要設計3-5題以上題項內容，才不致調查失準。

本章將以葉美華學位論文中的教師「生活滿意度量表」爲例，說明描述性統計分析的撰寫。表4-3爲「生活滿意度量表」問卷設計經過信、效度分析刪題後之三個「因素構面」及題項內容，其中第 8 及 11 題爲反向題，在進行 SPSS 統計分析時，鍵入之分數已經調整反轉。

表 4-3　幼兒園教師生活滿意度問卷題項

因素構面	設計題項	反向題標註
生理健康	1. 我覺得我的身體還很健康。	
	2. 別人常說我氣色看起來很不錯。	
	3. 我的身體型態更身姿曼妙。	
心理健康	4. 我認為自己是樂觀開朗的。	
	5. 我很滿意我現在的生活方式。	
	6. 對於世事的變化我能坦然面對。	
	7. 我對自己的外表感到滿意。	
	8. 有時候擔心我自己會成為別人的負擔。	反向題
社會互動	9. 我能很快的與他人打成一片。	
	10. 我和朋友相處時都很愉快。	
	11. 我經常感到孤單寂寞。	反向題

資料來源：修改自葉美華（2020）。臺南市公立幼兒園教師休閒參與、休閒需求與生活滿意度之研究（未出版之碩士論文）（頁 120），康寧大學，臺南市。

在「敘述統計」計分方面，由於是題項相加所得分數，若題項愈多，加的總分就愈高，而此一分數對於查看分數的高低，變得沒有一個參考標準。若能像大家常用的 100 分標準來看，可以很快看出若分數 60 分以上，是達到及格的標準就更爲周詳。就李克特五點量表分數來看，若依照愈正向，則分數就愈高，來給予 1-5 分的計分，因此在中間位數的分數點是 3 分，若超過 3 分就是正向，愈接近 5 分愈正向；低過 3 分就是反向，愈接近 1 分愈反向，這個「3 分」就是一個參考標準。我們若能在 SPSS 上直接給予公式計算、給予「標準化」，則能看出分數的高低。因此題項加總後產生的「平均數」變數外，筆者建議可再加一欄位「題項平均」，以「平均數」除以「題項數」即可得「題項平均」，這就是「標準化」的動作。

「題項平均」的表示方法較適合用在敘述統計的「量表」及「分量表」的使用，在下一章節的推論統計則不再使用，推論統計只用做比較分析檢定，加總後產生的「平均數」分數就可以判定相對大小，因此並不需要再設定一個新變數的「題項平均」去做檢定分析。以此例之「生活滿意度量表」，在 SPSS 上的變數轉換，讀者在閱讀以下 SPSS 操作之擷取畫面中請稍加留意，定義變數名稱如下：生理健康爲 phy、心理健康爲 psy、社會互動爲 soc，以及生活滿意度量表爲 LifeSat。以上變數在 SPSS 統計分析計算後，顯示的是問卷填答者的「平均數」；若再各除以「題項數」的轉換操作可得到「題項平均」新的變數，因此生理健康 phy 除以 3 題、心理健康 psy 除以 5 題、社會互動 soc 除以 3 題，以及生活滿意度量表 LifeSat 除以 11 題，就可分別得到「題項平均」phy_mean、psy_mean、soc_mean、LifeSat_mean 的新變數，詳細 SPSS 操作說明如下。

1. 題項平均數的公式設定

按下「轉換」→按選「計算變數」→將各變數除以其題項數可產生題項平均變數，如以下對每一個分量表及量表進行以上步驟，操作擷取畫面顯示，皆已產生題項平均的新變數，如圖 4-5 所擷取之畫面。

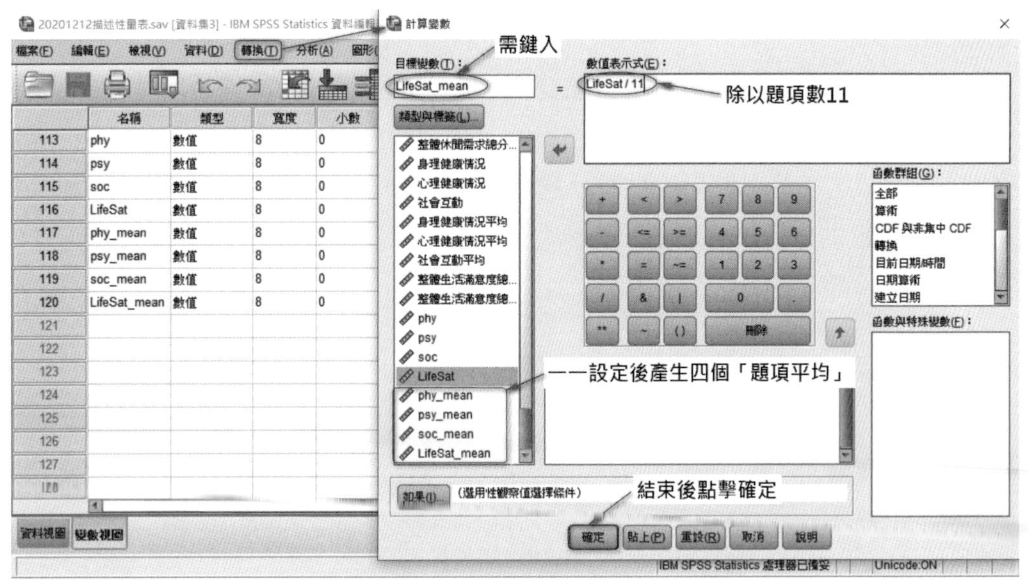

圖 4-5　題項平均操作圖解擷取畫面

以上所有題項平均變數產生後，可以進行以下 SPSS 的敘述統計量的分析。

2. 在SPSS功能表「敘述統計量」的操作

如圖 4-6 所擷取之畫面，按下「分析」→按選「敘述統計」→按選「敘述統計」後，進行參數設定。

圖 4-6　SPSS 功能表選單之敘述統計量的操作擷取畫面

3. 選定加總後要分析的「平均數」或「題項平均」變數

如圖 4-7 所擷取之畫面，將所有加總後「平均數」變數及另外新增轉換的「題項平均」變數拖曳到「變數」框格，所拖曳的「平均數」或「題項平均」的變數，都可以在 SPSS 的敘述統計上使用，點擊「選項」，另外一個小視窗出現，其原始內定勾選之參數值已足供分析，可不必調整參數，直接點擊「繼續」後，回到「敘述統計」視窗，再點擊「確定」。

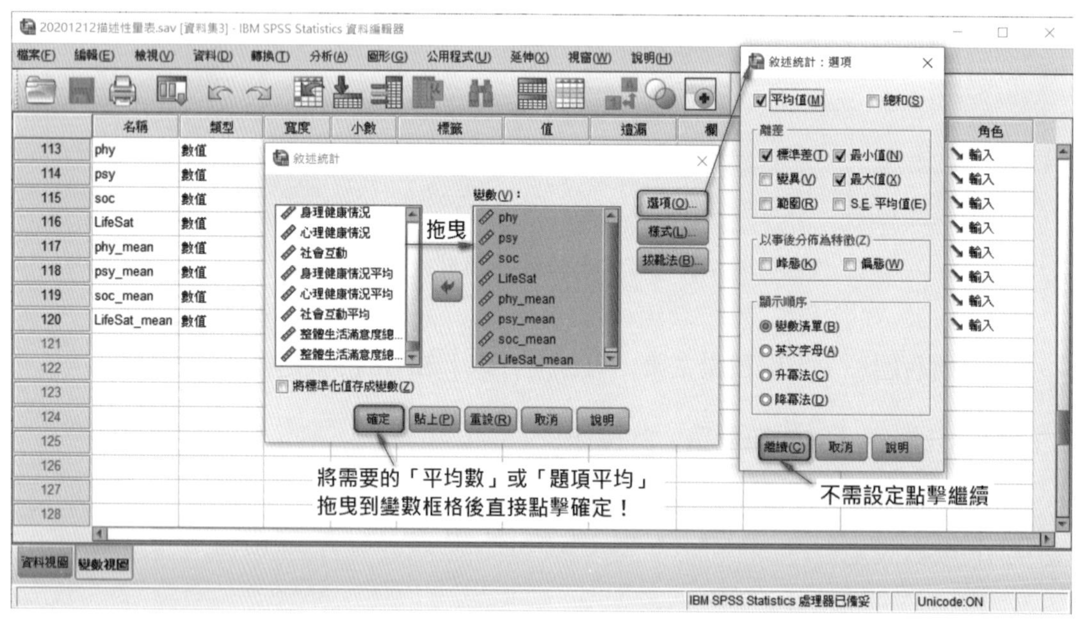

圖 4-7　拖曳欲分析之「平均數」及「題項平均」操作擷取畫面

4. 單純量表統計分析報表

可以 WORD 匯出後，如圖 4-8 之報表擷取畫面，其中較重要的數值有「平均數」及「標準差」。報表中的標準偏差應是標準差，它在學位論文中最好都放上去，在做敘述統計量表時，「題項平均」同樣也不要忽略。因爲稍通統計學的學者都可能爲確定分析者的資料是否出現較大誤差，都得查看這些資料。以上這些匯出的資料，可以稍後在學位論文中來編輯修改使用。

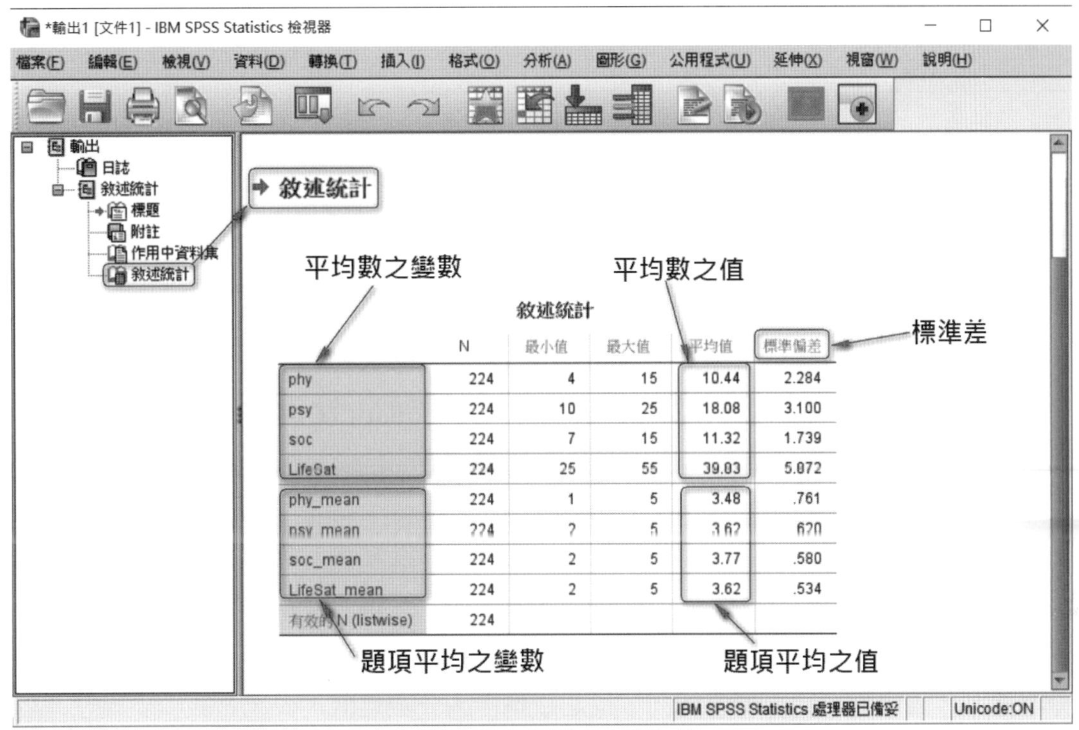

圖 4-8　敘述統計量的報表擷取畫面

5. 單純量表統計分析撰寫範例

量表在研究架構中，是支撐整個論文研究主軸方向極為重要的「研究變數」，不論是這一章所談的敘述統計或下一章節的推論統計，都會使用這些變數來分析計算。如何把分析統計的結果呈現在適當的表格上，就顯得相當重要。問卷調查出來的「量表」與「分量表」的分數表現，在學術論文中必須以敘述統計量交代清楚，其中的兩個參數值「平均數」及「標準差」，另外再加上「題項平均」，在學術論文中必須嚴謹對待，一般不能漏掉。量表分數的表現程度，若以李克特五點量表來區分表現程度，3 分為中間點，如表 4-4 以「題項平均值」的大小來描述其表現程度，有兩種表述，可供讀者參考使用。

學位論文中，辛苦設計出來的「量表」分數，卻不知把它在論文中交代呈現出來，這種迷糊的研究生國內外大有人在；至於「分量表」是否在敘述性統計量中呈現，則見仁見智，如果研究者覺得論文內容不夠紮實，也可以放上去，至於「分量表」是否在推論統計中進行各種檢定，也是同樣道理！

表 4-4　量表分數表現程度用語

題項平均值	表現程度	勾選用詞程度（以同意用詞為例）
1-2	表現不佳	介於非常不同意與不同意之間
2-3	表現稍差	介於不同意與無意見之間
3-4	表現尚好	介於同意與無意見之間
4-5	表現良好	介於非常同意與同意之間

論文撰寫範例 1——敘述統計分析（單純量表分數）

「生活滿意度量表」共分為生理健康、心理健康及社會互動等三部分。針對臺南市公立幼兒園教師於生活滿意度及此三「因素構面」的現況進行分析說明。量表乃採用 Likert 五點尺度量表，依序給予由非常同意 5 分到非常不同意 1 分不等，所獲得的分數愈高，表示對該項表現愈認同，反之所獲得的分數愈低，表示對該項表現愈不認同。

由表 4-5 得知生活滿意度量表「因素構面」之生理健康、心理健康及社會互動的「題項平均」，以及整體生活滿意度量表之「題項平均」都未達 4.0，顯示臺南市公立幼兒園教師在「生活滿意度」及其「生理健康」、「心理健康」和「社會互動」的構面感受皆「感受尚好」，其中「社會互動」構面感受最高。換言之，整個生活滿意度及其「生理健康」、「心理健康」和「社會互動」的「因素構面」調查結果，顯示出臺南市公立幼兒園教師的生活滿意感受為「感受尚好」的程度。

表 4-5　幼兒園教師生活滿意度量表及因素構面敘述統計（N = 224）

量表及因素構面	題數	平均數	標準差	題項平均	表現程度
生理健康	3	10.44	2.28	3.48	感受尚好
心理健康	5	18.08	3.10	3.62	感受尚好
社會互動	3	11.32	1.74	3.77	感受尚好
生活滿意度	11	39.83	5.87	3.62	感受尚好

資料來源：修改自葉美華（2020）。臺南市公立幼兒園教師休閒參與、休閒需求與生活滿意度之研究（未出版之碩士論文）（頁 46），康寧大學，臺南市。

論文撰寫範例 2——敘述統計分析（單純量表分數）

「資源回收行爲量表」有 18 題，採用五點量表計分，總分最高 90 分。如表 4-6 結果顯示，「資源回收行爲量表」平均 69.76 分，題項平均值 3.88 分，顯示學童平常資源回收行爲「表現尚好」。在資源回收行爲量表三個「因素構面」中，「垃圾分類行爲」題項平均值 4.03 分，分數最高，顯示其行爲「表現良好」，而其他「因素構面」表現則「表現尚好」。

表 4-6　資源回收行爲量表及因素構面得分情形表（N = 392）

量表及因素	題數	平均數	標準差	題項平均	表現程度
回收實踐行為	7	26.06	6.49	3.72	表現尚好
垃圾分類行為	6	24.20	5.16	4.03	表現良好
重複使用行為	5	19.51	4.78	3.90	表現尚好
資源回收行為	18	69.76	14.62	3.88	表現尚好

資料來源：修改自王凱媚（2013）。國小學童低碳生活實踐、資源回收行為與綠色消費態度相關之研究——以雲林縣斗六市為例（未出版之碩士論文）（頁 71），康寧大學，臺南市。

(二) 族群分布量表分數

前述所描述之量表或分量表的分數，都是指所有參與問卷調查的受試者的整體表現的平均值，若想查看「人口背景變項」的某族群在量表上之表現，則可以在 SPSS 上同時來看不同族群下各量表的分數表現，不僅可以分析一個族群層次的情形，也可以再往下另一個族群層次去查看所需的資訊。例如不同男性與女性族群在以上量表的表現情形，其 SPSS 操作如下所示。

1. 在SPSS功能表「平均數」的操作

如圖 4-9 之擷取畫面，按下「分析」→按選「比較平均數」→按選「平均數」，即可出現新視窗進行參數設定。

圖 4-9　SPSS 功能表選單之族群分布量表「平均數」的操作擷取畫面

2. 族群分布量表之參數設定及步驟

將所有變數轉換後的「量表」、「分量表」的「平均數」變數及其對應的「題項平均」變數全部拖曳到「應變數清單」框格內，將「人口背景變項」的「A1 性別」拖曳到「自變數清單」框格內，點擊選項，已存在「平均數」、「觀察值數目」及「標準差」，可不需修改直接點擊「繼續」，回到「平均數」視窗後，直接點擊「確定」，如圖 4-10 所示。

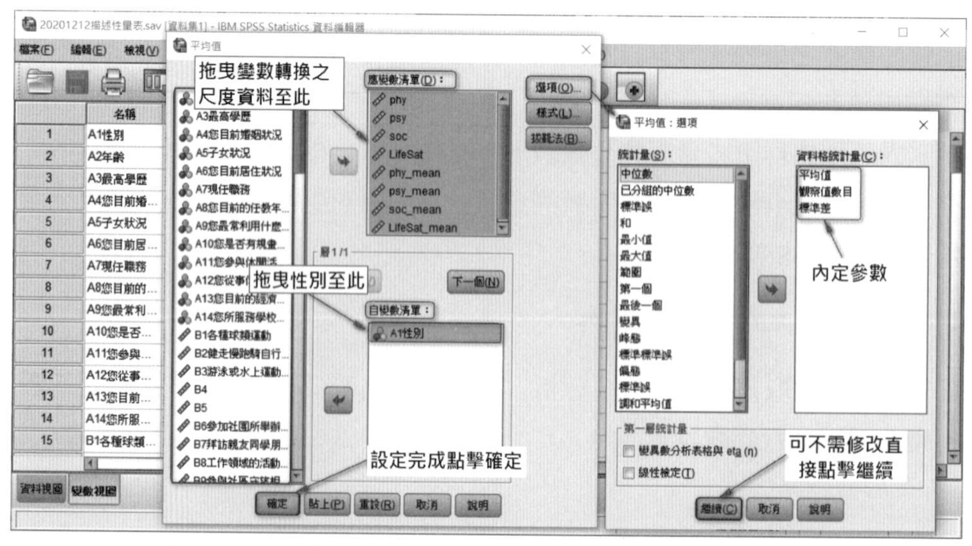

圖 4-10　族群分布量表「平均數」的參數設定擷取畫面

3. 族群分布量表報表

點擊「確定」後產生的報表，可以 WORD 匯出後，在學位論文中加以修改編輯使用，如表 4-7，表中前四欄為「平均數」，後四欄則為「題項平均」。

表 4-7　SPSS 性別族群分布量表分數

報表									
A1 性別		phy	psy	soc	LifeSat	phy_mean	psy_mean	soc_mean	LifeSat_mean
男	平均數	12.30	19.90	11.85	44.05	4.10	3.98	3.95	4.00
	個數	20	20	20	20	20	20	20	20
	標準差	2.029	2.404	1.663	4.883	.676	.481	.554	.444
女	平均數	10.25	17.90	11.26	39.42	3.42	3.58	3.75	3.58
	個數	204	204	204	204	204	204	204	204
	標準差	2.229	3.108	1.742	5.807	.743	.622	.581	.528
總和	平均數	10.44	18.08	11.32	39.83	3.48	3.62	3.77	3.62
	個數	224	224	224	224	224	224	224	224
	標準差	2.284	3.100	1.739	5.872	.761	.620	.580	.534

4. 多層族群量表分數的操作

以上例子是在分析不同「性別」族群下的量表及分量表的分數表現，若想再查看「性別」的下一層「最高學歷」下的量表及分量表的得分情形，則可在以上第 2 步驟的「平均值」視窗，按「下一個」，把「A3 最高學歷」拖曳到「自變數清單」框格內，再點擊「確定」即可，如圖 4-11 所示。為使報表的結果不致太過龐大複雜，因此「應變數清單」框格內只放入四個「題項平均」的變數，其他四個「平均數」的變數則去除不加入分析，如下擷取畫面，「應變數清單」框格內只有「題項平均」的 phy_mean（生理健康）、psy_mean（心理健康）、soc_mean（社會互動）、LifeSat_mean（生活滿意度）等四個變數。

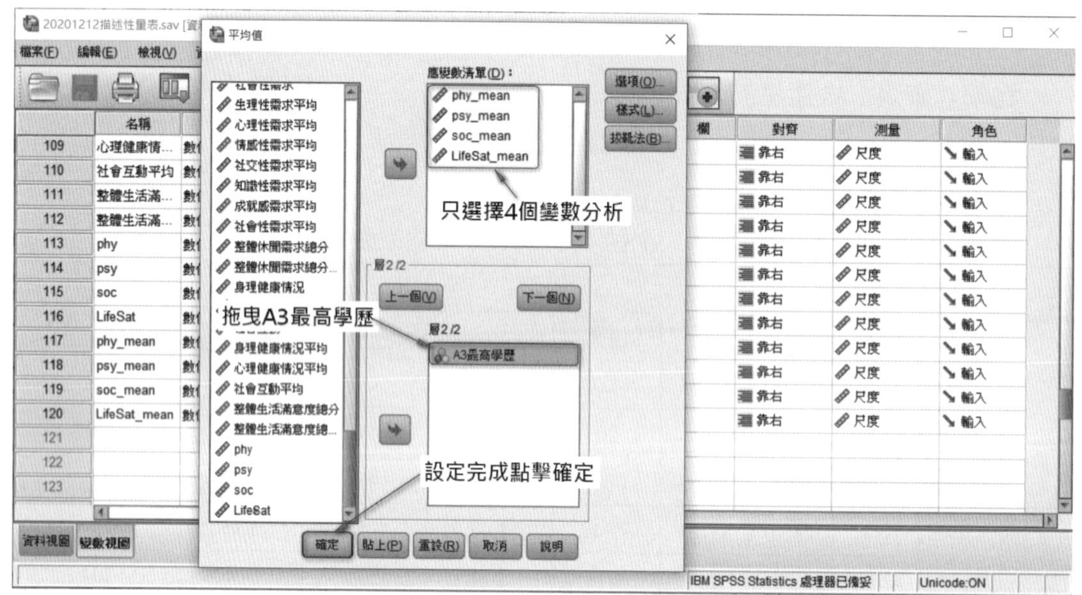

圖 4-11　多層族群量表「平均數」的參數設定擷取畫面

5. 多層族群量表報表

點擊「確定」後產生的報表，可以 WORD 匯出後，在學位論文中編輯修改，如表 4-8。從表中的題項平均數據來看，個數的分布不斷被細分而稀釋的數值都很快的遞減，其中男生個數在抽樣中本來就很少，不斷細分到下一層去分析觀察，人數減少剩下 8 人，因此讀者在調查分析多層下的分數分布時，須查看是否「有必要」研究探討，而且各族群相關人口變數要有足夠的樣本數，最好都能符合 30 個以上大樣本的理想情況，才能額外進行推論統計。

表 4-8　SPSS 性別下之最高學歷族群分布量表分數

A1 性別	A3 最高學歷		phy_mean	psy_mean	soc_mean	LifeSat_mean
男	大學（含專科）	平均數	3.96	3.68	3.88	3.81
		個數	8	8	8	8
		標準差	.677	.320	.641	.477
	碩士以上	平均數	4.19	4.18	4.00	4.14
		個數	12	12	12	12
		標準差	.688	.471	.512	.385

A1 性別	A3 最高學歷		phy_mean	psy_mean	soc_mean	LifeSat_mean
	總和	平均數	4.10	3.98	3.95	4.00
		個數	20	20	20	20
		標準差	.676	.481	.554	.444
女	大學（含專科）	平均數	3.33	3.48	3.69	3.50
		個數	142	142	142	142
		標準差	.766	.612	.577	.522
	碩士以上	平均數	3.62	3.81	3.91	3.78
		個數	62	62	62	62
		標準差	.649	.587	.564	.489
	總和	平均數	3.42	3.58	3.75	3.58
		個數	204	204	204	204
		標準差	.743	.622	.581	.528
總和	大學（含專科）	平均數	3.36	3.49	3.70	3.51
		個數	150	150	150	150
		標準差	.772	.601	.580	.523
	碩士以上	平均數	3.72	3.87	3.92	3.84
		個數	74	74	74	74
		標準差	.684	.584	.553	.489
	總和	平均數	3.48	3.62	3.77	3.62
		個數	224	224	224	224
		標準差	.761	.620	.580	.534

6. 各族群量表統計分析撰寫範例

論文中的撰寫要能清楚表達以上族群在量表或分量表的分數表現情形，讀者可以想想看：「若沒有使用表格來呈現，要如何怎麼把成果呈現出來？」也許會想到用繪圖的方式？但似乎太複雜了，也不需花費太多時間在如何選擇用圖的心思上，其實在統計軟體報表的呈現，基本上就是用表格，我們可以做的就是把 SPSS 上的表格重新改版爲適合論文言簡意賅，清楚明白的呈現表格內容就可以。

本單元只簡單介紹前述第 3 步驟完成的不同男、女性別族群在生活滿意度量表，以及三個分量表即生理健康、心理健康及社會互動等分數表現的情形，我們只要將使用 SPSS 的報表，填入適當之表格內即可，表中呈現有原始統計之「平均數」，以及經過調整轉換之「題項平均」資料，以便瀏覽者可以很清楚明顯的看出分數表現正反傾向，以下之族群分布量表範例分析結果，與在表 4-5「生活滿意度量表」的整體問卷調查之敘述上已經有所不同了，讀者可以試著比較看看其區別。

論文撰寫範例 1——敘述統計分析（族群分布量表分數）

「生活滿意度量表」共分為生理健康、心理健康及社會互動等三部分，針對臺南市公立幼兒園教師於生活滿意度及此三「因素構面」的現況進行分析說明。量表乃採用 Likert 五點尺度量表，依序給予由非常同意 5 分到非常不同意 1 分不等，所獲得的分數愈高，表示對該項表現愈認同；反之，所獲得的分數愈低，則表示對該項表現愈不認同。

本研究除在表 4-5 顯示整體研究對象的「生活滿意度量表」及其分量表做出得分感受的描述，另從男、女教師不同的觀察面來重新檢視以上「生活滿意度量表」及其分量表的得分感受。由表 4-9 得知生活滿意度量表及其「因素構面」之生理健康、心理健康及社會互動的「題項平均」分數發現，男性教師都顯示「感受良好」，而女性教師「題項平均」分數皆小於 4.0，顯示臺南市公立幼兒園女性教師在「生活滿意度」

表 4-9　幼兒園教師在性別上之生活滿意度量表及因素構面敘述統計

性別 表現	生理健康			心理健康			社會互動			生活滿意度		
	平均數	標準差	題項平均	平均數	標準差	題項平均	平均數	標準差	題項平均	平均數	標準差	題項平均
男 （M = 20）	12.30	2.029	4.10	19.90	2.404	3.98	11.85	1.663	3.95	44.05	4.883	4.00
表現程度	感受良好			感受良好			感受良好			感受良好		
女 （F = 204）	10.25	2.229	3.42	17.90	3.108	3.58	11.26	1.742	3.75	39.42	5.807	3.58
表現程度	感受尚好			感受尚好			感受尚好			感受尚好		

資料來源：參考自葉美華（2020）。臺南市公立幼兒園教師休閒參與、休閒需求與生活滿意度之研究（未出版之碩士論文）（頁 46），康寧大學，臺南市。

及其「生理健康」、「心理健康」和「社會互動」的構面感受皆只有「感受尚好」，而男性教師整個生活滿意度及其「生理健康」、「心理健康」和「社會互動」的「因素構面」調查結果則顯示「感受良好」（若題項平均數只取小數點第一位，則分數皆已達到 4.0），因此從族群的男、女性教師來看「生活滿意度量表」上，在個別感受程度的描述敘述與在表 4-5 的整個調查對象描述敘述的確有所不同。

7. 選取觀察值的敘述統計

只需針對部分觀察值資料來進行分析探討研究，例如某項調查研究，需要選擇人口背景性別來做研究，以上例來說，男性在整個研究人數很少，研究的焦點想放在女性身上，去探討女性在某量表的各種表現，則可使用 SPSS 的「資料」下的「選取觀察值」來做部分族群的篩選，再進行各種敘述統計分析與相關的推論統計的檢定。

在 SPSS 功能表中按下「資料」→按選「選取觀察值」，如圖 4-12。

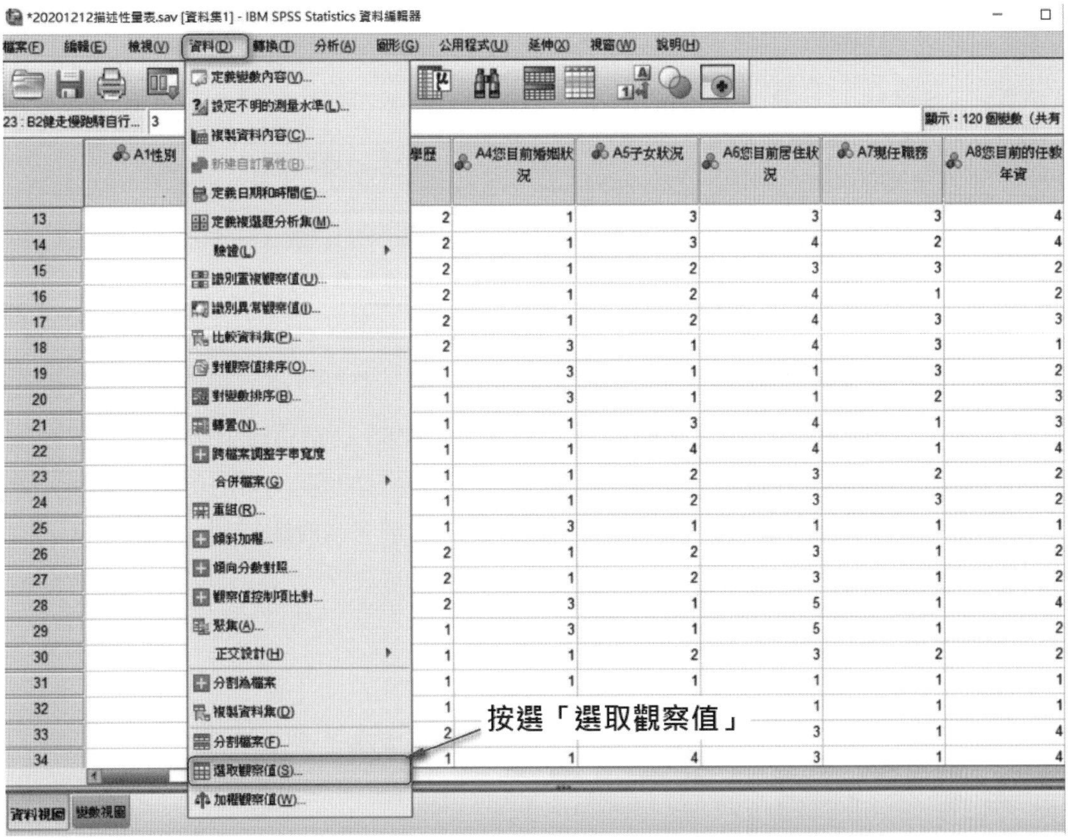

圖 4-12　SPSS 功能表選單之選取觀察值的操作畫面

圖 4-13 顯示在「選取」框內點選「如果滿足條件」，點擊「如果」按鈕，出現另一視窗，選擇「A1 性別」拖曳到右邊空白框格，並鍵入「女性」在 SPSS 的代號數字「2」，並在前面加上等號「=2」，即「A1 性別 =2」，使得後續 SPSS 進行任何統計分析，只會選擇填答「女性」的問卷來分析，填答「男性」的問卷則全部不予理會。以上設定結束，此時點擊「繼續」，回到原「選取觀察值」主視窗。

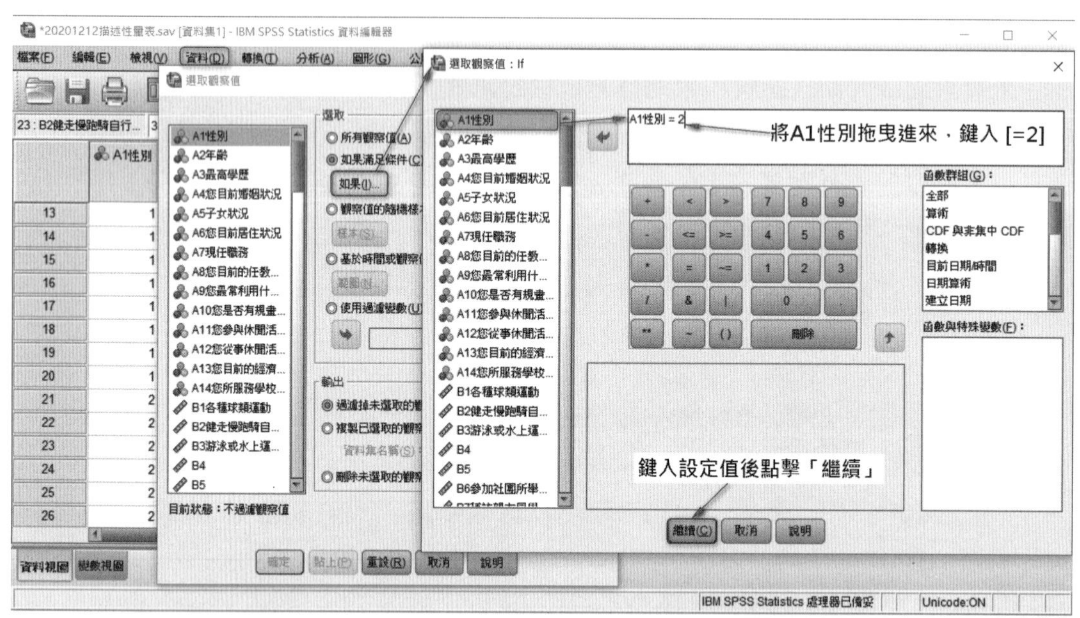

圖 4-13　選取觀察值設定篩選欲分析的族群操作畫面

在「選取觀察值」主視窗點擊「確定」後，點擊「資料視圖」按鈕，視窗畫面已經清楚看到性別資料是 1 處之編號都畫上 / 斜線。SPSS 在進行統計分析時，會視編號「/」處為已經刪除的資料，跳離這些資料不予理會，如圖 4-14 所顯示之畫面。若要恢復原來全部資料都可再分析，按下「資料」→按選「選取觀察值」，點選「所有觀察值」即可恢復。

*20201212描述性量表.sav [資料集1] - IBM SPSS Statistics 資料編輯器

檔案(F) 編輯(E) 檢視(V) 資料(D) 轉換(T) 分析(A) 圖形(G) 公用程式(U) 延伸(X) 視窗(W) 說明(H)

189 : B3游泳或水上運... 2　　顯示：121 個變數（共有 121 個）

斜線資料略去不再進入統計分析

1為男性代號

	A1性別	A2年齡	A3最高學歷	A4您目前婚姻狀況	A5子女狀況	A6您目前居住狀況	A7現任職務	A8您目前的任教年資	A9您最常利用什麼時間來安排休閒活動
181	1	3	2	1	2	3	3	4	5
182	1	2	2	1	3	3	3	4	3
183	1	3	2	1	3	4	2	4	4
184	1	[illegible]	[illegible]	1	2	3	3	2	3
185	1	2	2	1	2	4	1	2	3
186	1	2	2	1	2	4	3	3	3
187	2	2	2	1	2	3	1	2	3
188	2	2	2	1	2	3	1	2	3
189	2	3	2	1	3	3	1	4	3
190	2	3	2	1	5	3	2	4	5
191	2	2	2	1	2	3	2	2	5
192	2	3	2	1	2	3	3	4	5

資料視圖　變數視圖

IBM SPSS Statistics 處理器已備妥　Unicode:ON　過濾於

圖 4-14　選取觀察值設定完成在資料視圖性別欄位之篩選畫面

寫作技巧 SOP 提示——敘述統計分析

「敘述統計分析」主要使用在有加總分數的統計計算，包含「量表」、「分量表」或「測驗表」等。
「量表」或「分量表」的分數呈現，最好使用標準化的「題項平均」加以闡述說明，以方便讀者清楚認知「量表」的分數表現。
若想查看「人口背景變項」的各族群在量表上之表現，則可以使用 SPSS 功能表中「分析」的「比較平均數」下，按選「平均數」進行族群分布下之各種量表分數的分析比較。
若只須針對部分觀察值資料來進行分析探討研究，可在 SPSS 功能表中「資料」下，按選「選取觀察值」進行設定後，即可依使用者需要選取所需觀察值進行統計分析操作。
補充心得註記 ⇨

三、複選題分析

若在問卷設計的人口背景調查中，有複選題的填答，允許填答者勾選一個以上的選項，這樣在後續的推論統計分析時，就沒辦法清楚地分出不同族群，它不像單選題，可以把所有調查的對象清楚地分成兩個或兩個以上的族群去分析或檢定，例如，性別的選項只有「男性」與「女性」，因此就可以清楚明確地把所有調查對象分成兩個群族去分析。但在分析複選題就僅能做「次數分配」與「交叉分析」的「敘述統計」而已，而無法進行像「t 檢定」、「變異數分析」或「卡方檢定」等「推論統計」。

複選題在 SPSS 操作處理上，需要事先定義複選題資料是由哪幾個選項變數組合而成，才可以進行複選題的「次數分配」與「交叉分析」。本節將以第參章之二 (二)「建立電腦問卷資料」的第 6 點「問卷複選題之名稱變數建立」的例子，來說明複選題分析的操作，讀者可自行到五南圖書官網下載 SPSS 檔案操作練習。

填答者有關災害的知識或訊息來源，共有以下 7 個可複選的選項

□電視　□廣播　□電腦網路　□家人或親戚朋友　□報紙雜誌

□相關書籍　□研習活動

在電腦上「變數視圖」分別給予如下之英文名稱

TV、Broadcast、Network、friends、Newspapers、books、activities

在 SPSS 的變數資料檔中，已經建立以上 7 個複選的題項設計，在以下「資料視圖」視窗擷取畫面顯示，每個選項只要有勾選就鍵入「1」，沒有勾選就鍵入「0」，如圖 4-15 所顯示之畫面。

建立輸入20201227.sav [資料集2] - IBM SPSS Statistics 資料編輯器

複選題的7個勾選選項

	TV	Broadcast	Network	friends	Newspapers	books	activities	Emotional1	Emotional2	Emotional3	Emotional4
1	1	0	1	0	0	0	1	4	4	4	4
2	1	0	1	0	1	0	0	5	5	3	5
3	1	1	0	0	1	0	1	4	4	3	3
4	1	1	1	1	1	1	1				5
5	1	1	1	0	0	1	1				4
6	1	0	1	0	0	0	1				4
7	1	0	0	0	1	0	1				4
8	0	0	1	0	1	0	0	4	4	4	4
9	1	0	0	0	0	0	1	5	5	4	5
10	1	1	1	0	1	0	0	5	5	5	5
11	1	1	1	0	0	0	1	4	4	4	4
12	1	0	0	0	0	0	1	4	5	4	4
13	0	0	0	0	0	0	1	4	4	4	5

問卷調查中只要有勾選就鍵入「1」，沒有勾選就鍵入「0」

圖 4-15　在資料視圖中複選題所鍵入資料之畫面

複選題為一般問卷調查中極常使用的方法，當鍵入完成以上所建立的資料檔案，便可以進行複選題之分析，以下 SPSS 操作將為讀者詳細說明。

(一) 定義變數集

在 SPSS 功能表上按下「分析」，接著按選「複選題」後，再按選「定義變數集」，進行已鍵入資料之分析處理，如圖 4-16 所顯示之畫面。

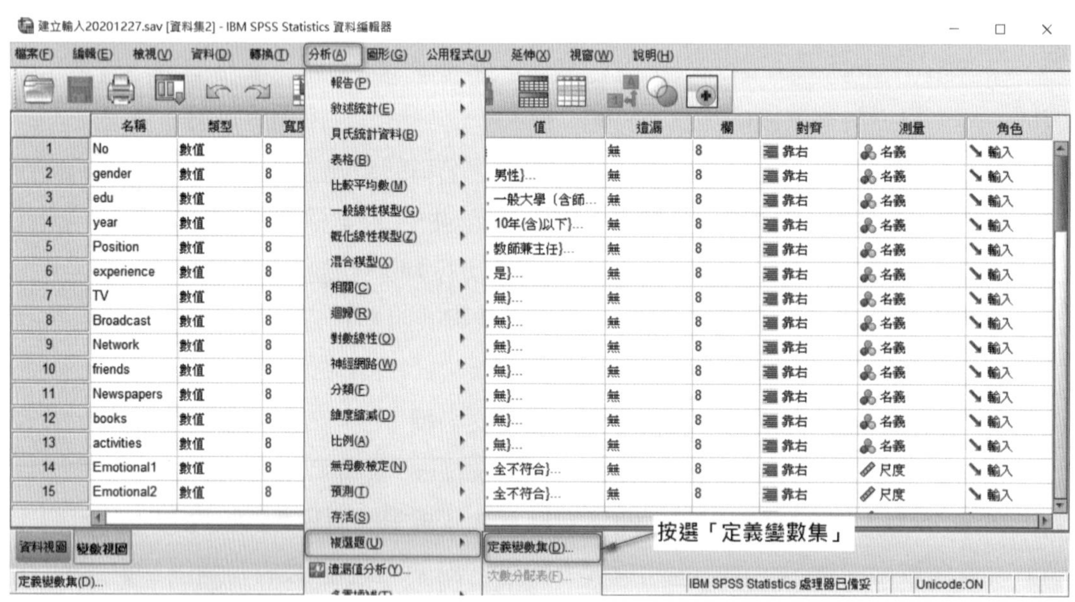

圖 4-16　SPSS 功能表選單之複選題定義變數集操作畫面

(二) 建立「複選題分析集」變數

將以上複選題 7 個選項拖曳到「集內的變數」的框格內，在「變數編碼為」框線內點選「二分法」，在「計數值」框內填入「1」，此值即代表問卷填答者有勾選的數值代碼。同時在下方「名稱」框格處，自行決定鍵入變數名稱「訊息來源複選題分析」，點擊「新增」產生「$ 訊息來源複選題分析」變數，接著按下「關閉」，即完成「複選題分析集」變數的建立，如圖 4-17 所顯示之畫面。

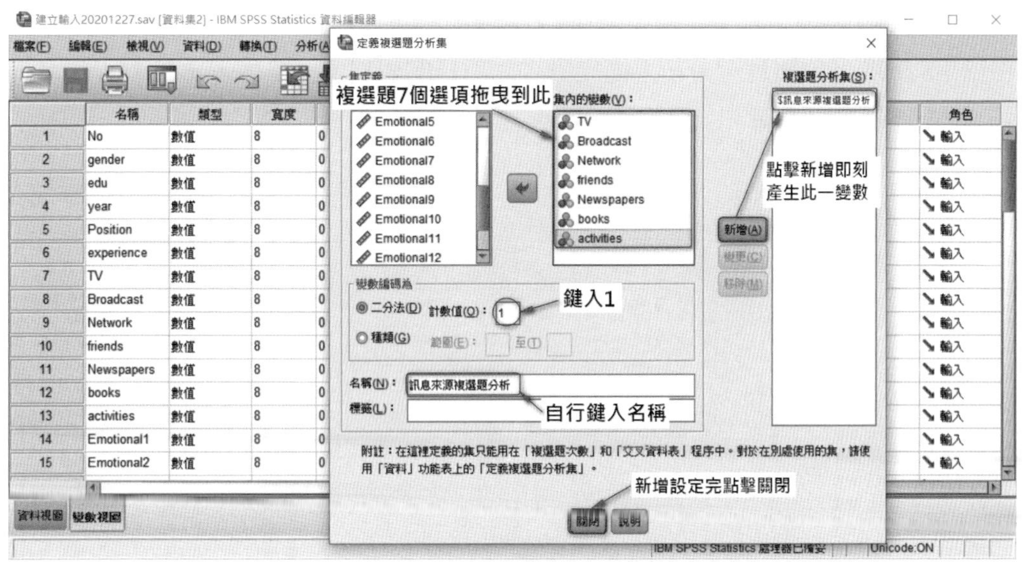

圖 4-17　複選題定義變數集之參數設定操作畫面

(三) 執行「次數分配表」統計分析

在 SPSS 功能表按下「分析」→按選「複選題」→按選「次數分配表」，功能表有兩個分析功能，一是「次數分配表」、另一是「交叉表」，在此處先介紹「次數分配表」，如圖 4-18 所顯示之畫面。

圖 4-18　複選題「次數分配表」之操作畫面

以上按選「次數分配表」後，出現「複選題次數」的視窗，把「複選題分析集」框格內「$ 訊息來源複選題分析」拖曳到「此項目的表格」框格內，再點擊「確定」，如圖 4-19 所顯示之畫面。

圖 4-19　複選題「次數分配表」之參數設定操作畫面

如圖 4-20 產生的報表中，「觀察值百分比」爲全部填答者勾選數占全部填答者的比例，因此分母是「填答者人數」，亦即 389；而「回應」的「百分比」，爲全

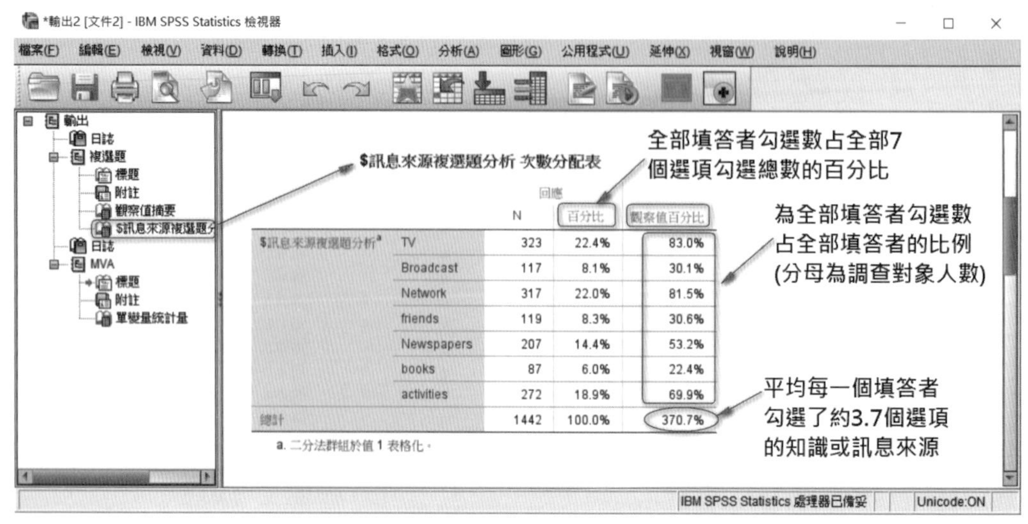

		回應 N	回應 百分比	觀察值百分比
$訊息來源複選題分析[a]	TV	323	22.4%	83.0%
	Broadcast	117	8.1%	30.1%
	Network	317	22.0%	81.5%
	friends	119	8.3%	30.6%
	Newspapers	207	14.4%	53.2%
	books	87	6.0%	22.4%
	activities	272	18.9%	69.9%
總計		1442	100.0%	370.7%

a. 二分法群組於值 1 表格化。

圖 4-20　複選題「次數分配表」分析報表畫面

部填答者勾選數占全部 7 個選項勾選總數的百分比，因此分母是「7 個選項勾選總數」，亦即 1,442。另外表右下方「觀察值百分比」之總和 370.7%，則表示平均每一個填答者勾選了約 3.7 個選項的知識或訊息來源。

(四) 複選題分析「次數分配表」撰寫範例

以上問卷調查有關防災知識來源「電視」、「電腦網路」、「研習」、「報紙雜誌」、「家人朋友」、「廣播」、「書籍」等七項之複選題分析，可以將報表顯示之結果，修改爲較符合學位論文方便閱讀之表格。如以下本書設計之撰寫範例。

論文撰寫範例 1——複選題分析（次數分配表）

防災知識來源比例，從表 4-10 的反應值的「次數」可知，在本次調查填答防災知識來源的填答數共計 389 人，最高至最低依序爲「電視」有 323 人填答占 83.0%、「電腦網路」有 317 人填答占 81.5%、「研習」有 272 人填答占 69.9%、「報紙雜誌」有 207 人填答占 53.2%、「家人朋友」有 119 人填答占 30.6%、「廣播」有 117 人填答占 30.1%，以及「書籍」有 87 人填答占 22.4%。在「觀察值」下方加總數爲 370.7%，換算爲實數亦即 3.7，則顯示本研究每一位問卷填答者平均約填答 3-4 項的種類來源。

表 4-10　防災知識來源複選題次數分析表（N = 389）

	種類來源	反應值		觀察值
		次數	百分比 %	百分比 %
防災知識來源	電視 TV	323	22.4%	83.0%
	廣播 Broadcast	117	8.1%	30.1%
	電腦網路 Network	317	22.0%	81.5%
	家人朋友 friends	119	8.3%	30.6%
	報紙雜誌 Newspapers	207	14.4%	53.2%
	書籍 books	87	6.0%	22.4%
	研習 activities	272	18.9%	69.9%
總數		1,442	100.0%	370.7%

(五) 執行交叉表統計分析

在 SPSS 功能表上繼續按下「分析」→按選「複選題」→按選「交叉資料表」，如圖 4-21 所示。

圖 4-21　SPSS 功能表選單之複選題「交叉資料表」之操作畫面

按選「交叉資料表」後，出現一「複選題交叉資料表」視窗，把「$ 訊息來源複選題分析」拖曳到「列」，其他欲分析的「人口背景變項」一或多個拖曳到「欄」的框格。本例欲分析「性別」及「年資」在 7 個訊息來源的分布情形，則將「gender」及「year」拖曳到「欄」的框格內，並定義在 SPSS 中鍵入的代碼數值大小，「性別」代碼分別爲 1 →男性、2 →女性，因此最小值處鍵入「1」、最大值處鍵入「2」，點擊「繼續」。另外做「年資」的定義，因「年資」其鍵入代碼分別爲 1 →「10 年以下」、2 →「11-20 年」及 3 →「21 年以上」，因此最小值處鍵入「1」、最大值處鍵入「3」後，點擊「繼續」，如圖 4-22 所顯示之畫面。

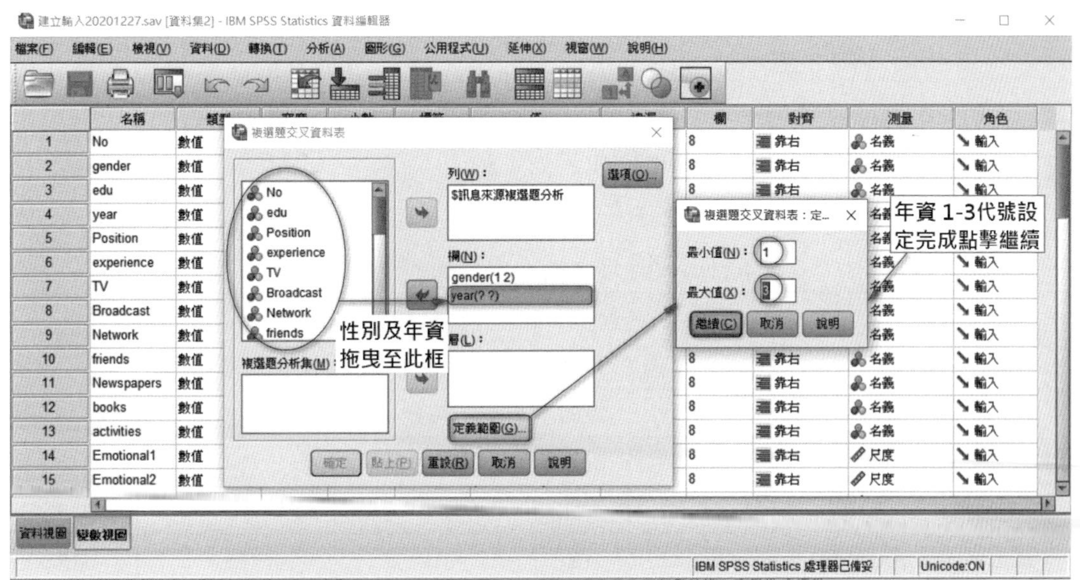

圖 4-22　複選題「交叉資料表」之參數設定操作畫面

年資點擊「繼續」後，回到原來之主視窗。另外點擊「選項」，可依需要勾選，但一般不須調整，點擊「繼續」。若「定義範圍」的工作確定完成，最後點擊「確定」，如圖 4-23 所顯示之畫面。

圖 4-23 複選題「交叉資料表」完成參數設定之畫面

點擊「確定」後，產生分析報表，以下爲匯出下載之表 4-11 爲「性別」與「$ 訊息來源複選題分析」的交叉列表，男、女性填答者勾選最高的訊息來源都爲「電視」，分別爲 104 人及 219 人，其次是「電腦網路」，分別爲 103 人及 214 人。表中最下列的總數，爲參與填答者的男性與女性人數。

表 4-11 複選題訊息來源與性別交叉列表

			gender		總數
			男性	女性	
$ 訊息來源複選題分析[a]	TV	計數	104	219	323
	Broadcast	計數	33	84	117
	Network	計數	103	214	317
	friends	計數	31	88	119
	Newspapers	計數	62	145	207
	books	計數	29	58	87
	activities	計數	90	182	272
總計		計數	127	262	389

註：a. 二分法群組於值 1 表格化。

以下則爲匯出之表 4-12 爲「年資」與「$ 訊息來源複選題分析」的交叉列表，表中顯示「10 年以下」填答者勾選最高的訊息來源爲「電腦網路」有 48 人，其次是「電視」有 46 人；而「11-20 年」及「21 年以上」填答者勾選最高的訊息來源都是「電視」，分別爲 168 人及 109 人，其次才是「電腦網路」。最下一列的總數，爲參與填答者三種不同年資「10 年以下」、「11-20 年」及「21 年以上」的個別人數。

表 4-12 複選題訊息來源與年資交叉列表

			year			總數
			10 年以下	11-20 年	21 年以上	
$ 訊息來源複選題分析[a]	TV	計數	46	168	109	323
	Broadcast	計數	14	60	43	117
	Network	計數	48	161	108	317
	friends	計數	22	61	36	119

			year			總數
			10 年以下	11-20 年	21 年以上	
	Newspapers	計數	25	105	77	207
	books	計數	5	42	40	87
	activities	計數	40	130	102	272
總數		計數	60	203	126	389

註：a. 二分法群組於值 1 表格化。

(六) 複選題分析「交叉列表」撰寫範例

本單元分別說明如何在複選題分析作交叉列表，包括防災資訊來源與性別交叉列表，以及防災資訊來源與年資交叉列表，以下僅就防災資訊來源與年資交叉列表在學術論文中之撰寫範例說明解析如下。

論文撰寫範例 2——複選題分析（交叉列表）

防災知識來源比例，從表 4-13 中不同年資的「次數」分配可知，「10 年以下」填答者勾選最高的訊息來源爲「電腦網路」有 48 人，其次是「電視」有 46 人；而「11-20 年」及「21 年以上」填答者勾選最高的訊息來源都是「電視」，分別爲 168 人及 109 人，其次才是「電腦網路」。以下將三種不同年資在防災資訊來源的勾選，從高至低依序顯示如下。另又發現「21 年以上」年資的填答者，在「報紙雜誌」後的勾選順序則稍有不同。

「10 年以下」：電腦網路→電視→研習→報紙雜誌→家人朋友→廣播→書籍

「11-20 年」：電視→電腦網路→研習→報紙雜誌→家人朋友→廣播→書籍

「21 年以上」：電視→電腦網路→研習→報紙雜誌→廣播→書籍→家人朋友

而最下列的總數，爲參與填答者三種不同年資「10 年以下」、「11-20年」及「21 年以上」的個別人數。

表 4-13　防災資訊來源與年資交叉列表

	來源種類	次數			總數
		10 年以下	11-20 年	21 年以上	
防災知識來源	電視	46	168	109	323
	廣播	14	60	43	117
	電腦網路	48	161	108	317
	家人朋友	22	61	36	119
	報紙雜誌	25	105	77	207
	書籍	5	42	40	87
	研習	40	130	102	272
總數		60	203	126	389

寫作技巧 SOP 提示——複選題分析

複選題次數分配表之「觀察值百分比」為全部填答者勾選數占全部填答者的比例，因此分母是「填答者人數」，其總和一般皆超過 100%，表示平均每一個填答者勾選的複選題選項數目，例如加總數為 350%，換算為實數等於 3.5，表示每一個填答者平均約勾選 3-4 個複選題選項數目。
SPSS 的複選題分析功能不僅有「次數分配表」的功能，另外還可做複選題「交叉資料分析」，可以使讀者在不同背景族群下，同時瀏覽其填答複選題選項之情況。
補充心得註記 ➪

第伍章

推論統計撰寫實務範例

調查研究法是最為人所熟知，也是被廣泛使用的社會科學研究工具，因為要調查的對象是「人」，而每一被調查的個人都有自己的觀點與自由意識，因此調查研究的研究工具、抽樣對象、抽樣方法及分析方法等，必須能讓人信服調查的結果。

調查研究法是一門已經發展極為純熟的科學技術，在管理學、經濟學、地理學、政治學、心理學及社會科學都占有重要的研究地位，調查研究法可藉由問卷調查、訪問調查或控制觀察方式來蒐集資料。它所涉及的分析方法有較主觀的質性方法，以及較客觀的量化方法的簡單區別。由於主觀「質性研究」方法無法推論到其他母體的限制，因此大都只能做較少樣本的個案研究。本書焦點主要放在「量化研究」的方法，一方面因為量化研究有一定的理論基礎，且與統計學的理論完美結合，研究結果有一定的表述方式，適合對母體進行推論與預測；在另一方面來說，學位論文的研究，有一定研究的程序和標準，只要照著這個程序完成，就可以順利取得學位。就如本書目的即是一步步地引導讀者完成論文的每一個步驟，最後完成學位論文的撰寫工作。

前面第肆章敘述統計的介紹內容，相信讀者應該在撰寫論文已經有了撰寫範例模式的清楚認識，本章將正式進入推論統計的範疇，也就是常聽到寫論文要做統計「檢定」的這個詞句。首先本章會讓讀者對於推論統計常用的統計學方面檢定的方法，做一個概括性的辨別與認識，使讀者能很快辨認自己研究議題所應該使用的檢定方法，這是相當重要的一步！很多研究生，即使查看了很多博碩士論文，照著上面的分析與論述去模擬套用在自己的論文中，但還是不清楚為什麼要用這種檢定。

以下將首先介紹「推論檢定使用時機及方法」，也會對使用的SPSS統計操作，清楚明白的顯示完整操作說明的擷取畫面，跟著書本操作，讀者應該會體認統計分析的強大功能，原來也可以這麼容易上手。

一、推論檢定使用時機及方法

各種推論統計方法何其多，本書除了列舉常見重要的幾種檢定方法外，其他一些特定分析檢定方法，像是二元 logistic 及多項式 logistic 等也會提供給較特殊目的用途的學系、研究所的讀者，讀者可視需要使用。一般檢定族群差異的檢定，最常用的方法是兩群組差異性檢定的 t 檢定及多群組差異性檢定的 F 檢定。F 檢定其實就是變異數分析檢定，還有在檢定兩量表變數之間是否有正負相關的相關分析檢定。若進一步想預測兩量表間自變數與依變數的函數關係，亦即迴歸分析。迴歸分析會因研究主題及目的，可選用的方法極爲多元，例如二元 logistic 迴歸與線性迴歸的差別，僅在於依變數尺度的不同。當依變數的水準爲兩類的名義變數時，會採用二元 logistic 迴歸進行分析；當依變數爲連續尺度的變數時，則是使用線性迴歸；當依變數的水準爲三類以上的名義變數時，則採用多項式 logistic 迴歸。以下將分別介紹這些不同檢定方法的使用時機及詳細的 SPSS 操作方式。

(一) 各種檢定方法之使用時機

我們將以表格方式來比較分析各種檢定方法的不同，以方便讀者可以隨時查閱，表 5-1 顯示本書所介紹常用的檢定分析方法，讀者可視情況需要在撰寫論文時使用之。

表 5-1　各種檢定使用時機

統計方法	檢定目的	差異標的性質	使用時機
獨立樣本 t 檢定	兩個獨立樣本差異性	連續變數	檢定有兩個獨立群組的名義變數，在連續變數上的差異。 例如受試者的男、女（性別）在「滿意度量表」之差異性檢定。
相依樣本 t 檢定	兩個相依樣本差異性	連續變數	檢定兩個相依群組的名義變數，在連續變數上的差異。 例如受試者的前測、後測在「使用滿意度量表」之差異性檢定。
F 檢定（變異數分析）	三個獨立樣本以上差異性	連續變數	檢定三個群組（含）以上，在連續變數上的差異。 例如受試者的高中以下、大專院校、碩士以上（最高學歷）在「滿意度量表」之差異性檢定。
卡方檢定	關聯性	間斷變數	檢定兩個名義變數在交叉表中，比例分布的關聯性檢定。 例如受試者的性別與教育程度的關聯性檢定。
皮爾森相關分析	相關性	連續變數	檢定兩個連續變數之間的線性關係，兩變數之一也可為虛擬變數。 例如受試者的「身心健康量表」跟「生活滿意度量表」之間的相關性檢定。
線性迴歸分析	函數關係	連續變數	檢定兩個連續變數，一為自變數或虛擬變數；一為依變數，兩者間的影響函數關係。自變數只有一個為簡單線性迴歸；自變數有兩個以上則為多元線性迴歸。 1 簡單線性迴歸→例如受試者的「身心健康量表」對「生活滿意度量表」影響的函數關係檢定。 2 多元線性迴歸→例如受試者的「身心健康量表」及「休閒參與量表」對「生活滿意度量表」影響的函數關係檢定。

統計方法	檢定目的	差異標的性質	使用時機
二元 logistic 迴歸	函數關係	間斷資料	混合資料，多個自變數有大小順序勾選的名義變數、虛擬變數或連續變數；另一依變數為僅有兩個選項的名義變數，兩者間的影響函數關係的檢定。 例如受試者的 (1) 重量訓練年數 1 年以下、2-3 年、3-5 年、5 年以上，以及 (2) 運動前有、無暖身→對運動有傷害、無傷害影響的函數關係檢定。
多項式 logistic 迴歸	函數關係	間斷資料	混合資料，多個自變數有大小順序勾選的名義變數、虛擬變數或連續變數；另一依變數為有三個以上選項的名義變數，兩者間的影響函數關係的檢定。 例如受試者的 (1) 重量訓練年數 1 年以下、2-3 年、3-5 年、5 年以上，以及 (2) 受試者每次運動時間 1 小時以內、2-3 小時、3 小時以上→對運動的傷害影響是無傷害、輕度傷害、中度傷害、重度傷害的函數關係檢定。

在以上各種分析檢定方法，最右欄位顯示其「使用時機」，以最簡單通俗的例子，使讀者可以很快連結到自己研究的議題上去選定適當的檢定方法。只要一步步跟著本書在下一節 SPSS 上詳細的操作步驟，讀者可以很快就上手。表 5-1 中「差異標的性質」指的是要進行「檢定目的」的主要統計分析的變數目標。爲使讀者明確使用本表，以下對於表中變數簡略說明如下：

1. 連續變數（continuous variables）：其數值均爲一連續不斷的數列上的一點，也就是一般有小數點的有效數字，如溫度、氣壓、身高、體重等都是連續變數。
2. 間斷變數（discrete variables）：間斷變項的一個值係代表一個點，其數值均爲整數，而不是一段距離。例如每家的孩子數、骰子的點數、選舉的票數、班級人數等均屬之，因爲班級人數只能有整數，而不能像有 15.22 或 30.7 人的小數在裡面。
3. 獨立樣本（independent-sample）：是指受測者被隨機地分爲兩群，且來自不同的兩群人，其中一群指定處理 1，而另一群指定處理 2，兩個處理彼此不造成對方任何的影響，稱之爲獨立樣本。例如從臺北及臺南監獄，各隨機抽出 100 人，來調查其適應監獄生活之情形，這兩群人彼此沒有任何關係與影響，就是獨立樣本。
4. 相依樣本（paired-samples）：一般常說的「成對樣本」或「配對樣本」的研

究，指受測者乃以成對抽取，因而每對中的各元素性質相近，而不同對的資料間性質不同；或是進行前、後測實驗的研究，兩組受測者分數來自同一群人，經過某些處理後，其前測與後測數據的比較。例如某研究者利用 30 名兒童來接受創造力訓練課程，在接受訓練課程以前，先做創造力測驗「前測」，接著在接受訓練課程以後接受「後測」成績的檢定，這時就可以使用相依的 t 檢定來驗證。

5. 名義變數（nominal variables）：數值的大小只能辨識種類的差異，沒有高低之分，例如性別或職業等，有時亦可稱爲類別變數（categorical variables）。
6. 次序變數（ordinal variables）：依照個體的某一項特質或分數排序，不同的數值有次序之分，但無法描述數值間的差異量，例如名次、百分等級或中位數等。
7. 虛擬變數（dummy variables）：在很多的情況下我們欲把間斷變數當成連續變數來使用，須經過一個虛擬變數的轉換。例如在迴歸方程式中，我們假設所有的變數皆爲連續變數。如果遇到間斷變數，我們可以用虛擬變數來進行分析。虛擬變數通常爲類別變數（categorical variables），以（0,1）來區別類別。

寫作技巧 SOP 提示──各種檢定使用時機

各種推論統計方法何其多，若純粹以問卷調查來進行研究，一本學位論文常用的方法，可以依序去思考是否會使用以下的檢定方法在論文內：t 檢定、單因子變異數分析、卡方檢定、相關分析、線性迴歸分析、logistic 迴歸等。
獨立樣本 t 檢定在檢定有兩個獨立群組的名義變數在連續變數上的差異→針對人口背景變項只有兩個選項的檢定，如性別、有無參加過某些活動在休閒活動參與的檢定；或是比較兩群條件相似的實驗組及控制組進行完新藥品後，兩組藥品療效之檢定。
相依樣本 t 檢定在檢定兩個相依群組的名義變數在連續變數上的差異→針對同一群人有前測及後測的檢定，如一群人經過某種設計練習過程去檢查其練習前及練習後的檢定；或兩群某特性條件標準一樣去比較某量表差異的檢定，如兩群不同學系的學生，以其在大學入學考試的等級不同，從高至低不同等級學生各挑選出同樣等級的兩個系的學生代表，以了解其對系的認同度的檢定。
F 檢定，即單因子變異數分析在檢定三個群組（含）以上在連續變數上的差異→針對人口背景變項有三個選項以上的檢定，如職業或教育程度在休閒活動參與的檢定。
卡方檢定在檢定兩個名義變數在交叉表中比例分布的關聯性檢定→針對兩個人口背景變項在進行交叉分析時的檢定，如經濟狀況與教育程度間的檢定。 若多個人口背景變項在某特定量表有顯著差異，則這些多個人口背景變項彼此間就可做卡方檢定。
皮爾森相關分析在檢定兩個連續變數之間的線性關係，兩變數之一也可為虛擬變數→針對兩個量表或分量表檢驗兩者是否有線性關係的檢定，如幸福感與休閒活動參與兩個量表間的檢定。
線性迴歸分析在檢定兩個連續變數，一為自變數或虛擬變數；一為依變數，兩者間的影響函數關係。自變數只有一個為簡單線性迴歸；自變數有兩個以上則為多元線性迴歸→針對兩個量表或兩個量表以上，依變數只有一個，自變數可以有一個以上，如身心健康量表及休閒參與量表對生活滿意度量表影響的函數關係檢定。
二元 logistic 迴歸在檢定自變數為連續變數；依變數則僅有兩個選項的名義變數，兩者間的影響函數關係的檢定，如訓練選手重量訓練年數→對運動「有傷害」或「無傷害」的檢定。
多項式 logistic 迴歸在檢定自變數為連續變數；依變數則僅有三個選項以上的名義變數，兩者間的影響函數關係的檢定，如受試者每次運動時間 1 小時以內、2-3 小時、3 小時以上→對運動的傷害影響是「無傷害」、「輕度傷害」、「中度傷害」、「重度傷害」的檢定。
補充心得註記 ➪

(二) 各種檢定方法之SPSS操作

博碩士論文在調查研究法中，最常使用的推論統計檢定方法，以下將分別一一介紹在 SPSS 上的操作與參數設定，讀者可依自己論文統計分析進度需要，隨時可在本章節查閱參考。

1. 獨立樣本 t 檢定

問卷調查開始的人口背景資料填答，其中第一個問項很多都是「性別」開始的，它只有男性與女性兩個選項，且相當多探討兩性在各種「研究變數」，如量表上的差異性，都需要使用推論統計的方法來驗證，t 檢定就是這其中最常被使用的檢定方法。另外人口背景調查，常有經驗、歷程的類別問項，如「是否有參加淨灘活動」、「是否運動對高血壓有幫助」，以及有實驗組（treatment group）及對照組（control group）的兩群組實驗效果之檢定。當然只要爲人口背景的名義變數，且僅有兩個選項的填答問項，都可以使用 t 檢定來解答這些問題。以下將以 2014 企業創新國際研討會胡子陵、黃顯智、洪守彤與吳伊童（2014）所發表之「低碳生活實踐對銀髮族自覺健康狀況之影響」，解析獨立樣本 t 檢定 SPSS 操作。在該論文第二部分「研究方法」的研究架構如圖 5-1，顯示人口背景變項的「社會活動參與」選項內容與自覺健康狀況的檢定方法之簡單關係走向。

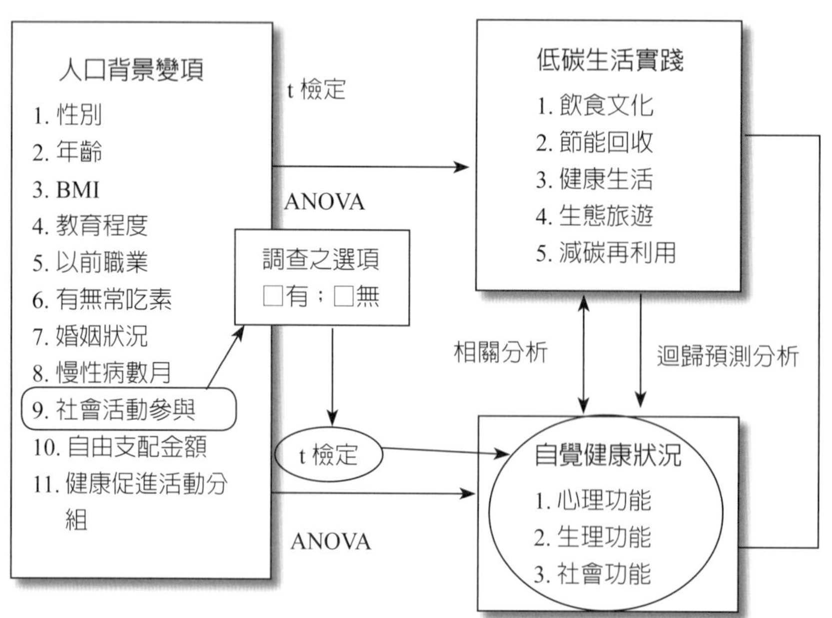

圖 5-1　解析「低碳生活實踐對銀髮族自覺健康狀況之影響」研究架構圖畫面

該研究欲了解受試者背景變項「社會活動參與」是否對「自覺健康量表」及其「因素構面」有顯著之不同，而「自覺健康量表」的「因素構面」共有三個，即「心理功能」、「生理功能」及「社會功能」三個分量表，以下將在 SPSS 上說明獨立樣本 t 檢定的詳細操作步驟。

(1) 按下「分析」→按選「比較平均數」→按選「獨立樣本 T 檢定」

如圖 5-2 所示，按選「獨立樣本 T 檢定」。

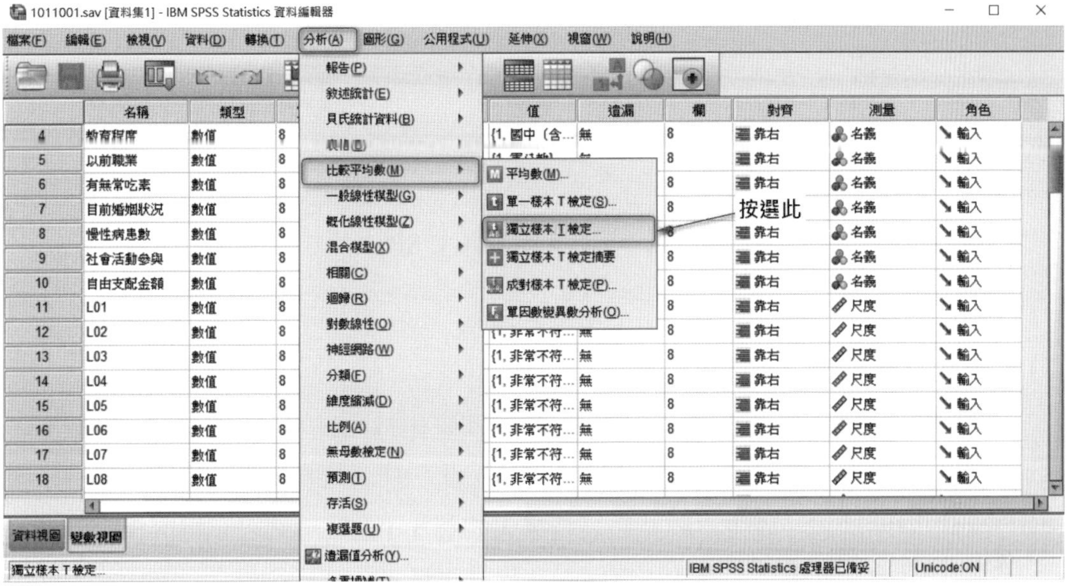

圖 5-2　SPSS 功能表選單之獨立樣本 t 檢定操作畫面

(2) 拖曳「檢定變數」變數內容及定義「分組變數」群組

按選「獨立樣本 T 檢定」後，如圖 5-3 所示跳出視窗，將「心理功能」、「生理功能」及「社會功能」三個分量表，以及「自覺健康量表」全部拖曳到「檢定變數」框格內，把「社會活動參與」拖曳到「分組變數」，點擊「定義群組」，並在群組 1 鍵入「1」；群組 2 鍵入「2」的數值，點擊「繼續」。

1 與 2 數值代表「社會活動參與」勾選時的有、無，數值代號 1 表示「有」、代號 2 表示「無」。「定義群組」完成後點擊「繼續」，回到「獨立樣本 T 檢定」視窗，點擊「確定」，即可產生報表結果。

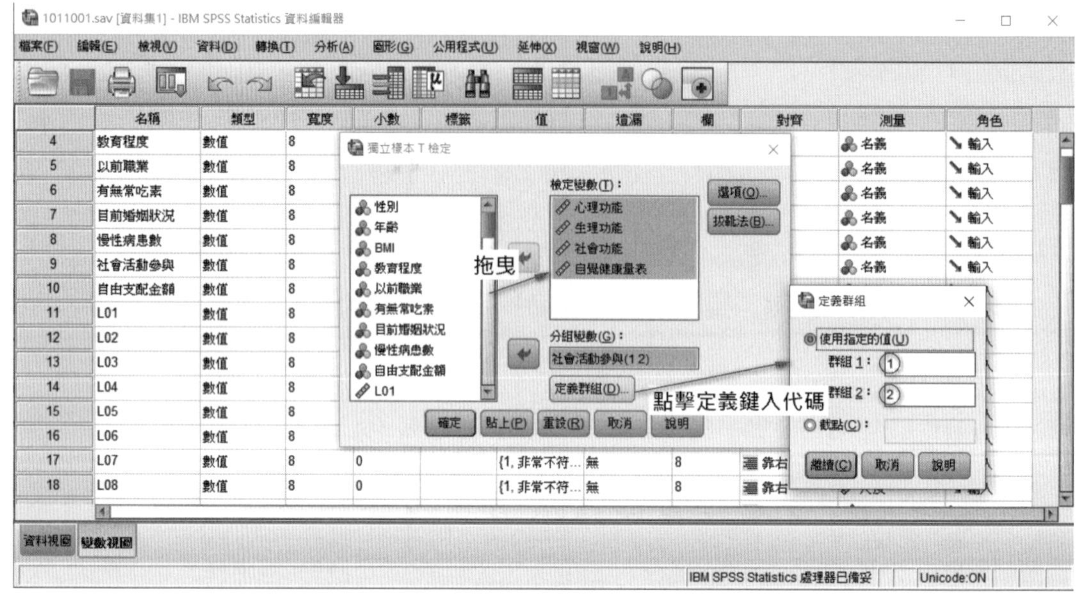

圖 5-3　獨立樣本 t 檢定參數設定 SPSS 操作畫面

(3) 檢視分析結果

在報表視窗功能表上按下「檔案」→按選「匯出為 Web 報告」的 HTML 檔案，可將此檢定結果報告編輯寫成論文的適當表格，此一部分將在第二節推論統計分析撰寫與詮釋中說明論述。產生之統計報表結果，如圖 5-4 為第一個表，為群組統計量，指受試者「社會活動參與」有無兩群組的自覺健康量表及其三個分量表的平均值。

群組統計量

	社會活動參與	N	平均值	標準差	標準誤平均值
心理功能	有	262	22.61	2.764	.171
	無	47	20.45	4.736	.691
生理功能	有	262	16.93	2.621	.162
	無	47	15.66	2.853	.416
社會功能	有	262	18.61	2.141	.132
	無	47	17.43	2.984	.435
自覺健康量表	有	262	58.15	5.999	.371
	無	47	53.53	8.528	1.244

圖 5-4　獨立樣本 t 檢定 SPSS 報表之群組統計量畫面

以下報表結果，如圖 5-5 爲第二個表，爲獨立樣本 t 檢定的結果，表中顯示 SPSS 統計軟體須進行兩個檢定步驟，第一部分是使用 Levene 檢定兩個族群的變異數是否相等的檢定，再決定 t 檢定查看的方法。若 Levene 檢定結果「不顯著」，則要用「採用相等變異數」的那一列去查看 t 檢定結果；若 Levene 檢定結果「顯著」，則要用「不採用相等變異數」的那一列去查看 t 檢定結果。

獨立樣本檢定

		變異數等式的 Levene 檢定		平均值等式的 t 檢定					差異的 95% 信賴區間	
		F	顯著性	t	自由度	顯著性（雙尾）	平均值差異	標準誤差異	下限	上限
心理功能	採用相等變異數	17.767	.000	4.359	307	1. .000	2.168	.497	1.189	3.146
	不採用相等變異數			3.046	51.760	2. .004	2.168	.712	.740	3.596
生理功能	採用相等變異數	.142	.707	3.012	307	1. .003	1.268	.421	.440	2.096
	不採用相等變異數			2.839	60.738	2. .006	1.268	.447	.375	2.161
社會功能	採用相等變異數	4.939	.027	3.271	307	1. .001	1.185	.362	.472	1.898
	不採用相等變異數			2.606	54.808	2. .012	1.185	.455	.274	2.097
自覺健康量表	採用相等變異數	6.409	.012	4.529	307	1. .000	4.621	1.020	2.613	6.629
	不採用相等變異數			3.560	54.452	2. .001	4.621	1.298	2.019	7.223

此處p值達顯著水準，t檢定的顯著性要查看第 2.列

圈選查看處顯示t檢定皆達到顯著水準

圖 5-5　獨立樣本 t 檢定 SPSS 報表之檢定結果畫面

檢定表中「自覺健康量表」，使用 Levene 檢定變異數 p 值爲 0.012 達顯著水準，亦即變異數是不等的。在右側的 t 檢定，要查看對應「不採用相等變異數」的 t 檢定顯著性檢定結果，可看到下方顯著性 p 値爲 0.001 達顯著水準；再查看表中因素構面之「生理功能」，使用 Levene 檢定變異數 p 值爲 0.707，顯然未達顯著水準，亦即變異數是相等的。在右側的 t 檢定，要查看對應「採用相等變異數」的 t 檢定顯著性檢定結果，可看到上方顯著性 p 値爲 0.003，已達到顯著水準。

從表中 t 檢定顯著性檢定結果來看，受試者是否有「社會活動參與」的經驗，在自覺健康量表及其三個分量表檢定結果都呈現「顯著差異」，用口語來說就是「眞的有顯著差異」，此時就須再查看圖 5-4 第一個報表的群組統計量，比較兩者的「平均值」大小，做出論述。從群組統計量的平均值，都顯示有「社會活動參與」的受試者，其平均值都顯著大於沒有「社會活動參與」者。因此可以在論文中結論如下：「有社會活動參與的銀髮受試者，在自覺健康量表及其分量表的心理功能、生理功能及社會功能的感受程度，都顯著優於沒有社會活動參與的銀髮受試者」。

本例 t 檢定都達到統計上顯著水準，也就是顯著性（p 值）小於 0.05。若讀者自行分析的案例顯著性大於 0.05，則未達顯著水準，即表示受試者在量表上之表現「沒

有差別」，不須再去查看平均數，也絕對不要在論文裡去描述其數值。

若針對以上之例子都「未」達到顯著水準，則可以這樣寫下結論：「不論有、無社會活動參與的銀髮受試者，在自覺健康量表及分量表的心理功能、生理功能及社會功能的感受方面都沒有差別」。

2. 相依樣本 t 檢定

前面獨立樣本 t 檢定在比較兩個群組的差異，而相依樣本或成對樣本也在比較兩個群組的差異情形，唯一的差別是相依的這兩個群組是有密切的關係，這兩個群組一定有共同的特性，像是年齡、智力、體重、身高、BMI 等，這在醫藥界發明一種新藥物進行藥品臨床試驗，需要以這些共同特性的標準來分成實驗組和對照組。但也有一種情況是看時間不同的同一個人的表現情況，最常見的是介入性的研究，一般是指兩組前、後測的實驗設計，其中一組實驗組有接受介入，另外一組對照組則不接受任何介入，在介入之前讓兩組先進行測驗（前測），接著在實驗組接受介入後，再對兩組測驗一次（後測）。若我們論文研究在探討同一群人於不同時間之前、後測的介入性研究來檢定是否有不一樣，就會用到相依樣本 t 檢定。

以下將以 2018 健康休閒創新學術研討會胡子陵與蕭沂頞（2018）所發表之〈護理之家休閒活動之寵物療法〉，解析相依樣本 t 檢定 SPSS 操作。在該篇文章第三部分「(五) 活動內容」的六週活動之練習及提升能力關係圖，如圖 5-6 所示。將以其中動作、表達、情緒三個量表來評估失智老人的改善情況。

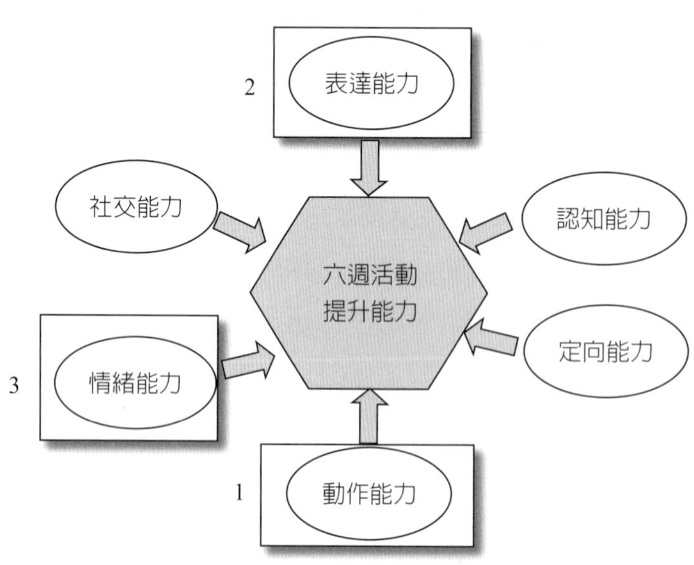

圖 5-6　解說六週活動之練習及提升能力關係圖畫面

該研究在探討失智老人經過介入性研究的動物性輔助治療後，其動作、表達、情緒方面是否有顯著改善。研究之進行除設計出評分以上三方面之標準計分外，另自行編制動作、表達及情緒等三量表來評估檢定其改善成效。15 名失智老人經專門訓練之人員進行六週動物性輔助治療過程中，記錄收集了失智老人前、後測的相關數據，再將其轉換成評估分數後鍵入 SPSS 資料儲存。以下將說明相依樣本 t 檢定的操作。因為不知動物性輔助治療是否提升或降低以上三個量表的分數表現，因此本研究將使用一般常用的雙尾檢定來驗證，在 SPSS 統計軟體上之操作步驟如下。

(1) 按下「分析」→按選「比較平均數」→按選「成對樣本 T 檢定」，如圖5-7所示

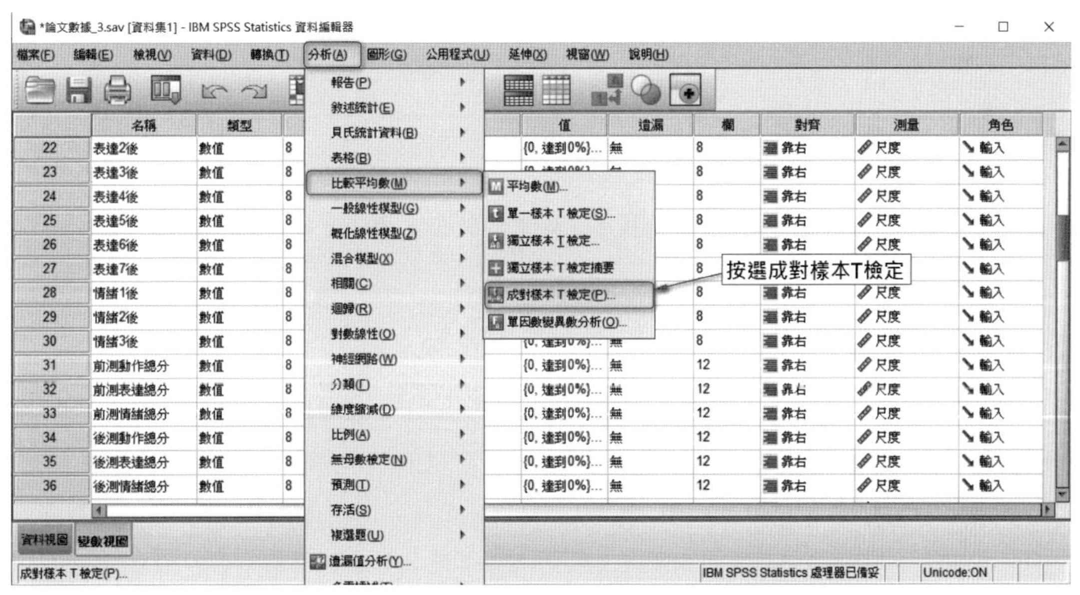

圖 5-7　SPSS 功能表選單之成對樣本 t 檢定操作畫面

(2) 將欲分析之成對變數資料拖曳至規定之框格內

跳出成對樣本 t 檢定之新視窗後，將視窗左邊的前測動作總分、後測動作總分、前測表達總分、後測表達總分、前測情緒總分、後測情緒總分等三對前後測配對資料依序拖曳到視窗右邊之配對變數內，投入順序如圖 5-8 所標示之擷取畫面。例如「配對」1 處為依序將配對之「前測動作總分」及「後測動作總分」拖曳到「變數 1」及「變

數 2」；其他「配對」2 及「配對」3 操作方法相同，全部三對「配對」完成拖曳後，「選項」或「拔靴法」不需設定，直接點擊「確定」。

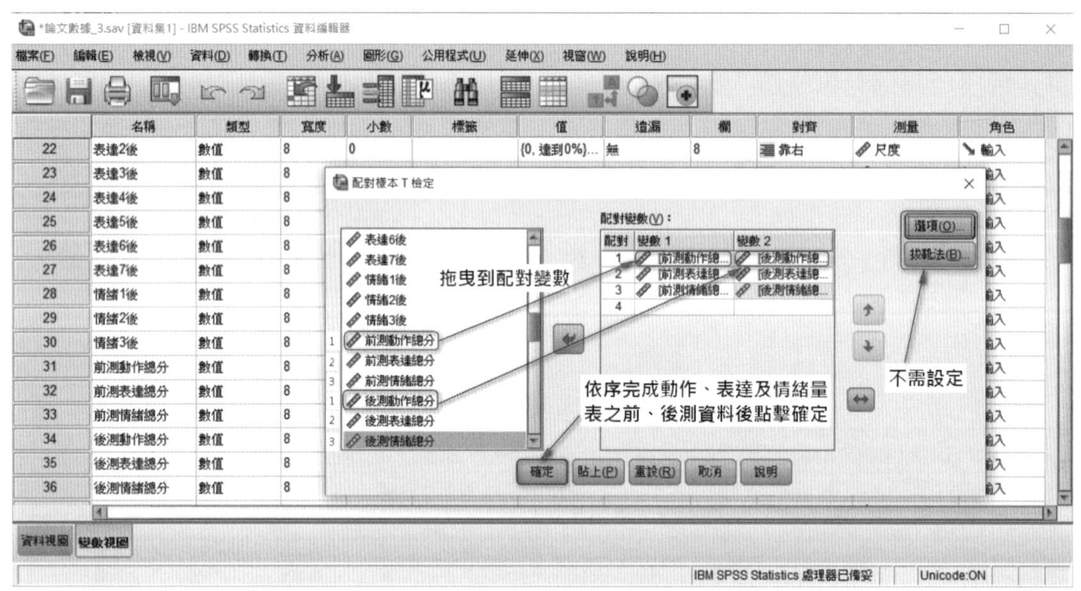

圖 5-8　成對樣本 t 檢定參數設定步驟畫面

(3) 檢視分析結果

點擊「確定」後所產生的三個報表結果，第一表爲成對樣本統計量，爲一般的敘述統計資料，包含平均值、樣本數 N 及標準差等，如表 5-2 所示。

表 5-2　成對樣本 t 檢定之樣本統計量分析結果

配對組別		平均值	N	標準差	標準誤平均值
配對 1	前測動作總分	6.47	15	3.292	0.850
	後測動作總分	7.93	15	3.011	0.777
配對 2	前測表達總分	15.87	15	9.992	2.580
	後測表達總分	16.53	15	7.530	1.944
配對 3	前測情緒總分	4.67	15	3.109	0.803
	後測情緒總分	7.53	15	3.833	0.990

第二表為成對樣本相關性，這是另外做相關分析的檢定，在檢視失智老人前測與後測結果，兩者間是否有顯著關係。從表 5-3 可看出在動作、表達、情緒方面，顯著性的 p 值都小於 0.01，達到統計上的顯著水準，亦即失智老人在動作、表達、情緒的前測與後測，皆呈現顯著正相關，這種結果也相當符合相依樣本所定義的施測情形，也就是前測與後測都是同樣的一群人被監測，理所當然有極其密切之相關性。

表 5-3　成對樣本 t 檢定之成對樣本相關性分析結果

兩連續變數之相關分析		N	相關性	顯著性
配對 1	前測動作總分 & 後測動作總分	15	.868	.000
配對 2	前測表達總分 & 後測表達總分	15	.855	.000
配對 3	前測情緒總分 & 後測情緒總分	15	.777	.001

進入討論最後關鍵的第三表為成對樣本 t 檢定，成對樣本檢定分析結果可看表 5-4 最右欄位之顯著性（雙尾）來檢視，顯著性也就是統計學上的 p 值，若小於 0.05 即達統計上之顯著水準。配對 1 及配對 3 均達到顯著水準，亦即 p 值皆小於 0.05；配對 2 未達到顯著水準，因此顯示失智老人在經過六週動物性輔助治療後，在表達方面的評估結果並無任何改善。

再來看有顯著性的配對 1 為失智老人在動作之前、後測；配對 3 則為失智老人在情緒之前、後測。再去查看第一表配對 1 及配對 3 之平均值，發現後測平均值均大於前測平均值，因此顯示該研究失智老人經過介入性研究的動物性輔助治療後在動作及情緒方面均有顯著改善。

表 5-4　成對樣本 t 檢定之成對樣本檢定分析結果

配對組別		成對差異					t	自由度	顯著性（雙尾）
		平均值	標準差	標準誤平均值	差異的 95% 信賴區間				
					下限	上限			
配對 1	前測動作總分 – 後測動作總分	–1.467	1.642	.424	–2.376	–.558	–3.460	14	0.004
配對 2	前測表達總分 – 後測表達總分	–.667	5.273	1.362	–3.587	2.254	–0.490	14	0.632
配對 3	前測情緒總分 – 後測情緒總分	–2.867	2.416	.624	–4.205	–1.529	–4.595	14	0.000

3. F 檢定

當人口背景變項的族群選項超過兩個以上時，F 檢定的理論是以平均數間的變異數（組間變異）除以隨機變異（組內變異）得到的比值（F 值），來同時檢定三個（或以上）平均數的差異情形。當 F 值愈大，表示研究者關心的組間（族群間）平均數的分散情形較組內的誤差變異來得大，若大於研究者設定的臨界值，研究者即可獲得「拒絕虛無假設而接受對立假設」的結論，也就是達到統計上的顯著水準。若人口背景變項族群超過五個（含）以上，建議可以考慮不要做 F 檢定，只在敘述統計中討論次數分配即可。但若每個族群都超過 30 個大樣本的理想情形，研究者可自行判斷決定是否要做 F 檢定，這是因爲族群少在詮釋檢定族群間差異結果上較爲容易；若族群多時，則詮釋分析上常常無法合理的去說明族群間差異的原因。

本單元將以第十屆資源與環境管理學術研討會胡子陵與鄭安棋（2012）所發表〈南投縣國小教師防災素養、防災教學信念及防災教學行爲之研究——以天災爲例〉來進行探討，該論文發現擔任不同職務的教師在「防災教學信念」量表及分量表「教師角色」、「課程內容」、「教學方法」上的表現上皆有顯著差異。很明顯的這種「顯著差異」研究假設的用語，就是雙尾檢定的問題，以下將在 SPSS 示範操作如何進行單因子變異數分析的 F 檢定步驟。

(1) 在SPSS功能表按下「分析」→按選「比較平均數」→按選「單因數變異數分析」，如圖5-9所示

圖 5-9　SPSS 功能表選單之單因數變異數分析檢定操作畫面

(2) 拖曳欲分析之構面及人口變數至適當之框格內

將「防災教學信念」量表及分量表「教師角色」、「課程內容」、「教學方法」、「師生互動」全部拖曳到依變數清單，將人口變項「擔任職務」拖曳到因子，如圖 5-10 所顯示畫面。

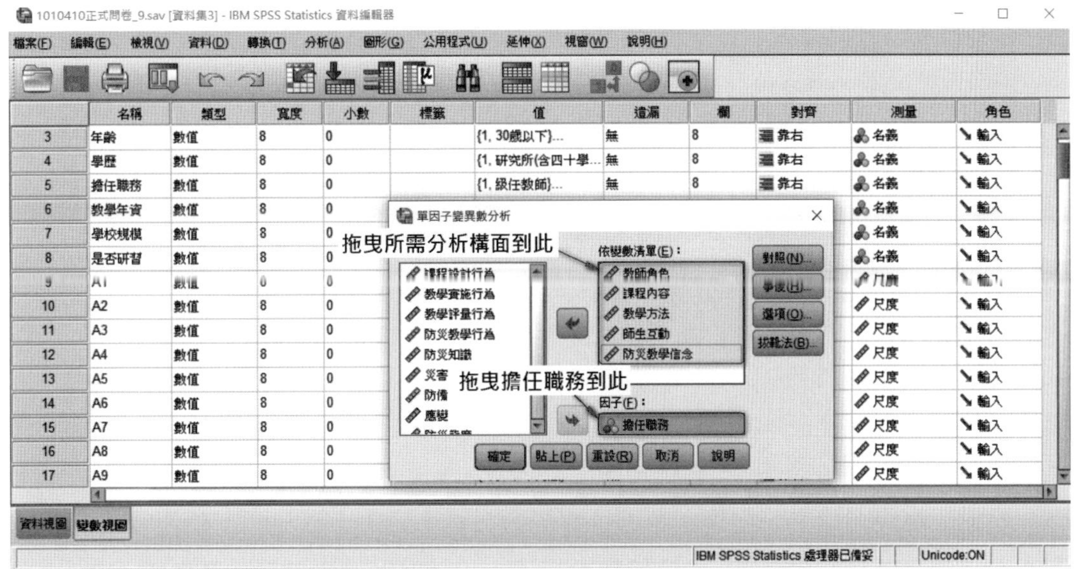

圖 5-10　單因數變異數分析中將分析變數拖曳至框格之操作畫面

(3) 選項內變異同質性之參數勾選

點擊「選項」，勾選「敘述統計」及「變異同質性檢定」，勾選完後，點擊「繼續」，再進行「事後」檢定之參數設定，如圖 5-11 所顯示畫面。

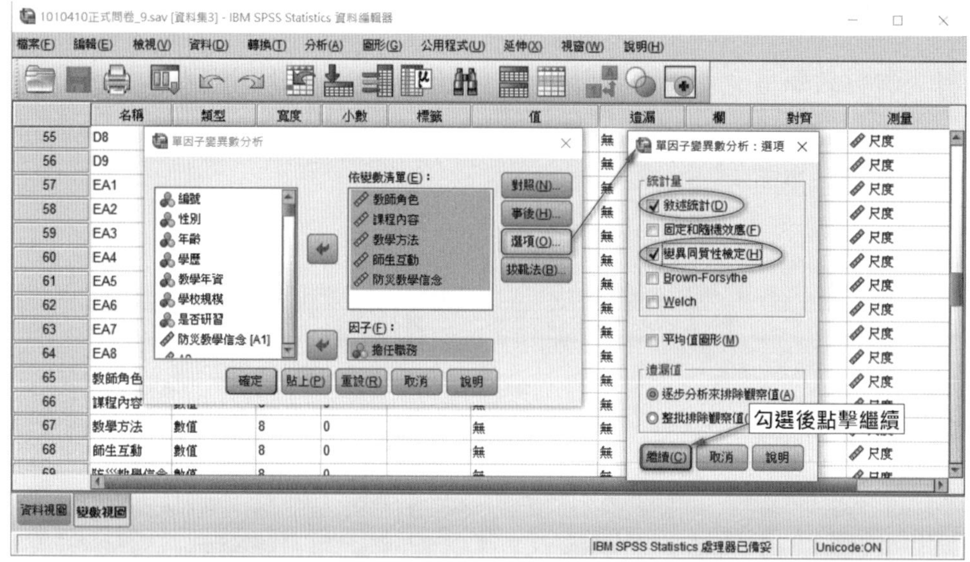

圖 5-11　單因數變異數分析中選項之勾選變異同質性檢定等操作畫面

(4) 選項內事後比較檢定之參數勾選

點擊「事後」檢定，出現「單因子變異數分析：事後多重比較」新視窗畫面，如圖 5-12 所顯示。勾選學術上較為嚴謹常用的 Scheffe 法，並勾選極寬鬆的 LSD 法，以及適中稍微寬鬆的 Tukey 法參考比較。

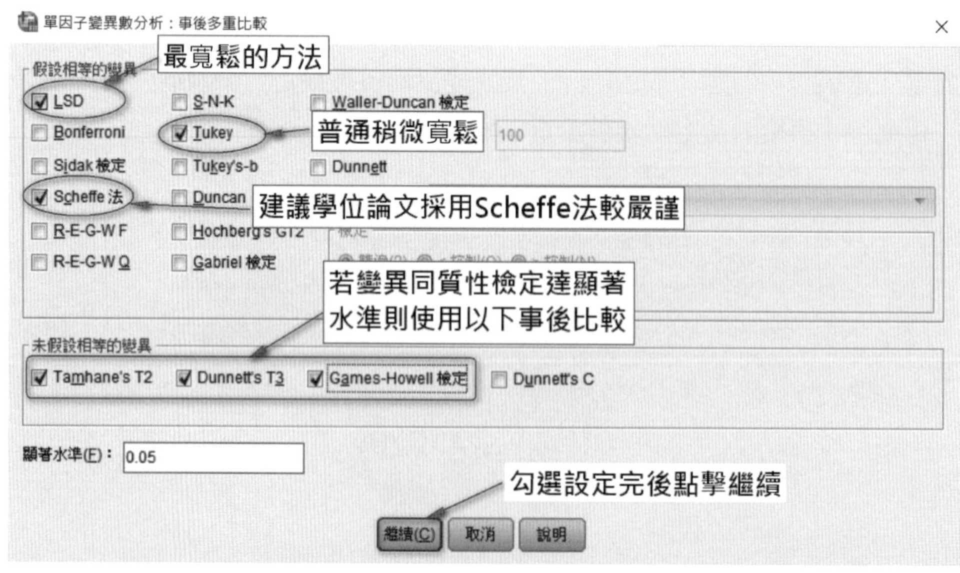

圖 5-12　單因數變異數分析中事後多重比較方法之勾選操作畫面

若 Levene 變異同質性檢定達顯著水準，即 p 值小於 0.05 時，則須勾選 Tamhane's T2 檢定或 Dunnett's T3 檢定；若各組人數大於 50，則使用 Games-Howell 檢定來進行事後比較，以上三種方法皆勾選以備顯著時用之。勾選完後點擊「繼續」，回到「單因子變異數分析」主畫面，這時參數都已設定完畢，點擊「確定」。

(5) 檢視分析結果

點擊「繼續」後，回到「單因子變異數分析」主畫面，這時參數都已設定完畢，點擊「確定」。

點擊「確定」後所產生多個報表結果，其中較重要的有四個表，包含敘述統計、變異數同質性檢定、變異數分析及多重比較。第一表為敘述統計，如以下匯出為 Web 報告之擷取畫面，如圖 5-13 所顯示，表中「平均值」為後續檢定達顯著水準，另做多重比較時之判別之相對值，將於第四表時再予說明。

- 日誌
  - 日誌
- 單因子
  - 敘述統計
  - 變異數同質性檢定
  - 變異數分析
  - 事後檢定
    - 多重比較
    - 同質子集
      - 教師角色
      - 課程內容
      - 教學方法
      - 師生互動
      - 防災教學信念

需整理放到論文中

敘述統計

		N	平均值	標準差	標準誤	平均值的 95% 信賴區間		最小值	最大值
						下限	上限		
教師角色	級任教師	216	13.48	1.360	.093	13.29	13.66	11	15
	科任教師	53	13.26	1.332	.183	12.90	13.63	12	15
	教師兼任行政(主任、組長)	128	12.98	1.286	.114	12.76	13.21	11	15
	總計	397	13.29	1.348	.068	13.16	13.42	11	15
課程內容	級任教師	216	13.44	1.376	.094	13.25	13.62	11	15
	科任教師	53	13.19	1.057	.145	12.90	13.48	12	15
	教師兼任行政(主任、組長)	128	12.95	1.216	.107	12.74	13.17	11	15
	總計	397	13.25	1.302	.065	13.12	13.38	11	15
教學方法	級任教師	216	12.99	1.642	.112	12.77	13.21	9	15
	科任教師	53	13.21	.906	.124	12.96	13.46	12	15
	教師兼任行政(主任、組長)	128	12.59	1.307	.116	12.36	12.81	9	15
	總計	397	12.89	1.473	.074	12.74	13.03	9	15
師生互動	級任教師	216	17.56	1.940	.132	17.30	17.82	13	20
	科任教師	53	17.58	1.726	.237	17.11	18.06	15	20
	教師兼任行政(主任、組長)	128	17.27	1.640	.145	16.99	17.56	13	20
	總計	397	17.47	1.821	.091	17.29	17.65	13	20
防災教學信念	級任教師	216	57.46	5.189	.353	56.76	58.15	45	65
	科任教師	53	57.25	3.715	.510	56.22	58.27	52	65
	教師兼任行政(主任、組長)	128	55.80	4.490	.397	55.01	56.58	45	65
	總計	397	56.89	4.845	.243	56.42	57.37	45	65

圖 5-13　單因子變異數分析結果之敘述統計畫面

第二表為 Levene 變異數同質性檢定，如以下匯出之 WORD 所複製的表格，如表 5-5 所示。讀者最先要看的關鍵資料，就在表中最右一行的「顯著性」之 p 值，由於單因子變異數分析檢定是從平均數抽樣分配理論而來，加上我們是使用李克特五點量表的加總去計算檢定，因此查看所有四個分量表及一個防災教學信念量表的第一個橫列的「根據平均數」，全部顯示達到顯著水準。換言之，防災教學信念量表及其他四個分量表在三種不同職務教師填答資料的分布狀況是顯著的不同，即表示三種擔任職務評分的變異數有顯著差異，即不同質，而這也影響以下第四表多重比較方法的選擇。

表 5-5 Levene 變異數同質性檢定

構面與量表		Levene 統計量	自由度 1	自由度 2	顯著性
教師角色	根據平均數	5.414	2	394	.005
	根據中位數	1.870	2	394	.156
	根據中位數，且含調整的自由度	1.870	2	389.274	.156
	根據修整的平均數	5.242	2	394	.006
課程內容	根據平均數	15.601	2	394	.000
	根據中位數	11.643	2	394	.000
	根據中位數，且含調整的自由度	11.643	2	390.959	.000
	根據修整的平均數	16.282	2	394	.000
教學方法	根據平均數	13.143	2	394	.000
	根據中位數	13.699	2	394	.000
	根據中位數，且含調整的自由度	13.699	2	368.409	.000
	根據修整的平均數	13.219	2	394	.000
師生互動	根據平均數	3.657	2	394	.027
	根據中位數	4.572	2	394	.011
	根據中位數，且含調整的自由度	4.572	2	382.804	.011
	根據修整的平均數	3.441	2	394	.033
防災教學信念	根據平均數	4.855	2	394	.008
	根據中位數	5.596	2	394	.004
	根據中位數，且含調整的自由度	5.596	2	390.802	.004
	根據修整的平均數	4.755	2	394	.009

第三表爲變異數分析檢定，如以下匯出之WORD所複製的表格，如表5-6所示。讀者最先要看的關鍵資料，同第二表一樣都在表中最右一行的「顯著性」之p值，查看所有四個分量表及一個防災教學信念量表的「顯著性」，除了「師生互動」分量表的p值0.337，顯然沒有達到顯著水準外，「防災教學信念」量表、「教師角色」、「課程內容」、「教學方法」的p值都小於0.05，因此都達到顯著水準。換言之，至

此我們已經可以肯定研究調查顯示南投縣國小教師所擔任職務的不同，在「防災教學信念」量表、「教師角色」、「課程內容」及「教學方法」上的表現有顯著的不同。但到底是怎樣的不同？這是很多研究生在撰寫博碩士論文，甚至校外期刊、研討會論文時，只寫出如同以上僅止於「顯著的不同」就沒有下文，這種常犯的毛病，一定要改過來。事實上，可能問題癥結出在以下所要談的第四表的多重比較上的了解不夠清楚，因此讀者務必要詳讀以下部分。

表 5-6　變異數分析檢定

構面與量表		平方和	自由度	均方	F	顯著性
教師角色	群組之間	19.533	2	9.766	5.496	.004
	群組內	700.155	394	1.777		
	總計	719.688	396			
課程內容	群組之間	18.884	2	9.442	5.698	.004
	群組內	652.925	394	1.657		
	總計	671.809	396			
教學方法	群組之間	19.370	2	9.685	4.544	.011
	群組內	839.753	394	2.131		
	總計	859.123	396			
師生互動	群組之間	7.225	2	3.613	1.090	.337
	群組內	1305.631	394	3.314		
	總計	1312.856	396			
防災教學信念	群組之間	229.402	2	114.701	4.984	.007
	群組內	9068.155	394	23.016		
	總計	9297.557	396			

第四表爲多重比較，由於在以上第二表中顯示防災教學信念量表及其他四個分量表中的資料分布均爲變異數不等的群組，依照以上第 (4) 部分所述「若 Levene 變異同質性檢定達顯著水準，即 p 值小於 0.05 時，則須勾選 Tamhane's T2 檢定或 Dunnett's T3 檢定；若各組人數大於 50，則使用 Games-Howell 檢定來進行事後比較」，再查看第一表可知擔任職務之教師有級任教師 216 人、科任教師 53 人及教師兼任行政（主任、組長）128 人，因此多重比較要選擇「Games-Howell 檢定」來進行；

而在第三表中顯示「防災教學信念」量表、「教師角色」、「課程內容」及「教學方法」上的表現有顯著的不同，因此在「多重比較」要繼續查看的就是有顯著差異的這四個，即「防災教學信念」量表、「教師角色」、「課程內容」及「教學方法」，並且使用多重比較的「Games-Howell 檢定」來進行。由於多重比較會把我們所勾選的所有事後多重比較的方法全部列表出來，因此多重比較的列表資料相當可觀，如圖 5-14 爲 SPSS 上操作所產生之一小部分報表。

多重比較

各種多重比較方法

星號表示有顯著差異

應變數		(I) 擔任職務	(J) 擔任職務	平均值差異 (I-J)	標準誤	顯著性	95% 信賴區間 下限	95% 信賴區間 上限
	Dunnett T3	級任教師	科任教師	.213	.205	.658	-.29	.71
			教師兼任行政(主任、組長)	.492*	.147	.003	.14	.84
		科任教師	級任教師	-.213	.205	.658	-.71	.29
			教師兼任行政(主任、組長)	.280	.215	.480	-.24	.80
		教師兼任行政(主任、組長)	級任教師	-.492*	.147	.003	-.84	-.14
			科任教師	-.280	.215	.480	-.80	.24
	Games-Howell 檢定	級任教師	科任教師	.213	.205	.556	-.28	.70
			教師兼任行政(主任、組長)	.492*	.147	.003	.15	.84
		科任教師	級任教師	-.213	.205	.556	-.70	.28
			教師兼任行政(主任、組長)	.280	.215	.399	-.23	.79
		教師兼任行政(主任、組長)	級任教師	-.492*	.147	.003	-.84	-.15
			科任教師	-.280	.215	.399	-.79	.23
課程內容	Tukey HSD	級任教師	科任教師	.247	.197	.425	-.22	.71
			教師兼任行政(主任、組長)	.482*	.144	.002	.14	.82
		科任教師	級任教師	-.247	.197	.425	-.71	.22
			教師兼任行政(主任、組長)	.236	.210	.502	-.26	.73
		教師兼任行政(主任、組長)	級任教師	-.482*	.144	.002	-.82	-.14
			科任教師	-.236	.210	.502	-.73	.26
	Scheffe 法	級任教師	科任教師	.247	.197	.459	-.24	.73
			教師兼任行政(主任、組長)	.482*	.144	.004	.13	.83
		科任教師	級任教師	-.247	.197	.459	-.73	.24
			教師兼任行政(主任、組長)	.236	.210	.534	-.28	.75

圖 5-14　單因子變異數分析之多重比較結果畫面

經由匯出之 WORD 所複製的表格，重新整理出只使用多重比較的「Games-Howell 檢定」的兩兩比較結果，如表 5-7 變異數分析多重比較 Games-Howell 檢定，其中「師生互動」沒有達到顯著水準，因此不須列入表中考慮。

表 5-7　變異數分析多重比較 Games-Howell 檢定

應變數		(I) 擔任職務	(J) 擔任職務	平均值差異 (I-J)	標準誤	顯著性	95% 信賴區間	
							下限	上限
教師角色	Games-Howell 檢定	級任教師	科任教師	.213	.205	.556	–.28	.70
			教師兼任行政	.492*	.147	.003	.15	.84
		科任教師	級任教師	–.213	.205	.556	–.70	.28
			教師兼任行政	.280	.215	.399	–.23	.79
		教師兼任行政	級任教師	–.492*	.147	.003	–.84	–.15
			科任教師	–.280	.215	.399	–.79	.23
課程內容	Games-Howell 檢定	級任教師	科任教師	.247	.173	.331	–.16	.66
			教師兼任行政	.482*	.143	.002	.15	.82
		科任教師	級任教師	–.247	.173	.331	–.66	.16
			教師兼任行政	.236	.181	.396	–.19	.66
		教師兼任行政	級任教師	–.482*	.143	.002	–.82	–.15
			科任教師	–.236	.181	.396	–.66	.19
教學方法	Games-Howell 檢定	級任教師	科任教師	–.217	.167	.400	–.61	.18
			教師兼任行政	.405*	.161	.033	.03	.78
		科任教師	級任教師	.217	.167	.400	–.18	.61
			教師兼任行政	.622*	.170	.001	.22	1.02
		教師兼任行政	級任教師	–.405*	.161	.033	–.78	–.03
			科任教師	–.622*	.170	.001	–1.02	–.22
防災教學信念	Games-Howell 檢定	級任教師	科任教師	.213	.621	.937	–1.26	1.69
			教師兼任行政	1.661*	.531	.005	.41	2.91
		科任教師	級任教師	–.213	.621	.937	–1.69	1.26
			教師兼任行政	1.448	.647	.069	–.09	2.98
		教師兼任行政	級任教師	–1.661*	.531	.005	–2.91	–.41
			科任教師	–1.448	.647	.069	–2.98	.09

表中一欄位「平均值差異」為 Games-Howell 檢定值，數值上有星號表示有顯著差異，例如「教師角色」看直欄（Column）的兩行（I）擔任職務及（J）擔任職務，（I）擔任職務的「級任教師」與對應右邊（J）擔任職務有兩項「科任教師」、「教師兼任行政」，（I）與（J）兩行之職務進行兩兩的比較檢定，其中「級任教師

→教師兼任行政」所對應那一橫列的顯著性的 p 值爲 0.003 達顯著水準；「平均值差異」爲 0.492*，標上星號表示有顯著差異，也就是級任教師與教師兼任行政有顯著差異，因此要去查看兩者平均值大小，從圖 5-13 之敘述統計可查得平均值分別爲級任教師 13.48、教師兼任行政 12.98，因此可以對研究結果論述：南投縣國小教師擔任「級任教師」職務的老師，在「教師角色」上的表現顯著優於「教師兼任行政」職務的老師。爲增加讀者對於表 5-7 的清楚辨別，圖 5-15 之標註解析可以幫助讀者留下更深刻的印象。

應變數		(I) 擔任職務	(J) 擔任職務	平均值差異 (I-J)	標準誤	顯著性	95% 信賴區間 下限	上限
教師角色	Games-Howell 檢定	級任教師	科任教師	.213	.205	.556	-.28	.70
			教師兼任行政	.492*	.147	.003	.15	.84
		科任教師	級任教師	-.213	.205	.556		
			教師兼任行政	.280	.215	.399		
		教師兼任行政	級任教師	-.492*	.147	.003		
			科任教師	-.280	.215	.399	-.79	.23
課程內容	Games-Howell 檢定	級任教師	科任教師	.247	.173	.331	-.16	.66
			教師兼任行政	.482*	.143	.002	.15	.82
		科任教師	級任教師	-.247	.173	.331	-.66	.16
			教師兼任行政	.236	.181	.396	-.19	.66
		教師兼任行政	級任教師	-.482*	.143	.002	-.82	-.15
			科任教師	-.236	.181	.396	-.66	.19
教學方法	Games-Howell 檢定	級任教師	科任教師	-.217	.167	.400	-.61	.18
			教師兼任行政	.405*	.161	.033	.03	.78
		科任教師	級任教師	.217	.167	.400	-.18	.61
			教師兼任行政	.622*	.170	.001	.22	1.02
		教師兼任行政	級任教師	-.405*	.161	.033	-.78	-.03
			科任教師	-.622*	.170	.001	-1.02	-.22
防災教學信念	Games-Howell 檢定	級任教師	科任教師	.213	.621	.937	-1.26	1.69
			教師兼任行政	1.661*	.531	.005	.41	2.91
		科任教師	級任教師	-.213	.621	.937	-1.69	1.26
			教師兼任行政	1.448	.647	.069	-.09	2.98
		教師兼任行政	級任教師	-1.661*	.531	.005	-2.91	-.41
			科任教師	-1.448	.647	.069	-2.98	.09

→ 箭頭指向之兩職務間有顯著差異

圈選為達到顯著水準平均值差異處有 * 號

圖 5-15　圖解 Games-Howell 檢定之事後比較標註畫面

再查看以上解析圖，讀者也可發現在「課程內容」上，有一組顯著差異，經查看平均值大小結論爲：南投縣國小教師擔任「級任教師」職務的老師，在「課程內容」上的表現顯著優於「教師兼任行政」職務的老師；在「教學方法」上，有兩組顯著差異，經查看平均值大小結論爲：南投縣國小教師擔任「科任老師」及「級任教師」職務的老師，在「教學方法」上的表現皆顯著優於「教師兼任行政」職務的老師；而在

「防災教學信念」上，則也有一組顯著差異，經查看平均值大小結論爲：南投縣國小教師擔任「級任教師」職務的老師，在「防災教學信念」上的表現顯著優於「教師兼任行政」職務的老師。

只要學會看以上「Games-Howell 檢定」多重比較的報表，在其他不同事後多重比較方法上查表的方法大同小異！

例如假若 Levene 變異數同質性檢定爲「不顯著」，則使用的方法就可以依正規的方式選擇「假設相等的變異」的「Scheffe 法」之事後多重比較，去找出顯著差異的那一組，再去查看報表的敘述統計的平均數比較大小，就可以正式做出檢定結果的結論；但也有一種情形是，F 檢定達到顯著水準，且其 p 值接近 0.05，在 Scheffe 事後多重比較卻找不到任何差異的兩組，此時無法檢定出差異性。此時研究者若執意想找出差異，可以依序使用 Tukey 法、LSD 法，一定可以達到目的，但筆者建議，因爲學位論文有其嚴謹性，若 Scheffe 法無法找出任兩組差異，可以在論文註明無法找到差異的事實，不再給予說明，默默地就把它當成是不顯著的結果。

本書在以下第二節推論檢定統計分析表列格式，會以發表在期刊、研討會論文或學位論文的實際範例來解析。

4. 卡方檢定

在本章開頭對於各種檢定方法的使用時機，曾提及兩個名義變數在交叉表中比例分布的關聯性檢定是使用卡方檢定，也就是探討兩個名義變數（例如性別和教育程度）之間，是否爲無關，或者是有相互的關聯存在，若是達到統計上顯著水準，則須進一步查看兩個變數交叉分布比例的關聯性強度。當我們在進行問卷設計中，除了「研究變數」的量表或測驗表外，「人口背景變項」在任何問卷設計中幾乎不能少，兩者的完美結合就是一篇學術論文的研究架構。筆者強烈建議，當研究者經過差異性檢定的 t 檢定或單因子變異數分析後發現，若多個人口背景變項在某特定量表上都有顯著差異，則這幾個人口背景變項彼此間就可做卡方檢定來探討兩者間是否有關聯性。

兩兩名義變數間最重要的分析資料就是使用到列聯表（Contingency table）來顯示兩個變數的交叉數值，因此列聯表或稱之爲交叉表（Cross table），或常常俗稱「交叉分析表」，在 SPSS 統計軟體上來呈現此一表格是輕而易舉之操作。而交叉分析表在推論統計上最重要的應用便是做卡方檢定（Chi-square test），由於卡方檢定的理論是由非常態分布的函數關係推演而來，因此所要分析檢定的資料不受限於常態分布資料，也就是不受限於大樣本 30 個以上的要求標準，是一種無母數的檢定方法。

卡方檢定雖然簡單，但有以下幾點限制：分析樣本須爲獨立變項，亦即兩個名義變數的資料，彼此不相互影響，例如若是複選題就不能直接進行卡方檢定；另外分析結果至少有 80% 以上交叉的「細格」，其樣本期望次數要高於 5，亦即樣本數目至少要爲交叉細格數目的 5 倍。若期望次數低於 5 的交叉細格多於 20%，則須考慮合併期望次數低於 5 的名義變數選項，使其能適合條件；若以上期望次數低於 5 的交叉細格多於 20% 仍然無法解決的時候，仍然有辦法在參數設定時可勾選採用費雪精確檢定（Fisher's Exact Test）來解決，但在交叉細格內盡可能不要有 0。

本單元將討論賴薇竹（2020）在〈影響國小教師運用農業體驗活動於校外教學行爲意向之研究〉論文中，在問卷人口背景資料調查中有關「是否參加林場教育課程」與「是否參加愛護環境活動」，對以上兩者進行交叉分析的卡方檢定，以了解兩變數之間的關聯性。以下將在 SPSS 示範操作如何進行卡方檢定的操作步驟。

(1) 在SPSS功能表按下「分析」→按選「敘述統計」→按選「交叉資料表」

按選「交叉資料表」後，如圖 5-16 所示，以便後續進行所欲分析名義變數的參數設定。

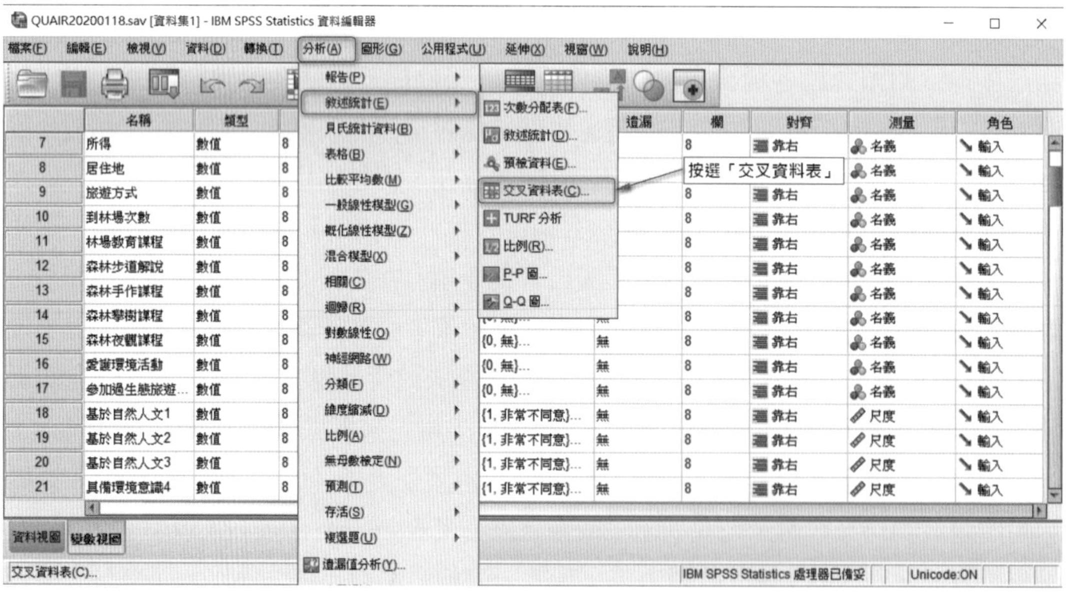

圖 5-16　SPSS 功能表選單之卡方檢定操作畫面

(2) 將欲分析之名義變數資料拖曳至適當之框格內

將「林場教育課程」拖曳到「列」，「愛護環境活動」拖曳到「欄」的框格內，並勾選「顯示集群長條圖」以方便視覺比較分布情況，如圖 5-17 所示。

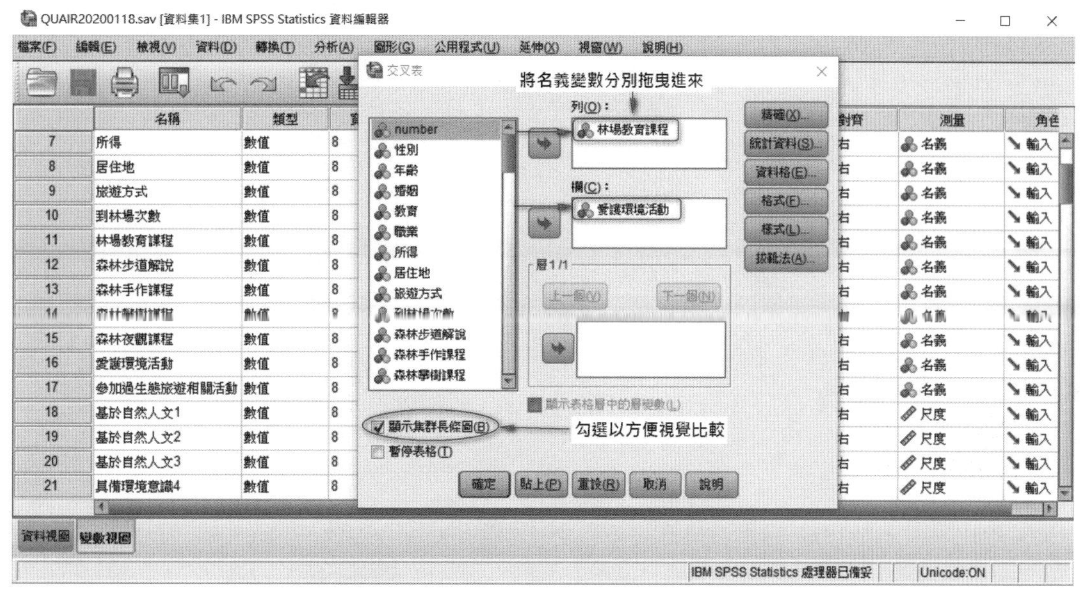

圖 5-17　卡方檢定視窗名義變數之參數設定操作畫面

(3) 交叉表視窗之統計資料及資料格參數設定

點擊「統計資料」，勾選「卡方檢定」後點擊「繼續」，如圖 5-18 所示，以便進行下一步驟之「資料格」之設定。「精確」按鈕則在細格 20% 以上的樣本期望次數都小於 5 以下，才須使用設定。

點選「資料格」，勾選計數之「觀察值」及「期望值」，「百分比」處可以勾選「列」即可。若欲觀察「欄」之百分比情形，也可改勾選「欄」，但不建議都勾選，以免分析表格會過於雜亂，勾選完畢後點擊「繼續」，如圖 5-19 所示。

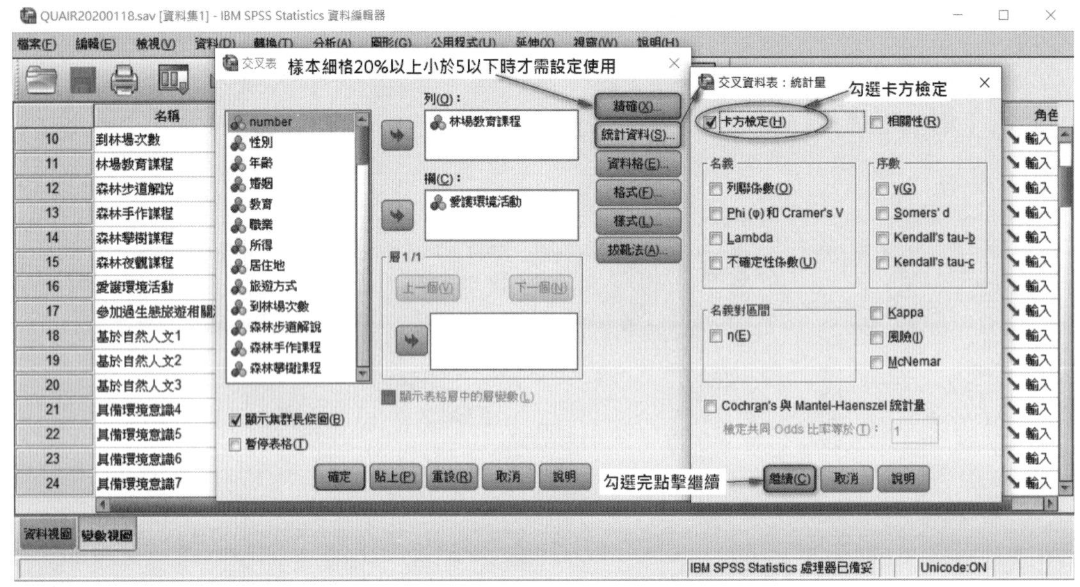

圖 5-18　卡方檢定視窗統計資料之參數設定操作畫面

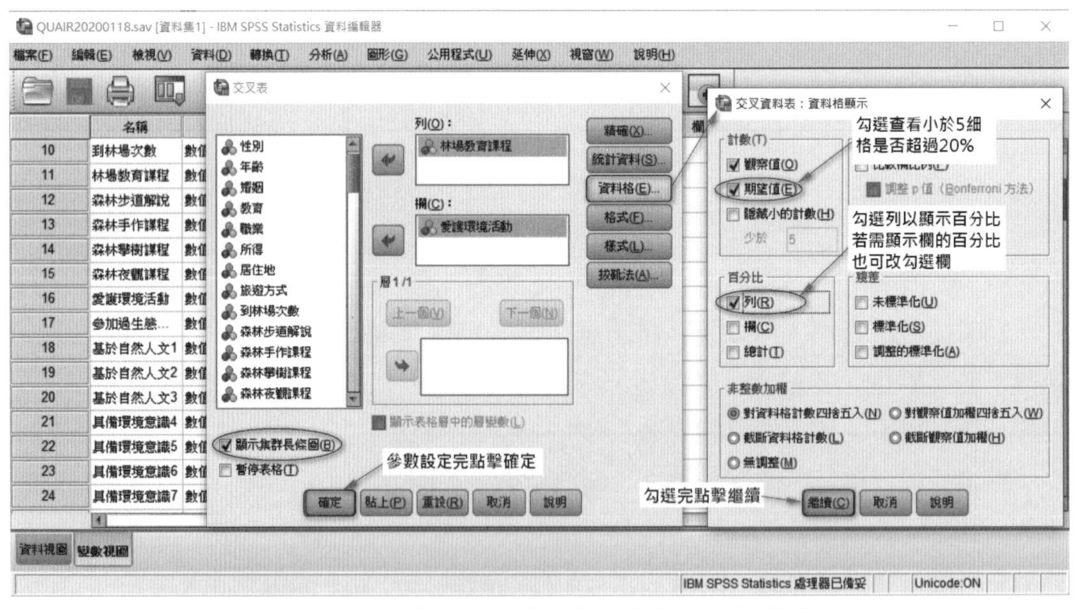

圖 5-19　卡方檢定視窗資料格之參數設定操作畫面

其他「格式」、「樣式」及「拔靴法」，都免去設定參數，直接在交叉表之主視窗下，點擊「確定」。

(4) 檢視分析結果

主視窗下點擊「確定」後即產生多個報表結果，其中有三個表及一個長條圖。第一表爲觀察值處理摘要，只簡單顯示有效樣本數 304 筆，在此省略；第二表爲「林場教育課程」與「愛護環境活動」的交叉列表；第三表爲卡方檢定結果。

爲使本書編排解析上較爲合乎邏輯順序，先探討卡方檢定結果，其次再來論述第二表的「林場教育課程」與「愛護環境活動」的交叉列表，第三表的卡方檢定結果，複製自匯出之 WORD 的分析報表，如表 5-8 所示。看到 Pearson 卡方檢定，其卡方值 32.244，漸近顯著性（兩端）.000，表示其雙尾檢定之 p 值遠小於 0.01 以下，爲統計上極端之顯著水準，因此卡方檢定的結果達到顯著水準，也就是「林場教育課程」與「愛護環境活動」有顯著之關聯。這是一個「中間過程」的結論，還沒有底定，這就與上一單元的單因子變異數分析一樣，有檢定結果，但還沒有具體的解釋論述，不能僅僅只以此：「林場教育課程」與「愛護環境活動」有顯著之關聯做結論，還要更具體的描述檢定結果的詮釋，此一部分就得看分析報表第二表「林場教育課程」與「愛護環境活動」的交叉列表。

表 5-8　卡方檢定表

項次	值	df	漸近顯著性（兩端）	精確顯著性（兩端）	精確顯著性（一端）
Pearson 卡方檢定	32.244[a]	1	.000		
持續更正[b]	30.689	1	.000		
概似比	33.438	1	.000		
費雪（Fisher）精確檢定				.000	.000
線性對線性關聯	32.138	1	.000		
有效觀察值個數	304				

註：a.0 單元（0.0%）預期計數小於 5。預期計數下限為 31.52。b. 只針對 2×2 表格進行計算。

第二表爲「林場教育課程」與「愛護環境活動」的交叉列表，表 5-9 爲複製自匯出之 WORD 的分析報表，經過編修整理後之交叉分析表。

表 5-9　林場教育課程與愛護環境活動交叉分析表

交叉項目			愛護環境活動		總計
			無	有	
林場教育課程	無	計數	146	91	237
		預期計數	125.5	111.5	237
		林場教育課程內的 %	61.6%	38.4%	100.0%
	有	計數	15	52	67
		預期計數	35.5	31.5	67
		林場教育課程內的 %	22.4%	77.6%	100.0%
總計		計數	161	143	304
		預期計數	161	143	304
		林場教育課程內的 %	53.0%	47.0%	100.0%

表 5-9 顯示預期計數皆大於 5，符合分析的條件，因此若從表 5-9 交叉分析表橫列所顯示之百分比去檢視，則可以將卡方檢定的分析結論寫成：有「參加過林場教育課程」的遊客，在有「參加愛護環境活動」的比例顯著要高於沒有「參加過林場教育課程」的遊客。

若以上交叉分析表不是從橫列百分比去詮釋，而是從直欄百分比去檢視來下結論，這樣可以嗎？答案是肯定的！要從橫列的百分比或直欄的百分比去檢視都可以，完全由研究者能夠較清楚易懂的表達分析結果的方向，去決定選擇橫列或直欄的百分比來論述；事實上也有一個簡單的方法，若讀者較習慣以橫列的百分比來論述，又想去看直欄的百分比情形，也可以在 SPSS 拖曳兩變數時，如圖 5-17 顯示去對調「列」與「欄」的兩個名義變數內容，則原來直欄呈現的，現在可變成橫列呈現。

若從以上交叉分析表直欄所顯示之百分比去檢視，則分析結論可寫成：沒有「參加愛護環境活動」的遊客，在沒有「參加過林場教育課程」的比例顯著要高於有「參加愛護環境活動」的遊客。

最後一個是長條圖。如以下是由 SPSS 匯出之 WORD 的分析報表之複製圖形，如圖 5-20 所顯示，圖中橫座標爲「林場教育課程」參加與否的兩塊資料，左邊一群代表沒有參加過林場教育課程；右邊一群代表有參加過林場教育課程。每一群都有參加或沒參加愛護環境活動的人數的分布對應到縱座標，縱座標則爲參加「愛護環境活動」的人數。很明顯的兩群在參加「愛護環境活動」的比例分配相當不一致，若從長條圖的分析結果結論是：（左邊）沒有參加過林場教育課程的遊客，大部分也沒有參加過愛護環境活動；而（右邊）有參加過林場教育課程的遊客，絕大部分也有參加過愛護環境活動。

這跟前述從交叉分析表的直欄、橫列去檢視的結論還是有些許區別，因爲我們是做了卡方檢定，因此論述的寫法要能呈現「顯著」的情況，所以還是建議用前述直欄、橫列去檢視的結論較爲適宜。長條圖的功用是可以幫我們理解與澄清前述檢定的邏輯合理性。

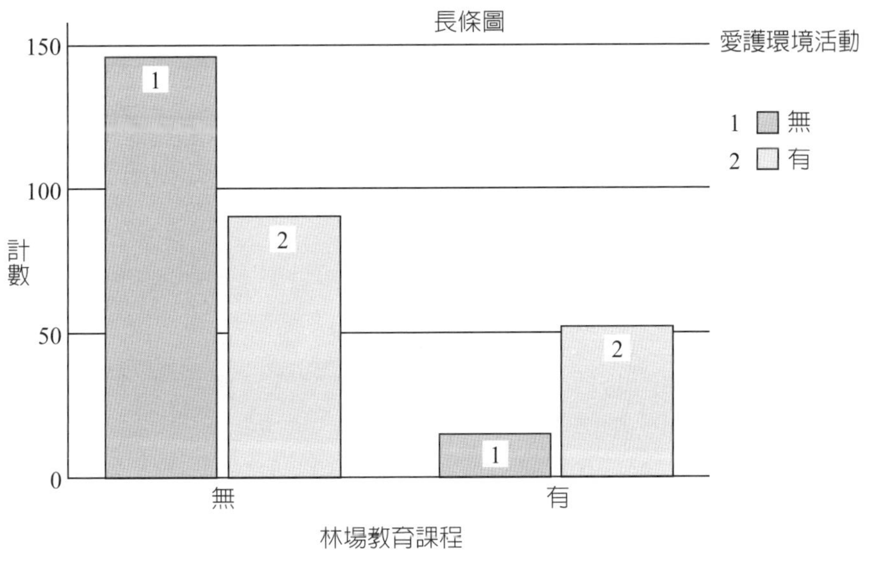

圖 5-20　交叉分析表長條圖解析畫面

5. 皮爾森相關分析

在本章開頭對於相關分析檢定方法的使用時機，曾提及當檢定兩個連續變數（如量表、測驗表分數等）之間的線性關係，適合利用皮爾森積差相關找出兩連續變數線性相關的程度。例如假設我們想要了解退休公務員的「身心健康量表」跟「生活滿意度量表」之間是否有正相關，就可以使用相關分析檢定。一般相關分析時會得出相關係數及檢定結果，相關係數 0.4 以下爲低相關，0.4-0.7 爲中等相關，0.7 以上則爲高度相關，正值的相關係數表示正相關、負值的相關係數則表示負相關。

本單元將以 2013 健康休閒學術研討會胡子陵與王凱媚（2013）所發表之〈國小學童低碳生活實踐和資源回收行爲之研究〉論文，發現國小學童低碳生活實踐和資源回收行爲之間呈現高度正相關之檢定結果，我們將以此兩量表進行皮爾森相關分析檢定之操作，以下即爲皮爾森相關分析檢定在 SPSS 的詳細示範操作步驟。

(1) 按下「分析」→按選「相關」→按選「雙變異數」

在 SPSS 功能表中按選「雙變異數」，如圖 5-21 之畫面。

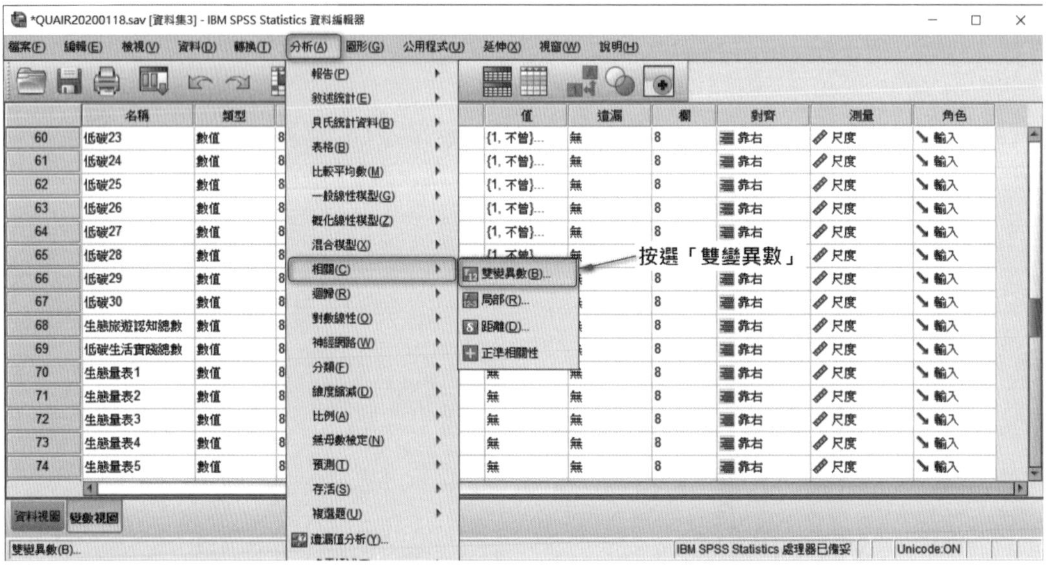

圖 5-21　SPSS 功能表選單之皮爾森相關分析擷取畫面

(2) 雙變量相關性視窗之連續變數及選項設定

按選「雙變異數」後，跳出「雙變量相關性」之主視窗，將「B 低碳生活實踐」與「C 資源回收行爲」兩連續變數之量表拖曳到「變數」框格內，繼續點擊「選項」，在統計量框格中勾選「平均值和標準差」。

「選項」設定後點擊「繼續」，回到雙變量相關性之主視窗，畫面下方相關係數之「Pearson」原始設定已經勾選，且爲雙尾檢定。畫面右上之「樣式」、「拔靴法」均不須修改，直接點擊「確定」，操作擷取畫面如圖 5-22 所示。

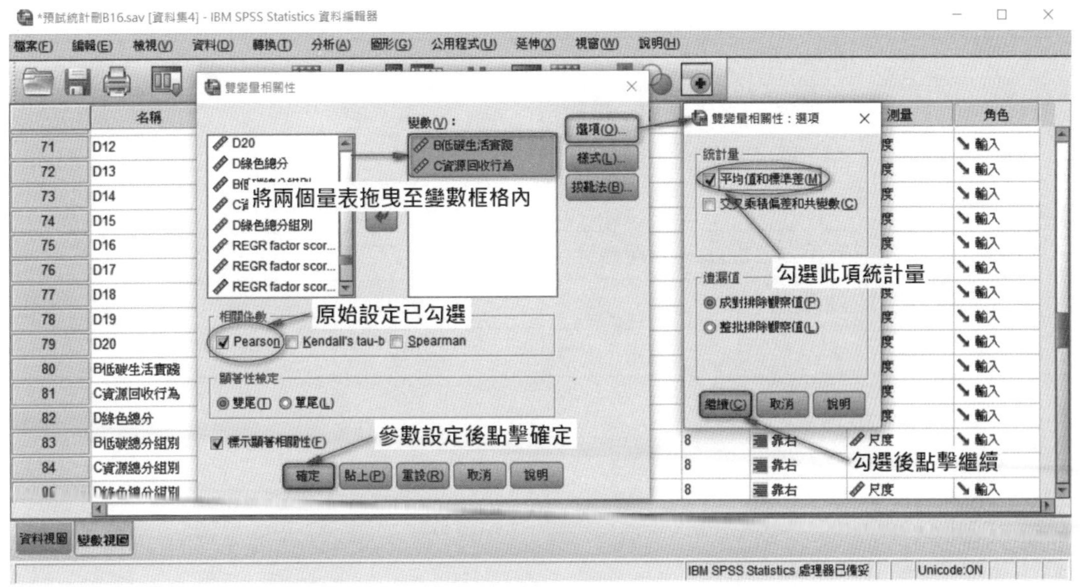

圖 5-22　皮爾森相關分析參數設定解析畫面

(3) 檢視分析結果

雙變量相關性之主視窗下，點擊「確定」後，即產生「敘述統計」及「相關性」檢定結果之兩個報表，經由匯出之 WORD 所複製的表格，第一表「敘述統計」如表 5-10 所示。

表 5-10　敘述統計

量表名稱	平均值	標準差	N
低碳生活實踐	69.91	14.299	392
資源回收行為	69.76	14.622	392

第二表「相關性」檢定結果，如表 5-11 所示。「低碳生活實踐」與「資源回收行爲」的相關係數爲 0.774**，且有兩星的顯著性，表示 p 值小於 0.01 的非常顯著結果，分析結論可寫成：國小高年級學童的「低碳生活實踐」與「資源回收行爲」之間有顯著的正相關，兩者相關係數爲 0.774，呈現高度的正相關。

表 5-11 皮爾森相關性檢定

量表名稱		生態旅遊認知	低碳生活實踐
低碳生活實踐	皮爾森（Pearson）相關性	1	.774**
	顯著性（雙尾）		.000
	N	392	392
資源回收行為	皮爾森（Pearson）相關性	.774**	1
	顯著性（雙尾）	.000	
	N	392	392

註：**. 相關性在 0.01 層級上顯著（雙尾）。

6. 線性迴歸分析

在本章開頭對於線性迴歸分析檢定方法的使用時機，曾提及當檢定兩個連續變數，一爲自變數、一爲依變數，主要探討兩者間的影響函數關係。若自變數只有一個稱爲簡單線性迴歸（simple linear regression），若自變數有兩個以上則稱爲多元線性迴歸（multiple regression）。

一般只要研究者在「研究架構圖」中有任兩個連續變數之間是→單箭頭關係，就是具有影響關係的論文，我們在學校圖書館查詢論文題目，常常可看到像是有「影響」、「因果」、「模式」之類的論文題目，大都可以使用迴歸分析去探討其間的關係。

本單元將延續以上 2013 健康休閒學術研討會胡子陵與王凱媚（2013）所發表之〈國小學童低碳生活實踐和資源回收行爲之研究〉論文，除「資源回收行爲」外，筆者另再加上一個連續變數「綠色消費態度」對於「低碳生活實踐」的迴歸分析探討。以上三個均爲量表，「資源回收行爲」和「綠色消費態度」將定義爲自變數，而「低碳生活實踐」定義爲依變數，相關量表計分都使用李克特五點量表。以下將在 SPSS 示範操作如何進行迴歸分析的操作步驟。

(1) 按下「分析」→按選「迴歸」→按選「線性」

在 SPSS 功能表中按選「線性」後如圖 5-23 所示，以便後續進行兩連續變數的參數設定。

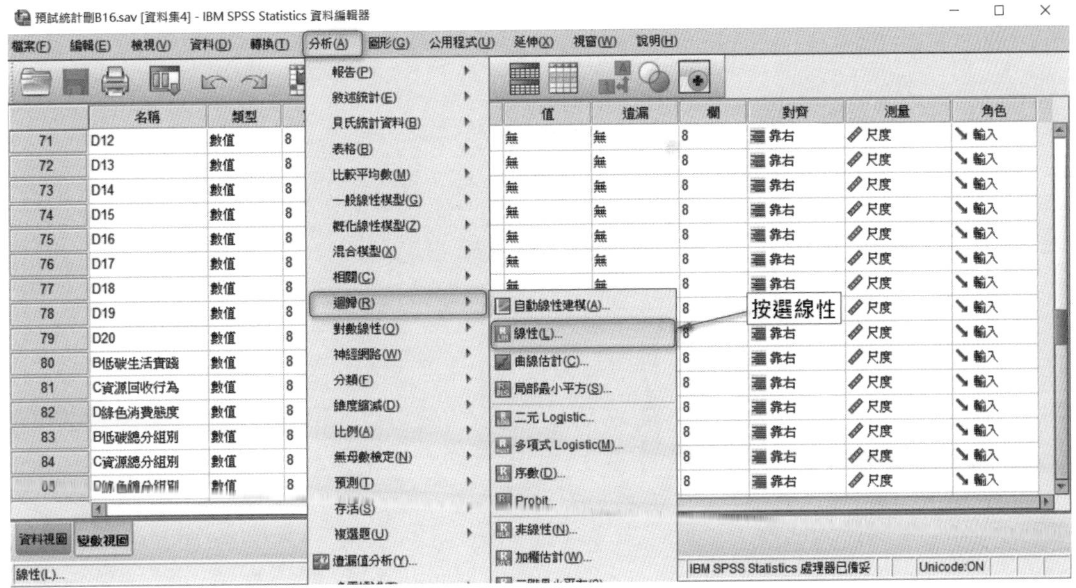

圖 5-23　SPSS 功能表選單之線性迴歸分析操作畫面

(2) 線性迴歸視窗之連續變數及選項設定

將「資源回收行爲」及「綠色消費態度」拖曳到自變數，「低碳生活實踐」拖曳到應變數。方法的選項包含「輸入」、「逐步」、「向前法」、「向後法」及「移除法」。

一般原始設定是保守的「輸入」法，也稱爲強制法，若自變數兩個以上，要找出優先的影響變數，建議使用「逐步」迴歸分析法，本單元勾選「逐步」，使用「逐步」迴歸分析法，如圖 5-24 所示。若已經確認研究架構連續變數之間的關係，只是驗證是否有顯著性，則可以使用原始設定之「輸入」（強制）法，若要找出各連續變數的眞正影響之權重大小，則建議使用「逐步」迴歸分析法。

點擊「統計資料」，勾選「估計值」、「敘述統計」、「R 平方變更量」及「模型配適度」，點擊「繼續」，如圖 5-25 所示。

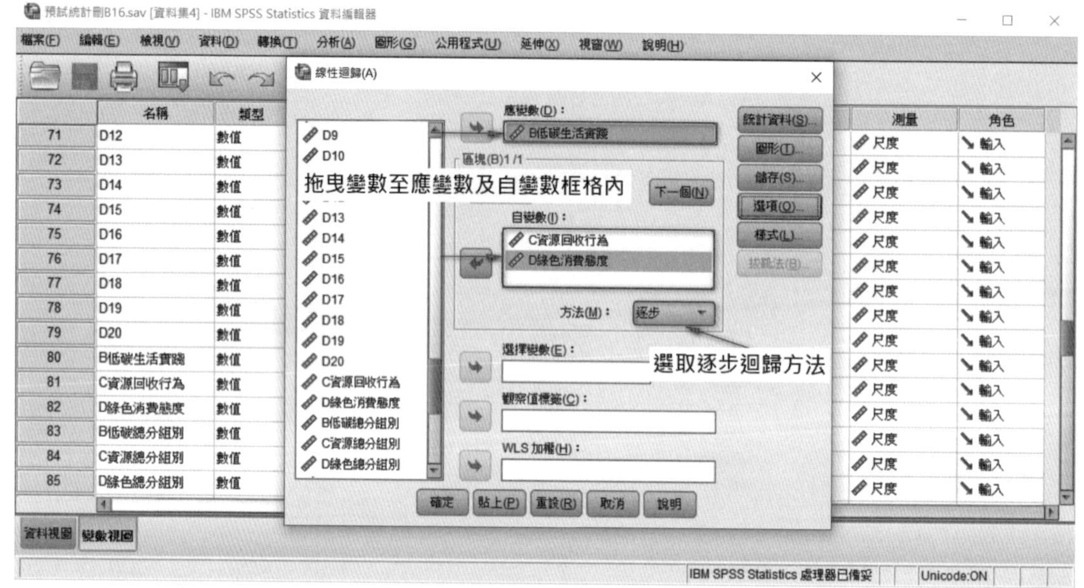

圖 5-24　線性迴歸分析主視窗參數設定解析畫面

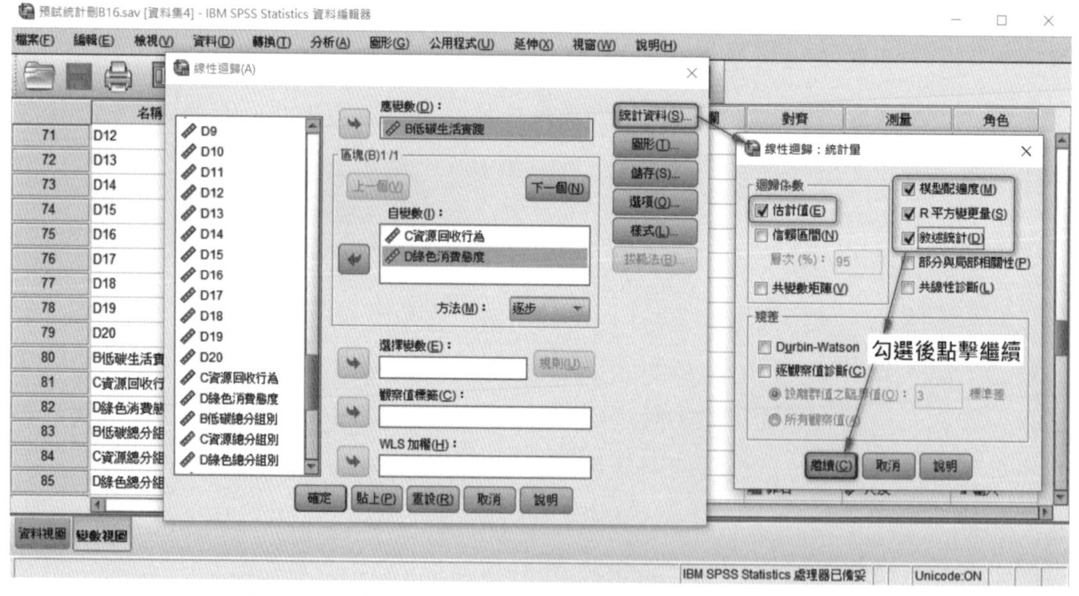

圖 5-25　線性迴歸分析統計資料參數設定解析畫面

點擊「繼續」回到線性迴歸主畫面，其他「圖形」、「儲存」、「選項」及「樣式」等參數不須調整，直接點擊「確定」即可產生統計報表結果。報表有「敘述統計」、「相關」、「模型摘要」、「變異數分析」、「係數」等，其中較重要的數據表，本單元從匯出之 WORD 檔複製擷取「模型摘要」及「係數」兩個較重要之表格說明。表 5-12 爲「模型摘要」，從「R 平方變更」得知，在第 1 模型中投入「資源回收行爲」時，模式有 62.7% 的解釋力；在第 2 模型中投入「綠色消費態度」時，模式只增加 2.8% 的解釋力，累加兩項解釋力爲 65.5%，因此「資源回收行爲」在第二模型中兩個解釋變數占了極其重要之解釋力要素。

表 5-12　低碳生活實踐之線性迴歸模型摘要

模型	R	R 平方	調整後 R 平方	估計標準誤	變更統計量				
					R 平方變更	F 值變更	自由度 1	自由度 2	顯著性 F 值變更
1	.792[a]	.627	.623	10.731	.627	168.235	1	390	.000
2	.809[b]	.655	.648	10.381	.028	7.855	1	389	.006

註：a. 解釋變數：(常數)，C 資源回收行為。
b. 解釋變數：(常數)，C 資源回收行為、D 綠色消費態度。
c. 應變數：B 低碳生活實踐。

表 5-13 線性迴歸之「係數」報表，從前一表之線性迴歸模型中，我們知道逐步迴歸方法共經過兩個模式進程，因此在取相關數據資料及檢定值時，必須以第 2 模型爲主。在第 2 模型中之係數報表，可看到逐步迴歸分析法，最後取出「C 資源回收行爲」及「D 綠色消費態度」，此兩自變數在「顯著性」欄位皆顯示達統計上顯著水準，因此兩變數皆須納入第 2 模型中。一般使用問卷調查的量表在進行迴歸分析時，並不適宜去看「非標準化係數」，而是要看「標準化係數」，這時第 2 模型之「C 資源回收行爲」爲 0.684 最高，而「D 綠色消費態度」爲 0.198。

因此，分析結論可寫成：「資源回收行爲」與「綠色消費態度」等自變數的 β 標準化係數皆達到顯著性，其中「資源回收行爲」的解釋力爲62.7%，「綠色消費態度」有 2.8% 解釋力，整個模式的解釋力爲 65.5%，顯示「資源回收行爲」與「綠色消費態度」會正向影響「低碳生活實踐」，其中「資源回收行爲」的 β 標準化係數 0.684 最高，因此以「資源回收行爲」對於「低碳生活實踐」的影響最爲重要。

表 5-13　低碳生活實踐之線性迴歸係數[a]

模型		非標準化係數		標準化係數	T	顯著性
		B	標準誤	β		
1	（常數）	18.876	5.448		3.465	.001
	C 資源回收行為	.920	.071	.792	12.971	.000
2	（常數）	–5.959	10.310		–.578	.565
	C 資源回收行為	.794	.082	.684	9.701	.000
	D 綠色消費態度	.386	.138	.198	2.803	.006

註：a. 應變數：B 低碳生活實踐。

7. 二元logistic迴歸

當研究的依變數爲非連續變數或是間斷變數的條件下，執行迴歸分析時便可以 logistic 迴歸模型分析自變數與依變數間的因果關係。當依變數的範疇爲兩種時則適用二元 logistic 迴歸，例如疫苗實驗對人體的抗體反應的可能結果爲「有」或「無」，人口遷移調查個人在過去 1 年內是否曾經搬家的可能結果爲「是」或「否」，災害經驗調查個人住家有無淹水經驗的可能結果爲「有」或「無」。以下將在 SPSS 的 Samples資料夾中利用 bankloan.sav 示範操作，如何進行二元 logistic 迴歸的操作步驟。

(1) 按下「分析」→按選「迴歸」→按選「二元Logistic regression」

如圖 5-26 所示，按選「二元 Logistic regression」。

(2) 點選應變數與拖曳自變數

點選圖 5-27 的「Previously defaulted」至應變數，選取「Age in years」至「Other debt in thousands」拖曳至共變數。銀行信用貸款 bankloan.sav 顯示 700 名客戶的違約紀錄「Previously defaulted」，曾有違約爲「1」、不曾違約爲「0」。銀行信用貸款部想要建立客戶違約與相關自變數如：客戶年齡（Age in years）、客戶教育程度（Level of education）等的關係，可以利用二元 logistic 迴歸建立因果模型。

圖 5-26 「二元 Logistic regression」功能表選單 SPSS 操作畫面

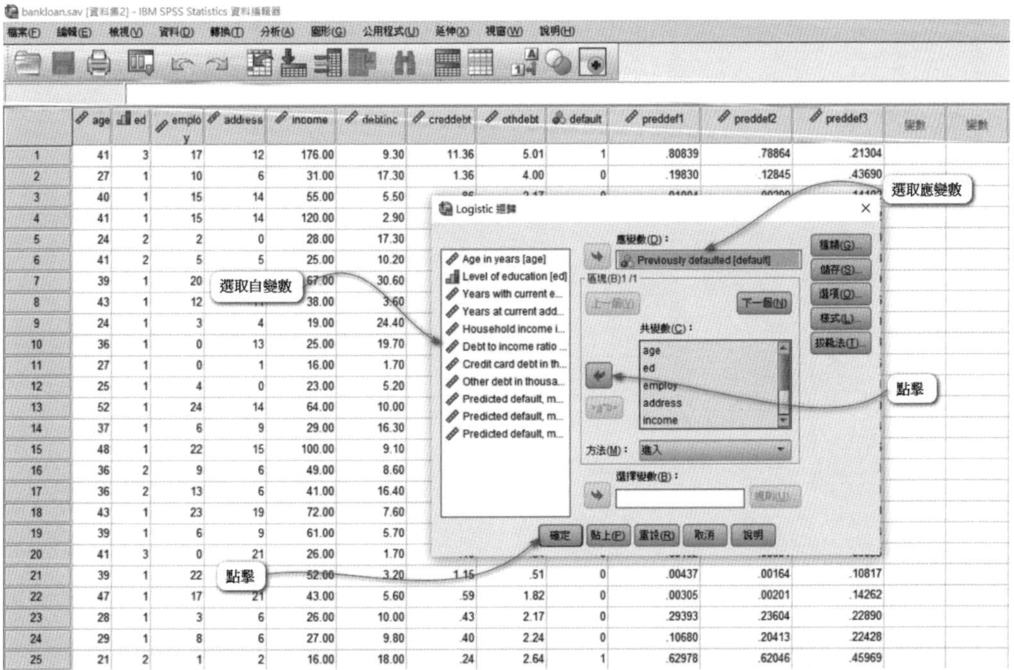

圖 5-27 「二元 Logistic regression」應變數與共變數設定 SPSS 操作畫面

(3) 檢視報表結果

客戶違約的二元 logistic 迴歸估計結果，如圖 5-28。圖 5-28 提供估計結果的表格，應該注意的是應變數是客戶違約對數勝負比〔ln（客戶違約機率 / 客戶不違約機率）〕，當客戶違約機率大於 0.5 時，客戶不違約機率會低於 0.5，因此當 ln（客戶違約機率 / 客戶不違約機率）>0，即表示客戶違約機率會增加；反之，當 ln（客戶違約機率 / 客戶不違約機率）<0，即表示客戶違約機率會減少。可以得知當第二欄自變數係數的估計值爲正值時，即表示自變數對客戶違約機率是正向影響；相反的，當估計值爲負值時，則表示自變數對客戶違約機率是負向影響。第六欄顯示只有「Years with current employer」、「Years at current address」、「Credit card debt in thousands」的顯著性低於 0.01，其餘的自變數皆不會影響客戶違約機率。最後一欄顯示的是當自變數增加 1 單位時，客戶違約的勝負比改變的倍數。如當 Years with current employer 增加 1 年時，客戶違約的勝負比變成 0.767 倍。當 Credit card debt in thousands 增加 1,000 元時，客戶違約的勝負比變成 1.874 倍。

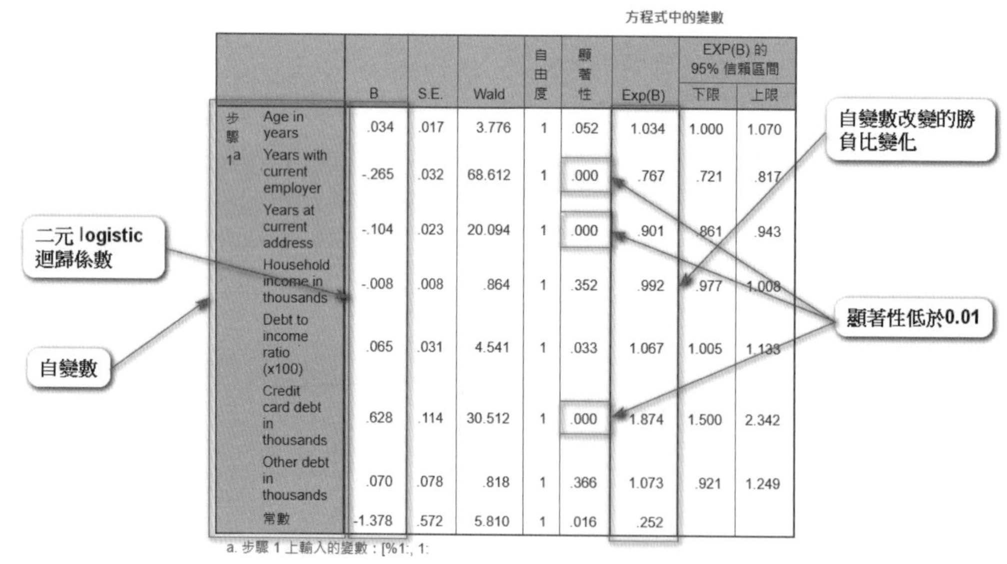

方程式中的變數

		B	S.E.	Wald	自由度	顯著性	Exp(B)	EXP(B) 的 95% 信賴區間 下限	上限
步驟 1[a]	Age in years	.034	.017	3.776	1	.052	1.034	1.000	1.070
	Years with current employer	-.265	.032	68.612	1	.000	.767	.721	.817
	Years at current address	-.104	.023	20.094	1	.000	.901	.861	.943
	Household income in thousands	-.008	.008	.864	1	.352	.992	.977	1.008
	Debt to income ratio (x100)	.065	.031	4.541	1	.033	1.067	1.005	1.133
	Credit card debt in thousands	.628	.114	30.512	1	.000	1.874	1.500	2.342
	Other debt in thousands	.070	.078	.818	1	.366	1.073	.921	1.249
	常數	-1.378	.572	5.810	1	.016	.252		

a. 步驟 1 上輸入的變數：[%1:, 1:

圖 5-28　二元 logistic 迴歸 SPSS 報表之自變數係數估計結果畫面

8. 多項式logistic迴歸

當研究的依變數爲非連續變數或是間斷變數的條件下，而且變數的範疇不只兩種，執行迴歸分析時便可以多項式 logistic 迴歸模型分析自變數與依變數間的因果關係。當依變數的範疇為兩種以上時則適用多項式 logistic 迴歸，例如調查個人在許多商品中選擇的可能結果為「麵包」或「燒餅」或「漢堡」、調查個人商務旅次主要的交通工具的可能結果為「飛機」或「公車」或「小客車」、調查個人政黨偏好的可能結果為「國民黨」或「民進黨」或「民眾黨」或「其他」。以下將利用 SPSS 中 Samples 資料夾的 cereal.sav，示範操作多項式 logistic regression。

(1) 按下「分析」→按選「迴歸」→按選「多項式Logistic regression」

如圖 5-29 所示，按選「多項式 Logistic regression」。

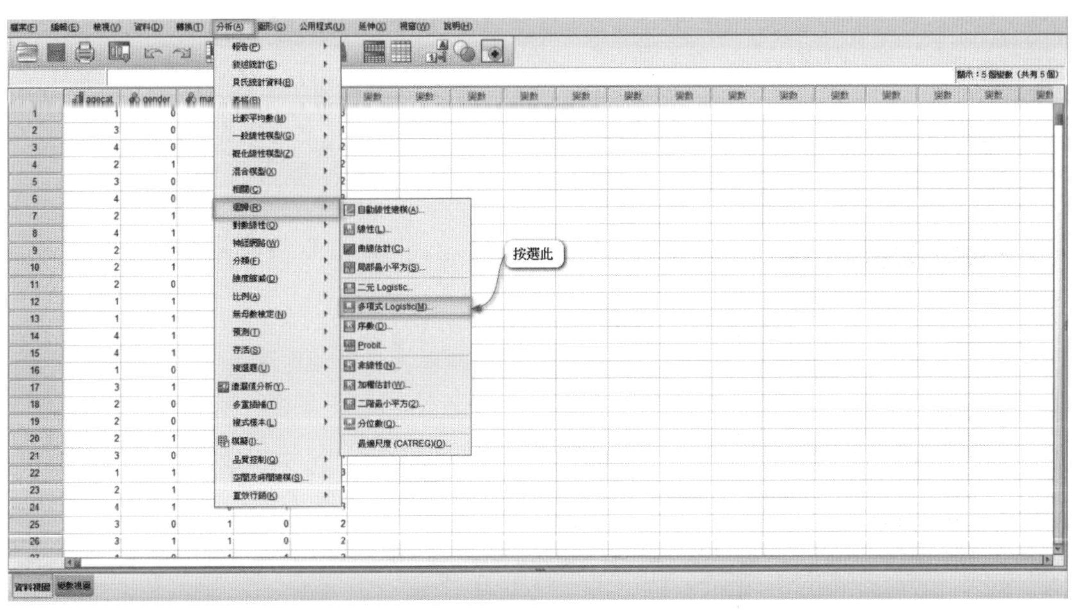

圖 5-29　「多項式 Logistic regression」功能表選單 SPSS 操作畫面

(2) 點選應變數與自變數

點選圖 5-30 的「bfast」至應變數，選取「Age category」至「Lifestyle」拖曳至因子（自變數的範疇以 0,1 或 1,2,……取代）。早餐行銷方案 cereal.sav 顯示 880 名個人早餐食品「bfast」，Breakfast Bar 為「1」、Oatmeal 為「2」、Cereal 為「3」。早餐店想要建立客戶餐品與相關自變數如年齡（Age category）、性別（Gender）、是否有積極的生活（Lifestyle）等的關係，可以利用多項式logistic迴歸建立因果模型。

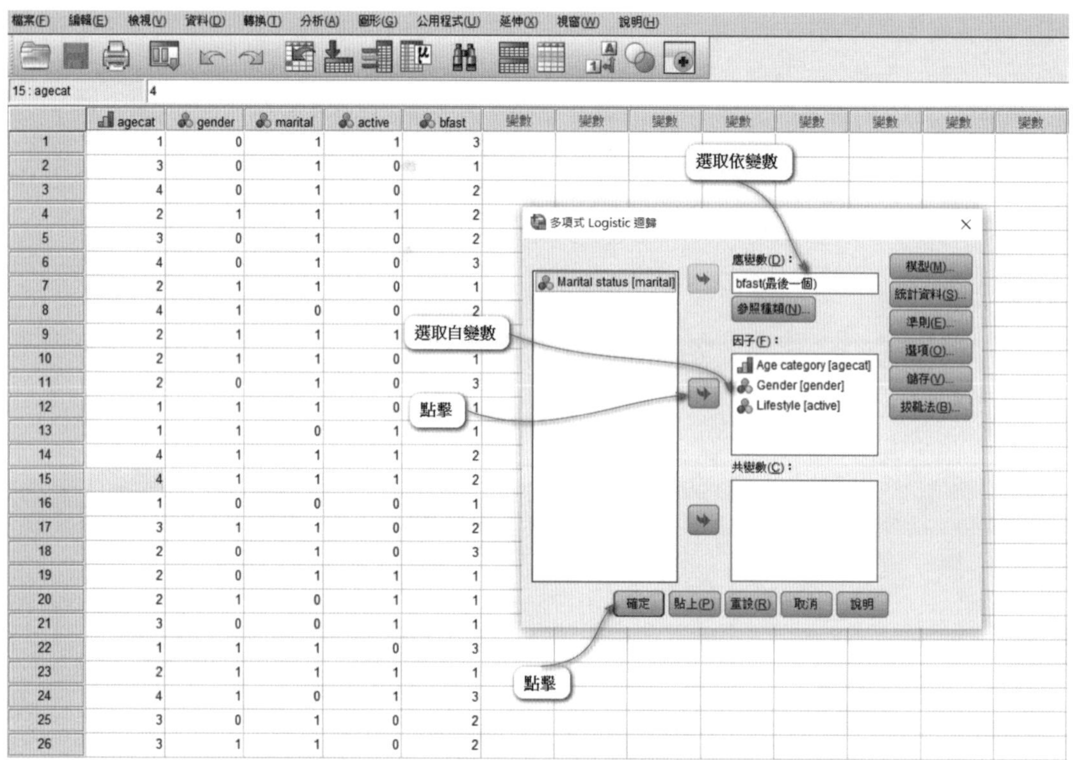

圖 5-30　「多項式 Logistic regression」應變數與共變數設定 SPSS 操作畫面

(3) 檢視報表結果

早餐行銷方案的多項式 logistic 迴歸估計結果，如圖 5-31。

圖 5-31 提供估計結果的表格，應該注意應變數行銷方案有三種：「Breakfast Bar」、「Oatmeal」、「Cereal」，SPSS 將代號最大 (3) 者「Cereal」設定爲對照組，其餘的「Breakfast Bar」、「Oatmeal」設定爲實驗組。因此會出現兩組估計結果，其中一組即對數「Breakfast Bar」/「Cereal」勝負比〔ln（Breakfast Bar 機率 /Cereal 機率）〕，當 Breakfast Bar 機率大於 0.5 時，Cereal 機率會低於 0.5。因此當 ln（Breakfast Bar 機率 / Cereal 機率）>0，即表示選擇 Breakfast Bar 機率會增加；反之，當 ln（Breakfast Bar 機率 / Cereal 機率）<0，即表示選擇 Breakfast Bar 機率會減少。

另外一組則是對數「Oatmeal」/「Cereal」勝負比〔ln（Oatmeal 機率 /Cereal 機率）〕，當 Oatmeal 機率大於 0.5 時，Cereal 機率會低於 0.5。因此當 ln（Oatmeal 機率 / Cereal 機率）>0，即表示選擇 Oatmeal 機率會增加；反之，當 ln（Oatmeal 機率 / Cereal 機率）<0，即表示選擇 Oatmeal 機率會減少。可以得知當第二欄自變數係數的

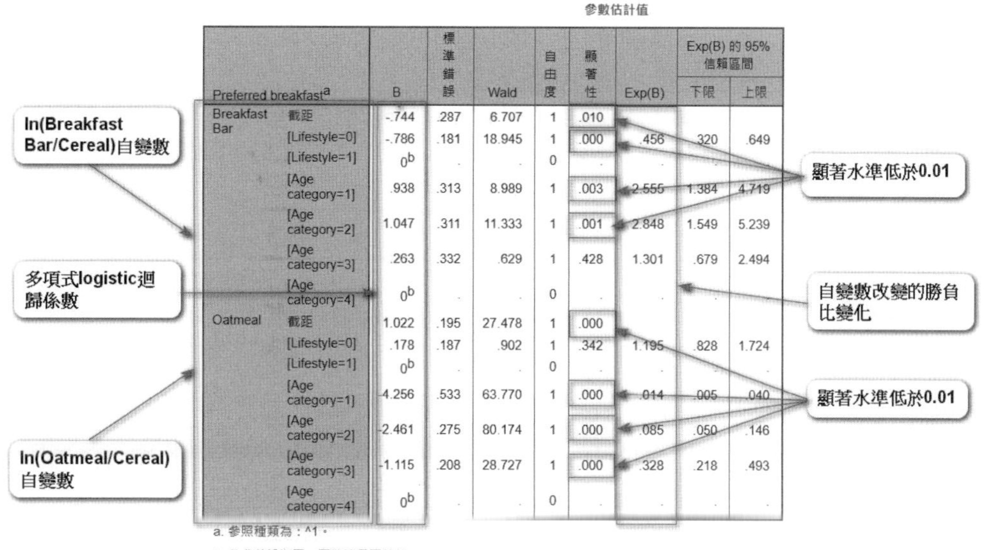

參數估計值

Preferred breakfast[a]		B	標準錯誤	Wald	自由度	顯著性	Exp(B)	Exp(B) 的 95% 信賴區間 下限	上限
Breakfast Bar	截距	-.744	.287	6.707	1	.010			
	[Lifestyle=0]	-.786	.181	18.945	1	.000	.456	.320	.649
	[Lifestyle=1]	0[b]	.	.	0	.	.	.	.
	[Age category=1]	.938	.313	8.989	1	.003	2.555	1.384	4.719
	[Age category=2]	1.047	.311	11.333	1	.001	2.848	1.549	5.239
	[Age category=3]	.263	.332	.629	1	.428	1.301	.679	2.494
	[Age category=4]	0[b]	.	.	0	.	.	.	.
Oatmeal	截距	1.022	.195	27.478	1	.000			
	[Lifestyle=0]	.178	.187	.902	1	.342	1.195	.828	1.724
	[Lifestyle=1]	0[b]	.	.	0	.	.	.	.
	[Age category=1]	-4.256	.533	63.770	1	.000	.014	.005	.040
	[Age category=2]	-2.461	.275	80.174	1	.000	.085	.050	.146
	[Age category=3]	-1.115	.208	28.727	1	.000	.328	.218	.493
	[Age category=4]	0[b]	.	.	0	.	.	.	.

a. 參照種類為：^1。

b. 此參數設為零，因為這是冗餘的。

圖 5-31　多項式 logistic 迴歸 SPSS 報表之自變數係數估計結果畫面

估計值為正值時，即表示自變數對 Breakfast Bar 或是 Oatmeal 機率是正向影響；相反的，當估計值為負值時，則表示自變數對 Breakfast Bar 或是 Oatmeal 機率是負向影響。

第六欄顯示對 Breakfast Bar 方案而言，只有「Lifestyle = 0」、「Age category = 1」、「Age category = 2」的顯著性低於 0.01，其餘的自變數皆不會影響 Breakfast Bar 機率。對 Oatmeal 方案而言，「Age category = 1」、「Age category = 2」、「Age category = 3」的顯著性低於 0.01，其餘的自變數皆不會影響 Oatmeal 機率。最後一欄顯示的是當自變數改變時，選擇 Breakfast Bar 或是 Oatmeal 的勝負比改變的倍數。如當 Lifestyle = 0 為不積極時，選擇 Breakfast Bar 的勝負比是 Lifestyle = 1 積極時的 0.456 倍。當 Age category = 1 即 31 歲以下時，選擇 Oatmeal 的勝負比是 Age category = 4 即 60 歲以上的 0.014 倍。

寫作技巧 SOP 提示——各種檢定方法之 SPSS 操作

SPSS 功能表的操作，不同版本雖用語上有些許的不同，也增加其他新的功能，但基本的統計功能並沒有不同，使用上仍然建議採用最新版的較適宜，因為附加的功能會隨著使用者的需求而不斷更新。
1. 獨立樣本 t 檢定： SPSS 功能表按下「分析」→按選「比較平均數」→按選「獨立樣本 T 檢定」，再進行各參數之設定。
2. 相依樣本 t 檢定： SPSS 功能表按下「分析」→按選「比較平均數」→按選「成對樣本 T 檢定」，再進行各參數之設定。
3. F 檢定： SPSS 功能表按下「分析」→按選「比較平均數」→按選「單因數變異數分析」，再進行各參數之設定。 一般 F 檢定達顯著水準且 Levene 變異同質性檢定未達顯著水準時，事後比較檢定使用 Scheffe 法，但若 Scheffe 法無法找出任兩組差異，可以在論文註明無法找到差異的事實，不再給予說明，默默地就把它當成是不顯著的結果。 若 F 檢定達顯著水準且 Levene 變異同質性檢定達顯著水準，即 p 值小於 0.05 時，則須勾選 Tamhane's T2 檢定或 Dunnett's T3 檢定；若各組人數大於 50，則使用 Games-Howell 檢定來進行事後比較。
4. 卡方檢定： SPSS 功能表按下「分析」→按選「敘述統計」→按選「交叉資料表」，再進行各參數之設定。檢定結果達顯著水準時，可從，橫列的百分比或直欄的百分比去檢視都可以，完全由研究者能夠較清楚易懂的表達分析結果的方向去決定選擇橫列或直欄的百分比來論述。
5. 皮爾森相關分析： SPSS 功能表按下「分析」→按選「相關」→按選「雙變異數」，再進行各參數之設定。相關係數 0.4 以下為低相關，0.4-0.7 為中等相關，0.7 以上則為高度相關，正值的相關係數表示正相關、負值的相關係數則表示負相關。
6. 線性迴歸分析： SPSS 功能表按下「分析」→按選「迴歸」→按選「線性」，再進行各參數之設定。問卷調查建議使用逐步迴歸法，可檢視 β 標準化係數來確定自變數影響依變數的權重大小。
7. 二元 logistic 迴歸： SPSS 功能表按下「分析」→按選「迴歸」→按選「二元 Logistic regression」，再進行各參數之設定。
8. 多項式 logistic 迴歸： SPSS 功能表按下「分析」→按選「迴歸」→按選「多項式 Logistic regression」，再進行各參數之設定。
補充心得註記 ⇨

二、推論檢定統計分析表列格式

前面第一節，已經介紹各種常用的檢定方法的 SPSS 操作與如何看報表的結果，相信讀者，有了以上看報表的技術，只要使用功能表上「檔案」之「匯出」或「匯出爲 Web 報告」的方法，把相關的數據資料或圖、表加以編輯使用即可。以下各單元將就使用的不同統計分析檢定方法，於學位論文中來適當的呈現自己研究的結果與論述。

在學術論文裡將數據結果呈現最常使用的方法，便是做成表格，只要讀者熟習上一節的 SPSS 操作、結果詮釋與匯出資料，便可把適當的數據資料等套用到以下各單元所規劃設計的表格內。

讀者翻閱各種學術論文中，也可看到有相當多隨著研究主題與學術特性而製成的各樣表格，筆者從各種複雜到簡單等不同的表格，重新整理設計、成最簡單易懂，但又不失嚴謹的表格來呈現論文檢定結果。讀者只要學會本書範例的論述表達方式，便可安心的把這些 SPSS 跑出來的結果放在論文裡了。

(一) 獨立樣本 t 檢定

上一節所述兩個獨立樣本群組的差異性檢定的例子，本節將沿用此一實例來說明。當依據上一節分析檢定結果，我們便可依據報表的數據做出一個可供他人清楚看到的結果資料。

論文撰寫範例 1——獨立樣本 t 檢定

本研究調查臺中市某長青大學 309 位銀髮族有無「社會活動參與」的經驗，在「自覺健康量表」及其分量表「心理功能」、「生理功能」與「社會功能」上是否有顯著之差異，經由獨立樣本 t 檢定分析結果顯示如表 5-14 所示。其顯著性之 p 值皆小於 0.05 以下，達到統計上之顯著水準，因此再查看表中各構面平均數的大小，有「社會活動參與」經驗的銀髮受試者，在「自覺健康量表」、「心理功能」、「生理功能」及「社會功能」四個構面的感受表現，皆顯著優於沒有「社會活動參與」經驗的銀髮受試者。

表 5-14　社會活動參與對自覺健康量表及分量表之 t 檢定摘要表

構面與量表	社會活動參與	人數	平均數	標準差	t 值	p 值（顯著性）
心理功能	有	262	26.6	2.76	3.046 **	0.004
	無	47	20.4	4.74		
生理功能	有	262	16.9	2.62	3.012 **	0.003
	無	47	15.7	2.85		
社會功能	有	262	18.6	2.14	2.606 *	0.012
	無	47	17.4	2.98		
自覺健康量表	有	262	58.2	6.00	3.560 **	0.001
	無	47	53.5	8.53		

註：* 代表 $p < 0.05$；** 代表 $p < 0.01$。

(二) 相依樣本 t 檢定

本單元仍將以前一節的第 (二) 部分之各種檢定方法之 SPSS 操作的第 2 項的例子，即失智老人經過六週介入性研究的動物性輔助治療後，其動作、表達、情緒方面，使用相依樣本 t 檢定後之改善情況。

論文撰寫範例 2——相依樣本 t 檢定

本研究植基於 2017 年桃園市政府衛生局「非藥物療法——寵物療法」計畫，由臺灣動物輔助治療專業發展協會辦理之動物輔助治療（Animal-Assisted Therapy，簡稱 AAT），每週一次時間爲 1.5 小時，各進行六週有目的介入性的動物輔助治療。15 名失智老人經專門訓練之人員進行六週動物性輔助治療過程中，記錄蒐集了失智老人前、後測的相關數據，以自行編制動作、表達及情緒等三量表來評估檢定其改善成效。經由相依樣本 t 檢定分析結果，如表 5-15 所顯示，在動作及情緒上均有顯著差異。再查看比較平均數，可發現經過六週動物性輔助治療後之「後測」分數，在動作及情緒上均高於「前測」之分數。

因此本研究之研究結果發現，經六週動物性輔助治療後之失智老人在「動作」及「情緒」方面均有顯著的改善，但在「表達」方面則並無任何改變。

表 5-15 失智老人動作、表達與情緒前後測之成對樣本 t 檢定分析結果

統計量	動作前測	動作後測	表達前測	表達後測	情緒前測	情緒後測
平均數	6.47	7.93	15.87	16.53	4.67	7.53
標準差	3.292	3.011	9.992	7.530	3.109	3.833
觀察值個數	15	15	15	15	15	15
t 值	–3.460**		–0.490		–4.595**	
p 值（雙尾）	0.004		0.632		0.000	

註：* 代表 $p < 0.05$；** 代表 $p < 0.01$。

(三) 單因子變異數分析

在上一節 SPSS 操作所學有關 F 檢定方法之範例中，發現擔任不同職務的教師在「防災教學信念」量表及分量表「教師角色」、「課程內容」、「教學方法」上的表現皆有顯著差異，將在以下範例說明於學位論文中常用的撰寫方法。

論文撰寫範例 3——單因子變異數分析

本研究使用單因子變異數分析來檢定擔任不同職務的國小教師在防災教學信念及各因素層面之差異情形，分析結果如表 5-16 單因子變異數分析表所示。

在表中 F 檢定結果，顯示「教師防災教學信念」、「教師角色」、「課程內容」及「教學方法」構面的 p 值皆小於 0.05 以下，達到統計上之顯著水準，另三類教師擔任的職務在以上所有構面的 Levene 變異數同質性檢定結果皆達顯著水準，再檢視三類擔任職務的教師人數，依據前一節各種檢定方法之 F 檢定提及：「若 Levene 變異同質性檢定達顯著水準，即 p 值小於 0.05 時，則需勾選 Tamhane’s T2 檢定或 Dunnett’s T3 檢定；若各組人數大於 50，則使用 Games-Howell 檢定來進行事後比較」，因此我們將以 Games-Howell 檢定進行事後比較，結果發現「教師防災教學信念」量表、「教師角色」、「課程內容」及「教學方法」構面，「級任教師」的表現皆顯著高於「教師兼任行政」；另「教學方法」構面，也發現「科任教師」的表現顯著高於「教師兼任行政」；而在「師生互動」的表現，擔任不同職務教師間並無差別。本結果也顯示出整體防災教學信念或各因素構面的表現，有兼任行政工作之教

師，因為其工作性質與擔任班級級任教師者相異，其表現確實多有影響。

表 5-16　擔任不同職務國小教師在防災教學信念及因素構面單因子變異數分析表

因素構面與量表	擔任職務	個數	平均數	標準差	Levene 統計量	F 值	事後比較
教師角色	(1) 級任教師	216	13.48	1.36	5.4**	5.49**	3<1
	(2) 科任教師	53	13.26	1.33			
	(3) 教師兼任行政	128	12.98	1.29			
課程內容	(1) 級任教師	216	13.44	1.38	15.6**	5.70**	3<1
	(2) 科任教師	53	13.19	1.06			
	(3) 教師兼任行政	128	12.95	1.21			
教學方法	(1) 級任教師	216	12.99	1.64	13.1**	4.54*	3<1 3<2
	(2) 科任教師	53	13.21	0.91			
	(3) 教師兼任行政	128	12.59	1.31			
師生互動	(1) 級任教師	216	17.56	1.94	3.7*	1.09	
	(2) 科任教師	53	17.58	1.73			
	(3) 教師兼任行政	128	17.27	1.64			
防災教學信念	(1) 級任教師	216	57.46	5.19	4.9**	4.98**	3<1
	(2) 科任教師	53	57.25	3.72			
	(3) 教師兼任行政	128	55.80	4.49			

註：** 代表 $p < 0.01$，* 代表 $p < 0.05$；本表事後比較使用 Games-Howell 檢定，「師生互動」因素構面 F 值未達統計上之顯著水準，故不做事後比較。

(四) 交叉分析與卡方檢定

在上一節 SPSS 操作所學有關卡方檢定方法之範例所進行的問卷調查中，背景變項中的有關「是否參加林場教育課程」與「是否參加愛護環境活動」，進行交叉分析，並以卡方檢定發現兩個名義變數間有顯著關聯，以下將以學位論文撰寫的方式，來說明上述之範例。

論文撰寫範例 4——交叉分析與卡方檢定

以下表 5-17 顯示是否參加愛護環境活動與是否參加林場教育課程的交叉分析表內容，並進一步以卡方檢定分析兩者之關聯，研究結果顯示 p 值小於 0.01，達到統計上之顯著水準。表中之百分比是以橫列來統計是否參加過「林場教育課程」的遊客，其是否參加過「愛護環境活動」的人數百分比，卡方檢定結果顯示有顯著之關聯；亦即本研究結果發現，有參加過「林場教育課程」的遊客，在有參加「愛護環境活動」的比例顯著要高於沒有參加過「林場教育課程」的遊客。

表 5-17　林場教育課程與愛護環境活動交叉分析表及卡方檢定

交叉項目			愛護環境活動		總計	卡方檢定值
			無	有		
林場教育課程	無	人數	146	91	237	32.24**
		林場教育課程內 %	61.6%	38.4%	100.0%	
	有	人數	15	52	67	
		林場教育課程內 %	22.4%	77.6%	100.0%	
總計		人數	161	143	304	
		林場教育課程內 %	53.0%	47.0%	100.0%	

註：** 代表 $p<0.01$，* 代表 $p<0.05$。

資料來源：修改自賴薇竹（2020）。新化林場遊客生態旅遊認知與低碳生活實踐之研究（未出版之碩士論文）（頁 111），康寧大學，臺南市。

(五) 皮爾森相關分析

皮爾森相關分析檢定在前一節 SPSS 的詳細示範操作中發現，檢定結果達顯著水準，且低碳生活實踐和資源回收行為之間呈現高度正相關。以下仍以此範例用學位論文撰寫的方式來說明。

論文撰寫範例 5——皮爾森相關分析

表 5-18 所示，爲國小學童低碳生活實踐和資源回收行爲之間「低碳生活實踐」與「資源回收行爲」的皮爾森相關性檢定。從表中可發現相關係數爲 0.774，且雙尾檢定之 p 值小於 0.01，顯示兩量表之間有非常顯著之關係。本研究結果綜整如下：經問卷調查結果發現，國小高年級學童的「低碳生活實踐」與「資源回收行爲」之間有顯著的正相關，且兩者相關係數達 0.774，呈現高度的正相關。

表 5-18　皮爾森 Pearson 相關分析

量表名稱	生態旅遊認知	低碳生活實踐
低碳生活實踐	1	.774**
資源回收行為	.774**	1
N = 392		

註：** 代表 $p<0.01$，* 代表 $p<0.05$（雙尾檢定）。

(六) 線性迴歸分析

在前一節 SPSS 示範操作如何進行迴歸分析的操作步驟中，我們探討了「資源回收行爲」與「綠色消費態度」兩個自變數對於「低碳生活實踐」依變數之間的線性關係，使用了多元線性迴歸來分析檢定，過程中由於該研究是使用李克特五點量表的問卷設計爲主，一般分析兩個以上自變數的迴歸分析稱爲多元線性迴歸，該研究使用逐步迴歸方法是最適宜的檢定程序。以下將以此實際範例如何在論文上撰寫論文，加以說明。

論文撰寫範例 6——多元線性迴歸分析

本研究之研究架構中共有「資源回收行爲」、「綠色消費態度」及「低碳生活實踐」等三個問卷量表，爲探討「資源回收行爲」和「綠色消費態度」兩量表對於「低碳生活實踐」的影響權重大小，本研究將使用多元線性迴歸分析來檢定。在 SPSS 的操作上將「低碳生活實踐」定義爲依變數，自變數則爲「資源回收行爲」和「綠色消費態度」，經過逐步迴歸的方法分析後，結果如表 5-19 所示。

表中共有兩個模型，在逐步迴歸過程中第 1 模型先投入最重要的一個自變數「資源回收行爲」，此一模型可解釋變異 62.7%；經過重新再去評估計算投入第二個自變數「綠色消費態度」的影響，在第 2 模型中檢定結果爲顯著，表示「綠色消費態度」爲影響的第二個自變數，其解釋變異約 2.8%，加入此一模型後因此可解釋變異共 65.5%。表中也呈現了「非標準化係數」的欄位，其中包括 B 係數，也就是一般數學線性方程式的參數值，因本研究爲量表之統計分析，因此略過此一部分，需要查看檢視「標準化係數」β 係數的重要權重意義。「資源回收行爲」與「綠色消費態度」等自變數的β標準化係數皆達到顯著性，其中「資源回收行爲」的解釋力爲62.7%，「綠色消費態度」有 2.8% 解釋力，整個模式的解釋力爲 65.5%，顯示「資源回收行爲」與「綠色消費態度」會正向影響「低碳生活實踐」，其中「資源回收行爲」的 β 標準化係數 0.684 高於「綠色消費態度」的 0.198，因此「資源回收行爲」對於「低碳生活實踐」影響最爲重要，其次才是「綠色消費態度」。

表 5-19　低碳生活實踐之線性迴歸係數

模型		非標準化係數		標準化係數	R 平方	t 值	顯著性
		B	標準誤	β			
1	（常數）	18.876	5.448		.627	3.465**	.001
	資源回收行為	.920	.071	.792		12.971**	.000
2	（常數）	–5.959	10.310		.655	–.578	.565
	資源回收行為	.794	.082	.684		9.701**	.000
	綠色消費態度	.386	.138	.198		2.803**	.006

註：** 代表 p<0.01，* 代表 p<0.05（雙尾檢定）。

(七) 二元logistic迴歸

論文撰寫範例 7——二元 logistic 迴歸

前一節的客戶違約預測是利用二元 logistic 迴歸，並且以客戶貸款的違約紀錄「Previously defaulted」爲應變數，相關自變數有：客戶年齡（Age in years）、現職年資（Years with current employer）、現址居住年數（Years at current address）、住戶所得（Household income in thousands）、負債所得比（Debt to income ratio（*100））、信用卡負債金額（Credit card debt in thousands）、其他負債金額（Other debt in thousands）等，分析結果顯示模型的配適度檢定如表 5-20 所示。當 Hosmer 與 Lemeshow 的顯著性低於 0.01 時，則模型的配適度不佳，本案例的顯著性爲 0.430，代表模型的配適度佳。

表 5-20　二元 logistic 迴歸模型配適度檢定

Hosmer 與 Lemeshow 檢定			
步驟	卡方檢定	自由度	顯著性
1	8.039	8	0.430

再進一步查看表 5-21 的資訊，–2 乘對數概似指標值爲 551.669。配適度指標方面，Cox 及 Snell R 平方 = 0.303 與 Nagelkerke R 平方 = 0.444。

表 5-21　二元 logistic 迴歸模型配適度

步驟	–2 對數概似	Cox 及 Snell R 平方	Nagelkerke R 平方
1	551.669	0.303	0.444

表 5-22 是模型估計結果，顯示在顯著水準爲 0.01 下，現職年資（Years with current employer）、現址居住年數（Years at current address）、信用卡負債金額（Credit card debt in thousands）會影響違約機率。當客戶的現職年資（Years with current employer）增加 1 年違約，勝負比會增加爲 0.772 倍，即年資愈高違約機率愈低。當客戶在現址居住年數（Years at current address）增加 1 年違約，勝負比將會增加爲 0.900 倍，即居住年數愈高違約機率愈低。當客戶的信用卡負債金額（Credit card debt in thousands）增加 1,000 元違約，勝負比增加爲 1.869 倍，即信用卡負債愈高違約機率愈大。

表 5-22　客户信用貸款違約之二元 logistic 迴歸

		B	標準誤	Wald	自由度	顯著性	Exp (B)	EXP(B) 的 95% 信賴區間	
								下限	上限
步驟 1	Age in years	.034	.017	3.924	1	.048	1.035	1.000	1.071
	Level of education	.091	.123	.542	1	.462	1.095	0.860	1.393
	Years with current employer	–.258	.033	60.645	1	.000	0.772	0.724	0.824
	Years at current address	–.105	.023	20.442	1	.000	0.900	0.860	0.942
	Household income in thousands	–.009	.008	1.159	1	.282	0.991	0.976	1.007
	Debt to income ratio (x100)	.067	.031	4.863	1	.027	1.070	1.008	1.136
	Credit card debt in thousands	.626	.113	30.742	1	.000	1.869	1.498	2.332
	Other debt in thousands	.063	.077	.655	1	.418	1.065	0.915	1.239
	常數	–1.554	.619	6.294	1	.012	0.211		

(八)多項式logistic迴歸

論文撰寫範例 8——多項式 logistic 迴歸

前一節的早餐選擇方案預測是利用多項式 logistic 迴歸，並且以個人早餐選擇「bfast」爲應變數，相關自變數有：個人年齡（Age category）、性別（Gender）、生活型態（Lifestyle）等，分析結果顯示模型的配適度檢定如表 5-23 所示。當 Pearson 與偏差的顯著性低於 0.01 時，則模型的配適度不佳。本案例的顯著性爲 0.796 與 0.790，代表模型的配適度佳。

表 5-23　多項式 logistic 迴歸模型配適度檢定

	卡方檢定	自由度	顯著性
Pearson	3.099	6	0.796
偏差	3.151	6	0.790

再進一步查看表 5-24 的資訊，配適度指標方面，Cox 及 Snell R 平方 = 0.348 與 Nagelkerke R 平方 = 0.393、McFadden R 平方 = 0.197。

表 5-24　多項式 logistic 迴歸模型配適度

Cox 及 Snell R 平方	0.348
Nagelkerke R 平方	0.393
McFadden R 平方	0.197

表 5-25 是模型估計結果，是顯示在 Breakfast Bar（相對 Cereal）方面顯示顯著水準為 0.01 下，個人生活型態為消極（Lifestyle = 0）、年齡介於 31-45 歲（Age category = 2），會影響早餐選擇的機率。

當個人生活型態為消極（Lifestyle = 0）時，選擇 Breakfast Bar 相對於 Cereal 的勝負比會增加為 0.456 倍，即生活型態消極選擇 Breakfast Bar 機率相對較低。當年齡低於 31 歲（Age category = 1）時，選擇 Breakfast Bar 相對於 Cereal 的勝負比會較年齡為 60 歲以上的個人增加為 2.555 倍，即個人年齡低於 31 歲選擇 Breakfast Bar 機率相對較高。當年齡介於 31-45 歲（Age category = 2）時，選擇 Breakfast Bar 相對於 Cereal 的勝負比會較年齡為 60 歲以上的個人增加為 2.848 倍，即個人年齡為 31-45 歲選擇 Breakfast Bar 機率相對較高。

在 Oatmeal（相對 Cereal）方面，顯示顯著水準為 0.01 下，年齡低於 31 歲（Age category = 1）、年齡介於 31-45 歲（Age category = 2）、年齡介於 46-60 歲（Age category = 3），會影響早餐選擇的機率。當年齡低於 31 歲（Age category = 1）時，選擇 Oatmeal 相對於 Cereal 的勝負比會增加為 0.014 倍，即個人年齡低於 31 歲選擇 Oatmeal 機率相對 60 歲以上的個人較低。當年齡介於 31-45 歲（Age category = 2）時，選擇 Oatmeal 相對於 Cereal 的勝負比會較 60 歲以上個人增加為 0.085 倍，即個人年齡介於 31-45 歲選擇 Oatmeal 機率相對 60 歲以上的個人較低。當年齡介於 46-60 歲（Age category = 3）時，選擇 Oatmeal 相對於 Cereal 的勝負比會較 60 歲以上個人增加爲0.328倍，即個人年齡介於46-60歲選擇Oatmeal機率相對60歲以上的個人較低。

表 5-25　個人早餐選選之多項式 logistic 迴歸

Preferred breakfast		B	標準誤	Wald	自由度	顯著性	Exp (B)	Exp (B) 的 95% 信賴區間	
								下限	上限
Breakfast Bar	截距	–.744	.287	6.707	1	.010			
	[Age category=1]	.938	.313	8.989	1	.003	2.555	1.384	4.719
	[Age category=2]	1.047	.311	11.333	1	.001	2.848	1.549	5.239
	[Age category=3]	.263	.332	.629	1	.428	1.301	0.679	2.494
	[Age category=4]	0	.	.	0	.			
	[Lifestyle=0]	–.786	.181	18.945	1	.000	0.456	0.320	0.649
	[Lifestyle=1]	0	.	.	0	.			
Oatmeal	截距	1.022	.195	27.478	1	.000			
	[Age category=1]	–4.256	.533	63.770	1	.000	0.014	0.005	0.040
	[Age category=2]	–2.461	.275	80.174	1	.000	0.085	0.050	0.146
	[Age category=3]	–1.115	.208	28.727	1	.000	0.328	0.218	0.493
	[Age category=4]	0	.	.	0	.			
	[Lifestyle=0]	.178	.187	.902	1	.342	1.195	0.828	1.724
	[Lifestyle=1]	0	.	.	0	.			

寫作技巧 SOP 提示——推論檢定統計分析表列格式

獨立樣本 t 檢定典型範例

表 5-14　社會活動參與對自覺健康量表及分量表之 t 檢定摘要表

構面與量表	社會活動參與	人數	平均數	標準差	t 值	p 值（顯著性）
心理功能	有	262	26.6	2.76	3.046 **	0.004
	無	47	20.4	4.74		
生理功能	有	262	16.9	2.62	3.012 **	0.003
	無	47	15.7	2.85		
社會功能	有	262	18.6	2.14	2.606 *	0.012
	無	47	17.4	2.98		
自覺健康量表	有	262	58.2	6.00	3.560 **	0.001
	無	47	53.5	8.53		

** 代表 $p<0.01$，* 代表 $p<0.05$（雙尾檢定）。

成對樣本之 t 檢定典型範例

表 5-15　失智老人動作、表達與情緒前後測之成對樣本之 t 檢定分析結果

統計量	動作前測	動作後測	表達前測	表達後測	情緒前測	情緒後測
平均數	6.47	7.93	15.87	16.53	4.67	7.53
標準差	3.292	3.011	9.992	7.530	3.109	3.833
觀察值個數	15	15	15	15	15	15
t 值	–3.460**		–0.490		–4.595**	
p 值（雙尾）	0.004		0.632		0.000	

註：** 代表 $p<0.01$，* 代表 $p<0.05$（雙尾檢定）。

單因子變異數分析典型範例

表 5-16　擔任職務國小教師在防災教學信念及因素構面單因子變異數分析表

因素構面與量表	擔任職務	個數	平均數	標準差	Levene 統計量	F 值	事後比較
教師角色	(1) 級任教師	216	13.48	1.36	5.4**	5.49**	3<1
	(2) 科任教師	53	13.26	1.33			
	(3) 教師兼任行政	128	12.98	1.29			
課程內容	(1) 級任教師	216	13.44	1.38	15.6**	5.70**	3<1
	(2) 科任教師	53	13.19	1.06			
	(3) 教師兼任行政	128	12.95	1.21			
教學方法	(1) 級任教師	216	12.99	1.64	13.1**	4.54*	3<1 3<2
	(2) 科任教師	53	13.21	0.91			
	(3) 教師兼任行政	128	12.59	1.31			
師生互動	(1) 級任教師	216	17.56	1.94	3.7*	1.09	
	(2) 科任教師	53	17.58	1.73			
	(3) 教師兼任行政	128	17.27	1.64			
防災教學信念	(1) 級任教師	216	57.46	5.19	4.9**	4.98**	3<1
	(2) 科任教師	53	57.25	3.72			
	(3) 教師兼任行政	128	55.80	4.49			

註：** 代表 p<0.01，* 代表 p<0.05（雙尾檢定）。

交叉分析與卡方檢定典型範例

表 5-17　林場教育課程與愛護環境活動交叉分析表及卡方檢定

交叉項目			愛護環境活動		總計	卡方檢定值
			無	有		
林場教育課程	無	人數	146	91	237	32.24**
		林場教育課程內 %	61.6%	38.4%	100.0%	
	有	人數	15	52	67	
		林場教育課程內 %	22.4%	77.6%	100.0%	
總計		人數	161	143	304	
		林場教育課程內 %	53.0%	47.0%	100.0%	

註：** 代表 p<0.01，* 代表 p<0.05（雙尾檢定）。

皮爾森相關分析典型範例

表 5-18　皮爾森 Pearson 相關分析

量表名稱	生態旅遊認知	低碳生活實踐
低碳生活實踐	1	.774**
資源回收行為	.774**	1
N = 392		

註：** 代表 $p<0.01$，* 代表 $p<0.05$（雙尾檢定）。

線性迴歸分析典型範例

表 5-19　低碳生活實踐之線性迴歸係數

模型		非標準化係數		標準化係數	R 平方	t 值	顯著性
		B	標準誤	β			
1	（常數）	18.876	5.448		.627	3.465**	.001
	資源回收行為	.920	.071	.792		12.971**	.000
2	（常數）	–5.959	10.310		.655	–.578	.565
	資源回收行為	.794	.082	.684		9.701**	.000
	綠色消費態度	.386	.138	.198		2.803**	.006

二元 logistic 迴歸典型範例

表 5-22　客户信用貸款違約之二元 logistic 迴歸

		B	標準誤	Wald	自由度	顯著性	Exp (B)	EXP(B) 的 95% 信賴區間	
								下限	上限
步驟 1	Age in years	.034	.017	3.924	1	.048	1.035	1.000	1.071
	Level of education	.091	.123	.542	1	.462	1.095	0.860	1.393
	Years with current employer	–.258	.033	60.645	1	.000	0.772	0.724	0.824
	Years at current address	–.105	.023	20.442	1	.000	0.900	0.860	0.942
	Household income in thousands	–.009	.008	1.159	1	.282	0.991	0.976	1.007

		B	標準誤	Wald	自由度	顯著性	Exp (B)	EXP(B) 的 95% 信賴區間	
								下限	上限
	Credit card debt in thousands	.626	.113	30.742	1	.000	1.869	1.498	2.332
	Other debt in thousands	.063	.077	.655	1	.418	1.065	0.915	1.239
	常數	–1.554	.619	6.294	1	.012	0.211		

多項式 logistic 迴歸典型範例

表 5-25 個人早餐選選之多項式 logistic 迴歸

Preferred breakfast		B	標準誤	Wald	自由度	顯著性	Exp (B)	Exp (B) 的 95% 信賴區間	
								下限	上限
Breakfast Bar	截距	–.744	.287	6.707	1	.010			
	[Age category=1]	.938	.313	8.989	1	.003	2.555	1.384	4.719
	[Age category=2]	1.047	.311	11.333	1	.001	2.848	1.549	5.239
	[Age category=3]	.263	.332	.629	1	.428	1.301	0.679	2.494
	[Age category=4]	0	.	.	0	.			
	[Lifestyle=0]	–.786	.181	18.945	1	.000	0.456	0.320	0.649
	[Lifestyle=1]	0	.	.	0	.			
Oatmeal	截距	1.022	.195	27.478	1	.000			
	[Age category=1]	–4.256	.533	63.770	1	.000	0.014	0.005	0.040
	[Age category=2]	–2.461	.275	80.174	1	.000	0.085	0.050	0.146
	[Age category=3]	–1.115	.208	28.727	1	.000	0.328	0.218	0.493
	[Age category=4]	0	.	.	0	.			
	[Lifestyle=0]	.178	.187	.902	1	.342	1.195	0.828	1.724
	[Lifestyle=1]	0	.	.	0	.			

補充心得註記 ⇨

第陸章

學位論文撰寫實務範例

寫一本學位論文，對於一位剛就讀研究所的研究生來講，都會把這件事情先放在一旁，等到同儕有人在做論文時，才跟著開始進行。但有些同學進行論文時，總是默默耕耘，他人很難看到這些同學的辛苦。這些同學開始的時候，都是在圖書館、網路上找文獻資料、跟指導教授討論或跟學長姐請教研究題目等，各種撰寫論文需要準備的工作與經驗。

網路上盡是各種不同的統計分析教學、各種研究方法的詳盡介紹與討論，也有學校電子期刊資源可以提供下載整本的博碩士論文，但是有了這些工具資源就代表可以使自己順利完成博碩士學位論文嗎？也許可以！但更可能的是這一切的努力與資源，都需要熟練的去找尋面對，無論是搜尋資料、整理資料乃至消化吸收資料，這都是學習新事物一貫必有的過程，這個過程或許會不斷重複以上的步驟。但經過前人不斷的試煉與嘗試，似乎所有的論文都有一套應該有的架構內容與規定格式，如果試著去學校圖書館翻閱部分已完成的博碩士論文，林林總總的學位論文，煞是羨慕人，但翻翻幾本去瀏覽，看起來似乎大同小異，哪一本才是自己所需要的參考資料，這時候眞的充滿著不確定。而這本書特別爲讀者整理了一般學術論文該有的章節內容架構，除了以上已經介紹過的章節的實際論文範例分享，針對書架上一本本完整的博碩士論文，每一章節如何簡潔扼要地呈現具有一定水準的學術論文，將在本章中一一爲讀者解答、實現。

一篇博碩士論文的基本架構內容依據王俊明（2020）在〈論文撰寫的方法與技巧〉論文中指出：「包括緒論、文獻探討、研究方法、結果與討論、結論與建議等五大部分」。本章將以這五個部分另加上「參考文獻」、「摘要」及「論文計畫書申請」等，分別以實務範例解說，提供讀者參考運用到自己的學位論文中，相信讀者除了天助，更可以自助的順利完成自己的學位論文，以下各節所舉出之範例寫作，希望可以協助讀者對論文的輪廓有更清晰的體認。

一、前言

一篇論文開始，總要把寫成這篇論文的內容大意說清楚、講明白，這個部分就是「緒論」，另一個同義的中文名稱也就是「前言」。在學位論文第一章前言所要敘述的內容包括四個部分，分別爲「研究動機」、「研究目的」、「研究問題」及「名詞解釋」。這四個部分的關係彼此環環相扣，「研究動機」引出所要達成的「研究目的」；爲完成研究目的，也因此需要去找出有哪些「研究問題」，並尋求可以解決問題的方法，而有關論文研究過程中所涉及到探討的主題所使用的專有名詞的意義及其在論文中的操作性定義等，則是「名詞解釋」所要清楚交代的工作。

(一) 研究動機

每一篇學位論文的研究起源，不會憑空而出，一定有其需要研究的原因，這就需要在每一篇學位論文的研究動機中來描述鋪陳。一般研究動機的寫法包括研究的背景說明，以及研究的重要性兩個主要範疇。從另一個角度來看，也就是在說明研究者爲什麼要做這篇論文。以下是胡子陵與蔡麗秋（2011）在〈國小教師生態環境衝擊知覺及生態旅遊態度對實施環境議題教學考量之影響——以湖山水庫開發爲例〉所發表論文的研究動機。在探討研究動機前，讓我們回頭來看看文內研究架構圖，如圖 6-1 所示，讀者可以再回憶一下論文「研究變數」的角色。

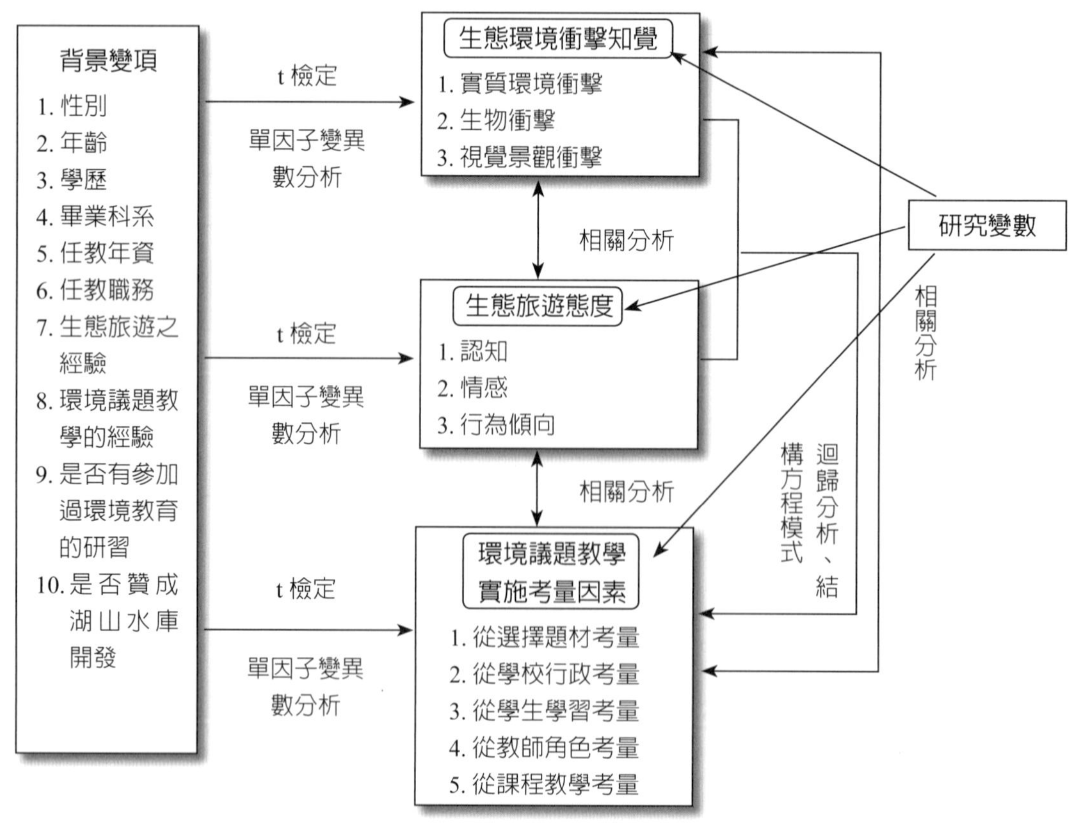

圖 6-1　研究動機範例之研究架構

資料來源：修改自胡子陵與蔡麗秋（2011）。國小教師生態環境衝擊知覺及生態旅遊態度對實施環境議題教學考量之影響——以湖山水庫開發為例。2011 第四屆兩岸四地可持續發展教育論壇，1-16。澳門威尼斯人渡假中心、澳門綠色環境保護協會、中華民國環境教育學會、香港教育學院。

本範例之研究動機在文章內的撰寫可分成兩塊寫法，一塊是在全篇論文開頭的「摘要」，另一塊是在論文當中內文的「研究動機」單元。讀者可以清楚看出以下所舉兩例，因爲「摘要」有文字字數的限制，因此「研究動機」的寫法要言簡意賅，而論文中內文的「研究動機」則用適當的文字段落去描述即可，並無限制。

論文撰寫範例 1——研究動機

摘要中的研究動機撰寫→

水庫開發對環境之影響具有相當威脅性，國小教師負有教導下一代學子之重任，環境議題教學爲一具有前瞻性的有效教學模式，若能從教師角色去了解其自然生態保育的環境衝擊知覺及生態旅遊態度，亦可反映其在環境教育的概況。本研究從雲林縣國小教師對湖山水庫開發所衍生上述之環境議題教學考量，進行分析與探討。

論文撰寫範例 2——研究動機

直接於內文研究動機的撰寫→

臺灣因地形及水資源需求量的增加，政府積極開發水資源，因此水庫計畫爲政府重要的政策之一，但水庫開發會造成不同程度之影響，且對環境之威脅相當嚴重，所以如何兼顧自然保育與各方面的影響降至最低，是大家共同需要努力的方向。

雲林地區鄉親大多從事農業，而農業灌溉需要大量的水資源，爲了解決缺水情形，於是開發地下水資源，致使雲林地區嚴重的地層下陷，沿海地區常飽受淹水之苦。在嚴重缺水的情形之下，政府擬將建立湖山水庫來解決缺水的情形，也將此納爲重要的政策之一。而近年來隨著人們休閒時間與所得增加，旅遊已經慢慢成爲現代社會大家所重視的活動，旅遊產業也因而快速的成長。但水資源對於雲林地區而言相當的彌足珍貴，爲了解決水資源的不足與嚴重的地層下陷問題，興建水庫是一項最直接，也是最快獲得水資源的方法。

湖山水庫位址於有豐富自然生態的地方，未開發之前有走向生態旅遊發展的趨向，所以水庫的開發一定會造成環境的衝擊，以及在發展生態旅遊上也會產生許多阻礙與影響。開發將會帶來不同的生態環境衝擊知覺，教育的使命是在教育孩子，並給孩子正確觀。

因此，本研究將針對雲林縣國小教師進行以湖山水庫開發爲例所造成的生態環境衝擊知覺、生態旅遊態度與實施環境議題教學考量之相關的調查研究，並希望藉此研究提供教師、學校與教育主關機關單位參考，能設計相關課程，讓學生在活動中得到更充分的學習，提高其環境意識，進而主動關懷周遭環境，正視環境議題。

(二) 研究目的

一篇論文的研究目的，當然是因有研究動機指出的背景現況所存在的問題，因此研究目的就是要具體的去找出研究所需要探討的主題，並且獲得解決。研究目的的撰寫，是要以條列式的方式去描繪具體研究的方向。當然這跟研究者的「論文題目」及研究架構中的「研究變數」有極其密切的關係，絕非無的放矢。在此仍將以前述〈國小教師生態環境衝擊知覺及生態旅遊態度對實施環境議題教學考量之影響——以湖山水庫開發為例〉的實際範例來說明，讀者亦可發現「研究目的」不須長篇大論，一或兩頁即可。

論文撰寫範例 3——研究目的

本研究欲探討之雲林縣國小教師以湖山水庫開發為例所造成的生態環境衝擊知覺、生態旅遊態度對實施環境議題教學考量所進行之相關研究，經由前述研究動機所指出研究背景下，本研究的研究目的列出如下：

一、了解雲林縣國小教師在生態環境衝擊知覺、生態旅遊態度及實施環境議題教學考量上各量表之表現情形。

二、了解不同人口背景變項下的雲林縣國小教師湖山水庫開發之生態環境衝擊知覺、生態旅遊態度與實施環境議題教學考量的差異情形。

三、探討並驗證雲林縣國小教師在生態環境衝擊知覺及生態旅遊態度對實施環境議題教學考量之影響模式及權重大小。

(三) 研究問題

研究問題是針對研究目的的內容需要解決的問題，且也考慮了使用的解決方法，如統計分析檢定等方法探討研究，因此「研究問題」本身，顯示出具有更為具體的研究方向。回顧前述所訂的每一個「研究目的」相對來說較為籠統，可能需要一個以上的「研究問題」去解決或探討。在此處仍將以前述〈國小教師生態環境衝擊知覺及生態旅遊態度對實施環境議題教學考量之影響——以湖山水庫開發為例〉範例，來一一說明每個「研究目的」所衍生的「研究問題」。其中前述第三個研究目的，衍生出如以下範例之第三個及第四個研究問題。

論文撰寫範例 4——研究問題

針對以上研究目的內容，本研究所要進行的研究問題如下：

一、雲林縣國小教師在生態環境衝擊知覺、生態旅遊態度及實施環境議題教學考量上各量表是否皆有正向之表現？

二、不同人口背景變項下的雲林縣國小教師在生態環境衝擊知覺、生態旅遊態度與實施環境議題教學考量，是否有顯著的差異？

三、雲林縣國小教師在生態環境衝擊知覺及生態旅遊態度，對實施環境議題教學考量的影響模式配適度是否良好？

四、雲林縣國小教師在生態環境衝擊知覺及生態旅遊態度，對實施環境議題教學考量的影響因子權重大小順序為何？

(四) 名詞解釋

名詞解釋是對論文研究架構中有關的重要「研究變數」，做「概念性的定義」或「操作性的定義」。在一般的期刊、研討會中操作性的定義則較難出現，而在較為詳細完整的學位論文中則極為常見。操作性定義的意義在說明自己對於某特定名詞在研究上的規範或限制的定義，例如量表計分的原則，幾分以上算是正向，幾分以下算是反向；又或研究銀髮族身心健康的題目，研究者對於研究對象銀髮族的年齡定義是70 歲以上，還是 80 歲以上，或有其他明確的操作性定義等。因此以前例發表的論文為例，舉例如以下三項。例如以下之「國小教師」名詞解釋，分號前為概念性定義；分號後則為操作性定義。

名詞解釋撰寫→

一、國小教師

國小教師係指領有國民小學合格教師證，並在國民小學擔任正式專任職位之合格教師；而本研究所指之國小教師則係雲林縣政府教育局公布之九十九學年度編制內國民小學的合格正式教師，不含代理、代課教師及實習教師。

二、生態環境衝擊知覺量表、生態旅遊態度量表、實施環境議題教學考量量表

「生態環境衝擊知覺量表」設計之題項，乃將生態環境衝擊知覺分爲實質環境衝擊知覺、生物衝擊、視覺景觀衝擊等三個因素層面，量表共計 21 題項；「生態旅遊態度量表」設計之題項，乃將生態旅遊態度分爲認知、情感、行爲等三個因素層面，量表共計 17 題項；「實施環境議題教學考量量表」設計之題項，乃將生態旅遊態度分爲從選擇題材考量、從學校行政考量、從學生學習考量、從教師角色考量、從課程教學考量等五個因素層面，量表共計 20 題項。以上計分方式採李克特量表的計分方式，依「非常不同意」、「不同意」、「沒意見」、「同意」、「非常同意」等五種尺度分別給予 1-5 的給分方式，其中穿插數題反向題，加總計分時反向題分數回轉，並依據分數的高低代表該問項的同意程度。

三、個人人口背景資料

本研究問卷調查之內容包括「人口變項」，例如受試者的姓名、年齡、最高學歷、畢業科系、任教年資、任教職務及「背景變項」，例如受試者生態旅遊之經驗、環境議題融入教學之經驗、是否參加過環境教育的研習、是否贊成湖山水庫開發，以及「複選題」，例如受試者獲得議題資訊的來源。

茲再以李璟瑤（2020）在〈臺南市教保服務人員在照顧發展遲緩幼兒的職場疲勞、健康休閒生活品質之研究〉中，對於該研究特定之研究對象的名詞解釋範例說明如以下第四項。

名詞解釋撰寫→

四、發展遲緩幼兒

以目前臺南市幼兒園招生現況，幼幼班招收 2-3 歲幼兒、小班招收 3-4 歲幼兒，而每年入學名額不一，部分園所因此採取小班和中班幼生混齡同班的方式，又或是小班、中班、大班幼生混齡同班的方式，幼幼班則不採取混齡方式，以符合《幼兒教育及照顧法》第 16 條的規定，而本研究之發展遲緩幼兒是指 2-4 歲的發展遲緩幼兒爲主要研究對象。

寫作技巧 SOP 提示——前言

前言所要敘述的內容包括有四個部分，分別為「研究動機」、「研究目的」、「研究問題」及「名詞解釋」。
「研究動機」的寫法包括研究的背景說明，以及研究的重要性兩個主要範疇。「摘要」有文字字數的限制，因此「研究動機」的寫法要言簡意賅，而論文中內文的「研究動機」則用適當的文字段落去描述即可，並無限制。
研究目的的撰寫，是要以條列式的方式去描繪具體研究的方向，與研究者的「論文題目」及研究架構中的「研究變數」有極其密切的關係。
研究問題是針對研究目的，且也考慮了使用的解決方法，如統計分析檢定等方法探討，每一個「研究目的」相對來說較為籠統，可能需要一個以上的研究問題去解決或探討。
名詞解釋是對論文研究架構中有關的重要「研究變數」，做概念性的定義或操作性的定義。操作性定義的意義在說明自己對於某特定名詞在研究上的規範及定義，例如量表計分的原則，幾分以上算是正向，幾分以下算是反向；又或研究銀髮族身心健康的題目，研究者對於研究對象銀髮族的年齡定義是 70 歲以上，還是 80 歲以上，或有其他明確的操作性定義等。
補充心得註記 ➪

二、文獻探討

依據王俊明（2020）對文獻探討的重要性指出：「文獻探討有兩個目的，一是讓閱讀者能了解此研究的理論基礎，二是作爲提出研究假設的依據」。以下將從(一)何處尋覓文獻、(二)文獻章節編排原則、(三)引用文獻方針、(四)善加運用列表及(五)小節綜整等分項來說明。

(一) 何處尋覓文獻

在第貳章中，我們曾經詳細的介紹過如何使用學校電子資源搜尋文獻，這是研究者就讀的學校有義務提供給教師及研究生的寶貴資源，千萬不要忽視這項可以免費獲得的工具寶庫！搜尋文獻資料要從自己所建構的研究架構中的「研究變數」著手，找出文獻「研究變數」的理論、方法、結果與發現，這些內容在以下「引用文獻方針」會有進一步說明。

(二) 文獻章節編排原則

文獻探討的章節編排，一般是以研究架構中的「研究變數」爲單元，在問卷調查中「研究變數」常見的是「量表」或「測驗表」。因爲一篇學位論文研究架構中普通都有二、三個「研究變數」，爲免受限於這二、三個「研究變數」的框架，研究者可以彈性的調整「研究變數」跟有關的理論、技術與方法等互相融入，來作爲編排章節的依據。

文獻章節編排原則撰寫→

例如胡子陵與黃淑靜（2017）在〈國小教師低碳環境素養與節能行爲意向之研究〉所發表內文中，文獻回顧部分下分成三小節討論，標題各爲「一、低碳環境素養」、「二、計畫行爲理論」與「三、低碳環境素養與各構面對環境行動預測」，其中第一小節已涵蓋了題目中的「低碳環境素養」；第二小節的「計畫行爲理論」（Ajzen, 1985）則是對行爲能有效的解釋和預測的理論，以此主題來探討題目中「節能行爲意向」有關的文獻；第三小節的「低碳環境素養與各構面對環境行動預測」，則是因本研究建構了影響模式，必須同時有兩個研究變數間相關文獻的探討，因此將題目中的兩個「研究變數」的影響或因果關係編排結合而成，來回顧相關文獻所做出的研究。至於每一個「研究變數」單元以下若有需要分項說明探討，也可以再細分小單元回顧討論，研究者可自行評估章節分項分次的編排方式。

(三) 引用文獻方針

在撰寫博碩士學位論文的實務上，文獻探討主要是引用其他文獻期刊等所發表的結果、發現、理論與方法，因此在學位論文第二章引用找文獻資料的時候最好都能兼顧，因爲一篇博碩士論文要引用的期刊等文獻數量不少，除了要注意多引用中英文文獻最近 3 年資料外，內文在引用時不必所有文獻期刊都要一一展示內容，只要引用相同研究結果或理論觀點的數篇重要的文獻內容資料加以論述來支撐研究架構，並說明在研究架構中要加以採用的觀點，其他多出的文獻可用作者與年代的引用方法註記即可。以下仍將以前例胡子陵與黃淑靜（2017）在〈國小教師低碳環境素養與節能行爲意向之研究〉所引用文獻資料，以範例說明引用撰寫上須注意的四個重點。

引用「結果」：文獻中，研究的結果，一般在結論或摘要單元中可查得，且研究結果大都涉及不同的人口背景變項下的研究，極大多數都是使用差異性檢定中可看到使用的「人口背景變項」，這些都可考慮納入研究者自己建構的研究架構中的「人口背景變項」。

引用文獻「結果」撰寫→

「林璟嫻（2008）的研究顯示，國小教師的環境價值觀與態度和環境行動經驗間有顯著的相關性。」

「國內周儒、潘淑蘭、吳忠宏（2013）的研究也顯示，環境敏感度、自我效能感、環境行動策略知識、涉入與全球暖化的知識是預測環境行動的重要因子。」

引用「發現」：與前述的結果相似，但研究有新的發現，與其他文獻的結果不同或其他文獻沒有研究過的結果，一般在結論或摘要單元中可查得。

引用文獻「發現」撰寫→

「王懋雯（1997）研究發現『個人責任感』爲影響環境行爲重要的預測變項。」

引用「理論」：可以從研究架構來著眼，如研究的因素構面或研究者理論來源是從不同學派理論而來等，一般在文獻探討的理論單元中可查得。

引用文獻「理論」撰寫→

「計畫行爲理論（Ajzen,1985）主要是衍生於理性行動理論，理性行動理論主張行爲的完成或成功主要是受個人意志所控制。」 「美國的環教學者 Roth（1992）指出，『環境素養』是個人對環境與環境議題所擁有的相關知識與態度」。

引用「方法」：指使用的研究方法，如質性或量化、實驗或問卷或電腦模擬分析使用不同的套裝軟體等，一般在研究方法或摘要單元中可查得。

引用文獻「方法」撰寫→

「研究工具方面，本研究低碳知識部分採是非題型，研究樣本於塡答時若對於不甚清楚之答案，則容易陷入個人習慣之猜測方向，例如偏向回答『是』，或是偏向回答『錯』。因此，未來相關研究者可以採選擇題型、自覺式題型或是非題型與選擇題型並行方式，交錯分析以提供對照比較。」（胡子陵與黃淑靜，2017）

(四) 善加運用列表

蒐集到的文獻，如何寫在論文中是研究者比較棘手的部分，因爲不能把這些資料全部都一股腦地抄寫在研究者的論文中，還需要注意引用文獻來源及如何串聯這些不同來源的文獻資料的「起承轉合」的文學造詣能力，若稍不小心都可能被檢舉有抄襲的嫌疑。

筆者誠摯的建議可以使用「表格」的方式來完整呈現所蒐集彙整的文獻，針對以上蒐集到有關文獻的「結果」、「發現」、「理論」與「方法」的資料，以歸納的方式適當地將文獻這些研究結果中的「研究對象」、「顯著差異」、「調查方法」、「變數間關係」等與研究者相對應的研究內容製成「表格」欄位作比較，以呈現彼此相同內容或相異之處。至於研究者研究架構之人口及背景變數之選用，也可使用表格來彙整文獻的研究結果中，有關人口背景之間的交叉分析與卡方檢定結果或人口背景在各量表的差異性檢定等，以上所談到在各種文獻不同層面的理論與研究結果，都可以用表格內容來比較自己研究的觀點與其他文獻內容所存在相同或相異之處，來撰寫文獻探討。如此不僅解決了內文要撰寫文獻探討的難處外，也同時呈現研究者蒐集文獻的用心，但提醒研究者仍應注意撰寫論文的精簡原則，尤其是「表格」內容宜精簡，不宜冗長。這種撰寫的方式可讓閱讀者更能一目了然，無形中可以增加研究者分析思考的邏輯能力，更避免了一般抄襲的風險。

然而還要注意的一件事：文獻探討資料以表格呈現時，在論文本文中一定要敘述該表格內容，研究者只要針對表內較特殊或較重要的研究內容提出見解即可，不需要把表內的所有內容一一都介紹，其實表內所列其他內文未提及的內容，可以提供其他有進一步需要文獻來源的學者或研究生等瀏覽參考。

論文撰寫範例 5——善加運用列表

茲將國內、外學者有關環境素養與環境行動預測之相關研究，整理如表 6-1 所示。表中列出國內外學者對環境素養各預測變項重要性排序的結果，如 Sia, Hungerford 與 Tomera（1985）等人發現環境敏感度能解釋環境行爲頗高的變異量。國內吳鵬兆和張子超（2001）的研究也顯示環境敏感度、環境行動策略的技能、控制觀、過去環保相關活動的經驗與環境責任感是預測環境行動的重要因子。因此，綜合表中學者對敏感度的相關研究結果，本研究將環境敏感度納入「低碳態度」量表因素構面中，且本研究針對的是目前低碳的議題，因此給予因素名稱爲「低碳敏感度」。

表 6-1　國內外有關環境行動研究預測變項排序表

研究者	研究對象	預測變項重要性的排序
Sia, Hungerford & Tomera (1985)	Sierra Clubs 和 Elderhostel 成員	(1) 環境行動策略的技能 (2) 環境敏感度 (3) 環境行動策略的知識

研究者	研究對象	預測變項重要性的排序
Hsu & Roth (1998)	花蓮縣的中學教師	(1) 採取環境行動策略自覺的知識 (2) 行動意圖 (3) 居住區域 (4) 採取環境行動策略自覺的技能
張乃千（2003）	花蓮縣現職教師	(1) 行動意圖 (2) 環境敏感度 (3) 採取環境行動策略的技能 (4) 環境態度 (5) 有關環境議題的知識
吳鵬兆和張子超（2001）	偏遠地區高中生	(1) 環境行動策略的技能 (2) 控制觀 (3) 過去環保相關活動的經驗 (4) 環境敏感度 (5) 環境責任感
陳思利和葉國樑（2002）	國中生	(1) 應用環境行為技能的覺知 (2) 環境敏感度
陳綺鄉（2006）	東華大學生（大一生）	(1) 環境希望 (2) 有關環境議題的知識 (3) 行動意圖 (4) 採取環境行動策略的知識 (5) 採取環境行動策略的技能
	東華大學生（大四生）	(1) 採取環境行動策略的知識 (2) 環境希望 (3) 有關環境議題的知識 (4) 環境敏感度

資料來源：修改自胡子陵與黃淑靜（2017）。國小教師低碳環境素養與節能行為意向之研究。康大學報，7，33-56。

(五) 小節綜整

在確定章節編排方法後，文內所談到的「研究變數」的「量表」或「測驗表」，在每一單元章節結束前可以整理彙整文獻的重點與學位論文第三章研究方法所要建構的研究架構內容，作出小節的「小結論」，但也可在單元最後加入一節綜整做出「小節結論」。

事實上這個動作就是在建構研究者自己研究架構的藍圖，同時也對有關引用的文獻理論和研究做出整理歸納，分析整理其研究結果跟研究者自己研究架構中所欲探討的研究問題，以便在後續自己的研究結果能呼應該文獻結果或評論比較該文獻所做出結果之優劣；同時，研究者也可以藉由所提出的研究問題，在文獻探討的相關章節中，論述說明提出研究者所做的研究假設。一般而言，「研究假設」是研究者針對研究問題所提出來「暫時性的解答」，部分學位論文的研究假設是在文獻探討的「小節結論」中列出，這也是本書建議的寫法，但也有不少學位論文作者放在學位論文的第三章研究方法中列出，也並無不妥。

論文撰寫範例 6——小節綜整

基於上述有關環境素養模式討論，可知環境素養至少應包含有以下因素內涵：亦即環境的敏感性、了解環境問題的知識、環境價值觀與態度，以及實際參與解決環境問題等內涵。葉欣誠、吳燿任、劉湘瑤與于蕙清等人指出，所有的環境素養項目與教育目標均能歸類爲三項因素，即知識、態度或技能（2006），因此綜合以上文獻研究之結論，本研究之「低碳環境素養」可定義爲「對於目前全球暖化議題擁有相關的知識與態度，並且關切暖化帶來的環境變遷問題，具備補救環境問題的策略與技能，主動將降低碳排放之行動落實於生活中」，其內涵精簡爲「低碳知識」、「低碳態度」與「低碳技能」等三個研究構面，並經由前一節從計畫行爲理論對於「節能行爲意向」預測模式相關文獻資料的討論。本研究綜整文獻回顧內容及前述緒論所列出之研究問題，擬提出欲驗證的「研究假設」如下所列：

H1. 國小教師之低碳環境素養會因人口背景變項不同而有顯著差異。

H2. 國小教師之節能行爲意向會因人口背景變項不同而有顯著差異。

H3. 國小教師之低碳環境素養與節能行爲意向間有顯著相關。

H4. 國小教師之低碳環境素養對節能行爲意向有顯著影響。

寫作技巧 SOP 提示——文獻探討

文獻探討有兩個目的，一是讓閱讀者能了解此研究的理論基礎，二是做為提出研究假設的依據。
搜尋文獻資料要從自己所建構的研究架構中的「研究變數」著手，找出文獻「研究變數」的理論、方法、結果與發現。
文獻探討的章節編排，一般是以研究架構中的「研究變數」為單元，研究者也可以彈性的調整「研究變數」跟有關的理論、技術與方法等互相融入，來作為編排章節的依據。
引用「結果」：文獻中，研究的結果，一般在結論或摘要單元中可查得，且研究結果大都涉及不同的人口背景變項下的研究，此一「人口背景變項」都須考慮是否納入研究者自己建構的研究架構中的「人口背景變項」。
引用「發現」：與前述的結果相似，但研究有新的發現，與其他文獻的結果不同或其他文獻沒有研究過的結果，一般在結論或摘要單元中可查得。
引用「理論」：可以從研究架構來著眼，如研究的因素構面或研究者理論來源是從不同學派理論而來等，一般在文獻探討的理論單元中可查得。
引用「方法」：指使用的研究方法，如質性或量化、實驗或問卷或電腦模擬分析使用不同的套裝軟體等，一般在研究方法或摘要單元中可查得。
使用「表格」的方式來完整呈現所蒐集彙整的文獻，針對以上蒐集到有關文獻的「結果」、「發現」、「理論」與「方法」的資料，可適當地以比較或歸納的方式去使用「表格」欄位來清楚呈現內容。
在確定章節編排方法後，文內所談到的「研究變數」的「量表」或「測驗表」，可以整理彙整文獻的重點與學位論文第三章研究方法所要建構的研究架構內容，在單元最後加入一節綜整做出「小節結論」。同時，研究者也可以藉由所提出的研究問題，在「小節結論」章節中列出，論述說明研究者所提出的研究假設。
補充心得註記 ➪

三、研究方法

研究方法包括有「研究流程」、「抽樣設計」、「研究工具」、「研究架構」及「資料處理」等五大部分，另外若「研究假設」不放在「文獻探討」最後，也可以放進「研究方法」這一章「研究架構」之後。若屬於基礎科學或工程科學的實驗性操作，則抽樣設計改爲「實驗材料」、研究流程改爲「實驗步驟」、研究工具改爲「實驗裝置」。

(一) 研究流程

典型的研究流程圖，常是橫列從上到下的流程展示，但內容都大同小異。圖 6-2 所展示的是直欄從左到右，一種較少見的研究流程展示方式。

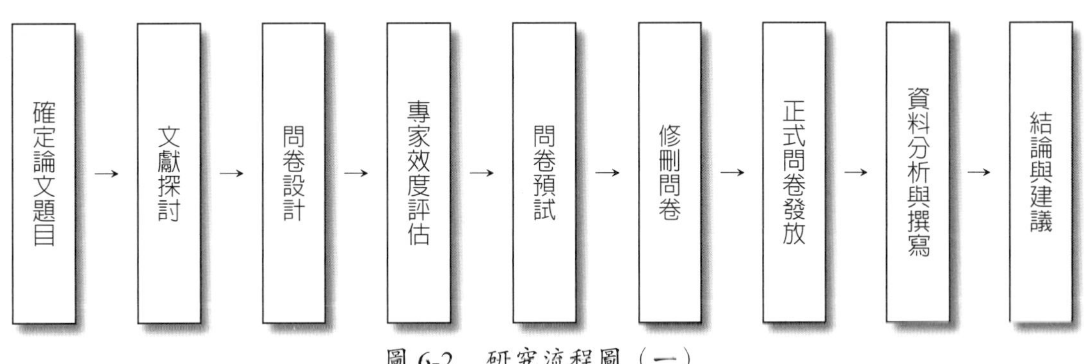

圖 6-2　研究流程圖（一）

以上的研究流程圖雖簡單扼要，但幾乎適用於進行問卷調查的研究生，因此也就沒有什麼特色存在。當然稍微複雜的研究流程圖，偶而也有研究者用編輯軟體一筆一畫的勾勒完成。事實上，設計研究流程圖，只要把自己從研讀文獻訂出題目開始，直到預定的學位論文完成，研究者認爲很重要的步驟或歷程，都可以在流程圖上顯示。

研究者研究流程也可以設計自己獨有的研究流程圖，顯出自己研究的風格！例如有些研究生會把蒐集到的重要「研究變數」也記錄在研究流程圖中，這樣其他想要抄襲別人研究流程圖者，就不是那麼容易了。總之，設計研究流程圖，多花一點時間思考設計，先手繪出草圖再描繪在論文中，則一般都不會太差。圖 6-3 所示則比以上範例要複雜一點，但要模仿抄襲也不難。

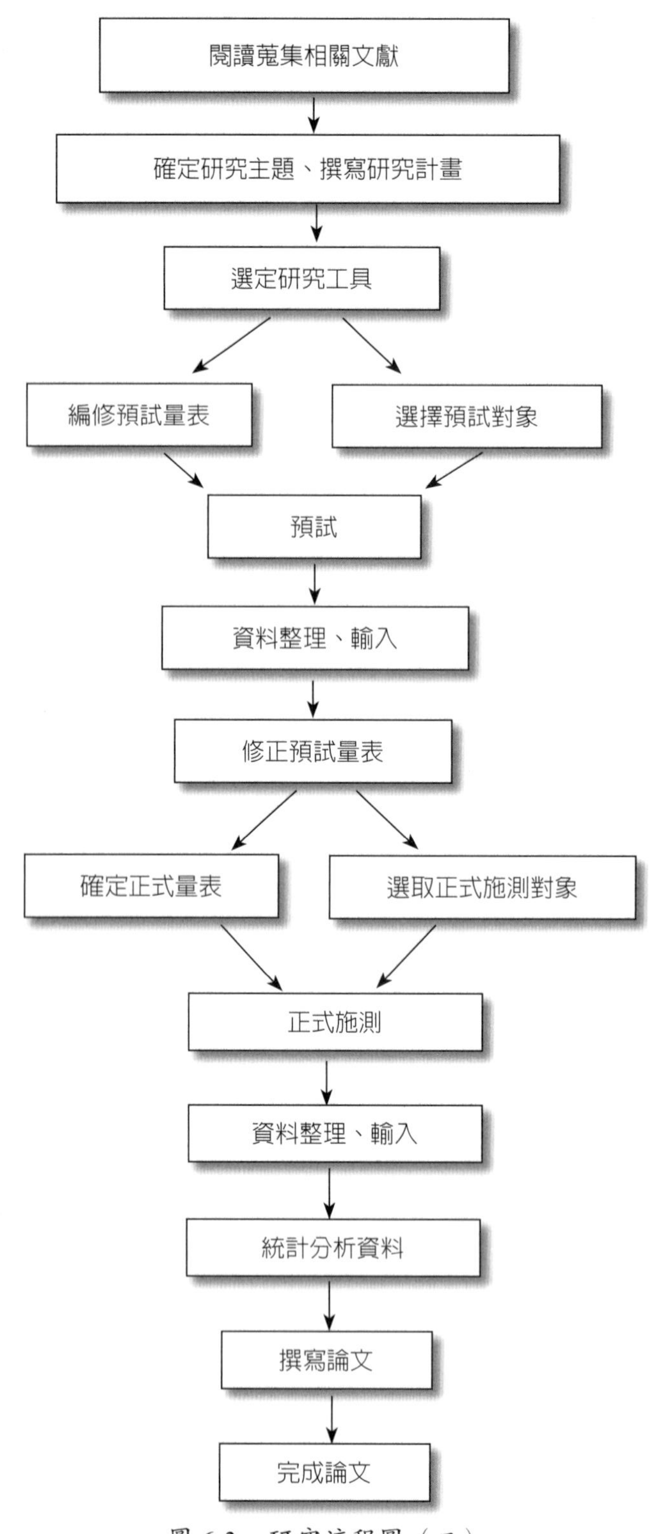
閱讀蒐集相關文獻
確定研究主題、撰寫研究計畫
選定研究工具
編修預試量表
選擇預試對象
預試
資料整理、輸入
修正預試量表
確定正式量表
選取正式施測對象
正式施測
資料整理、輸入
統計分析資料
撰寫論文
完成論文

圖 6-3　研究流程圖（二）

(二) 抽樣設計

若母體只有一、兩百以內的研究對象，可以全部進行調查，這種抽樣方法稱之為「普查」。但一般普遍在進行的學術研究的問卷調查，都是數千人乃至數十萬人以上的研究母體，無法全部施測，因此需要就如同普查那麼精準無誤的抽樣調查。抽樣的方法決定調查的精準度是否趨近母體普查實際的調查結果。抽樣方法在本書第參章第三節有詳細的說明，包含簡單隨機抽樣、系統隨機抽樣、分層隨機抽樣及集群隨機抽樣等四種，讀者可以參考查閱。

抽樣的樣本就好像是母體的縮小版，裡面所有的成分組成，都跟母體是一樣的，把這樣的樣本拿來分析調查，也就好像是在做母體的調查，這樣的觀念若能深植讀者心中，就應該能清楚的了解抽樣的概念。另一個較通俗的說法，若從母體所抽出來的樣本都具有「代表性」，那抽樣設計也算是成功了。以下仍將以前例胡于陵與黃淑靜（2017）在〈國小教師低碳環境素養與節能行為意向之研究〉撰寫實務範例，說明有關分層比例隨機抽樣方式的細節。

論文撰寫範例 7——抽樣設計

依據彰化縣教育局網站（2014）之資料顯示，彰化縣包括有彰化區、員林區、溪湖區、和美區、田中區、鹿港區、北斗區與二林區等八個輔導區，研究者採分層比例隨機抽樣方式，以學校班級數的規模為分層單位，包括 12 班以下之小型學校、13-24 班之中型學校、25-48 班之大型學校，以及 49 班以上之超大型學校，共有四層，並按各層學校規模教師數所占總數比例，從各層學校規模隨機抽取約四分之一比例之學校數，再依比例分至八個輔導區進行隨機抽樣調查。

依上述原則估算出小型學校抽取教師樣本數為 5 人，中型學校為 9-10 人，大型學校為 15-16 人，超大型學校為 25-26 人。各學校規模實際抽樣樣本分配的情形，如表 6-2 所示。

表 6-2　彰化縣國小與教師數量分布與抽樣樣本分配

學校規模	學校數	教師數	所占全縣教師比例	教師抽樣數	每校抽樣數	抽樣學校數
小型學校	90	1,163	21.4	111	5-6	22
中型學校	39	1,138	20.9	109	9-10	12
大型學校	30	1,612	29.6	154	15-16	10
超大型學校	15	1,527	28.1	146	24-25	6
合計	174	5,440	100%	520	–	50

資料來源：修改自胡子陵與黃淑靜（2017）。國小教師低碳環境素養與節能行為意向之研究。康大學報，7，33-56。

(三) 研究工具

依據王俊明（2020）在〈論文撰寫的方法與技巧〉論文中指出：「研究工具是指在此項研究中所用的儀器、問卷、量表或心理測驗等。研究者有必要將所用的儀器的廠牌、型號加以說明」。因此研究者在進行問卷調查，這一份問卷調查的內容，包含「人口背景資料調查」，以及研究變數的「量表」或「測驗表」，都是研究者的研究工具，缺一不可。

一般問卷調查的內容包含哪些部分，在問卷調查資料的開頭就要說明簡介，且在博碩士論文中，一般都會將正式問卷的全部內容放在學位論文的附錄中，以供學者或研究生參考。以下是典型的問卷開頭的撰寫範例，再將研究者所設計的問卷內容，包含人口背景資料調查、量表或測驗表依序放入，讀者可參考之。

論文撰寫範例 8——研究工具

親愛的教育同仁，您好：

這是一份學術性的問卷，以臺北市國小教師爲調查對象，想藉以了解國小教師低碳環境素養及休閒運動參與對節能行爲意向的影響。除了個人基本背景資料的調查外，另外有「低碳環境素養」、「休閒運動參與」及「節能行爲意向」等三個問卷量表的填答，請就您個人的實際情形，選出一項最適合的在方框「□」處打勾✓（除標示複選題外，其餘皆爲單選題）。

懇請您依實際感受塡寫，本問卷無須具名，您所塡答的資料是絕對保密，所以，請依實際情形放心塡答。各項答案無所謂對與錯，請據實作答，您的寶貴意見對本研究非常重要，謝謝您的合作。並敬祝

平安喜樂

身體健康

(四) 研究架構

本書第貳章全文主要在強調學位論文的研究架構圖的重要地位，雖然只有一張簡明的圖示，但這一張圖內容可以清楚呈現整個論文研究對象的「人口背景調查」、「研究變數」名稱、「因素構面」內容、「研究方法」及「研究變數」間的相關性或因果影響關係。每一篇博碩士論文，都有獨自的研究架構圖，不會有完全相同的另一本研究架構圖，除非所使用的理論不同，或者研究方法不同。

事實上以上所強調的研究架構圖內容：「人口背景調查」、「研究變數及其因素構面」、「研究方法」及「→」箭頭指向，只要以上任何一項與其他研究者不同，都可以說是獨一無二的論文。以下將以胡子陵與王芳玫（2012）在〈臺南市國小教師環境議題關心程度與環境保護行爲結構方程模式之探討〉所發表呈現的研究架構圖，來說明實務範例的撰寫方法，該圖中呈現除了一塊爲「人口背景調查」外，其他另一塊爲「研究變數」及其「因素構面」等量表量測工具。

論文撰寫範例 9——研究架構

根據本研究前言所敘述之動機、目的，並從相關文獻資料中找出研究問題，使用適當的研究方法進行研究，本研究的研究架構，如圖 6-4 所示。

圖中個人背景變項共有性別等 9 題，另有「環境議題關心程度」、「環境保護行爲」及「環境保護行爲意向」等量表設計，因本研究使用計畫行爲理論預測行爲意向，因此將「態度」、「主觀規範」及「知覺行爲控制」三個構面因素納入研究架構內一併探討。

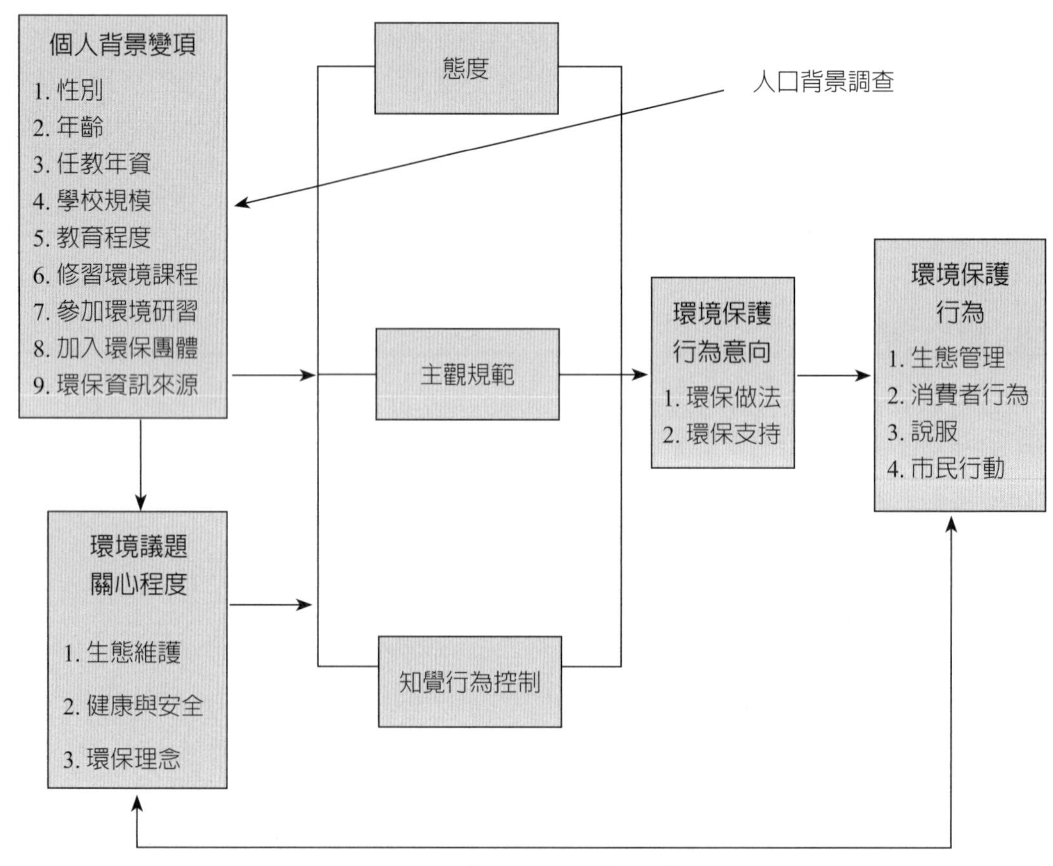

圖 6-4　範例 9 之研究架構圖

資料來源：修改自胡子陵與王芳玫（2012）。臺南市國小教師環境議題關心程度與環境保護行為結構方程模式之探討。環境教育學刊，13，1-24。

(五) 資料處理

學位論文中的資料處理，主要是列出第二章文獻探討最後一小節的研究假設，提出各項研究假設的統計分析方法。事實上，在研究者「文獻探討」的最後一節，也就引出了所有待解決的研究問題，這些研究問題的解答，研究者要從所閱讀相關文獻資料後加上個人主觀的判斷，給予暫時性的解答，故研究者在「文獻探討」的最後一節，列出了這些待驗證研究問題的研究假設。

事實上，「研究假設」在研究者努力建構出前一部分剛剛討論的「研究架構圖」時，腦海中就已經有了初步的構圖，且看看研究架構圖中所繪出的「箭頭」，那就是關鍵。單箭頭方向由一處指到他處，一般常見的就是進行差異性檢定，如 t 檢定、單因子變異數分析或線性迴歸分析等；而雙箭頭或實線同時指向的兩個地方，一般常見的就是進行兩者之間的關聯性檢定，如相關分析、交叉分析與卡方檢定等。只要讀者能夠清楚了解自己的研究架構圖，其實整個研究的藍圖都會深刻在腦海中，剩下的就是付諸行動而已。

學位論文中，在本書稍後章節裡，任何研究的「結果」、「結論」及「摘要」當中，若涉及到各種檢定方法所得出來的分析結果有「達到顯著水準」，最好加上「顯著」兩字來論述研究結果，它是大家公認知道的統計上顯著的用語，一般即使不懂「顯著」的讀者看上去，就好像形容詞，不影響其閱讀。

再來談一談「顯著水準」有關「研究假設」須考慮的事項，一般論文中所列出的研究假設都要檢定，也就是推論統計的部分，上述所提到的各種檢定方法，在 SPSS 上去操作分析，大都使用 $\alpha = 0.05$ 的顯著水準來分析檢定，顯著水準 $\alpha = 0.05$ 用口語來說就是「5% 的容許誤差」。若有以下較特殊的情形，例如人體生理方面的醫學研究、有關戰亂的研究調查或是飛行器飛行者的風險調查等，這些可能涉及到「生命危險」的研究，顯著水準就需要訂的低一點，一般 $\alpha = 0.01$ 較為常見，也就是「1% 的容許誤差」，讓檢定出錯的機會更小。普通社會科學、管理科學等的問卷調查，基本上不須去調整 SPSS 已經內定 $\alpha = 0.05$ 的顯著水準。

資料處理在學位論文中只要把使用到的分析方法，簡單帶過即可，除非較為特殊的分析方法，可以加以敘述。以下以胡子陵與王芳玫（2012）在〈臺南市國小教師環境議題關心程度與環境保護行為結構方程模式之探討〉的資料處理經適度修改內容後，提供讀者實務範例的撰寫方式。

論文撰寫範例 10——資料處理

本研究以 SPSS 15 版統計分析軟體，進行敘述統計分析，並使用推論統計之 t 檢定、單因子變異數分析、相關分析等多變量統計方法進行數據處理。為進一步探討結構模式之因果關聯，使用 AMOS 6.0 驗證理論模式和觀察資料的模式適配度。

在結構方程模式之分析，本研究依研究目的、文獻探討建立了六個潛在變項，並設定「環境議題關心程度」以外五個潛在變項之誤差項，並以絕對適配指標、增值適配指標與簡效適配指標來檢核模式所建立之路徑，能否被觀察資料支持，並使用多群組分析，探討國小教師不同性別在環境保護行為模式的跨群效度與路徑差異。

寫作技巧 SOP 提示——研究方法

研究方法包括有「研究流程」、「抽樣設計」、「研究工具」、「研究架構」及「資料處理」等五大部分。
設計研究流程圖，只要把自己從研讀文獻訂出題目開始直到預定的學位論文完成，研究者認為很重要的步驟或歷程，都可以在流程圖上顯示。
抽樣的樣本就好像是母體的縮小版，裡面所有的成分組成，都跟母體是一樣的，把這樣具有「代表性」的樣本拿來分析調查，也就好像是在做母體的調查。
問卷調查的設計資料，在開頭就要說明簡介研究者所設計的問卷內容，包含人口背景資料調查及量表或測驗表。
每一篇博碩士論文，都有獨自的研究架構圖，不會有完全相同的另一本研究架構圖，除非所使用的理論不同，或者研究方法不同。因此「人口背景調查」、「研究變數及其因素構面」、「研究方法」及「→」箭頭指向，只要以上任何一項與其他研究者不同，都可以說是獨一無二的論文。
從研究架構圖中的「箭頭」，即能辨別資料分析的大概。 單箭頭方向由一處指到他處，一般常見的就是進行差異性檢定，如 t 檢定、單因子變異數分析或線性迴歸分析等。 雙箭頭或實線指向兩個地方，一般常見的就是進行兩者之間的關聯性檢定，如相關分析、交叉分析與卡方檢定等。
補充心得註記 ➪

四、結果與討論

在學術論文的第四章編排通常是「結果與討論」，若論文內容篇幅夠多的話，也可以分成「結果」與「討論」兩章來撰寫。「結果與討論」的內容安排，一般是將分析的結果呈現後再拿來討論，而論文分析的先後順序要如何決定，就譬如一本小說一樣，先從簡單的鋪陳開始，最精彩的結局放在最後；撰寫論文也是同樣的道理，先從容易的著手，把較難的放在最後面，這樣的安排一方面讓閱讀這本論文的讀者從甘到苦的過程，不致還沒開始讀就放在一邊了；另一方面很多研究的經驗告訴我們，較「難」的分析方法，常常是這本論文最後的重頭戲。

學術論文第二章文獻探討的章節編排的問題，我們前面已經討論過是以「研究變數」跟有關的理論、技術與方法等互相融入來作爲編排章節的依據。而「結果與討論」編排則要把「容易懂」的放在前面，把「較難懂」的置於後面，那要如何適當的規劃編排章節呢？

「敘述統計」是人人皆看得懂的資料，可以編排在前面；而推論統計大都較爲複雜，還有檢定結果的論述，就編排在後面。依據以上這樣的編排原則，以下是筆者建議學位論文第四章結果與討論的具體典型的編排順序：

(1)「次數分配表」，基本背景資料的分析，如人口背景變項的百分比。

(2)「描述性統計分析」，在統計分析各量表及分量表的分數表現。

(3)「差異性檢定分析」，以t檢定、單因子變異數分析等檢定方法找出顯著差異。

(4)「相關分析」，以皮爾森相關分析、交叉分析與卡方檢定等檢定方法，找出兩個變數之間顯著的相關性或關聯性。

(5)「線性迴歸分析」，以迴歸分析的檢定方法找出自變數與依變數之間的顯著線性關係。

以上編排的順序，並非絕對必然，可依照研究者欲使用的分析方法參酌彈性調整更換。例如若研究者研究的對象爲小樣本，使用無母數方法來分析，則以上從第 (3) 項起可使用相對應的無母數檢定方法替代之。

(一) 研究結果言簡意賅

學術論文第四章結果與討論，筆者多年來常常遇到有一些研究生把一張含有結果與檢定的表格，很用心的從頭到尾的敘述一番，但這樣不僅浪費時間，不能把表中的重點凸顯出來，不僅詮釋論述效果極差，而且讓其他讀者閱讀起來反而會更難理解明白。例如以下的案例，經過筆者刻意改寫部分名稱及內容，讀者可以細細品嘗如下範例。以下第一例爲撰寫冗長且無重點之範例，經筆者修改後，如論文撰寫範例 11，表中修正了表格欄位內容及有效數字位數等，讀者可以查看比較其撰寫的差異。

「研究結果」撰寫冗長且無重點之範例→

不同性別教師在休閒旅遊參與的差異部分，經 t 檢定分析結果詳見表 6-3。研究中顯示，不同性別國中教師在整體休閒旅遊參與上，並未達顯著差異，但部分構面上有達顯著差異。從不同性別教師在休閒旅遊參與的五個構面上來看，在「追求物質流行旅遊」及「知性學習文化旅遊」兩構面上，男性教師與女性教師並沒有顯著差異，但在「親近自然生態旅遊」、「崇尚異國風情旅遊」及「體驗享樂趣味旅遊」三構面上，t 檢定結果分別爲 $t = 2.621$、$t = –2.313$、$t = 5.078$，p 值分別爲 .009、.021、.000，均達顯著差異之 $p < .05$；而在「體驗享樂趣味旅遊」的構面上，差異已達顯著水準之 $p < .01$。其中在「親近自然生態旅遊」和「體驗享樂趣味旅遊」方面，男性教師高於女性教師，顯示男性教師較女性教師更喜愛傾向參與親近自然生態或體驗享樂方面的旅遊活動，而在「崇尚異國風情旅遊」方面，女性教師則高於男性教師，顯示女性教師較男性教師更熱愛出國旅遊。

表 6-3　不同性別國中教師在休閒旅遊參與之差異性分析表

構面	性別	個數	題項平均	標準差	平均數標準誤	t 值	顯著性
追求物質流行旅遊	男	111	2.7284	.61278	.05816	.407	.684
	女	323	2.6979	.70395	.03917		
親近自然生態旅遊	男	111	3.0203	.61157	.05805	2.621	.009**
	女	323	2.8336	.74166	.04127		
崇尚異國風情旅遊	男	111	2.5465	1.05963	.10058	–2.313	.021*
	女	323	2.8287	1.12483	.06259		
體驗享樂趣味旅遊	男	111	2.2733	.74155	.07038	5.078	.000**
	女	323	1.8844	.67978	.03782		
知性學習文化旅遊	男	111	3.0571	.57362	.05445	1.691	.091
	女	323	2.9391	.65313	.03634		
整體休閒旅遊參與	男	111	2.7405	.43035	.04085	1.498	.135
	女	323	2.6588	.51649	.02874		

* 代表 $p < 0.05$，** 代表 $p < 0.01$。

論文撰寫範例 11——研究結果言簡意賅

本研究在探討不同性別國中教師在休閒旅遊參與的差異情形，使用 t 檢定方法來驗證其是否有顯著差異，分析檢定結果如表 6-4 所示。表內顯示不同性別國中教師在「休閒旅遊參與」、「追求物質流行旅遊」及「知性學習文化旅遊」上，因未達到顯著水準，故在男、女性教師感受上均無明顯差異。但在「親近自然生態旅遊」、「崇尚異國風情旅遊」及「體驗享樂趣味旅遊」三個因素構面上，t 檢定結果均達到顯著水準，進一步查看平均數大小，顯示男性教師在「親近自然生態旅遊」及「體驗享樂趣味旅遊」的感受顯著高於女性教師，而在「崇尚異國風情旅遊」方面，女性教師出國旅遊的感受則顯著高於男性教師。

表 6-4　不同性別國中教師在休閒旅遊參與之差異性分析表

構面	性別	人數	平均數	標準差	t 值	顯著性
追求物質流行旅遊	男	111	19.11	4.27	0.41	.684
	女	323	18.90	4.90		
親近自然生態旅遊	男	111	12.08	2.44	2.62**	.009
	女	323	11.32	2.96		
崇尚異國風情旅遊	男	111	7.65	3.18	–2.31*	.021
	女	323	8.49	3.36		
體驗享樂趣味旅遊	男	111	6.81	2.22	5.08**	.000
	女	323	5.64	2.04		
知性學習文化旅遊	男	111	9.18	1.71	1.69	.091
	女	323	8.82	1.95		
整體休閒旅遊參與	男	111	54.80	8.60	1.50	.135
	女	323	53.20	10.40		

* 代表 $p < 0.05$，** 代表 $p < 0.01$。

(二) 適度與文獻相互呼應

學術論文第四章中結果與討論應該適度與文獻參考引用的資料相互呼應，並加以論述或比較。這主要是指學位論文的第四章結果與討論之結論要與第二章文獻探討的資料連結，如此整篇論文才不至於落於獨立論述的窘境。一篇博碩士學位論文，是否能撰寫成功，除了研究出重大成果貢獻外，另一個就是論文要能前後連貫並一氣呵成。論文的每一個單元都在引出下一個單元出現，各單元息息相關，若有讀者能把一本論文從頭到尾看完且甘之如飴，那辛苦披星戴月撰寫這一本論文的研究者應該心中會有更多的喜樂與回饋。

研究者研究的結果不論與文獻資料的結果相同或不同，都可以在第四章結果與討論中論述，並跟第二章文獻探討所引用文獻內的理論、方法、結果或發現，去相互呼應。因此第四章每一統計分析結果都可考慮呼應較重要的一個或兩個文獻即可，不須全部呼應。若眞的在第二章文獻探討中找不到類似的文獻研究結果，則可以不用勉強呼應。本書以下將舉出多個撰寫的實務範例，從這些添入「呼應文獻」的文字當中，讀者應該可以感受到這些呼應文獻所做的結果，並不是那麼困難，但卻給了撰寫的論文「新的生命，不再孤單」。

論文撰寫範例 12——適度與文獻相互呼應

本研究欲探討計畫行爲理論模式對資源回收行爲意向之影響因素權重，以「態度」、「主觀規範」與「知覺行爲控制」對「資源回收行爲意向」進行線性迴歸分析，其結果如表 6-5 所示。從分析摘要表得知，「態度」與「主觀規範」均達顯著性水準，表示「態度」與「主觀規範」顯著影響「資源回收行爲意向」，且此一模式的決定係數 R^2 值爲 0.404，表示「態度」與「主觀規範」可解釋「資源回收行爲意向」40.4% 的變異量。表中「標準化係數」的正負數值大小的意義，即表示「態度」與「主觀規範」對「資源回收行爲意向」均有正向的影響，且「態度」的影響最爲重要，其次爲「主觀規範」。本研究與（Vicente 與 Reis，2008）研究民眾參與資源回收過程中，發現「態度」正向影響資源回收行爲意向，是影響民眾回收行爲的重要因子，另也與趙家民、劉原超與范凱等人（2005）研究民眾對廢棄光碟回收之行爲，發現在「態度」、「主觀規範」及「知覺行爲控制」三項因子皆有顯著影響的結論，有類似的結果。本研究根據線性迴歸分析所選取的自變數及最適合的迴歸模式之標準化方程式可寫爲：

資源回收行為意向 ＝ 0.366 ×（態度）＋ 0.301 ×（主觀規範）

表 6-5　態度、主觀規範、知覺行爲控制對資源回收行爲意向迴歸分析摘要

模式	標準化係數	t 值	顯著性	決定係數 (R^2)
	β 係數			
（常數）		1.931	.054	0.404
態度	0.366	9.036**	.000	
主觀規範	0.301	7.471**	.000	
知覺行為控制	0.064	1.830	.068	

資料來源：修改自胡子陵與王朝永（2011）。高職生對環境議題關心程度與資源回收行為意向之研究。第九屆資源與環境管理學術研討會，2-1-14。臺南市：康寧大學。

* 代表 $p < 0.05$，** 代表 $p < 0.01$。

綜合以上分析，本研究針對〈高職生之態度、主觀規範與知覺行爲控制對資源回收行爲意向有顯著影響〉之研究假設驗證結果，如表 6-6 所示。

表 6-6　研究假設三之驗證結果一覽表

研究假設	驗證結果
H3-1 高職生之態度對資源回收行為意向有顯著影響	成立
H3-2 高職生之主觀規範對資源回收行為意向有顯著影響	成立
H3-3 高職生之知覺行為控制對資源回收行為意向有顯著影響	不成立

論文撰寫範例 13——適度與文獻相互呼應

本研究欲探討的九個背景變項中之臺中市國小教師「曾經參與風險管理研習」的經驗，是否影響到國小教師在「戶外教學風險管理態度」的表現，本研究以是否曾經參與風險管理研習爲背景變項，「戶外教學風險管理態度」及其因素構面各面向爲研究變項，使用獨立樣本 t 檢定分析檢驗，所得分析摘要如表 6-7 所示，分析結果顯示「有」參與風險管理研習之國小教師，在戶外教學「風險管理態度」及因素構面之「責任與義務」表現，均顯著優於「無」參與之國小教師。另在其他三個因素構面「人員及活動安全考量」、「危機事件訓練與處理」與「分層工作檢核」方面的表現，檢定結果跟有無曾經參與風險管理研習均無差別。此一結果與朱妍蓓（2007）研究之國民中學教師是否參與過風險管理相關研習對校外教學風險管理態度的研究結果，顯示有

相同的結論。

表 6-7　是否參加過風險管理研習在戶外教學風險管理態度之 t 檢定分析摘要

構面	風險管理研習	人數	得分結果		t 檢定		檢定結果
			平均數	標準差	t 值	p 值	
責任與義務	有 (1)	36	27.83	2.35	2.296*	.022	1>2
	無 (2)	388	26.76	2.72			
人員及活動安全考量	有 (1)	36	18.06	1.90	1.847	.066	
	無 (2)	388	17.39	2.07			
危機事件訓練與處理	有 (1)	36	18.03	1.95	1.835	.067	
	無 (2)	388	17.32	2.23			
分層工作檢核	有 (1)	36	18.22	1.87	1.803	.072	
	無 (2)	388	17.55	2.15			
風險管理態度	有 (1)	36	82.13	7.18	2.281*	.023	1>2
	無 (2)	388	79.02	7.89			

資料來源：修改自胡子陵與紀秋燕（2011）。臺中市國小教師新生態典範調查與實施戶外教學風險管理之研究。第九屆資源與環境管理學術研討會，244-258。臺南市：康寧大學。

* 代表 $p < 0.05$，** 代表 $p < 0.01$。

論文撰寫範例 14——適度與文獻相互呼應

本研究使用 t 檢定來驗證不同性別國小教師在「防災教學信念」量表及各因素構面之差異情形，分析結果如表 6-8 所示。分析結果顯示不同性別教師在「防災教學信念」量表及其他所有四個因素構面，即「教師角色」、「課程內容」、「教學方法」及「師生互動」皆達到顯著水準。查看表中平均數值，可知女性國小教師在「防災教學信念」量表、「教師角色」、「課程內容」、「教學方法」及「師生互動」的表現均顯著優於男性國小教師。本研究女性國小教師在「防災教學信念」表現較爲優異與許漢彬（2011）、陳仙梅（2011），以及楊慧雯（2011）的研究結果相反；另本研究在「教師角色」構面女性國小教師優於男性國小老師，也跟呂坤岳（2010）研究結果相反。從以上這些文獻發現的不同性別國小教師所進行研究的結果不一致，頗值得後續的研究，以探究其差異的原因。

表 6-8　不同性別國小教師在防災教學信念獨立樣本 t 檢定摘要表

構面名稱	教師性別	人數	平均數	標準差	t 值
教師角色	男	118	12.76	1.52	4.20**
	女	288	13.41	1.36	
課程內容	男	118	12.68	1.92	3.92**
	女	288	13.32	1.30	
教學方法	男	118	12.32	2.26	3.46**
	女	288	12.95	1.36	
師生互動	男	118	16.42	2.36	5.99**
	女	288	17.70	1.78	
防災教學信念	男	118	54.18	7.15	5.34**
	女	288	57.39	4.67	

資料來源：修改自胡子陵與鄭安棋（2012）。南投縣國小教師防災素養、防災教學信念及防災教學行為之研究——以天災為例。第十屆資源與環境管理學術研討會論文集，67-82。臺南市：康寧大學。

* 代表 $p < 0.05$，** 代表 $p < 0.01$。

(三) 使用列表佐證研究結果

學位論文中使用表格的機會相當多，本書一再強調要善用表格的各種彈性用法，只要研究者稍加思考，就可以做出與他人完全不同的獨一呈現的表格內容，這部分在學位論文的第二、三章都可以利用，尤其在學位論文第二章文獻探討，應該要盡情的發揮創意。而在第四章結果與討論，雖可以稍加修改格式，但不要脫離應該有的顯示內容，這主要是因學術界使用很長的一段時間去呈現研究結果的舊有傳統的表示方式，有些好的會沿用至今，我們也不應爲了炫耀自己而標新立異。

在本書中有各種不同的分析檢定的表格，尤其在本書第伍章的第二節「推論檢定統計分析表列格式」，特別爲讀者介紹使用各種不同檢定時使用的表格，這些研究者都可以內化使用到自己的學位論文中，以下將介紹問卷中同時有「量表」與「測驗表」的敘述統計表格樣式。胡子陵與黃淑靜（2017）在「國小教師低碳環境素養與節能行爲意向之研究」所發表的文章中，低碳環境素養的量測是混合「量表」及「測驗表」兩者之彙整，如以下實務範例之撰寫方式。

論文撰寫範例 15——使用列表佐證研究結果

表 6-9 爲國小教師低碳環境素養量表得分情形，由於有五點量表及是非與選擇題的測驗量測，因此將所有計分的方式標準化爲百分分數，經轉換爲百分分數後，整體低碳環境素養平均分數爲 79.6 分，具有中上之水準，其中最低者爲低碳知識的 63.2 分、低碳態度的 87.4 分，最高者爲低碳技能的 88.3 分。

整體而言，國小教師低碳環境素養表現有中上以上的水準，在低碳知識方面由於屬於自然科學知識範疇，不同領域的教師因屬不同專業之情況，且事先並無通知準備此一方面之知識，因此低碳知識普遍低落，未來尚有加強空間。

表 6-9　低碳環境素養量表得分情形

		樣本數	題數	最小值	最大值	平均數	標準差	百分法
低碳知識	溫室效應的知識	419	6	0	6	3.70	1.08	61.7
	全球暖化的知識	419	6	0	6	4.42	1.03	73.6
	節能減碳的知識	419	8	0	8	4.52	1.40	56.5
	整體低碳知識	419	20	6	20	12.60	2.69	63.2
低碳態度	低碳敏感度	419	7	20	35	29.62	3.13	84.6
	低碳價值觀	419	3	8	15	13.41	1.41	89.4
	低碳責任感	419	4	12	20	18.14	1.78	90.7
	整體低碳態度	419	14	40	70	61.20	5.53	87.4
低碳技能	低碳行動	419	5	14	25	21.88	2.29	87.5
	應變行為	419	3	9	15	13.45	1.44	89.7
	整體低碳技能	419	8	26	40	35.30	3.29	88.3
整體低碳環境素養		（低碳知識 63.185 ＋整體低碳態度 87.379 ＋整體低碳技能 88.313）/3						79.6

資料來源：修改自胡子陵與黃淑靜（2017）。國小教師低碳環境素養與節能行為意向之研究。康大學報，7，33-56。

寫作技巧 SOP 提示——結果與討論

「敘述統計」是人人皆看得懂的資料，可以編排在前面；而推論統計大都較為複雜，還有檢定結果的論述，就編排在後面。
學位論文第四章結果與討論的具體典型的編排順序： (1) 次數分配表：基本背景資料的分析，如人口背景變項的百分比。 (2) 描述性統計分析：在統計分析各量表及分量表的分數表現。 (3) 差異性檢定分析：以 t 檢定、單因子變異數分析等檢定方法找出顯著差異。 (4) 相關分析：以皮爾森相關分析、交叉分析與卡方檢定等檢定方法，找出兩個變數之間顯著的相關性或關聯性。 (5) 線性迴歸分析：以迴歸分析的檢定方法，找出自變數與依變數之間的顯著線性關係。
學術論文第四章中結果與討論研究結果應該言簡意賅，且適度與第二章文獻探討的資料相互呼應連結，如此整篇論文才不至於落於獨立論述的窘境，並加以論述或比較。如此添入「呼應文獻」文字當中，並不是那麼困難的工作，但卻給了撰寫的論文增添足夠「新的生命，不再孤單」。
在學位論文的第二、三章要善用表格的各種彈性用法，只要研究者稍加思考，就可以做出與他人完全不同的獨一呈現的表格內容，尤其在學位論文第二章文獻探討，應該要盡情的發揮創意。
補充心得註記 ➩

五、結論與建議

學位論文的「結論」是將研究的結果做一個總結報告，其撰寫的方式通常是將研究結果條列式的列出，不再做任何衍生性的解釋或說明，只要把該研究所做出的重要結果條列式的呈現出來即可。「建議」的部分，則應該針對研究的結果對於未來在政府單位或民間單位可以加以應用改善現況的問題，另一方面對於目前研究者在研究上發現仍有進步空間而提出的未來研究建議。本節將分爲兩部分「條列式的結論」與「避免打高空的建議」，分別來說明結論與建議的論文撰寫的實務範例。

(一) 條列式的結論

學位論文的結論在精不在多，筆者常常看到研究生的結論花了好多心思，就好像是第二章文獻探討的寫法，有些甚至在結論中進行各種討論，這樣去寫，難道就不想收尾了嗎？因爲不知要放些什麼東西在結論當中，因此拉拉雜雜的寫了好幾頁，他們總會說：「其他論文都是這樣寫的啊！」筆者在此非常疼惜這些學子，花了那麼多的時間、金錢與精力，辛苦做出來的研究，卻不知如何呈現出自己努力得來的成果，甚爲可惜。如果「結論」沒寫好，可想而知，大概「摘要」更不可能寫得好。

「結論」要呈現的內容，從敘述統計開始到推論統計的檢定結果，把在學位論文的第四章結果與討論，較重要的結果複製到結論來，但這些複製的結果都會包裝起來用一段段的條列式的方法寫在「結論」中。在整理「結論」當中，更重要的要點須寫在學位論文的「摘要」中。有關這些寫法的格式，事實上在本書第肆章到第伍章都早有各種「敘述統計」及「推論統計」撰寫實務範例的寫法，本章只是統整前面片段的範例，在一本學位論文中需要額外注意的撰寫原則。以下將以胡子陵與蔡麗秋（2011）在〈國小教師生態環境衝擊知覺及生態旅遊態度對實施環境議題教學考量之影響——以湖山水庫開發爲例〉所發表論文的「結論」來說明如何撰寫。讀者查看以下範例，注意到在撰寫「結論」這一節時，內文前面要一段「導言」，再依條列式的寫法把第四章重要的結果一一彙整進來。

事實上，在整本論文撰寫當中，各章節只要在內文當中進行分項敘述時，就要有一段導言，多或少都可以，但不要某一章節一開頭就直接用項次如一、(一)、1.或(1)等直接來撰寫，前面一定要有一段「導言」，這種使用中文撰寫的方式，希望讀者牢記在心。

論文撰寫範例 16——條列式的結論

結論

影響國小教師實施環境議題教學考量的因素頗多，本研究從生態環境衝擊知覺及生態旅遊態度兩方面探討影響國小教師未來教學上所能提供之資訊，從本研究分析所獲結果整理摘要，結論如下：

一、雲林縣國小教師不贊成湖山水庫開發之生態環境衝擊知覺量表得分顯著高於贊成湖山水庫開發的教師。

二、生態旅遊經驗與有融入教學經驗或參加過環境教育研習之教師，經交叉分析發現彼此間有強烈顯著之關聯，其生態旅遊態度或實施環境議題教學考量量表的表現大多相對較正向。在本研究中顯示以往環境教育議題學習接觸的經驗，對國小教師有正面積極之作用。

三、國小教師生態環境衝擊知覺、生態旅遊態度對實施環境議題教學考量之線性迴歸模式中具有顯著的影響，其中生態旅遊態度之解釋力最高，影響力也最重要。同時以結構方程模式檢驗理論模式和觀察資料的適配度，顯示國小教師對實施環境議題教學考量理論模式和觀察資料大致適配。

（資料來源：胡子陵與蔡麗秋（2011）。國小教師生態環境衝擊知覺及生態旅遊態度對實施環境議題教學考量之影響——以湖山水庫開發為例。2011 第四屆兩岸四地可持續發展教育論壇，1-16。澳門威尼斯人渡假中心：澳門綠色環境保護協會、中華民國環境教育學會、香港教育學院。）

論文撰寫範例 17——條列式的結論

結論

依據研究結果，提出結論與建議，以作爲教師、政府推動節能減碳政策及師資培育單位培養國小教師規劃之參考。本研究結論如下：

一、彰化縣國小教師在獲取相關低碳資訊來源方面主要是以電視、報紙及網站爲主，在配合減碳行動上則傾向於簡單隨手可從自己本身做起的行動，如自備環保杯與餐具等，對學童環境意識上較易產生感染示範作用。

二、國小教師低碳環境素養整體有中上之水準，其中服務於鎮級教師表現優於鄉級者，而鎮級學校教師參加環保活動經驗比例亦顯著高於鄉級學校，服務於超大型學校教師表現相對優於小型學校者，曾經有研習經驗或環保活動經驗教師表現優於無相關經驗者，另亦發現年齡層在 41-50 歲之中年教師顯然優於 40 歲以下青壯年教師。

三、國小教師低碳環境素養的三個構面中，以低碳技能表現最好，而低碳態度表現亦有中上程度，低碳知識上則呈現出具研習經驗之教師表現上較優，且男性教師研習經驗比女性豐富、低碳知識的表現也較好；相對而言，女性教師在低碳知識仍有改善成長空間。低碳知識測驗結果普遍低落，這與低碳知識方面由於屬於自然科學知識範疇，在教師各屬不同專業之情況下有關，低碳知識因此普遍低落，尚有待加強。

四、低碳環境素養的三個構面彼此之間呈現正相關，對於節能行為意向皆具正面影響。迴歸模式顯示，整體低碳環境素養對節能行為意向有良好之預測解釋力，其中又以低碳態度的解釋預測力最佳，其次為低碳技能。

（資料來源：胡子陵與黃淑靜（2017）。國小教師低碳環境素養與節能行為意向之研究。康大學報，7，33-56。）

(二) 避免打高空的建議

整篇論文至此已幾乎大功告成，「結論」一寫完其他的部分可以依自己進度在每學期規定可提出學位考試申請前，陸續把其他參考文獻、附錄完成，若還有多餘時間，可以再把文獻探討的內容加強，並蒐集最近發表的文獻，斟酌加入研究者的論文當中，使論文能更加符合當前研究的趨勢，並且找適當機會在研究者學位論文的結果與討論中與之呼應比較。

學位論文第五章建議的部分，可以依照自己整個論文的研究過程中，所發現研究仍有不足之處提出具體的建議，例如針對研究的結果對於未來在政府單位或民間單位可加以應用改善現況的問題提出建議，另一方面對於研究者自己因研究疏漏致產生一些問題而提出未來研究改善的建議等，都可以分項條列式說明。筆者發現，極大部分研究生在撰寫第五章建議的內容部分，幾乎跟第四章所研究出的結果，沒有任何連結，即使不看研究者第四章的內容，也可以寫出建議，這樣就毫無意義了。因此不須研究結果而寫出建議內容，筆者稱之為「打高空」。舉出一個常見打高空的實例（為草稿內容，定稿時已經刪除），摘取其論文題目部分是有關「國中小教師工作壓力與休閒生活之研究」，在其初稿之「建議」內容撰寫如下：

1. 鼓勵教師多進修，在發展專業能力的同時也應鼓勵教師利用課餘或假日空閒時間去從事適合自己且讓身心放鬆的休閒生活，學習調適壓力、增加自己的社交能力，做好自我情緒與時間的管理，以達到壓力的紓解；改善工作帶來的倦怠感，並促進身心健康。

2. 教師之間應彼此合作、互相交流、打氣，除了可以減輕工作壓力，也能帶來正向能量，並將壓力化為助力。
3. 在寒暑假期間，除了舉辦教師的專業知能研習之外，也應多舉辦讓教師身心靈放鬆的課程，教師在愉快的情境下充電，相信壓力降低的同時，也能使身心更健康，更有活力來教導學生。
4. 教育行政機關、學校單位對於教育政策的改革應多傾聽基層教師的看法，學者的意見可參考但不宜完全採納，畢竟站在第一線的是基層教師，比較能了解教育的問題出在哪裡。未經過審慎評估而推行的教育政策，只會增加教師的工作壓力，而無法達到預期效果。

若從以上四點來看，是否不須做此篇論文，一般讀者也可以寫出以上四點嗎？這樣在學術研究上也會顯得格格不入，記得筆者前面說過，整篇論文要一氣呵成，每一單元之間都息息相關。

以下將舉出兩例說明論文的建議內容要與研究結果連結，才有實際意義。

論文撰寫範例 18——避免打高空的建議

建議

一、本研究國小教師環境保護行為各面向得分低落，而環境議題關心程度各面向得分情形普通，建議教師應主動積極利用管道涉獵吸取環境議題新知、環保訊息，並多參與環境研習，以對環境現況及未來變化有深切了解，才能給予學生更好的環境素養機會。

二、本研究使用結構方程模式探討研究架構之因果關係，變數間之因果關係及模式之適配度雖獲得初步成果，惟影響環境保護行為之變數並非僅侷限本文所討論者，仍有其他可能之直接或間接因素，故結構方程模式之發展，未來仍須更多的深入研究，才足以獲得適合各種情境下的有效結論。

（資料來源：修改自胡子陵與王芳玟（2012）。臺南市國小教師環境議題關心程度與環境保護行為結構方程模式之探討。環境教育學刊，13，1-24。）

論文撰寫範例 19——避免打高空的建議

建議

一、本研究因教師各屬不同專業之情況，低碳知識普遍低落，爲提升國小教師低碳環境素養，教育單位應該定期舉辦相關之研習活動或相關課程供教師進修。教師本身則應積極參加各項研習活動及進修課程，多方面吸收目前有關環境議題、環境保護及環境教育的訊息，例如與環境相關之網路、報章雜誌、期刊，藉以充實教師本身的環境素養，如此方能提供學生良好的環境教育學習內容。

二、研究對象方面，本研究現階段對象只限於彰化縣境內之國小教師，未來的研究若能擴及北部、南部及東部地區，預期將可更清楚了解臺灣地區國小教師低碳環境素養的城鄉差異。

三、研究工具方面，本研究低碳知識部分採是非題型，研究樣本於填答時若對於不甚清楚之答案，則容易陷入個人習慣之猜測方向，例如偏向回答「是」，或是偏向回答「錯」。因此，未來相關研究者可以採選擇題型、自覺式題型或是非題型與選擇題型並行方式，交錯分析以提供對照比較。低碳態度只就三個構面——低碳敏感度、低碳價值觀與低碳責任感三項來進行研究，期望未來的研究上，可以再採取其他不同的構面與分析方式來進行研究。

（資料來源：修改自胡子陵與黃淑靜（2017）。國小教師低碳環境素養與節能行為意向之研究。康大學報，7，33-56。）

寫作技巧 SOP 提示——結論與建議

「結論」撰寫的方式通常是將研究結果條列式的列出，不再做任何衍生性的解釋或說明，只要把該研究所做出的重要結果條列式的呈現出來即可。
「結論」要呈現的內容，從敘述統計開始到推論統計的檢定結果，把在學位論文的第四章結果與討論，較重要的結果用條列式的方法寫在結論中。
「建議」的部分，可以依照自己整個論文的研究過程中，所發現研究仍有不足之處提出具體的建議，例如針對研究的結果對於未來在政府單位或民間單位可加以應用改善現況的問題提出建議，另一方面對於研究者自己因研究疏漏致產生一些問題而提出未來研究改善的建議等，都可以分項條列式說明。
論文撰寫當中，各章節只要在內文當中進行分項敘述時，就要有一段導言，多或少都可以，但不要某一章節一開頭就直接用項次如一、(一)、1. 或 (1) 等直接來撰寫，前面一定要有一段「導言」。
補充心得註記 ➪

六、參考文獻

在整本博碩士論文的第一章開始到最後的結論，這些都是屬於論文的內文，內文以外則包含摘要、參考文獻、附錄等，都可以適當的置於內文前後。內文中所引用的文獻參考資料，必須同時將文獻參考資料放在「參考文獻」這一特定章節中，依據中、英文參考資料分開排列。中、英文的排列次序，都依據姓氏的筆劃從小到大依序列出。「參考文獻」所列資料簡單，可分爲書籍、期刊或雜誌類、研討會論文、博碩士論文等。對於參考文獻的撰寫原則，將在以下分成 (一) 中英文資料分列及 (二) 使用 APA 格式兩部分簡單說明。

(一) 中英文資料分列

1. 有中英文的資料時，中文在前、英文在後，但不必另外標示中文部分及英文部分。
2. 中文資料依作者姓氏筆劃順序排列，筆劃少者在前。若姓氏相同，則以名字的第一個字比較其筆劃，筆劃少者在前。英文資料則依作者姓氏的第一個字母，依 A 至 Z 的順序排列。
3. 同一作者有多篇研究時，按其年代先後順序排列。

(二) 使用APA格式

所謂 APA 格式是指美國心理學會（American Psychological Association）所發行的出版手冊（publication manual）有關論文寫作的規定格式，目前最新版的 APA 格式第六版是在 2009 年 7 月發行。國內博碩士論文對於 APA 格式的使用，極爲普遍。一般研討會及期刊的邀稿，也幾乎完全規定使用 APA 的格式撰寫文章。而本書極大部分內容，也大都遵循 APA 格式，相信這本書籍的編排內容，除了給讀者撰寫論文的豐盛收穫外，依照本書一步步引領進入熟習撰寫論文的標準過程，也養成了撰寫學位論文的 APA 習慣，這也是本書最主要的目的之一。

林天祐（2000）在所發表「APA 格式第六版」中，共有六大部分之說明與舉例，包括 (1) 文章結構、(2) 文獻引用、(3) 參考文獻、(4) 圖表製作、(5) 數字與統計符號，以及 (6) 其他常用格式等六大部分。由於在此份約 60 頁「APA 格式第六版」文獻資料中，有相當完整的內文引用及參考文獻等規定格式寫法，且爲國際上所承認遵循採用的學術論文格式。讀者可在網路上鍵入關鍵字「APA 格式第六版」搜尋，即可很快找到該 PDF 檔案下載參考之。本書最後結尾是「參考文獻」，詳列了本書所引用的文獻資料，也可供讀者參考之。

寫作技巧 SOP 提示——參考文獻

論文內文中所引用的文獻參考資料，必須同時將文獻參考資料放在「參考文獻」中，並依據中、英文參考資料分開排列。
「參考文獻」所列資料，簡單可分為書籍、期刊或雜誌類、研討會論文、博碩士論文等。
中英文資料分列之原則 1. 有中英文的資料時，中文在前，英文在後，但不必另外標示中文部分及英文部分。 2. 中、英文資料的排列次序：中文都依據姓氏的筆劃，從小到大依序列出；英文則依姓氏第一個英文字母順序排列。若姓氏相同，則以名字的第一個字比較其筆劃，筆劃少者在前。
國內外學位論文的撰寫格式一般採用 APA 格式，學位論文中有關 (1) 文章結構、(2) 文獻引用、(3) 參考文獻、(4) 圖表製作、(5) 數字與統計符號，以及 (6) 其他常用格式等六大部分，APA 格式都有詳盡的說明，讀者可上網下載參考。
補充心得註記 ⇨

七、摘要

一篇博碩士論文的「摘要」，一般都是在全部寫完論文後，最後才落筆要總結的最精華的一頁。這頁一旦繳交送到國家圖書館資料庫後，就可以馬上公開，因此在撰寫上要額外嚴謹並斟酌再三地與指導教授討論後，最後才定稿。

有些論文的「摘要」，是把寫「論文計畫書」的摘要直接放到學位論文的摘要，而把自己正式研究的成果放在一邊。這種情形是非常嚴重的失誤，讀者在辛苦完成學位論文時，要警惕自己不可犯了這種嚴重的錯誤。

論文「摘要」因為只有短短一頁，約五、六百字的內容，且有些大學院校還規定摘要撰寫時要不分段，也就是全部寫成一段。筆者個人的建議是分幾段來寫，不僅可解決上、下文之起承轉合的不方便，而且分段寫還可以凸顯出研究的個別重要成果，普通四段式的寫法也很常見，超過五段就不宜了，因為段落太多反而會分散研究的成果。但論文摘要到底要寫些什麼內容？筆者建議第一段寫背景及動機，點出為什麼要做這篇論文的重要原因；第二段則寫出研究的對象，以及使用何種研究方法與分析工具來進行研究；第三段把重要的研究結果及研究發現呈現出來；第四段可以把第三段未寫完的研究結果及研究發現繼續完成，若有具體建議也可寫在這一段。

(一) 以段落格式撰寫摘要

本單元將舉出不分段，以及有分四段撰寫摘要的例子，讀者可以在自己學位論文中依學校規定，再參考本單元兩個範例來決定分段或不分段的寫法。

論文撰寫範例 20── 以不分段撰寫摘要

摘要

2016 年，在聯合國總部正式簽署了《巴黎氣候協議》，該協定對臺灣深具意義，使臺灣有機會更實質參與全球減碳行動。未來「節能減碳」，在目前環境的巨大變遷下，教師本身具備良好低碳環境素養就更顯重要。有關低碳環境素養之研究極為稀少，因此本研究將針對國小教師低碳環境素養現況及節能行為意向之關聯進行調查研究。本研究對象為彰化縣的全體國小教師，使用分層隨機抽樣方式抽出共 419 名國小教師進行問卷調查，並以 SPSS 統計軟體分析資料。研究發現彰化縣國小教師低碳環境素養整體有中上之水準，其中服務於鎮級教師表現優於鄉級者，有研習經驗或環保活動經驗教師表現優於無相關經驗者，另亦發現年齡層在 41-50 歲之中年教師顯然優於 40 歲以下青壯年教師。國小教師低碳環境素養之三個分量表中，以低碳技能表現最好，而在低碳態度表現上屬中上程度，至於低碳知識測驗結果則普遍低落。研究也發現在低碳知識上，具有研習經驗之教師表現上較優，且男性教師研習經驗比女性教師豐富，低碳知識的表現也較好；相對而言，女性教師在低碳知識仍有改善成長空間。低碳環境素養構面彼此之間皆呈現線性相關，對於節能行為意向皆具正面影響。多元線性迴歸預測模式顯示，整體低碳環境素養對節能行為意向有良好之預測解釋力，其中又以低碳態度的預測解釋力最佳，其次為低碳技能。教師環境素養對環境行動的影響長久且深遠，若能培養良好的低碳環境素養，對於節能行為及環境教育推行將有正面積極的意義。

關鍵字：節能減碳、環境素養、低碳、行為意向

（資料來源：修改自胡子陵與黃淑靜（2017）。國小教師低碳環境素養與節能行為意向之研究。康大學報，7 ，33-56。）

論文撰寫範例 21——以分四段撰寫摘要

摘要

水庫開發對環境之影響具有相當威脅性，國小教師負有教導下一代學子之重任，環境議題教學為一具有前瞻性的有效教學模式，若能從教師角色去了解其自然生態保育的環境衝擊知覺及生態旅遊態度，亦可反映其在環境教育的概況。爰此，本研究從雲林縣國小教師對湖山水庫開發所衍生上述之環境議題教學考量，來進行分析與探討。

本研究以雲林縣國小教師為研究對象，採問卷調查方式，依據行政區及學校規模以分層比例抽樣方法共蒐集 478 份有效問卷，使用統計軟體 SPSS 17 版和 AMOS 6 版來進行分析。統計分析使用一般次數統計表、卡方分析、t 檢定及變異數分析，以及因素分析，並以 AMOS 模式適配度驗證分析。在探討實施環境議題教學考量之影響程度及預測能力，則使用多元逐步迴歸分析。

研究結果發現，雲林縣國小教師實施環境議題教學考量以因素分析，共萃取從選擇題材考量、從學校行政考量、從學生學習考量、從教師角色考量，以及從課程教學考量等五個主成分。另研究發現不贊成湖山水庫開發的教師，其生態環境衝擊知覺量

表得分顯著高於贊成湖山水庫開發的教師。而有生態旅遊經驗、融入教學經驗或參加過環境教育研習之教師，經交叉分析發現彼此間有強烈顯著之關聯，其生態旅遊態度或實施環境議題教學考量量表的表現明顯相對較好，在本研究中顯示以往環境教育議題學習接觸的經驗，對國小教師有正向積極之作用。

國小教師生態環境衝擊知覺、生態旅遊態度對實施環境議題教學考量之線性迴歸模式中具有顯著的影響，其中生態旅遊態度之解釋力最高，影響力也最重要。同時以結構方程模式檢驗理論模式和觀察資料的適配度，顯示國小教師對實施環境議題教學考量理論模式和觀察資料大致適配。

關鍵字：環境議題、生態旅遊、衝擊知覺、環境教育、結構方程模式

（資料來源：修改自胡子陵與蔡麗秋（2011）。國小教師生態環境衝擊知覺及生態旅遊態度對實施環境議題教學考量之影響——以湖山水庫開發為例。2011 第四屆兩岸四地可持續發展教育論壇，1-16。澳門威尼斯人渡假中心：澳門綠色環境保護協會、中華民國環境教育學會、香港教育學院。）

(二) 以具體內容呈現結果

摘要的內容，要分辨到底有沒有研究結果，並不困難，即使是沒寫過論文的研究生，仔細去查看，就可以清楚了解有沒有「料」。

以下這一篇是某研討會發表之論文，爲有關幸福感與工作績效的研究，題目及摘要已經有稍作修飾，但原文的內容均照實呈現，讀者可以試著看看以下「摘要」到底有沒有研究結果？

「摘要」撰寫無具體結果之範例→

摘要

本研究從職場健康心理學的角度觀點，初步探討個人背景影響知覺組織支持的因素，進而了解知覺組織支持與幸福感的關聯，主要在探討幸福感對工作績效的影響。

在管理實務上，建議企業在追求績效之下，也須關注員工的幸福感。透過制度的訂定或福利活動的設計，營造組織支持的氛圍，提高員工的幸福感，進而提升工作績效的表現，達成員工心理滿足與組織利益的雙贏。

關鍵字：知覺組織支持、幸福感、工作績效

摘要的範例茲再舉最後一例說明，讀者可在本例結尾時看到提出了建議事項。

論文撰寫範例 22——以具體內容呈現結果

摘要

隨著時代的變遷，近年來國人少子化的現象日趨嚴重，對各級學校的招生狀況造成極大的衝擊，又由於環保意識日漸的提升，使得長期在校授課的國小教師，能有機會將自身環保的素養經驗結合到對學童的環境教學。因此，從教師的角色去了解其低碳生活實踐度和對學校自然環境特色行銷策略的認知情形，不僅能協助了解教育環境的現況，更能提升環境保護的教學品質，進而行銷學校，並能達到愛護資源、保護地球，使環境永續經營發展的功效。

本研究採用問卷調查方法，針對南投縣 326 位國小教師進行研究，分析結果顯示研究對象服務年資以 6-15 年居多，而約有九成以上教師具有相關的研習經驗。使用因素分析之主成分在教師個人低碳生活實踐度，共萃取出「資源共分享」、「健康新森活」、「飲食見生機」、「節能創機緣」和「低碳 e 世代」等五個重要因素。而在學校自然環境特色行銷之策略，共萃取出「學校本位」、「行銷策略」、「成員塑造」、「社會資源」和「環境綠化」等五個重要因素。

在教師個人低碳生活實踐度及學校自然環境特色行銷之策略表現均顯示缺少積極面，惟教師之低碳生活實踐度高對學校自然環境特色行銷之策略具有顯著之正相關。另在教師個人低碳生活實踐度在人口背景差異性方面，發現男性於低碳生活實踐度的表現顯著優於女性，而年齡層在 20-35 歲的教師表現亦優於其他年齡層。本研究之研究變數「低碳生活實踐度」及「學校自然環境特色行銷策略認知」兩量表顯示有顯著密切的正向關係，因此如何使教師的低碳生活實踐落實進一步提升，是未來可以探討的重要主題，政府及教育機構在環境教育的教師進修活動設計仍應持續的進行。學校教師如能親身貫徹實踐，則於自然環境特色層面的行銷將更易於推動，尤其在偏鄉自然環境特色期能達成招收更多學生的目的。

關鍵字：低碳生活、自然環境、行銷策略、因素分析

（資料來源：修改自胡子陵與鄭淑玲（2015）。教師個人低碳生活實踐度與學校自然環境特色行銷策略之研究——以南投縣國小教師為例。2015 健康休閒學術研討會，1-15。臺南市：康寧大學。）

寫作技巧 SOP 提示——摘要

論文摘要的內容，撰寫時可以不分段，也可以參考如下分段的建議： 第一段寫背景及動機，點出為什麼要做這篇論文的重要原因； 第二段則寫出研究的對象，以及使用什麼樣的研究方法及分析工具來進行研究； 第三段把重要的研究結果及研究發現呈現出來； 第四段可以把第三段未寫完的研究結果及研究發現繼續完成，若有具體建議也可寫在這一段。
補充心得註記 ⇨

八、論文計畫書申請

博碩士論文都有一到關口，必須通過「論文計畫書」的申請，通過後取得「學位考試」申請的資格。「論文計畫書」的申請依各校各系所的規定都不太一樣，有採書面審查的方式，也有書面審查再加上口試兩種並行的方式。雖有不同的方式，但最重要的是，論文計畫書都需要審查委員評分全數通過，通過了即代表此一論文計畫書「可行」，也就是允許通過者可以進行學位考試的準備了！

一般論文計畫書的提出，要先有題目的訂出、文獻資料的研讀，以及研究過程使用的研究方法等都需要完成。換句話說，一般學位論文，當研究生完成第一章前言至第三章研究方法後，再加上一章「預期成果」即可送請委員會審查。

(一) 論文計畫書內容

一本論文計畫書，其分量少了正式論文的第四章結果與討論，以及第五章結論與建議，就少了一半以上，因此厚度約 40 頁左右，最好單面列印，免得太薄。內容其實與學位論文類似，包含封面、中文摘要、目錄、第一章前言、第二章文獻探討、第三章研究方法、第四章預期成果及參考文獻等，若有附錄也可附在最後。

曾經看過有研究生自行列印後用鐵夾子夾住後交給審查委員，雖然節省，但是有時審查委員用心翻閱，夾子可能不小心脫落，造成計畫書遺漏等問題，似乎也不少。因此最好封裝，也表示對審查委員的尊重與體貼。

以下是典型的計畫書的目錄內容，全部約有 40 頁左右。

摘要
目錄
表目錄
圖目錄
第一章　緒論
1.1 研究背景與動機
1.2 研究目的
1.3 研究問題
1.4 名詞釋義

第二章　文獻探討
2.1 休閒運動參與程度
2.1.1 休閒運動的定義
2.1.2 休閒運動的分類
2.1.3 休閒運動的功能
2.1.4 休閒運動參與程度相關研究
2.2 休閒運動滿意度
2.2.1 休閒運動滿意度的定義
2.2.2 休閒運動滿意度量表
2.2.3 休閒運動滿意度相關研究
2.3 節能減碳
2.4 計畫行爲理論
2.4.1 理性行爲理論（Theory of Reasoned Action, TRA）
2.4.2 計畫行爲理論（Theory of Planned Behavior, TPB）
2.5 自行車休閒運動
2.5.1 自行車發展歷程
2.5.2 自行車相關研究
第二章　研究方法
3.1 研究架構與流程
3.2 研究假設
3.3 研究對象
3.4 研究工具
3.5 資料分析與統計分法
第四章　預期結果
參考文獻

從以上目錄可知，整個目錄的內容實際上也不過就是在完成一本學位論文的研究過程，因此當讀者已經完成以上所有內容之撰寫，就可以順便提出論文計畫書的申請，再做最後衝刺的努力。

(二) 論文計畫書格式

計畫書的目錄與正式論文的目錄只是先後出來的問題，計畫書其實就是一種進行論文研究的準備工作，計畫書的格式當然跟正式學位論文應該是一樣的，如此不僅研究生可先熟練正式學位論文的寫法，而且也不會浪費多餘的時間還要修改另一種正式論文的格式。

然而計畫書的格式，還是要依照就讀學校研究所的規定去製作，這應該不是大問題。WORD 的「複製格式」非常好用，只要給你一份 WORD 範本，就可以馬上把格式複製過去，讀者這方面的操作技巧可以上網查閱，本書不再贅述。

以下是筆者與其他學校老師所承辦之「2018 健康休閒創新學術研討會」，該研討會是以學位論文及 APA 格式爲標準的研討會論文撰寫的格式，因爲研討會的論文篇幅十幾頁，因此其章節項次層次是從大寫「一」，再依序往下一層次「(一)」及「1.」等編排使用於內文中。而本書因爲篇幅有數百頁，因此章節最高層次使用到「壹」於本書內文中編排，讀者可參考之。

(三) 論文計畫書審查準備

論文撰寫範例 23——論文計畫書格式

一、前言

論文題目置中，字型及大小爲標楷體粗體 18 點；主要章節之標題以置中爲原則，字型及大小爲標楷體粗體 16 點；採用 A4 大小紙張，版面邊界上、下、左、右各留 2.5 cm，採單欄的編排格式。整篇論文請控制在 15 頁以內（包括摘要、本文、圖片、表格、參考文獻），內文字型大小爲 12 點，左右對齊，與前段距離 1 列，與後段距離 0.5 列，單行間距，中文採標楷體、英文採 Times New Roman。

二、主要章節之標題

主要章節之標題置中，字型及大小爲標楷體粗體 16 點，以國字數字一、二、三等編號、粗體；主要章節之標題與前段距離 1 列，與後段距離 0.5 列，單行間距；次

標題第一層應設為 (一)、(二)、(三) 等，14 點字，粗體，單行間距；第二層應設為 1.、2.、3. 等，12 點字，粗體，單行間距；次標題之設定以兩個層次為限，每段第一行內縮兩字。

(一) 次標題第一層

圖於文中第一次引述該圖內容後呈現，圖勿被分割成兩頁。內文所有附圖均應附標題。圖標題必須置於圖形的下方，字體大小 12 點字、置中。圖的編號一律以阿拉伯數字表示，如圖 1、圖 2 等呈現，範例如下：

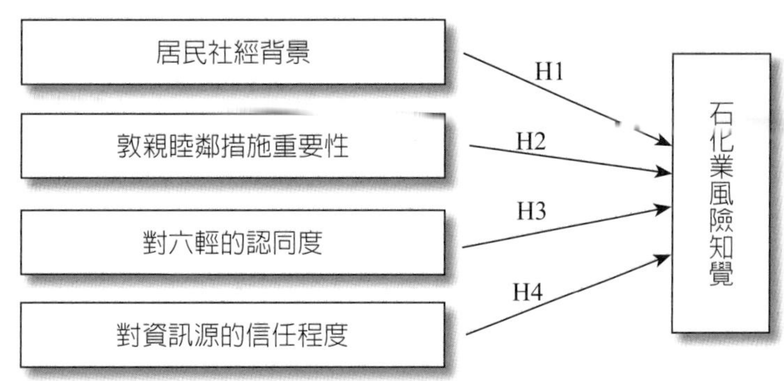

圖 1　研究架構圖

1. 次標題第二層

次標題第二層應設為 1.、2.、3. 等，12 點字、粗體，單行間距；次標題之設定以兩個層次為限，每段第一行內縮兩字。

(二) 次標題第一層

表於文中第一次引述該表格內容後呈現，表格勿被分割成兩頁。內文所有附表均應附標題，表標題置於表格的上方，字體大小 12 點字、置中。表格內僅須橫向直線，不畫縱向直線，字體大小可依實際需要設定，但整體應以清晰可讀為基本原則，表格的編號一律以阿拉伯數字表示，如表 1、表 2 等呈現，範例如下：

表 1　研討會重要時程表

日期	進度
2018.04.21(六)	收稿最後截止日期
2018.05.19(六)	審查結果通知日期
2018.06.02(六)	學術研討會之日期

（2018 健康休閒創新學術研討會之稿約格式，主辦單位爲臺南市康寧大學，承辦單位爲休閒管理學系。）

寫作技巧 SOP 提示──論文計畫書格式

論文計畫書須經審查委員評分全數通過後，即代表此一論文計畫書「可行」，也就是允許通過者可以進行學位考試的準備了！
一般論文計畫書的提出，要先有題目的訂出、文獻資料的研讀，以及研究過程使用的研究方法等都需要完成。論文計畫書內容其實與學位論文類似，包含封面、中文摘要、目錄、第一章前言、第二章文獻探討、第三章研究方法、第四章預期成果及參考文獻等，若有附錄也可附在最後。
計畫書的格式，除非就讀學校研究所有規定，一般撰寫格式可以比照正式學位論文，如此不僅研究生可先熟練正式學位論文的寫法，而且也不會浪費多餘的時間還要修改另一種正式論文的格式。
補充心得註記 ➪

參考文獻

王凱媚（2013）。國小學童低碳生活實踐、資源回收行爲與綠色消費態度之探討（未出版之碩士論文）。康寧大學，臺南市。

李璟瑤（2020）。臺南市教保服務人員在照顧發展遲緩幼兒的職場疲勞、健康休閒生活品質之研究（未出版之碩士論文）。康寧大學，臺南市。

林恩麒（2018）。女性學生使用學校健身中心之阻礙研究——以臺大綜合體育館健身中心爲例。中正體育學刊，**7**，10-23。

林建男（2020）。國中生參觀博物館之科技態度、休閒體驗與休閒效益研究（未出版之碩士論文）。康寧大學，臺南市。

邱紫庭（2019）。美睫消費動機、顧客滿意度與再購意願關係之研究——臺南東區美睫沙龍睫絲美爲例（未出版之碩士論文）。康寧大學，臺南市。

吳明隆與涂金堂（2012）。SPSS與統計應用分析。臺北市：五南。

胡子陵與王芳玫 （2012）。臺南市國小教師環境議題關心程度與環境保護行爲結構方程模式之探討。環境教育學刊，**13**，1-24。

胡子陵與王朝永（2011）。高職生對環境議題關心程度與資源回收行爲意向之研究。第九屆資源與環境管理學術研討會，2-1-14。臺南市：康寧大學。

胡子陵與王凱媚（2013）。國小學童低碳生活實踐和資源回收行爲之研究。2013健康休閒學術研討會論文集，1-10。臺南市：康寧大學。

胡子陵與李秋芳（2018）。臺南市成衣從業人員對工作環境感受、身心健康與休閒活動參與之研究。2018健康休閒創新學術研討會論文集，155-165。臺南市：康寧大學。

胡子陵與紀秋燕（2011）。臺中市國小教師新生態典範調查與實施戶外教學風險管理之研究。第九屆資源與環境管理學術研討會，244-258。臺南市：康寧大學。

胡子陵與黃淑靜（2017）。國小教師低碳環境素養與節能行爲意向之研究。康大學報，**7**，33-56。

胡子陵、黃顯智、洪守彤與吳伊童（2014）。低碳生活實踐對銀髮族自覺健康狀況之影響。2014企業創新國際研討會論文集，408-424。臺南市：康寧大學。

胡子陵與楊淑雁（2011）。國小教師低碳生活實踐度在生態旅遊行爲意向結構模式之探討。

2011環境教育學術暨實務交流研討會，1-15。花蓮縣壽豐鄉：東華大學、環境教育學會。

胡子陵與蔡麗秋（2011）。國小教師生態環境衝擊知覺及生態旅遊態度對實施環境議題教學考量之影響——以湖山水庫開發爲例。2011第四屆兩岸四地可持續發展教育論壇，1-16。澳門威尼斯人渡假中心：澳門綠色環境保護協會、中華民國環境教育學會、香港教育學院。

胡子陵與鄭安棋（2012）。南投縣國小教師防災素養、防災教學信念及防災教學行爲之研究——以天災爲例。第十屆資源與環境管理學術研討會論文集，67-82。臺南市：康寧大學。

胡子陵與鄭淑玲（2015）。教師個人低碳生活實踐度與學校自然環境特色行銷策略之研究——以南投縣國小教師爲例。2015健康休閒學術研討會，1-15。臺南市：康寧大學。

胡子陵與蕭沂頞（2018）。護理之家休閒活動之寵物療法。2018健康休閒創新學術研討會論文集，166-179。臺南市：康寧大學。

胡瓊月與胡子陵（2018）。探究雲嘉地區女性美容從業人員的休閒參與對工作壓力之影響。2018健康休閒創新學術研討會論文集，62-77。臺南市：康寧大學。

洪雯貞（2019）。雲林縣足球社團學童參與動機、社會支持和自我效能之研究（未出版之碩士論文）。康寧大學，臺南市。

黃秀娟（2016）。嘉義縣國小教師情緒管理、防災素養對防災教育教學效能關係之研究（未出版之碩士論文）。康寧大學，臺南市。

黃國光與謝敏雅（2020）。花蓮地區國小學童家長休閒參與、休閒阻礙與親子關係之研究。運動與遊憩研究，**14**(3)，1-16。

黃顯智（2013）。銀髮族低碳生活實踐與自覺健康狀況關係之研究——以台中市某長青大學爲例（未出版之碩士論文）。康寧大學，臺南市。

楊英莉（2014）。影響國小教師運用農業體驗活動於校外教學行爲意向之研究（未出版之碩士論文）。康寧大學，臺南市。

張蓓琪、謝懷恕與顏麗容（2019）。女性空服員的休閒參與、休閒阻礙與休閒滿意度關聯性之研究——以C航空公司爲例。島嶼觀光研究，**12**(4)，81-128。

葉欣誠、吳燿任、劉湘瑤、于蕙清 （2006）。我國國民小學階段防災素養建構之研究。2006年中華民國環境教育研討會論文集。201-210。臺中教育大學環境教育研究所，臺中。

葉美華（2020）。臺南市公立幼兒園教師休閒參與、休閒需求與生活滿意度之研究（未出版之碩士論文）。康寧大學，臺南市。

廖欽福與陳志忠（2019）。護專學生網路成癮、休閒參與及生活滿意度之相關研究。亞東學報，**39**，43-68。

陳沛悌、鍾建毅、裴蕾與陳甫鼎（2019）。中高齡者休閒活動阻礙及協商因素之探討。休閒事業研究，**17**(2)，1-16。

陳羿蓁（2019）。冰島自駕旅遊動機、滿意度及休閒阻礙之研究（未出版之碩士論文）。康寧大學，臺南市。

賴玟伶（2020）。遊客旅遊動機、休閒效益對重遊意願之影響——以營溪社區爲例（未出版之碩士論文）。康寧大學，臺南市。

賴薇竹（2020）。新化林場遊客生態旅遊認知與低碳生活實踐之研究（未出版之碩士論文）。康寧大學，臺南市。

錢銘貴（2019）。銀髮族休閒阻礙、休閒動機及休閒參與關係之探討——以南部地區爲例。休閒事業研究，**17**(4)，31-46。

王俊明（2021年1月9日）。論文撰寫的方法與技巧。取自https://www.google.com.tw/url?sa=t&rct=j&q=&esrc=s&source=web&cd=&cad=rja&uact=8&ved=2ahUKEwjc4KOt14zuAhVN62EKHdkMBGoQFjABegQIAhAC&url=https%3A%2F%2Films.ntunhs.edu.tw%2Fsys%2Fread_attach.php%3Fid%3D114816&usg=AOvVaw2AUiL8v-X4lMxMw38SF9tc。

數位調色盤精準海豚市調通（2021 年1月5 日）。掌握5大關鍵因素，問卷回收率多N倍！【部落格文字資料】。取自https://infopowerblog.blogspot.com/2018/05/increase-response-rate.html。

Ajzen, I. (1985). From intentions to actions: A theory of planned behavior. In Action Control: From Cognition to Behavior, J. Kuhl and J. Beckmann (Eds.), New York: Springer Verlag, 11-39.

A. P. Sia, H. R. Hungerford, & A. N. Tomera (1985). Selected predictors of responsible environmental behavior: An analysis. *Journal of Environmental Education*, 17(2), 31-40.

研究方法
—系列—

1H47 量化研究與統計分析：SPSS與R資料分析範例解析

作　　者：邱皓政
定　　價：690元
I S B N：978-957-763-340-8

◆ 以 SPSS 最新版本 SPSS 23~25 進行全面編修，增補新功能介紹，充分發揮 SPSS 優勢長項。
◆ 納入免費軟體R的操作介紹與實例分析，搭配統計原理與 SPSS 的操作對應，擴展學習視野與分析能力。
◆ 強化研究上的實務解決方案，充實變異數分析與多元迴歸範例，納入 PROCESS 模組，擴充調節與中介效果實作技術，符合博碩士生與研究人員需求。

1H61 論文統計分析實務：SPSS與AMOS的運用

作　　者：陳寬裕、王正華
定　　價：920元
I S B N：978-957-11-9401-1

鑒於 SPSS 與 AMOS 突出的優越性，作者本著讓更多的讀者熟悉和掌握該軟體的初衷，進而強化分析數據能力而編寫此書。
◆ 「進階統計學」、「應用統計學」、「統計分析」等課程之教材
◆ 每章節皆附範例、習題，方便授課教師驗收學生學習成果

1H1K 存活分析及ROC：應用SPSS（附光碟）

作　　者：張紹勳、林秀娟
定　　價：690元
I S B N：978-957-11-9932-0

存活分析的實驗目標是探討生存機率，不只要研究事件是否發生，更要求出是何時發生。在臨床醫學研究中，是不可或缺的分析工具之一。
◆ 透過統計軟體 SPSS，結合理論、方法與統計引導，從使用者角度編排，讓學習過程更得心應手。
◆ 電子設備的壽命、投資決策的時間、企業存活時間、顧客忠誠度都是研究範圍。

1H0S SPSS問卷統計分析快速上手祕笈

作　　者：吳明隆、張毓仁
定　　價：680元
I S B N：978-957-11-9616-9

◆ 本書統計分析程序融入大量新版 SPSS 視窗圖示，有助於研究者快速理解及方便操作，節省許多自我探索而摸不著頭緒的時間。
◆ 內容深入淺出、層次分明，對於從事問卷分析或相關志趣的研究者，能迅速掌握統計分析使用的時機與方法，是最適合初學者的一本研究工具書。

國家圖書館出版品預行編目資料

不再是夢想！搞定論文題目、研究架構與寫作技巧／胡子陵、胡志平著. -- 初版. -- 臺北市：五南圖書出版股份有限公司, 2021.04
面； 公分
ISBN 978-986-522-605-3（平裝）

1.論文寫作法 2.研究方法

811.4 110004193

1H2X

不再是夢想！搞定論文題目、研究架構與寫作技巧

作　　者 — 胡子陵、胡志平
發 行 人 — 楊榮川
總 經 理 — 楊士清
總 編 輯 — 楊秀麗
主　　編 — 侯家嵐
責任編輯 — 鄭乃甄
文字校對 — 陳俐君、黃志誠
封面設計 — 王麗娟
出 版 者 — 五南圖書出版股份有限公司
地　　址：106台北市大安區和平東路二段339號4樓
電　　話：(02)2705-5066　　傳　　真：(02)2706-6100
網　　址：https://www.wunan.com.tw
電子郵件：wunan@wunan.com.tw
劃撥帳號：01068953
戶　　名：五南圖書出版股份有限公司

法律顧問　林勝安律師事務所　林勝安律師

出版日期　2021年4月初版一刷
定　　價　新臺幣420元